EQUIBOOMICS

Luigi Pesce

Pubblicato da Luigi Pesce
ISBN   978-88-906483-0-4
Versione Italiana

www.equiboomics.com

Liberatoria
Questo libro è un racconto di pura fantasia e qualsiasi riferimento a luoghi,
persone, oggetti o nazioni è puramente casuale.

*Dedico questo"libro sorpresa" ad
Alessandra, il grande amore della
mia vita, con l'augurio che il nostro
sogno possa continuare per
sempre e contagiare anche i nostri
figli Elisa, Leonardo e Gabriele.*

*Non possiamo sapere cosa ci
riserverà il futuro ma conosciamo il
modo per affrontarlo.*

LUIGI PESCE

Carissimi Elisa, Leonardo e Gabriele,

prima o poi, in ragione anche della vostra età, vi chiederete perché vostro padre ha fatto questa "cosa", un libro: che vi voglia molto bene lo sapete da sempre e lo sperimentate giornalmente, che sia un genitore un po' strano ed ogni tanto parta per la tangente è un dato di fatto a voi conosciuto ma che potessi arrivare a ciò l'avreste mai detto?

La vostra risposta potrebbe anche essere affermativa ma sono certo invece che non sapreste cosa dire al perché di tutto ciò: ve lo racconto brevemente.

Questo mio impegno che mi è costato molto in termini di fatica fisica perché ho rubato granelli di tempo agli unici momenti di riposo possibile è il mio modo di chiedere scusa a voi ed alla vostra generazione per il vile scempio che noi tutti stiamo perpetrando nei confronti di questo mondo che ci ospita.

Lo sapete bene che viaggio spesso e durante uno dei tanti voli, mi sono ritrovato con il computer acceso davanti a me a fare alcune considerazioni su quello che stava accadendo: ricordo ancora l'inizio, l'estate 2008. Voi cominciavate a crescere mentre il mondo "evoluto" dava i primi concreti segnali di implosione.

Da tanti anni credo che noi "occidentali" stiamo vivendo un'esistenza estremamente fortunata ma anche molto al di sopra delle nostre possibilità, così ho cominciato in maniera spontanea a scrivere qualcosa, inizialmente senza alcuna finalità solo per raccogliere confuse idee.

Il file è rimasto per lungo tempo semplicemente un'accozzaglia di pensieri, per mesi dimenticato, ripreso ed ancora accantonato, ma ciò che invece è cresciuto costantemente è stato il mio disprezzo per una classe politica in generale assolutamente inadeguata che riversa tutti i propri sforzi per ottenere solo personalissimi ed immediati vantaggi.

Quando un anno fa dopo svariati tentativi ho ripreso per l'ennesima volta il file nauseato dall'approccio alla risoluzione dei problemi della nostra società, mi è venuta l'idea di stravolgerlo per scrivere un romanzo, ambientato nel futuro, che fosse di speranza per un mondo migliore e di condanna per l'incapacità che stiamo dimostrando nell'abbandonare un piacevole quanto scellerato presente.

Ho la convinta speranza che voi possiate promuovere ampiamente due genitori che stanno facendo il massimo nei vostri confronti, sono altrettanto convinto che se fossi in voi, boccerei invece senza alcuna pietà l'operato della persone che ci governano.

Quest'ultima certezza rappresenta il mio sconforto: l'appartenere ad una generazione miope o forse solo troppo avida ed incapace di lanciarsi in una nuova direzione. Mi sento anch'io colpevole!

Il libro nasce da queste brevi premesse e vuole essere un grido d'allarme: non sono uno scrittore, non sono un politico e non mi sento in grado di manifestare in piazza, ma ho cercato un momento di riflessione per il modo esecrabile nel quale stiamo vivendo, io incluso. Questo libro è il mio tentativo per esprimere apertamente il dissenso per la maniera inopinata con la quale stiamo affrontando il nostro futuro, meglio il vostro futuro.

Non è questione di destra o sinistra: sono tutti inadatti perché incapaci di presentare un vero radicale cambiamento di direzione. Non sarà un ritocco alle aliquote, un leggero prolungamento dell'età lavorativa, un contributo di solidarietà, un'imposta sui valori immobiliari, qualche misero taglio alla politica o qualche effimera liberalizzazione che potranno cambiare le nostre sorti.

Sono tutte puttanate che non vanno al nocciolo della questione che è rappresentata da una crisi di ideali, di valori etici e morali. Con questi palliativi mai riusciranno ad incidere sul debito che vi abbiamo addossato (basta fare due conti per capire!); le soluzioni di cui si discute giornalmente sono solo piccoli palliativi che spostano semplicemente più in là il momento della resa dei conti, rendendola sempre più pesante.

Credo con queste poche considerazioni di avervi reso chiaro il motivo di quanto ho fatto e viva è la speranza che diventi evidente anche la ragione di tante sollecitazioni che io e mamma Alessandra continuamente vi sottoponiamo.

Cari Elisa, Leonardo e Gabriele portate sempre nel vostro cuore la voglia di costruire un mondo migliore e chissà che il movimento di coloro che veramente vogliono radicalmente cambiare le cose non diventi realtà prima che un evento drammatico ci travolga. Io continuerò a nutrire la speranza che almeno la vostra generazione sia in grado di utilizzare il cervello.

Con l'infinito amore che provo nei vostri confronti,

il vostro papà Luigi

"Il benessere di una nazione non può essere facilmente desunto da un indice del reddito nazionale"

Simon Kuznets (1901-1985), ideatore dei conti nazionali e quindi del PIL, premio Nobel nel 1971.

"… ….. Non possiamo misurare lo spirito nazionale sulla base dell'indice Dow-Jones, né i successi del paese sulla base del prodotto nazionale lordo (PIL). Il PIL comprende anche l'inquinamento dell'aria e la pubblicità delle sigarette, e le ambulanze per sgombrare le nostre autostrade dalle carneficine dei fine-settimana. Il PIL mette nel conto le serrature speciali per le nostre porte di casa, e le prigioni per coloro che cercano di forzarle. Comprende programmi televisivi che valorizzano la violenza per vendere prodotti violenti ai nostri bambini. Cresce con la produzione di napalm, missili e testate nucleari ….
Il PIL non tiene conto della salute delle nostre famiglie, della qualità della loro educazione o della gioia dei loro momenti di svago. Non comprende la bellezza della nostra poesia o la solidità dei valori familiari, l'intelligenza del nostro dibattere o l'onestà dei nostri pubblici dipendenti. Non tiene conto né della giustizia nei nostri tribunali, né dell'equità nei rapporti fra di noi. Il Pil non misura né la nostra arguzia né il nostro coraggio, né la nostra saggezza né la nostra conoscenza, né la nostra compassione né la devozione al nostro paese. Misura tutto, in breve, eccetto ciò che rende la vita veramente degna di essere vissuta … ….»

Robert Kennedy – (1925-1968) Discorso tenuto il 18 marzo 1968

INDICE

EQUIBOOMICS

Luigi Pesce

L'ANNO 2024

Sabato 8 giugno 2024. Oggi Lorenzo compie ventiquattro anni: è il secondo dei nostri tre figli e ieri ha sostenuto l'ultimo esame all'università.

Appena mi sono svegliato la mia mente è corsa veloce a quello che avrei dovuto fare: sono sceso dal letto, e giù, nel silenzio più assoluto lungo le scale, ho raggiunto il computer dal quale ho potuto ricaricargli la CCard.

Sorrido e ripenso a quando ieri è rientrato a casa felice, mano alta, indice e medio in segno di vittoria.

"Allora sei contento?", gli ho detto: *"Anche l'ultimo esame è andato; devo proprio ricaricarti la CCard!"*.

Senza scomporsi ha abbracciato Eleonora e poi sorridendo ha voluto precisare: *"Vorrei farvi notare che questo segno sta a significare non solo un risultato ma anche un doppio premio."*.

"Perché doppio?" ho chiesto stupito.

"Michele! Ti sei forse dimenticato che domani c'è il suo compleanno?".

La replica di Eleonora è stata immediata. Sono rimasto a guardarla mentre stringeva forte a sé Lorenzo: no, non avevo dimenticato, però sì, nella concitazione di quegl'improvvisati festeggiamenti non avevo collegato a cosa si riferisse la seconda richiesta.

"Ti butti avanti?", chiedo appena ripresomi dal rimbrotto: *"Stavo scherzando; hai proprio ragione ti spetta il premio per l'esame superato e poi il regalo per il compleanno."*.

Lorenzo mi ha guardato un po' titubante consapevole di quella che è la nostra reale situazione odierna. Lui è sempre stato molto sensibile ai temi economici.

Un attimo di esitazione quindi ha aggiunto: *"Sempre se non ci sono problemi papà."*.

Sono molto fiero dei nostri figli, soprattutto quando esprimono queste sensibilità: *"Sai bene cosa ci possiamo permettere e sai che non saranno grandi importi, faremo tutto quanto è possibile ma nessuna pazzia, non ti preoccupare.".*

Il premio per l'esame è una modesta somma di denaro che è diventata una consuetudine iniziata quando ancora Beatrice, la sorella maggiore di Lorenzo, studiava, ed alla quale non ci siamo mai sottratti quasi fosse diventata un talismano; la stessa cosa ci siamo ripromessi di farla anche con l'ultimo dei figli, Sebastiano, che è da poco diventato maggiorenne e frequenta le superiori, sempre se avrà voglia di proseguire e soprattutto se il futuro non ci riserverà altre sorprese come quelle che abbiamo affrontato.

Oltre al premio c'è anche un altro riconoscimento, quello per il compleanno. Fin da quando Beatrice ha festeggiato il suo primo anno di vita ci siamo resi conto di quanti regali avrebbe ricevuto da nonni, parenti e amici. Fu così che decidemmo che quella sarebbe diventata per noi l'occasione per metterle a disposizione una somma in denaro da accantonare per il suo futuro e così abbiamo sempre fatto con tutti.

Non abbiamo grandi disponibilità economiche o quantomeno non le stesse che avevamo all'inizio, quando ci siamo sposati; con il passare degli anni abbiamo dovuto ridurre l'entità del premio ma la scelta che abbiamo fatto tanto tempo fa si è rivelata utile ed i ragazzi l'hanno apprezzata molto.

Quanti anni sono passati!

Sto aspettando l'eseguito della transazione, nella mia mente si accavallano tante sensazioni ripensando a tutto quello che è successo. Ma ecco la conferma: l'operazione è andata a buon fine. Bene, la CCard di Lorenzo è stata ricaricata ed il mio dovere è stato assolto, ora posso pensare al programma odierno.

Salgo a fare colazione, nel frattempo anche Eleonora s'è svegliata e la incontro in cucina intenta a prepararsi il caffè.

"Ciao Eleonora; dormito bene?".

"Si grazie e tu?".

"Bene grazie.".

"Non riuscivo a capire dove eri andato: pensavo fossi nell'orto.".
"No, ero in studio per fare la ricarica a Lorenzo.".
"Tutto a posto?".
"Non è quella che avrei voluto ma l'ho fatta.".
Mi sento un po' frustrato per l'entità ma di più non è oggettivamente possibile.
Eleonora mi guarda e sorride, ha intuito quello a cui sto pensando.
"Non temere abbiamo la fortuna di avere dei figli che comprendono la situazione molto bene, sanno che stiamo facendo per loro tutto il possibile. Vuoi mangiare qualcosa?".
E' presto, le campane hanno da poco segnato le 7.00 e la giornata si annuncia calda.
Mi preparo la colazione poi mi siedo vicino ad Eleonora e programmiamo la giornata che al solito sarà ricca d'impegni. Nel silenzio che ci circonda siamo distolti dal rumore di qualcuno che sta scendendo le scale: visto l'orario è facile indovinare chi sta arrivando. Lo vediamo entrare in cucina, ci alziamo e lo abbracciamo.
"Tanti auguri Lorenzo.".
"Grazie mamma.".
"Tanti auguri.".
"Grazie papà.".
Lo guardo divertito stropicciarsi gli occhi.
"Come è andata ieri sera? Avete festeggiato?", gli chiedo.
"Bene! …. …. Cosa posso mangiare?".
Non è una domanda che rivolge a noi ma a sé stesso. Apre il frigorifero scrutandolo velocemente, quindi la credenza ed infine sembra abbia un apparente attimo di esitazione, in realtà sta semplicemente raccogliendo le idee.
Torna quindi al frigorifero ed estrae un paio d'uova, del burro e del formaggio grana: guardo Eleonora e ci mettiamo a sorridere rinfrancati nel vedere perpetuare gesti che conosciamo bene e che ci danno la consapevolezza di conoscere i nostri figli.
Il breve momento di intimità con Eleonora è terminato.

"Ti ho ricaricato la CCard, Lorenzo.".

"Grazie.".

Distoglie per un attimo l'attenzione dai fornelli ed un sorriso compare sul suo volto. Guarda Eleonora poi guarda me, infine aggiunge: *"Grazie a tutti e due.".*

"Te lo sei meritato. Solo una raccomandazione: fai ..." ma non riesco a concludere la frase, lui è più veloce.

"... fai attenzione a come spendi i soldi!".

Eleonora si volta a guardarmi: *"Scusa Michele ma se c'è uno al quale non devi fare alcuna raccomandazione su come usare la CCard, questo è Lorenzo!".*

Ha ragione, è proprio così. Ma io sentivo di doverlo dire comunque, forse perché ancora memore di quando il denaro era usato con troppa superficialità.

"Non ti preoccupare papà, starò attento.".

E' ora di andare: la giornata si preannuncia intensa ed io sono già in ritardo sulla mia tabella di marcia.

"Eleonora se hai bisogno sono in studio; voglio leggere un po' il giornale poi quando ho finito vado nell'orto.".

"Va bene; ricordati che dobbiamo andare a fare la spesa altrimenti non ce la faccio da sola.".

"D'accordo.".

Scendo le scale e raggiunta la scrivania mi siedo davanti al computer. L'ho lasciato acceso dopo aver fatto la ricarica; posso aprire subito il giornale.

Non si odono rumori provenire dall'esterno, non c'è confusione nemmeno in casa; sul monitor appare la prima pagina ed è come se scoppiasse una bomba.

Il titolo di testa è inequivocabile: *"L'India bussa alle porte del Comitato.".*

E' uno shock!

Lo rileggo quasi non avessi capito.

Mi tuffo nel breve commento che lo accompagna proprio sotto la grande immagine che ritrae la cartina dello Stato Indiano.

Il breve trafiletto non dice molto se non confermare l'indiscrezione, all'interno ci sono solo approfondimenti generali sulla realtà Indiana ma nient'altro.

I miei occhi fissano il monitor, ma il mio sguardo non legge più nulla. Un brivido mi pervade e scuote un'attesa che sembra infinita, è la speranza per un futuro migliore. E' un flash back nel passato.

Cerco qualcuno della Tavola Rotonda collegato. Il Saggio Carl, che di vecchio non ha nulla, non c'è, Stefanie nemmeno, visto che accende il PC solo in rare occasioni, Kevin neppure ma non perché stia dormendo, probabilmente non è ancora rientrato da qualche festa. Provo con Aaron, ma no Aaron no: è sicuramente andato a fare la sua seduta di jogging.

Mentre sto ancora cercando, sento una voce amica collegata: *"Michele ci sei?"*.

"Ci sono, ciao Yuriko. E' una notizia vera quella che ho letto sull'India?".

E' qualche giorno che non ci sentiamo ma non c'è stato nemmeno il tempo per i saluti. Anche lei, come me, è attratta solo dalla novità.

"Sì, l'ho vista anch'io. E' comparsa circa un'ora fa e qui in Giappone non si parla d'altro. Speravo proprio che qualcuno dei vecchi amici si collegasse.".

Negli ultimi anni notizie di questo genere non se ne erano viste. Siamo sempre stati in fiduciosa attesa con la speranza che qualcosa di veramente importante potesse succedere, che qualcuno si potesse unire a noi. L'India con il suo miliardo e mezzo di abitanti, potrebbe veramente essere interessata ad entrare all'interno del Comitato di Londra? Sarebbe fantastico!

"Ma ti immagini Yuriko che impatto potrebbe avere?".

"Sconvolgente. Pensa Michele a quante persone entrerebbero a far parte del nostro mondo lasciando gli Stati Indipendenti; e poi avrebbe una rilevanza non indifferente anche in termini di dimensioni territoriali.".

"E non va nemmeno dimenticato l'entusiasmo che riuscirebbe a generare all'interno del Comitato ma anche in tutti quegli ambienti degli Stati Indipendenti che spingono per il cambiamento.".

Mi trattengo un po' con lei a parlare dell'evento e di quello che potrebbe significare per tutti cercando di indovinare quali problemi potrebbero sorgere. I discorsi scivolano sulle difficoltà nei rapporti con gli Stati Indipendenti, non possiamo fare a meno di pensare ai due amici "ribelli" Leon e Nicholas che fanno parte di un'altra realtà.

"Sono preoccupata per loro, Michele.".

"Ma no, non devi, io invece credo che non appena sapranno della novità faranno i salti di gioia; ti dirò che spero lo vengano a sapere il prima possibile. Se solo li potessi contattare!".

"..... sempre che venga confermata la notizia. Comunque rimango molto preoccupata per quello che potrebbe succedere in generale e non solo per loro.".

E' un equilibrio instabile quello in essere tra gli schieramenti, qualsiasi previsione è solo una delle tante che si potrebbero verificare.

"Michele, non possiamo far finta che le possibilità di un conflitto armato non esistano, oggi forse ancora di più dopo la notizia che abbiamo appena appreso. Purtroppo, che ad uno dei tanti tiranni che imperano sui territori degli Stati Indipendenti possa venire la voglia di sparare qualche fuoco d'artificio, è una evidenza a prescindere dalla decisione che prenderà il governo dell'India.".

Ha ragione, è proprio così!

Rimane il fatto che la notizia è veramente quanto di meglio si potesse sperare e nonostante il tentativo di razionalizzare l'irrazionale proviamo entrambi un forte stato di eccitamento per quanto abbiamo appena appreso. La voglia di fantasticare un po' sui possibili futuri scenari è tanta; i pensieri tornano ai ricordi degli ultimi quindici anni così intensi, carichi di paure e di speranze.

"Ma tu Yuriko avresti mai pensato ad una cosa del genere all'inizio del 2013, quando ci siamo incontrati tutti insieme a Londra?".

"Onestamente non l'ho mai immaginato nemmeno nei momenti più esaltanti come ad esempio dopo la Conferenza di New York alla fine di quello stesso anno o quando abbiamo visto i primi concreti segni dell'Equiboomics. Mi sembra una cosa impossibile; speriamo sia tutto vero.".

Sul suo viso c'è un leggero sorriso come poche volte ho visto, sembra quasi cercare in me una conferma che purtroppo non le posso dare. Io invece non sto più nella pelle: è dal 2008 che vivo contrastanti sentimenti per tutto quello che è successo. Tanta preoccupazione e paura per un futuro indecifrabile accompagnato ad un presente difficile ma anche da altrettanto ottimismo, quello di chi ritiene che la strada intrapresa sia stata l'unica possibile. Non riesco a star fermo, ho voglia di parlarne anche con altri. Ho bisogno di avere certezze ed abbandonare i dubbi.

"Scusami Yuriko, ti lascio, ci risentiamo più tardi. Sono convinto che quando anche in America sarà giorno, il Consiglio dei Saggi diramerà un comunicato ufficiale. Abbi fede.". Quindi la saluto.

Faccio qualche ulteriore tentativo navigando sul sito del Comitato, magari il comunicato è già stato emesso.

Controllo, scorro velocemente, se ci fosse una conferma apparirebbe a caratteri cubitali in prima pagina.

Non c'è ancora!

"Se solo potessi contattare Carl, lui potrebbe dissipare ogni dubbio!", penso tra me e me ma so bene che non posso e che quella è una considerazione priva di ragione.

Non ho più voglia di leggere il giornale, o meglio non resisto, mi rendo conto che non ho ancora detto nulla ad Eleonora ed ai ragazzi. Salgo le scale di corsa.

"Ragazzi ci sono grandi novità. Sembra che l'India voglia unirsi al Comitato.".

Lorenzo ha appena finito la sua abbondante colazione ed appare rinfrancato e pronto per una nuova giornata; di Beatrice e Sebastiano non c'è ancora nessuna traccia.

Il volto di Eleonora si illumina: *"E' una notizia fantastica!"*.

"Se sarà confermata sarà fantastica.".

Mi sorride quindi mi abbraccia, siamo proprio felici.

"Vado a svegliare Beatrice", dico convinto.

Eleonora mi trattiene per un braccio: *"Se la notizia non è ancora certa io ... . io la lascerei dormire. E' stata in studio fino a notte inoltrata e tu sai com'è. Se poi non riesce ad avere informazioni ufficiali diventa insopportabile."*.

"Hai ragione. Sai cosa ti dico?".

"Che cosa?".

"Vado un po' nell'orto, però tu mi prometti che mi chiami non appena si sveglia, promesso? Voglio dirglielo io!".

"Vai tranquillo, sono sicura che tornerai prima che si sia alzata".

LUIGI PESCE

SCACCO AL RE

L'orto non è adiacente alla casa ma è in fondo alla corte che ospita una decina di abitazioni che si sviluppano una accanto all'altra parallelamente, un piccolo appezzamento di terreno non più largo di 5 metri che si estende in profondità per circa 60 metri. Nella parte iniziale c'è il garage, che un tempo ospitava due auto di grossa cilindrata, al di là del quale comincia l'orto che è stato suddiviso in due parti uguali: le culture vegetali nella prima zona ed alberi da frutto nella residua. Il sole non batte ancora direttamente eppure si sta già bene, cerco di riepilogare i lavori che ci sono da fare. Lo percorro lentamente, mi soffermo a guardare, sono movimenti automatici perché la mia mente è troppo presa dalla notizia del giorno.

Quanti anni sono passati!

E' la seconda volta che ci penso. Adesso sono da solo con i miei attrezzi e posso lasciarmi rapire dai ricordi, tornare indietro nel tempo, quando tutto ebbe inizio.

Eravamo nell'anno 2012 con le grandi potenze economiche praticamente tutte in bancarotta e l'unico grande creditore mondiale rappresentato dalla Cina che cavalcava l'onda di una crescita che sembrava inarrestabile. In realtà la situazione generale era quanto di più complicato si potesse pensare, laddove l'economia reale, la disoccupazione, il livello del deficit, la massa monetaria, i tassi di interesse, l'andamento demografico, il livello della tassazione, i costi delle materie prime e praticamente tutti gli altri indicatori fondamentali, si trovavano in una zona critica, oltre la quale non era nemmeno possibile pensare di agire su una di queste variabili, sperando non ci fossero gravi ripercussioni sulle altre; e cosa ancora peggiore, nessuno era disposto ad accettare il benché minimo sacrificio. Paesi come la Grecia, l'Irlanda ed il Portogallo furono dapprima salvati per non farli cadere nel baratro del fallimento: gli stati pseudo ricchi fecero un primo timido tentativo che si rivelò un'effimera illusione, un semplice posticipare ulteriormente la disfatta con l'obiettivo principale di evitare essi stessi pesanti perdite. C'eravamo illusi di partecipare ad un gioco in cui non esisteva un perdente ma solo dei vincitori, almeno così avevamo creduto ed il risveglio fu brusco. La Cina era il maggior detentore di obbligazioni americane ma era intervenuta pesantemente anche in Europa; in sostanza divenne di gran lunga il principale finanziatore che, da una parte esprimeva preoccupazione per il volume del debito raggiunto nonché per l'evidente tendenza dello stesso ad aumentare, dall'altra mostrava inquietudine per la possibilità che la perdita di fiducia nell'economia statunitense potesse provocare ancora più gravi ricadute nell'economia globalizzata.

Una via senza uscita, in cui una parte, alla disperata ricerca di nuovi finanziamenti, si rivolge all'altra, tradizionale finanziatore. Entrambi sanno che il livello raggiunto è fortemente pericoloso, entrambi sanno che senza ulteriori iniezioni il rischio è di perdere tutto con conseguenze catastrofiche. Qual è il livello oltre il quale la fiducia posta nella controparte non è più in grado di reggere le aspettative di ritorno del proprio investimento?

Una vera e propria linea di demarcazione non esiste, è il frutto di un'alchimia complessa irripetibile, che varia in ogni momento ma la cui asticella può essere spostata più o meno velocemente, provocando reazioni repentine ed inaspettate. Nel corso degli anni successivi alla Crisi del 2008, le trattative tra gli stati enormemente indebitati e la Cina si susseguirono incessantemente; gli argomenti posti sul tavolo furono sempre gli stessi, almeno per un lungo periodo: il livello di indebitamento, la remunerazione e le garanzie sullo stesso, nonché la valuta di riferimento. L'anno 2011 passò alla storia per l'attacco speculativo ai "debiti sovrani" e fu l'ennesima estate di passione con gli stati dei paesi occidentali sostanzialmente falliti che perorarono la loro idea di pseudo salvataggio.

"I privilegi ottenuti non si possono toccare!" diceva un allora importante politico italiano allorquando qualcuno timidamente chiedeva di rivedere i costi della casta.

"Questa frase non me la potrò dimenticare mai! Chissà che fine avrà fatto quel personaggio? Certamente non avrà grandi recensioni sui libri di storia ma sarà ricordato come un esempio di miopia politica e di esaltazione della propria posizione.".

Mi fermo e sorrido: il rancore per quegli incompetenti non è ancora del tutto sopito se ogni volta che ritorno sull'argomento mi ritrovo a parlare a voce alta sebbene sia da solo. Ma è solo un attimo poi ricomincio serenamente.

Ancora una volta durante quell'estate che poteva rappresentare l'occasione per una svolta decisiva, la presunzione assoluta portò a credere che il baratro fosse stato scongiurato; in realtà dietro ai declassamenti, alle iniezioni di liquidità nel sistema, ai tassi sui titoli pubblici fuori controllo ed alle effimere promesse di pareggio di bilancio, future ovviamente, si celava una condizione priva di controllo come un vulcano che avrebbe potuto eruttare da un momento all'altro.

I paesi alla ricerca di finanziamenti spingevano per avere la certezza che le loro emissioni obbligazionarie avrebbero trovato certa sottoscrizione, magari sperando anche in una remunerazione contenuta del tasso, non avendo né la forza né la voglia di agire sulle altre variabili e tantomeno sul disavanzo. Dall'altra parte i paesi "liquidi" continuavano a chiedere maggiori garanzie, finché nell'estate del 2012, si resero conto essi stessi di aver raggiunto il livello sul quale era stata posizionata l'asticella della fiducia; oltrepassarla diventava pericoloso. Fu allora che il sistema diede il primo allarmante segnale. I paesi finanziatori, Cina in testa, spinsero gli stati indebitati all'estremo, costringendoli a stampare banconote per evitare la paralisi.

Non è dato sapere se le valutazioni cinesi avessero posto un limite massimo al finanziamento del debito, ma certamente cominciarono ad avere forti dubbi quando capirono che la volontà delle economie, cosiddette avanzate, di cambiare approccio non si sarebbe mai realizzata attraverso un'autonoma presa di coscienza. Fu così che attraverso la conferma di ulteriori voragini nel deficit Statunitense, la valuta americana, anche per colpa dell'ennesima speculazione, superò nell'estate del 2012, la soglia dei 2 dollari per ogni unità di euro. L'andamento famelico di risorse finanziarie e le dinamiche economiche complessive spinsero perciò i finanziatori a mandare deserta l'asta dei certificati statali americani fissata per la prima settimana di luglio. Quella decisione sancì l'inizio dell'inarrestabile discesa dell'economia del mercato capitalistico. La bomba ad orologeria era stata innestata. Nonostante la drammatica situazione ancora una volta tergiversammo nella speranza di riannodare un discorso orami logoro, e la strada dello stampare moneta fu l'unica soluzione intrapresa: continuavamo a vivere nell'unico modo che oramai conoscevamo, attingendo in maniera massiccia a tutte le risorse a nostra disposizione, pur di mantenere inalterato il nostro status.

Scuoto la testa ripensando a come eravamo, alzo il capo e volgo lo sguardo verso il garage. La basculante sul retro è aperta e posso scorgere in fondo la vecchia auto che non usiamo quasi mai. E' diventata un cimelio storico, un simbolo di una passata grandezza che abbiamo dovuto abbandonare. Scuoto ancora la testa e torno al mio lavoro, la mia mente è rapita dai ricordi, da quando tutto ebbe inizio.

La combinazione di una economia in grave crisi, ancora una volta in recessione, che espelleva lavoratori anziché assumerne, con politici incapaci di reindirizzare le masse verso nuovi lavori, la necessità di foraggiare gli ammortizzatori sociali generando ulteriore debito, un'inflazione che cresceva spingendo in alto i tassi di interesse e quindi il costo dell'indebitamento, tutto rappresentava una miscela esplosiva per l'indebitamento che correva su valori moltiplicati rispetto ai limiti che ci eravamo imposti nel passato. L'illusione del salvataggio di alcuni stati europei svanì allorquando terminati gli aiuti che erano stati loro concessi, bussarono nuovamente alla cassa, questa volta senza successo. Purtroppo la Comunità Europea non trasse grandi insegnamenti dagli accadimenti e visse gli eventi come ineludibile conseguenza di un mancato rigore rispetto ai parametri proposti. Ovviamente si stava tutelando il modello di vita consumistico del capitalismo che conoscevamo, i cui unici paletti erano costituiti da alcuni limiti che non dovevano essere superati.

Mai nessuna riflessione sull'equilibrio globale complessivo, sul fatto che una piccola minoranza vivesse consumando la grande maggioranza delle risorse disponibili, sulla possibilità che invece di abbracciare nuove entrate nell'elite del consumismo ci fosse un riequilibrio complessivo.

Dove si poteva, si continuava imperterriti!

Eravamo tronfi nella nostra arroganza, convinti ancora di più, dopo l'iniziale assestamento post Crisi 2008, della capacità di imparare dal passato e di mettere in pratica i correttivi necessari per superare brillantemente la situazione di stallo e ripartire a cavallo del sistema capitalistico.

Che errore! Che grande errore!

Fu l'errore di chi valutava perfetto un sistema e riteneva pertanto ineludibile l'accostarsi allo stesso da parte degli altri imperfetti sistemi; e non fu nemmeno l'unico.

Avevamo sopravvalutato la bontà del nostro mondo, così come avevamo ritenuto che la Cina avrebbe sempre guardato con un occhio di riguardo al suo ingente investimento non permettendo che potesse incorrere in qualche problema.

Poi arrivò il 20.12.2012: fu il giorno dell'azzeramento delle nostre certezze. La storia è ricca di accadimenti che hanno avuto impatti deflagranti: in quel giorno capimmo che la nostra società poteva essere paralizzata nel volgere di un brevissimo periodo di tempo, come nessun terrorista o alcuna arma avrebbe mai potuto fare.

Il 20.12.2012, venne ribattezzato attraverso l'acronimo N.S.N.G., ovvero *"No Ships, No Goods"*, il cui significato è:

"Niente navi, niente merci", ma a rifletterci si avvicina molto anche al *"niente navi, non va bene."*.

Quella mattina del 20.12.2012, le navi, quella moltitudine di navi cinesi che ogni giorno lasciavano le sponde del mar della Cina cariche di merci, ricolme del risultato della fatica e dello sfruttamento di milioni e milioni di esseri umani, che salpavano tutti i mari per raggiungere i porti più lontani e consegnare l'atteso oggetto del consumismo occidentale, quel giorno o meglio quella mattina, avendo già scaricato il loro prezioso carico, quelle navi, che ancora erano nelle rade di tutti i porti del mondo, tolsero all'unisono le loro ancore per fare rotta là dove le loro stive erano state inizialmente riempite.

Quel giorno, il 20.12.2012, quelle navi che, senza alcun avviso avevano acceso i motori per tornare alla loro terra, senza prima essere riempite di prodotti che attendevano di essere lavorati dai laboriosi, disciplinati ed ubbidienti cinesi, avevano lasciato un vuoto nelle capitanerie di tutto il mondo, dapprima incredule e propense a credere ad un qualche errore dell'equipaggio, poi perplesse dalle mancate risposte radio di quegli stessi equipaggi che si stavano allontanando.

Il dubbio che non si trattasse di un errore, ma di qualcosa di premeditato, crebbe nel momento in cui, nonostante la presenza delle navi di altra provenienza, si palesò evidente l'assenza di nuovi arrivi di navi battenti la medesima bandiera. I porti apparivano desolatamente vuoti e i portuali spaesati e senza lavoro; cominciarono i primi contatti tra capitanerie limitrofe in cerca di una spiegazione, ma tutti stavano vivendo la stessa inspiegabile situazione: quanto si era verificato in un luogo era esattamente ciò che era successo nella località marittima vicina.

Il tempo di realizzare che cosa fosse accaduto e tutte le nazioni del continente europeo allertarono le loro unità di crisi, contattando il centro europeo e tentando invano di instaurare una comunicazione con le autorità cinesi. Se in Europa ci fu bisogno di alcune ore per capire che cosa stesse succedendo, in America il risveglio fu più brusco e senza bisogno di abbozzare ipotesi. No Ships, No Goods, le navi non c'erano, le merci nemmeno. L'effetto fu immediato e il panico ancora più rapido, non appena le televisioni di tutto il mondo cominciarono a trasmettere le immagini dei porti deserti, dei marittimi che si guardavano ed interrogavano l'un l'altro e dei commentatori che cominciavano a predire eventi catastrofici.

Evidentemente le navi cinesi erano state dapprima allertate e quindi avevano ricevuto un diktat molto preciso al quale avevano ubbidito, con uno zelo sconcertante che fece sorridere ed al tempo stesso indignare i furiosi media occidentali nei confronti di uno stato padrone, di uno stato che non concede libertà ed impedisce il libero arbitrio.

All'alba del N.S.N.G., la nostra cultura aveva ricevuto un primo sonoro affondo, come un pugile che subisce un fendente dall'avversario, facendosi trovare assolutamente impreparato e senza nessuna guardia. Il colpo arriva al bersaglio, colpisce forte e preciso e provoca un evidente sbandamento; pensavamo di muoverci autonomamente per soddisfare i nostri bisogni ed i nostri desideri senza che ci fosse nessuno che potesse obiettare. I Cinesi avevano invece diligentemente risposto alle direttive che erano loro arrivate, indipendentemente dal fatto che le loro idee fossero diverse, indipendentemente dal fatto che i loro interessi economici prevedessero di tornare in patria con un carico pieno.

Il re era nudo.

Pensavamo di poter imporre la logicità del pensiero, la nostra storia e la nostra democrazia. Ci accorgemmo che eravamo disarmati. Cosa stava succedendo? Quale significato aveva? Quasi non bastasse c'era anche il Natale orami alle porte con le vendite che difficilmente avrebbero potuto salvare l'ennesima annata da dimenticare, l'aria pesante, la solita perenne situazione dell'oscuro tunnel della crisi economica, da cui non si riusciva ancora a scorgere l'uscita. Cos'altro?

Il tam tam dell'informazione fu esplosivo, dalle prime timide notizie ad un susseguirsi di immagini provenienti dai porti di tutto il mondo, prima quelli illuminati da un pallido mezzogiorno europeo, poi quelli dell'alba statunitense.

Le immagini del 20.12.2012 furono molto particolari: non portavano distruzione e non portavano morte, non generavano sentimenti di rabbia e nemmeno di dolore. Non erano scene veloci, di gente che scappava, che urlava o che imprecava, scene di distruzione, o di qualcosa che entrava in noi e dilaniava, spaccava le nostre coscienze, provocava sussulti. Erano invece cartoline tranquille, desolatamente immobili, scene di lavoratori intervistati nei porti che a domanda alzavano le spalle, allargavano le braccia, accennavano un gesto di perplessità sulla faccia; erano proiezioni di statistiche ufficiali che impietosamente scandivano un ritmo serrato di merci che ogni giorno erano movimentate nei porti, in quegli stessi porti, in quel preciso istante, vuoti. E mentre il tempo lentamente scorreva, l'ansia prese in me il sopravvento. Cominciarono a frapporsi disordinati pensieri privi di logica e crebbe tumultuosa la frustrazione per una situazione a lungo temuta.

Per un attimo ricordai che quella mattina ero giunto in ufficio come al solito in auto, una bella auto da oltre 2000 chilogrammi mossa per spostare il sottoscritto e nient'altro, percorrendo la strada che portava tanti forzati pendolari al lavoro e provai un po' di vergogna; avevo appreso la novità dalla radio ed appena possibile avevo approfondito la ricerca attraverso internet, e poi guardando le immagini alla televisione. Eleonora mi aveva telefonato per avvertirmi ma soprattutto per capire il mio stato d'animo che avevo malvolentieri celato: *"Hai sentito la notizie sui porti .. … sulle navi cinesi … pensi … …"*.

"Non so che dire Eleonora, non so proprio che cosa pensare!".

Nella mia testa si accavallavano le ipotesi più disparate: il pensiero di una guerra mi sembrava improbabile ma avevo dubbi anche su un'invasione guidata dalla forza del denaro.

"Sei preoccupato?".

"Come colui che è certo che prima o poi qualcosa dovremmo pagare. Viviamo troppo al di sopra delle nostre possibilità!".

"Credi che sia giunta la resa dei conti?".
"La situazione mi appare drammatica e come puoi immaginare il mio pensiero va ai nostri figli; mi sembrano così piccoli ed indifesi.".
Passarono le ore e attraverso le notizie che giungevano dagli organi di informazione, crebbe la consapevolezza di un atto deliberato e minuziosamente programmato; arrivarono anche le prime immagini, riprese al largo di non so più quale costa, relative ai mercantili cinesi intercettati che facevano ritorno a casa, silenti a qualsiasi domanda, nemmeno un cenno. L'unica certezza fu quella che non si trattava di uno scherzo o di un caso. Non ci fu rete televisiva che non improvvisò il proprio dibattito, con un via vai imponente di ospiti. Sulle prime i talk show concentrarono la loro attenzione su cosa fosse successo e sui motivi che giustificavano una tale azione e, prima che calasse la sera nell'ultimo giorno d'autunno e ci si preparasse ad entrare nel calendario invernale, si paventò lo spettro di tante gelide ipotesi tutte accomunate da una triste probabile profezia. L'ipotesi più attendibile si rilevò esatta nel concetto e sottostimata nella portata: una unilaterale decisione delle autorità cinesi di bloccare, sine die, tutti i rapporti commerciali e le comunicazioni con qualsiasi altro paese occidentale fortemente indebitato. Ancora gli sguardi puntati sui televisori mentre veniva riproposta la notizia sull'asta Bond degli Stati Uniti, andata deserta pochi giorni prima e passata inosservata agli occhi dei media. Ci si poteva aspettare che i Cinesi con una montagna di Titoli di Stato Americani già sottoscritti riducessero il loro impegno ma che non partecipassero affatto e che ad essi si accodassero altri acquirenti, questo no. I tassi di interesse schizzarono verso l'alto, mentre le banche bloccarono qualsiasi transazione finanziaria; ancora una volta il sistema era saltato e noi ci trovavamo paralizzati!
"Se i Cinesi ci fanno questo, soffriranno anche loro!".
Vero, ma noi non sapevamo più cosa significasse soffrire.

Eravamo senza anticorpi, avevamo dimenticato come si faceva a lottare. Lo Stato ci aveva intorpidito con l'oppio del benessere e per tenere le masse tranquille, ci aveva dato l'illusione di una vita bella che doveva e poteva solo migliorare. Una corsa al consumo, a comperare l'ultima novità, di cosa non importa, purché fosse alla moda ed imitasse i modelli luccicanti della televisione, senza pensare se lo schema che ci era stato propinato fosse sostenibile o meno.

Partivamo sconfitti!

Avevamo gli arsenali atomici, ma non era servita nemmeno una pallottola per metterci in ginocchio, in poche ore il nostro sistema venne bloccato e peggio non sapevamo cosa poteva riservarci il futuro. Era bastato fermare le navi e non presentarsi ad un'asta di titoli di Stato, per far collassare i paesi sviluppati.

Quella sera ritornai a casa anziché fermarmi a Milano. Provavo un forte sentimento di incertezza, un misto di frustrazione e preoccupazione. Nella telefonata che avevo ricevuto la mattina da Eleonora, non ero riuscito a celare i miei dubbi, figuriamoci come avrei potuto evitare di rispondere appena rientrato. Non passò molto tempo dal momento in cui varcai la porta di casa, a quello in cui incrociai gli occhi inquisitori che mi scrutavano interroganti alla ricerca di una risposta. Allargai le braccia e scossi la testa nel tentativo di allentare la presa, ma il cacciatore aveva raggiunto la sua preda e per nulla al mondo l'avrebbe lasciata. Infilai le ciabatte, chiusi la luce e la porta della lavanderia, quindi mi diressi verso di lei per abbracciarla; non fu il solito saluto, ma un lungo momento silenzioso, quindi ci avviammo in cucina. Salendo le scale incontrai Sebastiano che mi saltò letteralmente addosso mentre Beatrice mi aspettava sul pianerottolo per salutarmi: mancava solo Lorenzo, fuori casa per l'allenamento di calcio. Dopo aver chiesto qualcosa sulla cena, i figli ci lasciarono subito e noi due rimanemmo soli.

"Non mi ha mai fatto paura il lavoro e tantomeno temo di dover rinunciare a qualcosa. Sono preoccupato per loro.".

"Tu credi che sia arrivato il momento della resa dei conti per il modo con il quale abbiamo vissuto?".

"Non lo so affatto Eleonora ma mi conosci bene e sai che sono convinto che sia solo questione di tempo prima di assistere a qualche evento epocale; sfido chiunque a dirmi quello che potrebbe succedere o quale sia la finalità per la quale i Cinesi hanno preso questa decisione. ".

Eleonora mi guardava cercando di confortarmi; non avevamo mai rinunciato alla voglia di impegnarci, non avevamo mai rifuggito la fatica e se solo ne avessimo avuto la necessità, avremmo ricominciato dall'inizio, come una famiglia unita quale eravamo sempre stati.

"Forse", accennai titubante, *"avremmo dovuto avere il coraggio di lasciarci alle spalle tutto, provando a ricominciare da qualche altra parte ma facendo noi la scelta anziché doverla subire."*

"E dove saresti andato? C'è qualche posto che pensi non sarà coinvolto? Dubito fortemente. ".

Aveva ragione la mia era stata una considerazione inutile.

La televisione era accesa con l'audio abbassato al minimo: lo alzai. Volevo capire se c'erano novità, ma nonostante la vasta copertura mediatica, le notizie erano ancora alquanto scarne. Eleonora si rimise ai fornelli a preparare la cena, mentre in quell'istante udimmo Lorenzo rincasare e profferire ad alta voce un *"ciao papà. "*.

Salì velocemente le scale e mi abbracciò lo stretto tempo necessario per non rallentare la sua perlustrazione sulle padelle. Eleonora lo allontanò irritata, mentre lui si giustificò dicendo: *"Ho fame!"*. Si avvicinò al frigorifero e solo dopo averne estratto qualcosa da addentare, si rivolse a me con la bocca piena, interrogandomi.

Non mi passò lontanamente per la mente di riprenderlo per il fatto che stava contemporaneamente mangiando e parlando; ero troppo sollevato da quella visione di gioventù spensierata, che per un attimo fui in grado di accantonare tutte le mie ansie.

"Come vanno le cose papà? Ma non dovevi essere a Milano questa sera; magari hai già risolto i tuoi problemi, vero?".

"Non avevo voglia di rimanere da solo; volevo stare insieme a voi", risposi in maniera del tutto veritiera ed aggiunsi, *"quanto ai problemi, ... piano piano li risolveremo.".*

Mi guardò, si mise a sorridere e mentre uscì dalla cucina per unirsi agli altri in salotto, rispose: *"Lo sapevo che mi avresti risposto così, piano piano; poi, alla fine, li risolvi sempre i problemi.".*

Feci un sospiro molto profondo e guardai Eleonora che si era, nel frattempo, voltata ad osservarmi; chi avrebbe mai potuto risolvere il problema nel quale eravamo sprofondati?

I GIORNI SEGUENTI

La mia generazione e le successive hanno avuto una duplice grande fortuna: la prima, nascere in un paese economicamente evoluto, la seconda, non aver mai sperimentato direttamente, gli effetti di eventi drammatici, come lo furono le guerre mondiali, le carestie che caratterizzarono i secoli passati, le pestilenze che si abbatterono su popolazioni indifese e così via.

La notte trascorse lentamente, con il riflesso delle immagini che provenivano dagli Stati Uniti, laddove una decisa azione militare, concertata tra il Presidente ed il Congresso, aveva stoppato le prime reazioni dettate dal panico.

Pochi affollamenti ingiustificati, sparuti gruppi di persone che riversavano nei carrelli della spesa tutto quanto di commestibile fosse possibile comprare, poi la tranquillità imposta.

L'unità di crisi a livello europeo lavorava instancabilmente. All'alba del nuovo giorno saremmo stati in grado di mantenere la calma, o saremmo stati sopraffatti dall'emotività?

Per evitare qualsiasi malinteso, venne approvata all'unanimità una risoluzione che impedisse a chiunque di acquistare prodotti al fine dello stoccaggio, limitando l'approvvigionamento a due pezzi per genere, per ciascuna famiglia.

Ma al di là della misura d'urgenza, molto di più riuscirono ad incidere nelle persone, tutti i servizi volti ad evidenziare l'autosufficienza alimentare occidentale, anche in assenza di approvvigionamenti esterni; non era in discussione la nostra sopravvivenza, bensì il nostro modo di vivere.

Fu una giornata strana quel venerdì 21 dicembre 2012: ovvio che qualcuno cercò recondite interpretazioni nei calendari Maya o nel libro di Nostradamus, ma questi temuti e romanzati eventi non rappresentarono ulteriore fonte di preoccupazione.

Quello che mi colpì maggiormente fu il rumore molto tenue di tutto; un rumore attutito, come quando non si vuole disturbare e ci si muove con circospezione: dal traffico che scorreva ma senza frenesia e senza clacson, alle persone che dialogavano ma non litigavano, alle televisioni che mandavano in onda reality ma con ospiti che non inveivano gli uni contro gli altri. Una giornata di transizione in attesa di qualche informazione che in quel momento mancava.

A ben vedere gli elementi del problema erano abbastanza scarni e tali da impedire l'identificazione di una domanda chiara e quindi la formulazione di possibili risposte.

Sapevamo che un paese, una grande nazione per dimensione geografica, per produzione manifatturiera, per forza economica, aveva unilateralmente agito in maniera risoluta e lacerante: il motivo, però, non lo conoscevamo.

Luminarie accese, negozi ricolmi di mercanzie, tutto era pronto per la festa ma le teste erano altrove.

Per la prima volta, anche chi in precedenza si sentiva finanziariamente inattaccabile, con un lavoro od una professione lautamente retribuiti, o chi beneficiava di rendite cominciò a preoccuparsi, per la prima volta il dubbio, bastardo e spaventoso, si insinuò in tutti, indistintamente.

Non era più qualcosa che toccava gli altri e che sfiorava le nostre esistenze senza sconvolgerle, era una presa di coscienza della nostra vulnerabilità e della nostra debolezza.

Una consapevolezza che cambiava e che realizzava qualcosa di nuovo, che non pendeva dai discorsi politici, un momento di grande generale riflessione forzata.

Non c'era fede politica, religiosa o morale che potesse intralciare il pensiero; potevamo aprire gli occhi senza alcuna preclusione di sorte, senz'essere deviati da situazioni esterne, da filtri precostituiti; eravamo capaci di ragionare, di pensare, ciascuno a contatto diretto con le proprie debolezze. Ma saremmo stati veramente capaci di fare ciò?

Il 21 dicembre 2012 lo trascorsi a casa, rimanendo tutta la mattina nello studio a lavorare. La televisione accesa in sottofondo, con un occhio che di tanto in tanto si staccava dal computer per cercare qualche novità che non arrivava. I momenti trascorsi al telefono erano l'occasione per guardare distrattamente quello che scorreva sullo schermo.

Alle sempre più scarse immagini dei porti desolatamente vuoti, venivano alternate le analisi sulla seconda potenza economica mondiale, la Cina, con dovizia di dati ed andamenti, performance e obiettivi.

Eleonora mi raggiunse più volte, con le scuse più disparate, tradendosi perché immancabilmente chiedeva se c'erano novità ma ogni volta la mia risposta era sempre preceduta dallo scuotimento della testa e da un ermetico *"ancora nulla, non si sa niente."*.

Poco prima delle 13.00 incominciarono i rientri dalla scuola: Sebastiano, il nostro *"Whisky"* in omaggio ad un jingle che sin da piccolo si divertiva a cantare spesso, fu il primo, quindi rincasò Beatrice di ritorno dalla vicina Villafranca. Non appena anche Lorenzo fece la sua comparsa, Eleonora invitò tutti a tavola gridando: *"Le mani, è pronto!"*.

Sedemmo ordinatamente tutti ciascuno al proprio posto.

Fu Beatrice per prima a sollevare l'argomento: *"Ma cosa sta succedendo, a scuola non si parla d'altro ..... anche i professori .... dicono che è un bel casino. Quello di Latino ha detto che i Cinesi potrebbero anche invaderci ...."*.

Se escludo quanto successe un anno prima, il 25 gennaio 2011, quando, trovandomi al Cairo per lavoro, vidi in presa diretta il nascere di una rivoluzione che commentammo insieme al mio rientro, il pranzo del 21 dicembre 2012 rappresentò la prima occasione in cui i figli furono coinvolti in un problema che li toccava personalmente e che avrebbe potenzialmente potuto riguardare anche la loro sicurezza.

"Che sia un bel casino, penso non ci sia bisogno di essere dei geni per capirlo", risposi, *"quanto al che cosa succederà, beh ...... penso non lo sappia veramente nessuno, forse nemmeno i Cinesi ... credimi."*.

Lorenzo ascoltava silenziosamente mentre assaporava il cibo e Whisky venne zittito da Eleonora.

"Voi dovete avere in mente solo una cosa in questo momento ...".
"Lo studio", disse interrompendomi Lorenzo.
"Ecco bravo, proprio così. E non fatevi influenzare da quelli che diranno che oramai è superfluo studiare o cazzate di questo genere.".
"Non ti preoccupare papà", riprese Beatrice.
Parlammo a lungo durante il pranzo e quella fu l'occasione per trasmettere ai figli alcune nostre opinioni. Ci sforzammo di passare un messaggio nella maniera più serena possibile, almeno per quanto le circostanze permettevano.
Nel primo pomeriggio un'altra notizia rafforzò la gravità della situazione: la richiesta ufficiale pervenuta al Ministero degli Esteri di tutti i paesi appartenenti al G8 affinché fosse costituita una delegazione che presenziasse ad un incontro a Pechino; furono invitate le massime cariche istituzionali dei singoli paesi.
Nessun commento e nessuna giustificazione; solo l'impressione che l'atteggiamento duro e deciso da parte della Repubblica Popolare avesse violentemente scosso il nostro sistema.
Il buio era già sceso in una giornata particolarmente fredda di un inverno che bussava prepotentemente alle porte. Le televisioni si interrogavano sull'opportunità di accettare l'imposizione ma convenivano concordi sulla debolezza della nostra situazione, ogni volta che rammentavano la totale assenza di navi cinesi nei porti.
Le voci contrarie furono poche e non ascoltate. L'invito al confronto sul suolo, diventato nemico, venne accettato, con la ferma presunzione di avere la forza della ragione, convinti di aver subito un sopruso inaccettabile e di poter ripristinare lo stato di diritto delle relazioni internazionali.
Quella sera al nostro tavolo presenziò eccezionalmente anche la televisione, un ospite in genere non gradito e sopportata solo in particolari circostanze come consigliavano gli eventi che stavamo vivendo.

Whisky sprigionava la consueta effervescenza e si beava del suo giustificato non coinvolgimento per una situazione che non poteva toccarlo. Beatrice e Lorenzo ascoltavano attenti alternando momenti di silenzio con richieste di spiegazioni.

Tra un servizio sull'assenza delle navi, un report sugli scambi commerciali con la Cina ed un commento dell'invito a Pechino giunsero le 20.30, l'ora stabilita per il collegamento a reti unificate.

Puntuale il Presidente della Repubblica apparve sugli schermi. Ripercorse l'evento centrale degli ultimi giorni, quindi manifestò, con le sole parole, un ottimismo che il suo tono di voce allontanava sempre più, a mano a mano che illustrava il significato dell'incontro che ci sarebbe stato, senza mai abbozzare alcuna teoria sulle soluzioni che ne sarebbero potute scaturire. Eccezionalmente Whisky fu in grado di mantenere il silenzio vedendoci immobili davanti alla televisione.

Fu un discorso che durò poco più di 10 minuti: nessuno, nemmeno il nostro Presidente poteva sapere quali scenari si sarebbero potuti disegnare, ma il suo ruolo non lo poté esimere da un'apparizione che avrebbe dovuto avere lo scopo di tranquillizzare.

Spensi la televisione e cercammo di parlare d'altro: Natale si stava avvicinando ed i preparativi per la cena con i nonni fornirono un valido diversivo.

Facemmo una rapida carrellata ed a ciascuno toccò il proprio momento per rammentare gli impegni dei giorni successivi, con Eleonora che annuiva quando trovava corrispondenza con quanto da lei annotato nell'agenda e che commentava perplessa sulla possibilità di riuscire a fare tutto quello che avevamo programmato.

Nella giornata seguente non ci furono particolari scosse. I figli a scuola, Eleonora ed io impegnati inizialmente nei lavori domestici e poi insieme a fare la spesa.

Guidando mi interrogai su quanto a lungo avrebbe potuto durare quella situazione: *"Chissà se avremmo un sussulto d'orgoglio o* se le cose torneranno come prima, una volta che avremo esaudito le richieste cinesi?".

"Bisognerà vedere cosa chiederanno", rispose realisticamente Eleonora.

"Effettivamente hai ragione. Il fatto è che temo molto la nostra incapacità di proporre qualcosa di nuovo, sempre attenti come siamo alla tutela dei diritti di questo o quel gruppo.".

"Chissà cosa potranno reclamare!", aggiunse ancora Eleonora questa volta con tono enigmatico.

"Sai, personalmente ritengo che potrebbero chiedere qualsiasi cosa. Perché dovrebbero porsi dei limiti?".

"Cosa vuoi dire?".

"Semplicemente che noi viviamo appoggiandoci ad un sistema che è formalmente fallito.".

"Non esattamente; mi sembra che fino a ieri si sia comunque riusciti ad andare avanti.".

"Appunto", risposi sarcasticamente, "fino a ieri. Dal mio punto di vista la dimostrazione che il nostro è un sistema già fallito, risiede tutta in quello che è successo in questi giorni: dal N.S.N.G., alle paure generalizzate, al fatto che si sia dovuto accettare l'invito a Pechino: non siamo in grado di andare avanti da soli a meno di stravolgimenti che non riesco nemmeno ad immaginare.".

Continuammo la nostra conversazione fino a quando entrammo nel supermercato. All'interno la maggior parte delle persone sembrava interessata ad altro e solo di tanto in tanto si udiva qualcuno che s'intratteneva parlando dei recenti fatti: "Domani faremo giungere anche noi la nostra voce. ... ... Quelli non si possono permettere di fare quello che vogliono ..... ma chi si credono di essere? ..... Vedrai tutto tornerà come prima, conviene a tutti!".

Passavo accanto ascoltando stupito; più di una volta, senza nemmeno darmi modo di proferire una sola parola, sentii un preventivo ammonimento da parte di Eleonora: "Mi raccomando Michele!".

Correttamene temeva che potessi rispondere qualcosa a qualche sconsiderata affermazione. Ed in verità avrei voluto: quanto mi conosceva bene!

Fui però in grado di trattenermi solo in virtù della richiesta che mi era arrivata, limitandomi a commentare laconicamente quanto avevo udito: *"Che pie illusioni. Crediamo ancora di essere una grande potenza economica."*.

L'incontro tra le due delegazioni era stato programmato per le ore 10.00 cinesi di sabato 22 dicembre 2012. Di quell'evento ci sono giunte per gentile concessione del Partito, poche immagini: gli spazi aerei furono dichiarati chiusi e solo quelli accreditati per l'occasione poterono atterrare. Giornalisti o reporter e comunque i media in generale furono tenuti fuori. Il regime non permise altre alternative alle proprie controllate ed essenziali cronache.

Nelle riprese si vedono i leader che camminano lentamente, volti persi, movimenti titubanti, come studenti che affrontano una interrogazione, quando il giorno prima si sono divertiti anziché studiare. Passo dopo passo l'iniziale percezione di smarrimento divenne la certezza di una situazione a cui non avevano pensato, lasciando impreparati i delegati, abituati e forse convinti, di ritrovare atterrando le immagini conosciute.

Invece l'aggressione psicologica centrò l'obiettivo non appena i tre velivoli furono fatti fermare all'interno di un hangar, al riparo da possibili sguardi non graditi. Poche immagini dei momenti in cui le persone scendono dagli aerei e il documento si conclude: la delegazione non ebbe nemmeno il tempo di rendersi conto di quello che stava succedendo una volta toccato il suolo cinese, che gli aerei utilizzati stavano già rullando sulla pista per lasciare il suolo nemico.

Per tanti anni, dall'alto della nostra raggiunta maturità e saggezza, avevamo invocato parità nei diritti umani, un'apertura biunivoca dei commerci internazionali, l'assimilazione delle regole del libero mercato, peraltro da noi disegnate, etc etc.

Sulle televisioni si susseguivano i dibattiti: da un lato coloro che erano convinti ci sarebbe stata una nuova colonizzazione, questa volta avendo i nostri territori come obiettivo, dall'altro coloro che erano sicuri che in realtà il tutto fosse stato una grande provocazione per ottenere maggiori risorse, una nuova moneta mondiale in sostituzione del dollaro ed un nuovo Gruppo di comando.

Tantissima retorica sull'immoralità del gesto, sulla bassezza del comportamento, sulla superiorità della nostra democrazia, ma nessuna ipotesi su quello che il giorno dopo avremmo udito. Nell'era della tecnologia e dell'informazione eravamo privi di notizie e non restò che attendere.

L'indomani Londra divenne il palcoscenico dal quale i leader di ritorno da Pechino, allestirono una breve conferenza stampa. In maniera stupefacente non trapelò alcuna informazione quindi non ci restò che attendere le ore 18.00 di quella stessa domenica.

In Italia erano le 19.00 di una perfetta antivigilia di Natale, con i primi fiocchi di neve che si adagiavano dolcemente su quello che incontravano.

Conclusi tutti i nostri impegni pianificati, la serata venne dedicata a goderci il tepore della nostra casa. Il caminetto era acceso alla ricerca di un ulteriore elemento rassicurante, in grado di riscaldare l'ambiente e rendere soffice con il suo crepitio i nostri movimenti.

Lorenzo e Whisky stavano giocando con la Wii, mentre Beatrice era uscita con le amiche dopo averci interrogato sull'opportunità; la furbetta sapeva benissimo che non c'erano problemi ma volle manifestare la sua disponibilità a qualsiasi nostra decisione nel caso ci fosse stato bisogno.

Avvisai Eleonora che eravamo prossimi all'ora convenuta, mentre il televisore mostrava le immagini di un palcoscenico ancora vuoto alternandole a quelle dell'arrivo degli aerei utilizzati per raggiungere Pechino e ritornare. Ricordo che non potei fare a meno di fare una considerazione populista, pensando: *"Che spreco di risorse nel nome di una presunta sicurezza. Ognuno fa sfoggio del proprio aereo d'ordinanza. Ma se anche quegli aerei dovessero cadere, sarebbe veramente un problema dover rimpiazzare questa inetta classe politica?"*.

Un attimo dopo mi vergognai dei miei pensieri e mi rimproverai stupendomi un po' per quello che ogni tanto ero in grado di pensare; non potei però fare a meno di guardarmi nel profondo ed ammettere che non sentivo veramente nulla per tale scellerata considerazione. Per fortuna c'era la televisione che m'aiutò a distrarmi.

L'ora stabilita era trascorsa senza che nulla fosse cambiato, senza alcuna notizia che aggiornasse il momento del collegamento.

Avevamo appreso della volontà di rilasciare un comunicato alla fine di quella stessa mattinata: la voce si era diffusa appena usciti dalla chiesa mentre salutavamo gli amici.

Poco prima Beatrice si era seduta al banco con le amiche d'infanzia, Whisky si era accomodato tra me ed Eleonora, mentre Lorenzo aveva prestato servizio come chierichetto.

Fuori faceva freddo e l'aria profumava di neve; la novità del comunicato colse un po' tutti di sorpresa, spaccando in due contrapposti schieramenti coloro che stavano commentando i fatti: da una parte quelli che ritenevano l'esiguo tempo dedicato ai colloqui di Pechino una conferma del ritorno immediato alla normalità delle cose, dall'altra quelli che ritenevano ci fosse stata una spaccatura tra i due schieramenti che aveva impedito il procedere dei negoziati.

Ora il ritardo che si andava materializzando rispetto all'annunciata conferenza, stava dando linfa alla corrente dei pessimisti. Questi ultimi ritenevano improbabile che i leader non avessero ancora raggiunto un accordo sul comunicato, se i risultati dei colloqui fossero stati positivi; non potei controbattere ad una simile argomentazione che mi trovava d'accordo.

Intanto seguivo borbottando sommessamente le opposte tesi e mi chiedevo come facessero gli ottimisti a ritenere ancora possibile un ritorno alla normalità ante N.S.N.G.

I preparativi per la grigliata serale procedevano e di tanto in tanto Eleonora si affacciava sorridendo e chiedendo che cosa avessi da imprecare.

"Questi cretini pensano ancora che i Cinesi abbiano voluto scherzare. Ma sì, domani mattina diamo ordine a tutte le nostre navi di fare ritorno immediato a casa, così perché è una bella trovata. Poi visto che ci siamo, chiediamo agli occidentali ed a qualche giapponese di fare un giretto a Pechino, così con l'occasione ci portano il regalo di Natale e gli diciamo la verità. Cosa ti sembra? Bello vero? Roba da non credere … ….".

Mi resi conto che stavo perdendo il controllo. Chiamai Lorenzo chiedendo il suo aiuto: *"Mi dai una mano a preparare?"*.

Lorenzo non si sottraeva mai a queste incombenze, anzi gli piacevano; il problema semmai era che a partecipare si infilava anche Whisky, il piccolo. L'arrivo della coppia ebbe il rilassante pregio di farmi abbandonare l'ossessionante attenzione con la quale seguivo la televisione. Che età fantastica la loro.

Purtroppo non passò molto tempo da quell'atmosfera spensierata che d'improvviso, pochi minuti dopo un inaspettato rinvio, venne letto un comunicato.

"Eleonora vieni, presto. Voi non fiatate, capito?".

Rimasi in ascolto immobile e volsi lo sguardo solo quando lei comparve in cucina: *"Stanno per leggere un comunicato; dovrebbe essere la richiesta fatta dalle autorità cinesi."*.

Ed effettivamente venne letta la richiesta, che apparve chiara ed enigmatica al tempo stesso.

"Noi rappresentanti della Repubblica Popolare Cinese, in mancanza di un chiaro e fattibile programma di cambiamento nella gestione economica e finanziaria degli stati che appartengono al gruppo del G8, che dovrà essere sottoposto alla nostra attenzione entro la data del 31.12.2013, non sottoscriveremo più alcun certificato di debito; a fronte dei crediti alla data certificati, in assenza del programma di cambiamento citato, eserciteremo un diritto di pignoramento su tutte le attività manifatturiere presenti nel nostro territorio; per

finire, il dollaro americano, dovrà lasciare il posto ad un paniere di monete che sarà definito comunemente.".

Il timore che attraverso l'inflazione i paesi occidentali volessero annacquare il loro debito era diventato concreto, e così la Cina prese la decisione di tutelare i propri interessi. L'Occidente non faceva più paura, se non per lo scriteriato modo in cui continuava a vivere.

Nel passato le mosse della Cina, tra cui anche quella di finanziare massicciamente alcuni paesi, erano state vissute come una necessità per evitare gravi ripercussioni economiche che avrebbero danneggiato il nuovo gigante ed al tempo stesso, vennero interpretate anche come un'opportunità per abbandonare i panni dell'attore comprimario all'interno delle riunioni degli organismi sovranazionali. Ma ora le cose erano cambiate completamente.

Cosa significava quella richiesta e perché era stata formulata attraverso una preparazione così violenta?

Guardai Eleonora perplesso ma anche lei non sembrava avere spiegazioni plausibili: in tutto questo mi rimase un forte cruccio: *"Se hanno pianificato tutta questa sceneggiata dove saranno disposti ad arrivare?".*

Eleonora udì la mia domanda ma non rispose.

Lorenzo era rimasto diligentemente in silenzio alla sua postazione di lavoro mentre preparava gli spiedini, imitato dal fratello.

La trasmissione televisiva era finita mentre Eleonora ed io rimanemmo assorti nei nostri pensieri, nostro figlio comprese che era arrivato il momento di porre la sua domanda.

"Cosa significa papà? Non credo di aver capito bene!", chiese una volta che il volume della televisione fu abbassato.

"Non so se ho capito io" risposi, mentre mi sedevo a tavola davanti ad Eleonora, *"sicuramente la situazione non è allegra. Credo ci dovremo preparare a cambiare qualcosa nelle nostre vite, ma non chiedermi cosa. Certamente non sarà più come prima!".*

Mi resi conto che stavo parlando con un bambino di 12 anni per cui cercai di riprendermi.

"Ma noi siamo forti vero e poi ci sono sempre le 4F che ....".

"Sì, le 4F!

Famiglia, e noi siamo una bella famiglia unita;

Formazione, e su questo punto ci fate una testa, ma una testa ....;

Fondoschiena, perché, chi non si fa il culo non ottiene nulla;

(alla parola magica Whisky si mise a ridere sguaiatamente)

Fortuna, perché bisogna avere anche un po' di Fortuna nella vita.".

"Sì, proprio a questo pensavo ..... bravo vedo che ricordi bene; speriamo di averne un bel po' di fortuna che male non ci farà" ribadii.

Lorenzo aveva voluto dimostrare che la lezione la conosceva, eccome se la conosceva, e ciò ci fece sorridere dimenticando per un attimo i tanti pensieri che affollavano la nostra testa.

Non riuscivo ad immaginare nemmeno vagamente che cosa sarebbe successo da lì a pochi giorni, chiuso com'ero a cercare di capire come avremmo potuto parare i contraccolpi che sarebbero scaturiti da una tale situazione o come avremmo potuto salvare e porre al riparo qualche risorsa che avevamo risparmiato.

La Cina avrebbe ripristinato i collegamenti e riaperto le frontiere fino alla fine del 2013, con la promessa che, nel caso in cui il nuovo modello di sviluppo non fosse stato radicalmente diverso da quello a cui eravamo abituati, ma soprattutto, non avesse avuto la possibilità di sostenersi senza l'ausilio esterno, avrebbe riattivato in maniera definitiva i proclami che ci avevano fatto tremare per poche ore.

In poco più di 30 anni la Cina ci aveva prestato tutta la manodopera di cui avevamo avuto bisogno, tutte le sue riserve monetarie, tutta la capacità di risparmio, tutta la volontà di adeguarsi e di rispondere alle nostre richieste.

Forse avevano capito prima di noi che il nostro modello non sarebbe potuto durare a lungo, che eravamo destinati ad un'agonia, e che prima o poi, anche loro, ne sarebbero stati coinvolti.

I governanti cinesi avevano azionato il freno imponendo uno stop. Il mondo del consumismo esasperato doveva ridisegnare le proprie regole di sviluppo sostenibile e lo doveva fare in tempi rapidi, di più, rapidissimi.

Fu scioccante, ci stavano dando una dura lezione, in maniera determinata, non perché volessero redimerci o condurci sulla retta via, semplicemente perché stavano salvaguardando i loro interessi.

Avevano capito che, così facendo, i sacrifici del loro lavoro rischiavano di andare vanificati per la nostra superficialità e per la nostra dissolutezza. Che legnata! Fu una prova di determinazione e di lungimiranza, ma allo stesso tempo ci stavano anche fornendo un'occasione.

E' fuor di dubbio che prima o poi non avremmo retto all'onda del debito, del continuare a consumare anche magari con il lodevole intento di far ripartire il mercato, scavando buche per poi riempirle, solo con l'obiettivo di creare lavoro e stimoli economici, lontani da un disegno strategico di lungo periodo che fosse oltre le nostre naturali vite.

Ora si trattava di destarsi, eravamo all'angolo, piegati sulle nostre ginocchia, ma c'era stata data l'opportunità di rifiatare e ripensare, fornendoci anche la scusa per aggirare gli ostacoli e la paura di sconvolgimenti sociali. Non potevamo perdere l'occasione: ma come fare? Come fare!

Il tempo concessoci era veramente irrisorio, soprattutto se relazionato alla richiesta fattaci. Eppure era la cosa più logica. Noi umani, siamo in grado di dare il nostro meglio quando siamo sottoposti ad una notevole pressione, altrimenti tendiamo a prendercela comoda, a dilazionare i tempi, ad aprire tavole rotonde per sentire l'opinione di tutti, a proteggere i più deboli. Il destino tornava ad essere nelle nostre mani come del resto lo era sempre stato, ma forse, per la prima volta, ciascuno avrebbe potuto ripensare al proprio percorso, al cammino che lo aveva condotto a quel punto.

Il telefono squillò: Eleonora rispose. Rimase a parlare poi attirò la mia attenzione: *"Michele, è Beatrice. Chiede se può rimanere a cena dalla Roberta, l'ha invitata …. che dici?, se non ci sono cose particolari …. io direi che è meglio così."*.

Annuii. Per un po' potevamo far finta che nulla fosse cambiato, non ancora almeno.

VACANZE DI NATALE 2012

All'alba della vigilia di Natale, le navi cinesi, fecero ritorno nei porti dai quali erano scomparse e pochi brevi reportage sancirono l'apparente ritorno alla normalità.

Le scuole erano state chiuse per le vacanze e in casa eravamo impegnati nei preparativi per la cena: a ciascuno il proprio compito!

La mattinata fu interamente dedicata ai tortellini con una squadra volitiva e disciplinata: dopo la prima fase dell'impasto Eleonora eseguiva una prima lavorazione con il mattarello, Beatrice provvedeva a girare freneticamente la manovella della sfogliatrice, per poi ripassare il semilavorato alla madre che la sezionava in tanti quadrati uguali; a questo punto entravano in azioni i veri artisti, Lorenzo ed il sottoscritto, procedendo a distribuire al centro di ciascuno pezzetto di sfoglia una piccola porzione di "macinato segreto" e preparandoci quindi per il gran tocco finale che consisteva nel richiudere con maestria la pasta avvolgendola nella caratteristica forma del nodo dell'amore. Al nostro fianco Whisky aveva la sua filiera riservata che gestiva autonomamente; non ci fu alternativa che farlo partecipe con lo scopo di contenerne l'esuberanza. Una produzione artigianale senz'ombra di dubbio considerando che non uno dei molti tortellini che fummo in grado di produrre poteva lontanamente assomigliare nella forma e nelle dimensioni ad un altro. In compenso rimanemmo insieme per molto tempo, schiamazzando, prendendoci gioco dei risultati e sentendo i rimbrotti di Eleonora che, al limite della pazienza, aveva minacciato un allontanamento di massa dalla cucina, ma felici per quello che sarebbe stato il capolavoro culinario della serata.

I miei genitori nonché mio fratello e famiglia erano gli ospiti attesi e non era finita, i tortellini sarebbero stati la portata orgogliosa anche il giorno di Natale allorquando il piano che avevamo consolidato negli anni avrebbe previsto il pranzo con la mamma di Eleonora.

Eravamo reduci da un paio di giorni nei quali non si era parlato d'altro se non del comunicato che era stato diramato dalla delegazione, con commenti e dibattiti che si erano sovrapposti, nel tentativo di approfondire e capire.

La cosa singolare sulla quale vennero proposte le più disparate interpretazioni, fu la mancanza di interviste alle persone che avevano fatto parte della spedizione a Pechino; ogni commento si rilevava alla fine privo dello spessore necessario a suscitare attenzione. Contemporaneamente come accennato, il ritorno delle navi aveva finito con il far dimenticare le richieste che i più non avevano capito.

Il Natale del 2012, valutato nella sua accezione religiosa, perse ulteriormente il senso profondo che normalmente dovrebbe avere e che con il tempo abbiamo lentamente accantonato; la vigilia e la festività scivolarono via velocemente, complice l'attenzione che era stata posta sugli eventi dei giorni immediatamente precedenti, lasciando la Natività relegata ad un ruolo marginale; non fu semplice scacciare i tanti irrisolti quesiti per cercare un po' di intimità.

Il giorno di Santo Stefano ci trasferimmo in montagna, la stagione sciistica aveva avuto un inizio strepitoso, con tantissima neve e freddo pungente. Per un accanito sciatore come me si trattava delle condizioni ideali per trovare pendii di neve molto dura incastonati in una cornice paesaggistica suggestiva come quella delle Dolomiti.

Apparentemente tutto era perfetto; passammo delle meravigliose giornate sciando e rilassandoci con la migliore compagnia che potessi desiderare eppure ... ...

Eppure rincasando il pomeriggio dopo un'intera giornata all'aria aperta, l'esigenza primaria era quella di fiondarmi al televisore e capire se c'erano novità. Una rapida carrellata sui notiziari quindi una puntata sui canali internazionali ma nulla, assolutamente nessuna novità di rilievo. Cercavo di non far capire cosa stavo guardando muovendomi con naturalezza, timoroso di rompere un incantesimo meraviglioso, ma ad un'attenta donna e mamma come lo è sempre stata Eleonora, non poteva sfuggire la mia ricerca.

Mi vide cedere ad un gesto sconsolato delle braccia in un senso di impotente frustrazione dopo aver passato inutilmente in rassegna i vari canali d'informazione; provò a rincuorarmi cercando di farmi percepire gli aspetti positivi ma nulla.

"Non è possibile non succeda niente: aspetteremo fino alla fine dell'Ultimatum? O forse quello che ci è stato detto è solo una pillola edulcorata che nasconde la verità di una situazione che ci ha già visto alzare bandiera bianca? .... Ci siamo già arresi e saremo pacificamente invasi mentre stiamo spensieratamente godendoci gli ultimi giorni?".

Non sapevo darmi pace e continuai in maniera confusa controllando il tono di voce per non farmi sentire dai ragazzi: *"Chiaro che l'invasione la stanno già effettuando da anni; i Cinesi con la manodopera, i Mussulmani con la religione e poi ..... ma sì, tanto noi siamo i paladini della democrazia, dobbiamo dimostrare la superiorità delle nostra cultura liberista .... avanti c'è posto per tutti!"*.

Parole prive di significato alle quali Eleonora non aveva dato risposta tornando alle sue faccende e cambiando discorso al solo scopo di ripristinare la spensieratezza di una bella giornata; commenti inconsistenti che si sarebbero però ripresentati solo alla fine del giorno seguente.

La sera del 30 dicembre cenammo soli nel nostro piccolo appartamento. In un momento di silenzio Beatrice inaspettatamente ci interrogò: *"Ma cosa pensate si potrebbe fare, ... beh insomma .... voglio dire, per quella cosa della scorsa settimana quando abbiamo ricevuto l'Ultimatum da parte dei Cinesi ... .?"*.

Lorenzo non smise di mangiare osservando alternativamente me ed Eleonora per poi ritornare a fissare il suo piatto. Io, sentendomi impreparato, colsi l'occasione facendomi trovare impegnato ad incoraggiare il piccolo Whisky a finire la sua porzione mentre lui procedeva svogliatamente a mangiare come sempre.

Toccò così ad Eleonora farsi carico di rispondere: *"La situazione è particolarmente difficile, non c'è bisogno di nasconderlo. L'esempio delle nostre vite è sintomatico di quanto gioiosa e spensierata sia stata l'esistenza fino ad oggi, fatta di mille piaceri e pochissimi problemi. Ma non dobbiamo cadere nella trappola di considerarla una situazione normale: siamo stati senza dubbio dei privilegiati e forse non potremo permetterci ancora tutto quello di cui abbiamo goduto fino ad oggi. E' importante che questo voi lo capiate.".*

Beatrice ascoltava e annuiva, poi riprese incalzante: *"Certo, quello che dici tu mamma è vero e lo so perché ce lo avete fatto notare spesso, ma io vorrei capire cosa voi pensate bisognerebbe fare.".*

Avevo immaginato molte volte il momento in cui mi sarei ritrovato in una discussione come quella che si era appena aperta con i figli, convinto di avere certezze consolidate. In realtà non sapevo da dove cominciare; all'improvviso tutto quello che affluiva alla mia mente mi sembrava carico di retorica e scarsamente importante.

Beatrice aveva da pochi mesi compiuto 15 anni, un fiore che stava sbocciando. Abbiamo sempre guardato alla nostra piccolina, come al *"difensore delle cause perse"* immaginandocela, con i suoi lunghi capelli biondi e gli occhi azzurri, in prima fila a combattere per qualsiasi motivo per il quale valesse la pena sfidare qualcuno.

Ma una cosa è immaginare sorridendo il futuro, ben diverso è invece ritrovarsi ad affrontarlo. Era la prima volta che entravamo in argomenti come questi con lei; la politica aveva sempre rivestito un ruolo molto marginale nella nostra casa.

"Credo che ricordiate anche voi," proseguì lei *"che nel nostro istituto c'è una tradizione consolidata di appartenenza alla destra con tutto quello che ne consegue verso tendenze*

xenofobe evidenti. Il contesto geografico in cui viviamo è anch'esso storicamente influenzato da una matrice nazionalista. Di conseguenza le considerazioni che si sentono sono prevalentemente connotate da questi fattori ed il mio timore è quello di non riuscire ad analizzare serenamente e senza preconcetti gli eventi. Quello che mi sto sforzando di capire è se il momento storico che stiamo vivendo vada affrontato come una dicotomia tra la destra e la sinistra cercando nei loro valori storici una soluzione, oppure se l'enfasi politica sia solo una parte del ben più ampio problema. Molti dicono che abbiamo concesso troppo e bisogna tornare a proteggere il nostro territorio, salvaguardare la nostra cultura e la nostra gente; qualche caso isolato sostiene invece che non ci sarà mai pace fino a quando non raggiungeremo una vera uguaglianza ed altri ancora avvertono che se non capovolgeremo completamente le logiche mettendo al centro gli effetti ambientali, non riusciremo a trovare alcuna soluzione.".

Rimasi sorpreso: non m'aspettavo di sentire queste considerazioni dalla mia bambina. Mi sforzai di rispondere guardandola come una normale persona e non come fosse mia figlia: *"Credo anch'io che non sia un problema esclusivamente politico, ma anche politico. Credo si tratti del come vogliamo relazionarci con gli altri che ci accompagnano in questo istante e con quelli che ci seguiranno. E' un problema di equilibrio, di economia e di politica ma anche di come intendiamo la democrazia: e quest'ultima deve trovare nuove regole e nuovi principi, perché il capitalismo che ci ha condotto fino a qui ha esaurito la sua spinta.".*

Ci furono degli istanti di silenzio; Lorenzo stava lucidando il piatto mentre Whisky se ne stava tranquillo a giocare, al solito senza curarsi di mangiare.

"Non sarà la destra a risolvere il problema, tantomeno la sinistra, ma dovranno essere gli uomini. Credo tu sappia che personalmente sono molto lontano da qualsiasi concetto di socialismo ma da parecchi anni non trovo un minimo spunto

d'entusiasmo in una destra che non sa governare. Guarda a quello che è successo nel nostro Paese negli ultimi anni. Tutte le volte che vado all'estero e si parla di politica temo le battute che vengono fatte; mi sento umiliato e non trovo un motivo per rispondere. Quante volte abbiamo sentito proclami che rivendicavano la risoluzione di un problema e quante volte dopo pochi giorni il vecchio problema si è ripresentato, come prima, più di prima. Che delusione! E pensare che dovrebbero rappresentarci! Al tempo stesso sono il primo a chiedermi dove sono le alternative."

Mi rendevo conto che stavo scivolando nel banale; non ero in grado di costruire una risposta compiuta alla domanda posta, non ero ancora pronto.

"Penso, cara Beatrice, che il problema sia ben più grande di quanto lo si possa immaginare. L'intera nostra classe dirigente dovrebbe essere rimandata a casa, con un calcio nel sedere s'intende, per manifesta incapacità, morale e intellettuale. Solo allora sarebbe possibile ripensare completamente ad un nuovo approccio.".

Rimasi un attimo in silenzio e poi quasi ad interrogarmi dissi: "Ed anche pensando di riuscire ad avere una classe dirigenziale normalmente dotata poi, cosa faremmo? Ho paura che non si sia più in grado di lottare per un ideale perché per troppo tempo abbiamo concentrato tutte le nostre attenzioni sull'unico obiettivo: quello di migliorare il nostro tenore di vita.".

Stavo raccogliendo alcuni spunti che da tanto tempo non mi ponevo seriamente ma sentivo che affluivano come fossero un'accozzaglia disordinata che urla.

"Sai cosa ti dico?", la interrogai guardandola fissa negli occhi e sentendo un fremito di vergogna per le ultime piatte generazioni che l'avevano preceduta e che anch'io rappresentavo: "Mi piacerebbe si potesse parlare di democrazia e del suo significato, di utilizzo di risorse, di rapporti con le altre culture, di religioni e relazioni tra le stesse e ... ... chissà quante altre cose. Mi *piacerebbe che si potesse mettere in discussione il sistema e pensare ad un nuovo approccio.* ".

Vidi il volto di Beatrice esprimere una smorfia di perplessità.

"*Intendo dire che sarebbe bello poter discutere in maniera civile. Tanto per fare un esempio, quale tra un sistema globale o, all'opposto, uno localistico può essere in grado di fornirci le migliori garanzie: una visione estremamente parcellizzata di localismi autonomi in grado di governare il piccolo territorio di competenza, oppure una visione completamente opposta, dove i confini scompaiono ed ovunque viga un unico sistema di regole condiviso e con gli stessi obiettivi?*".

La nostra piccola ed importante discussione famigliare proseguì serenamente sebbene rimasi deluso per non essere stato capace di relazionarmi come avrei desiderato; parallelamente la diplomazia stava cercando una soluzione concreta ad una minaccia che non era ancora diventata di dominio pubblico.

Quanto ci era stato riportato nel comunicato del 23 dicembre 2012, rappresentava l'abile tentativo di governare un momento estremamente delicato fornendo il minor numero di informazioni possibili e rimanendo al contempo fedeli ad una rappresentazione veritiera ma dai contenuti meramente essenziali.

L'incontro di Pechino era stato un momento particolarmente significativo, visto che i governi delle democrazie invitate accettarono di agire alacremente e congiuntamente.

La costituzione di un Comitato rappresentativo dei vari Stati e delle varie posizioni, per esteso Comitato di Londra, nel quale sarebbero stati chiamati prevalentemente tecnici, persone di comprovata esperienza e di riconosciute capacità, fu la prima, immediata decisione.

Un'intera classe di governanti venne in larga parte destituita e con l'accordo unanime di tutte le nazioni aderenti al progetto, ogni stato avrebbe definito un governo transitorio, costituito dai rappresentanti dei diversi schieramenti.

I massimi organi rappresentativi di ciascuna nazione furono privati di fatto delle loro prerogative basilari; le entità provvisorie dovevano essere in grado di assicurare, per quei 12 mesi che mancavano alla scadenza dell'Ultimatum, una situazione di pace sociale, evitando che la situazione degenerasse nel caos e nell'anarchia.

Le nostre vacanze di Natale stavano procedendo come sperato in un'atmosfera di normalità che solo la consapevole volontà di pensare agli eventi succedutisi, poteva mettere in discussione.

La mattina del 31 ci recammo tutti insieme a sciare, privi dell'assillo di dover preparare la serata che avremmo passato molto sobriamente con amici; l'unica eccezione fu che rincasammo un po' prima per poterci preparare con calma alle celebrazioni per l'arrivo del nuovo anno. All'ora di cena come tradizione imponeva, il Presidente della Repubblica apparve sugli schermi per rivolgere un saluto alla nazione; eravamo ancora nel nostro appartamento in attesa di partire e volli aspettare per non perdere il discorso. Nessuno poteva immaginare che il saluto sarebbe stato particolarmente toccante ed alquanto diverso rispetto a quello degli anni precedenti: fu il commiato di un uomo particolarmente provato, che con tutte le sue forze invitò la popolazione a guardare con fiducia al nuovo anno che bussava alla nostra porta, chiedendo il massimo impegno nell'accantonare le divisioni e nel produrre uno sforzo comune. Mentre salutò, con il cuore ci spinse a prestare attenzione al comunicato che sarebbe seguito subito dopo il suo intervento, e ad accogliere con fiducioso coraggio le prospettive descritte. Rimasi scioccato ed inutilmente cercai conforto negli occhi di Eleonora, smarriti al pari dei miei. Sebbene oramai pronti per uscire rimanemmo incollati a guardare: ero troppo curioso.

In televisione apparve nel frattempo uno spaesato commentatore che prese la parola, chiedendo professionalmente alla regia quali sarebbero state le disposizioni. Non ci fu il tempo per tergiversare ed intrattenere, il collegamento da Londra era già operativo sul satellite. Il Gran Governo, come sarebbe stato chiamato in seguito, in pratica una sorta di G8 allargato, aveva fissato la sua sede permanente nella capitale Britannica. Era la prima volta che la delegazione che aveva presenziato all'incontro a Pechino si presentava davanti alle telecamere; l'impressione che fossero tutti estremamente seri venne evidenziata subito da Eleonora:*"Hai notato? Hanno tutti una faccia molto tirata, funerea."*.

Per un attimo nella mia testa si erano affollate stupide considerazioni all'indirizzo di una classe politica impresentabile ma all'osservazione di Eleonora tornai in me notando l'effettiva pesantezza di quei volti.

Prese la parola un rappresentante di cui non rammento nulla e diede inizio alla lettura di una lunga dichiarazione. Ne emerse una situazione gravosa: fin dal primo giorno, il 20.12.2012, i commentatori avevano battezzato la richiesta pervenutaci come l'"Ultimatum" per porre un'enfasi reportistica drammatica al momento. La commedia giornalistica non avrebbe mai potuto immaginare la verità che la delegazione aveva portato di ritorno dal viaggio a Pechino.

"Ma cosa significa?", dissi rivolgendomi ad Eleonora: *"Quello che ho sentito non riesco a capirlo. Cosa vuol dire che in futuro dovremo trovare delle alternative relazionali e che dobbiamo guardare alle radici culturali del nostro continente? ... Ma è successo qualcos'altro in questi ultimi giorni?"*.

"Beh", intervenne Eleonora quasi meravigliandosi della mia ingenuità, *"io ho ascoltato tutto ma rimango perplessa come te; non sono riuscita a capire cosa volessero dire se non il fatto che bisogna essere preparati e che il futuro non sarà tanto spensierato quanto il passato."*.

"Ma che senso ha questo intervento in questo momento?" ribadii.

"Non riesco ad immaginare. Stasera comunque nessuno rinuncerà a divertirsi, domani saremo rimbambiti e dopodomani spereremo che non succeda nulla; e se proprio dovrà capitare qualcosa di negativo, tutti si augureranno che possa succedere

al loro vicino. Purtroppo questo è il modo con il quale ci siamo abituati a pensare. Cosa dici possiamo andare? Siamo molto in ritardo!".

La guardai rattristito e convenni: non mi era evidente cosa stesse succedendo ma mi imposi di pensare positivamente, facendo riemergere un sentimento polemico: *"Non mi sono chiare molte cose. Comunque tra i desideri che mi auguro si possano avverare il prossimo anno, spero ci possa essere una bella pulizia di questi ciarlatani che ci dovrebbero governare."* E conclusi proferendo a voce alta: *Eleonora hai proprio ragione, c'erano di quelle facce.".*

Nei primi giorni di gennaio 2013 un ulteriore importante passo fu la definizione di un Comitato degli Esperti, incaricato di delineare le linee guida del progetto ma prima bisognava scegliere le persone che vi avrebbero lavorato, sia nella fase teorica iniziale sia in quella progettuale successiva.

Il mondo accademico e della ricerca fu il primo ad essere interpellato, poi le aziende dei vari settori, quindi il mondo politico, le rappresentanze sindacali, quelle giovanili ed universitarie, tutti. Il Comitato sarebbe stato un gruppo molto numeroso, con molteplici tematiche da trattare e l'enorme incognita di dover ridisegnare il modello di sviluppo. Il sistema di governo, il sistema finanziario, quello della salute pubblica, erano solo alcuni degli argomenti che si sarebbero dovuti affrontare. Tutti comunque avevano un comune nemico: l'inesorabile incedere del tempo che stava correndo verso la data imposta dai Cinesi.

La mattina del 5 gennaio 2013 ritornammo a casa lasciando dietro a noi la spensierata vacanza in montagna; in due ore fummo a destinazione. Eravamo affaccendati a sistemare i bagagli, quando ricevetti una telefonata da un ufficio governativo e dopo brevi convenevoli capii che si trattava della rappresentanza in Italia del Comitato di Londra di cui avevo sentito parlare la prima volta durante il discorso del 31 dicembre.

Negli anni precedenti avevo collaborato alla stesura di un libro e l'aiuto che potei fornire fu incentrato su quelle che erano le mie esperienze amministrative aziendali: sistemi di controllo, costituzione di holding con ramificazioni in tutto il mondo e possibilità di seguirne le relazioni. Fu una bella esperienza, l'ultima fatica di un amico con il quale ebbi il piacere di collaborare. L'analisi del suo lavoro riscosse un favorevole plauso dagli addetti e mai avrei pensato che tale giocoso impegno avrebbe potuto avere un risvolto nel futuro.

L'interlocutore si presentò facendo riferimento ad Umberto. Chiese se avessi avuto novità sullo stato di salute del professore, quindi lasciò sbrigativamente l'argomento per focalizzarsi sul tema della telefonata.

Mi furono poste varie domande relative alla mia attività lavorativa, l'esperienza estera ed i legami con Umberto. Ad un certo punto un po' innervosito da come si stava sviluppando il colloquio, interruppi deciso: *"Scusi, sono 10 minuti abbondanti che rispondo a tutte le sue domande senza contare che non ne comprendo appieno il motivo: non riesco ad immaginarmi come posso esserle d'aiuto!"*.

Il poveretto si rese conto che involontariamente si era fatto prendere dalla foga di concludere il lavoro che gli era stato assegnato e fece ammenda.

"Perdoni il mio approccio ma sono giornate molto pesanti e pur essendo un'unità di crisi, non abbiamo mai sperimentato un livello di tensione come quello al quale siamo sottoposti da quel maledetto giorno.".

Il maledetto giorno al quale fece allusione non poteva che essere il 20.12.2012 e per la prima volta in vita mia provai compassione per un dipendente pubblico.

"Il compito che ci è stato affidato è quello di trovare quanti più candidati possibile da inviare alle selezioni che si terranno nei prossimi giorni. Accanto a me ci sono molti altri colleghi che stanno eseguendo la stessa ricerca. L'importanza che riveste è ritenuta Fon-da-men-ta-le ..... pensi ci hanno detto di

dimenticare le nostre famiglie, fidanzate o case ..... sa l'Ultimatum ..... se non le dispiace ...".

Mi resi conto di quanto delicato fosse il compito che era stato loro affidato e diligentemente mi sottoposi a tutte le domande che mi volle fare.

Giunto alla fine della conversazione mi disse: "Mi auguro che le sia chiaro che se io la dovessi segnalare per una candidatura e successivamente fosse selezionato, per i prossimi 12, anzi diciamo 11 mesi e mezzo, lei non avrà più una vita propria, comprende? ..... La prego mi risponda onestamente.".

Il momento di tensione iniziale aveva lasciato il posto ad una franca ma formale conversazione, capii quanto fosse sincero in quel momento e dopo qualche attimo risposi: "Personalmente non ho alcun dubbio sulla mia capacità di impegnarmi, non credo potrei avere alcuna esitazione sulla mia voglia di fare e non ho alcun timore di allontanarmi per un periodo così lungo da casa, il fine lo giustifica pienamente. Vede, ho solo delle riserve su come potrei essere utile e ...".

"Non abbia timore di esprimere le sue perplessità.".

Esitai ancora un momento e poi chiesi: "Lei crede veramente che possa servire a qualcosa quello che mi ha raccontato o si tratta di una semplice operazione di facciata? ..... Cioè ... non so se mi capisce ...".

"Credo di capire", interruppe l'incaricato, che proseguì, "vorrei poterla rassicurare pienamente e dirle che si sta facendo tutto, animati da un nobile sentimento ma non credo lei mi crederebbe e forse non ci crederei nemmeno io. In compenso spero che nel mondo si riescano a trovare persone che abbiano voglia di impegnarsi per la collettività e non solo per un tornaconto personale.".

Parlammo ancora un po' quindi mi ringraziò della disponibilità e mi assicurò che avrei ricevuto, attraverso un sms, una comunicazione in merito alla nostra conversazione. Ci salutammo.

Giusto il tempo di chiudere la conversazione che Eleonora mi apparve a non più di 50 centimetri e con un ampio gesto del capo mi interrogò senza dire parola. Raccontai brevemente la storia, seduto al tavolo della cucina, mentre continuavo a far roteare il telefono tra le dita, quando inaspettato senti l'avviso di un sms in arrivo.

"Possibile?", esclamai del tutto meravigliato.

"Cosa c'è?", chiese Eleonora.

Esitai il tempo di controllare: *"Sono proprio loro"*, risposi, *"…. e mi dicono di partire domani. Domani?"*, ripetei guardandola, mentre anche Eleonora profferiva un più sommesso *"Domani!"*.

In quel momento entrò in cucina Lorenzo che chiese: *"Cosa succede domani, andiamo da qualche parte?"*.

"Voi non andate da nessuna parte, sono io che devo andare a Londra per qualche giorno.".

"Per lavoro, vero papà?".

"Eh sì, sì, per lavoro" e voltando lo sguardo cercai conferma in Eleonora.

Il tempo di bere un bicchiere d'acqua e Lorenzo ci lasciò da soli: Eleonora volle sapere tutto il possibile, che, per la verità, non era molto, per cui cercai di riepilogare ancora una volta la telefonata ricevuta con l'intento di rassicurarla.

La partenza era fissata per l'indomani mattina 6 gennaio.

Guardai l'orologio quindi decisi di chiamare Umberto che felice acconsentì a vedermi: uscii di casa per andare in garage a prendere l'auto e pochi minuti dopo correvo deciso in direzione di Milano.

La radio solitamente accesa, era spenta, e l'autostrada più trafficata d'Italia, senza traffico, in quei giorni che stavano concludendo le festività.

Ero solo con i miei pensieri che vagavano liberamente tra quello che poteva significare quanto mi accingevo a sperimentare e la preoccupazione di una situazione che si andava molto lentamente delineando. Non m'accorsi del tempo passato al volante per raggiungere la meta e solo la necessità di trovare un parcheggio, mi distolse per un attimo dai miei pensieri. Finalmente giunsi davanti alla porta di casa: una breve attesa ed una signora mi accompagnò dal vecchio amico. Rivederlo fu come sempre una gioia per me e sono sicuro lo fu ancor di più per lui: ma non resistevo, avevo bisogno di sapere e questa mia inquietudine traspariva palesemente. Mi chiese di spingerlo fino alla scrivania, quindi con un cenno mi fece segno di accomodarmi. Lo studio era completamente delimitato da una ordinata libreria che lasciava spazio solo alle finestre ed alla porta per accedervi, mentre il soffitto aveva posto dei limiti fisici al numero di libri che riempivano la stanza.

"Allora Umberto cosa mi dici di questa situazione? Avrai avuto modo di sentire molte persone immagino.".

"Sebbene reduce da un periodo particolarmente negativo per la mia salute non ti nascondo che i contatti con tutti quelli che conoscevo sono stati molto frequenti. Penso di poter dire due cose con sufficiente cognizione di causa: la prima è che l'Ultimatum non è una finzione giornalistica ma una vera e propria richiesta che stanno cercando di governare nella maniera più ragionevole possibile. Non siamo dinanzi ad un boutade o ad una provocazione e pertanto va affrontata con serietà. A tal proposito credo che quanto stiano facendo attraverso il Comitato di Londra sia la migliore iniziativa che potesse essere partorita in questo frangente e che ......".

"Scusa Umberto, ma il secondo punto?".

"Già dimenticavo ...", tergiversò alcuni istanti e poi si decise non senza avermi guardato diritto negli occhi: *"C'è molta paura per quello che potrebbe succedere, c'è molta paura.".*

Rimasi attonito sentendo l'eco della parola finale che si ripeteva senza perdere d'intensità ed un brivido mi avvolse immaginando i miei tre figli.

Umberto riprese a raccontarmi il significato di quella telefonata molto criptica e cosa stavano cercando di fare i governi ma nella mia mente non c'era più posto per nulla.

Prima di lasciarmi mi disse di andare tranquillo che saremmo stati sempre in contatto e che non ci sarebbero stati problemi. Lo abbracciai forte e lo salutai; pochi passi e, giunto alla porta dello studio, mi volsi per un ultimo saluto. Umberto si era già accostato alla finestra, da dove assorto guardava verso l'esterno.

Ancora una volta, come all'andata, la radio dell'auto rimase spenta lungo tutto il percorso. I pensieri sui reali motivi della telefonata ricevuta poche ore prima, erano stati dissipati dalle informazioni che avevo ricevuto ma nuovi e più angoscianti fecero la loro comparsa.

Chiamai Eleonora per avvertirla dell'arrivo, pregandola di ritardare la cena di almeno mezz'ora e riattaccai.

Fu una serata molto lunga; i figli contenti per il monopolio della televisione, noi due soli in cucina a parlare.

Le vacanze di Natale erano già un lontano ricordo; la mente era proiettata all'indomani cercando di immaginare quello che effettivamente sarebbe seguito.

LA SELEZIONE

All'alba del 6 gennaio 2013, in silenzio mi vestii e raccolsi il bagaglio a mano che avevo preparato la sera prima, quindi scesi le scale per uscire a prendere il taxi che mi avrebbe accompagnato all'aeroporto di Verona, un tragitto di poco più di 15 chilometri.

Quella di uscire quando fuori era ancora buio e non si sentiva nessun rumore, mentre ancora la piccola frazione di Quaderni stava dormendo, era una situazione che avevo sperimentato centinaia di volte.

Mi dava un piacere sottile lasciare la casa mentre la famiglia dormiva felicemente; provavo un senso di tranquillità e di orgoglio. Quella mattina però, dopo aver indossato le scarpe nella lavanderia adiacente all'uscita, trovai Eleonora ad attendermi dinanzi alla porta di casa. Non disse nulla e mentre mi abbracciò, chiusi gli occhi. Rimanemmo un po' stretti in quella posizione, quindi allentai le braccia e la guardai.

"Torno tra tre giorni, non vado in guerra!".

Mi accorsi subito dell'infelice battuta per cui cercai di rimediare: *"Dai …. guerra, non è certo il caso di parlare di guerra … … anzi chissà che la situazione che stiamo affrontando non sia preludio di qualcosa di nuovo e positivo."*.

Mi guardò amorevolmente con un sorriso che accettò la mia gaffe e disse: *"Speriamo in bene, cosa vuoi che dica; però mi prometti che ci teniamo in contatto …. e poi … poi ci vediamo su skype ….. e mandami un sms quando arrivi ….".*

"Nient'altro? Ti ricordo che vado a Londra, praticamente dietro l'angolo, comunque sì, ti mando un messaggio, se mi ricordo, e poi stasera ci vediamo, se posso, non so se ci sarà skype, ma dovesse esserci …. beh il computer l'ho sempre con me per cui …. Ora comunque devo andare altrimenti si fa tardi ed in questa occasione voglio proprio evitare ogni intoppo. Mi dai un bacio?".

Ci salutammo quindi uscii.

Il volo aereo durò poco meno di due ore e all'arrivo fu facile individuare gli addetti preposti a raccogliere le persone che stavano arrivando da ogni luogo.

Prima di partire avevo guardato attentamente le persone che si sarebbero imbarcate sul mio stesso aeroplano, scrutando i volti e le espressioni. Riconobbi una persona che proveniva da Verona quando gli addetti gli indicarono di attendere che da lì a pochi minuti sarebbe partito un autobus. Non sapevo se mi avesse riconosciuto, ma mi feci avanti presentandomi: *"Se non sbaglio lei arriva dall'aeroporto di Verona, vero?".*

"No non sbaglia, ma scusi … … ci conosciamo per caso? Spero di non aver fatto una brutta figura!".

"No no, non si preoccupi, arrivo anch'io da Verona; eravamo sullo stesso volo. Ho cercato di individuare se qualcun altro avesse la mia stessa destinazione e poi l'ho vista essere indirizzata da questi stessi addetti ….. Piacere, io sono Michele".

"Massimo, il piacere è mio.".

Avevo una smisurata voglia di chiedergli chi fosse, di cosa si occupasse, cosa sapesse, ma il timore di apparire troppo curioso ed invadente mi frenò. Lui era evidentemente nella mia stessa condizione, bramoso di conoscere ma paziente.

Intorno a noi ebbi la sensazione di riconoscere un paio di altre persone ma non ne ero sicuro, e Massimo non mi seppe essere d'aiuto, per cui, pago di avere acquisito almeno una conoscenza, mi misi diligentemente ad aspettare. In pochi minuti al gruppo di persone che si era formato, fu indicato di spostarsi ed una guida ci accompagnò fino ad un mezzo. Salimmo e notai in Massimo una certa soddisfazione, quando gli chiesi di sedermi accanto a lui; avremmo potuto approfondire la nostra conoscenza. Misi al loro posto le mie cose, bagaglio e computer, quindi mi ricordai di mandare un messaggio a casa: *"Arrivato, tutto ok, ci sentiamo stasera.".*

Ero pronto.

"Posso essere curioso?", chiesi al mio vicino.

"Perché no?".

"Di cosa si occupa?".

"Sono un astrofisico e lavoro prevalentemente all'università di Padova. Se non le dispiace credo sia opportuno che ci si dia del tu.".

"Convengo.".

"E tu?".

"Mi occupo anch'io di numeri un po' più beceri però. I numeri dei bilanci, quelli che dicono come vanno le aziende. Lavoro in una multinazionale.".

"Interessante", rispose Massimo, "…. ti occupi di quelle cose che ti dicono se stai andando bene o male, se stai spendendo troppo e se sopravvivrai, giusto?".

"Giustissimo; sono i cugini di quei numeri che non riusciamo più a far quadrare nel mondo cosiddetto evoluto.".

"Interessante.".

"Non so se siano interessanti o meno, ma ti assicuro che non quadrano per niente!".

"Ed è un problema, vero?".

"Personalmente lo ritengo il Problema!".

"Ma scusa Michele ma non dovrebbe essere semplice? Se hai spendi, viceversa no! Non fraintendere, non vorrei banalizzare.".

"Ancora giusto, anzi giustissimo e ti assicuro che c'è poco da banalizzare. In sé il problema è semplice. E' come se tu, guadagnando 100 spendessi invece 110 e questo il primo mese, poi il secondo e così via per sempre … … No, per sempre no perché prima o poi qualcuno non ti concede più credito. Quello che mi sembra stia capitando a noi. Ma ti prego proviamo a cambiare discorso, che questo mi angoscia ed innervosisce al tempo stesso. Tu cosa sai di quello che sta accadendo?".

"A dire il vero non ne so molto. Tre giorni fa c'è stata una riunione nel nostro dipartimento dalla quale sono usciti tre nomi che sono stati inviati a Roma … … non mi chiedere dove.".

"Immagino all'unità di crisi della Farnesina.".

"…. possibile. Eravamo stati informati che avremmo dovuto inviare i nominativi per poter rappresentare il nostro dipartimento. Poi ieri mi arriva una telefonata dal rettore che mi dice che devo partire, da solo; capirai, non sapevo nemmeno cosa fare.".

"Vedo che non ne sai molto più di me.".

Sollecitato, fu il turno di raccontare la mia storia e mentre la stavo terminando, lo stesso addetto che ci aveva fatto salire a bordo, prese il microfono.

Avevamo lasciato l'aeroporto da circa 10 minuti e tutto intorno a noi si poteva ammirare la verde campagna inglese.

Sull'autobus tutti tacquero immediatamente.

"Mi chiamo Tom e sono lieto di darvi il benvenuto a Londra a nome del Comitato. Ci stiamo dirigendo verso la cittadella che è stata dedicata, la scorsa estate, ad ospitare i giochi olimpici. Arrivati a destinazione io stesso vi porterò all'accettazione che è stata ubicata all'interno del palazzo della ginnastica. Vi prego di mantenervi vicini gli uni agli altri perché ci sarà molta confusione: gli arrivi sono cominciati ieri ed oggi troveranno il loro culmine. Sarete quindi assegnati ad uno dei banchi che mi sarà comunicato non appena arriveremo. Vi informo che solo quel banco ha tutta la vostra documentazione per cui vi prego di restare con me ed attenervi alle disposizioni. Singolarmente, rispondendo alla chiamata, vi recherete al banco laddove un addetto vi consegnerà la documentazione che dovrete restituire firmata, oltre alle chiavi della vostra camera. E' superfluo dire che dovrete avere molta pazienza e comunque per ora, lo smaltimento sta procedendo in maniera regolare: vi prego di non allontanarvi. Per finire sono spiacente di dirvi che tutte le mie informazioni si limitano a quello che vi ho già detto, con tutta la buona volontà difficilmente sarò in grado di rispondere a vostre domande, ma prego, se desiderate possiamo provare.".

Guardai Massimo e sorridendo dissi: "Il mistero continua, prima o poi qualcuno ci dirà cosa dobbiamo fare.".

Non ottenni risposta, se non uno sguardo perplesso.

Decisi di alzare la mano all'indirizzo di Tom: "Scusa, ma quante persone arriveranno in questi giorni?".

Tom si sorprese: *"Forse a questa domanda riesco a rispondere. Credo di non sbagliare se dico cinquemila."*.

Il numero mi impressionò per la sua rilevanza: credevo fossero meno, ma non saprei dire perché lo chiesi e quale importanza potesse avere.

L'autobus proseguì il proprio viaggio mentre le persone a bordo, capita l'impossibilità di ricevere ulteriori notizie, si misero a parlare le une con le altre.

Ben presto arrivammo a destinazione e fui molto meravigliato nel vedere tutte le strutture che erano state costruite per l'evento delle Olimpiadi. Guardavo affascinato ogni cosa cercando di imprimerla nella mente per poi poterla raccontare.

Immaginai cosa poteva essere stato quel posto pochi mesi prima, con tutti quegli atleti all'apice della loro carriera agonistica che si erano raccolti in cerca di gloria e successo: quanto diverso appariva ora!

Ci fermammo e, come da indicazioni, scendemmo, tutti rispettosi di quello che ci aveva detto Tom.

Alla nostra destra un altro autobus arrivò mentre ci incamminammo ed ancora un altro poco più avanti si avviava per andare a prendere altre persone.

Seguimmo Tom nei pochi passi che ci separavano dal palazzetto, quindi all'interno. Procedeva spedito salutando i suoi colleghi impegnati in mansioni analoghe, dando l'idea di conoscere molto bene il posto e di sapere esattamente dove dovesse andare.

Un paio di volte ci riprese chiedendo di serrare le fila per evitare di separarci, quindi arrivammo al centro del palazzetto, su quello che era stato il teatro recente di gioie e disperazioni, di applausi e delusioni. Non riuscivo ad abbandonare l'idea dei Giochi Olimpici e cercavo di immaginare la sensazione che può provare il vincitore.

Sulle gradinate c'erano già parecchie persone e molte ancora ne arrivarono durante l'attesa. Al centro una decina di postazioni, ciascuna presidiata da 2 persone.

Tom ci indicò la zona degli spalti dove prendere posto e ci chiese di accomodarci: ultimate le operazioni cercò la nostra attenzione, ci disse quale sarebbe stato il banco che ci avrebbe chiamato e con un ampio cenno delle due mani salutò tutti augurando buona fortuna.

Ancora una volta mi ritrovai seduto vicino a Massimo. Ci guardavamo attorno cercando di capire ma l'unica idea sulla quale ci confrontammo fu che le operazioni si stavano svolgendo in maniera regolare. Le persone chiamate non stavano più di dieci minuti ai banchi predisposti, quindi prendevano una cartellina e si allontanavano seguendo la direzione che pochi secondi prima l'addetto aveva indicato.

Mi volsi verso Massimo e chiesi: *"Hai un computer, una email o un indirizzo skype?"*.

"Ovviamente.".

"Dai allora, scrivimi qui i tuoi riferimenti. Mi sembra di notare che il banco al quale tra un po' saremo chiamati, dia alle persone di uno stesso gruppo, indicazioni diverse.".

"Hai ragione, l'ho notato anch'io", e preso il pezzo di carta e la penna che gli avevo allungato, si mise a scrivere i suoi recapiti.

"Bene, ti invierò i miei appena possibile. Se mai non ci dovessimo vedere, almeno possiamo rimanere in contatto; con le cinquemila persone che arriveranno non credo sarà semplice incrociarci in questi due giorni.".

In quell'istante chiamarono il mio nome. Raccolsi le mie cose, infilai in tasca il pezzo di carta con l'indirizzo di Massimo e lo salutai.

Al banco una ragazza cercò di essere quanto più gentile possibile nello spiegarmi tutto quello per il quale era stata istruita. La incalzai non appena vidi l'occasione: *"Mi piacerebbe proprio sapere cosa sta succedendo, cosa dovremo fare, quando, dove e come …."*. Senza perdere la pazienza con un sorriso amichevole, ma facendomi segno di fermarmi con le mani, rispose: *"Non credo di avere la possibilità di intrattenermi con lei oltre un ragionevole tempo, altrimenti non basterebbe la giornata per*

*poter smaltire le poche persone che ci sono qui, figuriamoci
quando arriveranno le altre. Comunque le posso dire che
all'interno di questo raccoglitore troverà la chiave della sua
stanza. La prego di raggiungerla subito, sa ... vorremmo evitare
che tante persone girassero senza meta creando ulteriori
problemi. Nella cartellina troverà anche un documento
riepilogativo di quello che sta succedendo, una spiegazione del
materiale che le chiediamo di compilare non appena sarà
arrivato nella sua camera, l'indicazione e gli orari delle attività
che per lei cominceranno alle 14.00 di questo pomeriggio, i
buoni da utilizzare per i pasti nei prossimi due giorni nonché
l'orario e la zona dove troverà l'autobus che la riporterà in
aeroporto dopodomani 8 gennaio per tornare a casa.".*

La guardai favorevolmente colpito e non mi sognai di chiederle
nulla tanta era la voglia di mettermi a leggere la
documentazione. Seguii le indicazioni fornitemi e mi incamminai
non senza cercare Massimo per salutarlo ancora una volta da
lontano.

Raggiunto il punto indicato, un giovane ragazzo mi chiese di
dargli le chiavi della stanza e quindi si fece seguire pochi metri
fuori del Palazzetto. Con una piccola vettura elettrica
raggiungemmo lo stabile della mia destinazione, quindi mi
scortò aiutandomi, fino alla mia stanza e mi salutò. Chiusa la
porta, mi gettai letteralmente sulla documentazione e cominciai
a leggere. Il documento introduttivo spiegava in maniera
esauriente la semplice ragione per la quale eravamo stati
radunati.

L'enfasi data all'Ultimatum dei Cinesi appariva nella sua gravità
molto più di quanto non avesse fatto il primo comunicato di
domenica 23 dicembre 2012 ma anche molto di più rispetto a
quanto udito il 31 dicembre di quello stesso anno. Distolsi lo
sguardo dai fogli e osservai fuori dalla finestra pensando a
quanto grave poteva essere la situazione.

Giunto alla fine del documento mi ritrovai con due distinte ed
assai diverse sensazioni: da un lato ero contento e timoroso per

l'impegno che si prospettava davanti a coloro che sarebbero stati selezionati, con la malcelata speranza di essere tra quelli, dall'altro non mi volevo illudere che fosse tutto vero, anche forse per coprire il timore di una esclusione. Mi misi quindi a compilare tutti i vari moduli e mi ci volle molto tempo, una volta finito accesi il computer per testare il funzionamento di internet.

Il pomeriggio fu interamente dedicato a test di varia natura e nella stessa maniera trascorsi il giorno successivo; orari molto pressanti non consentivano particolari contatti con le persone e gli unici momenti liberi furono alla fine delle giornate ma ero troppo stanco per cercare compagnia e troppo assorto nei miei pensieri. Entrambe le sere dopo aver consumato una veloce cena, preferii rimanere in camera per poter parlare via skype con la mia famiglia.

La mattina dell'8 gennaio 2013 fui svegliato da un sms. Il messaggio era inequivocabile, avrei partecipato ad uno dei Comitati riservati allo sviluppo di una tematica specifica. Mi alzai di scatto e corsi in bagno a sciacquarmi il viso. Feci una veloce colazione sebbene sentissi lo stomaco chiuso e via a piedi a raggiungere l'aula delle conferenze: la confusione era indescrivibile, una babele di lingue, gente che conversava in piccoli gruppi, altri al telefono, inservienti ed un mare di persone armate, con le più diverse divise. Quest'ultimo fatto mi colpì particolarmente non avendo visto nei giorni precedenti alcuna persona in uniforme, non me ne spiegavo il motivo.

Scelsi un posto e mi misi a sedere guardando e cercando di interpretare la provenienza, le culture, la formazione di chi mi passava accanto. Poi scorsi Massimo e feci grandi cenni: mi vide e mi raggiunse.

"Allora?", gli chiesi.

"Siamo qui", rispose.

Entrambi tentennammo nel formulare la domanda sull'sms, così mi feci coraggio.

"Hai ricevuto anche tu un sms questa mattina?".

"Si, l'ho ricevuto.".

"Allora credo che ci rivedremo ancora nel corso dell'anno?".
"Credo proprio di sì. Non ho ancora capito cosa dovrò fare, ma probabilmente ci vedremo, considerando che questa sarà la nostra casa per i prossimi mesi. Tu ritorni stasera?".
"Certamente.".
Guardai Massimo ancora una volta, non mi sembrò affatto contento della prospettiva di passare un anno a Londra ma non volli approfondire. Continuammo a conversare per alcuni minuti poi all'improvviso calò il silenzio totale. Senza alcun formalismo e senza seguire alcun protocollo, il Gran Governo s'era accomodato al tavolo. Le poltrone furono tutte occupate, mentre un rappresentante si avvicinò al microfono. Il motivo di quel dispiegamento di forze armate mi divenne chiaro. Non ci furono preamboli ma l'oratore andò direttamente al dunque, con poche e scarne parole che resero l'idea della gravità della situazione. L'aula stando ai miei conteggi, poteva accogliere all'incirca 1000 persone, ed era gremita. Un intervento di 20 minuti appena, nel più assoluto silenzio. Non chiese nemmeno se c'erano domande, salutò il pubblico augurando buon lavoro.
La mattina, uscendo dalla stanza dove avevo alloggiato, avevo già raccolto tutto, ero pronto per tornare a casa e così mi diressi verso il punto di raccolta da dove ci avrebbero condotto all'aeroporto.
Io e Massimo viaggiammo insieme avendo come unico argomento il compito che ci avrebbe atteso da lì a pochi giorni. Facemmo congetture, disegni ed ipotesi, ma non avevamo ben chiaro quello che ci avrebbe aspettato. Rammento che provavo uno stato di euforia controllata mentre lui mi sembrava molto perplesso. All'aeroporto di Verona ci salutammo con un arrivederci.
Nel frattempo, sull'account di posta elettronica di ciascuno di noi, una email dettagliata attendeva di essere aperta: avrebbe chiarito il Sotto Comitato di appartenenza, il luogo di ritrovo, l'orario, l'alloggio e quant'altro necessario per quei dodici impegnativi mesi a venire.

Al Comitato di Londra il tempo era scandito da un grande tabellone luminoso che non utilizzava le ore: era un conto alla rovescia rispetto alla data del 31 dicembre 2013 con l'intento di tenere vigile la nostra attenzione sulla scadenza che incalzava e ricordarci l'obiettivo per il quale eravamo stati scelti.

LUIGI PESCE

RITORNO A CASA

In tanti anni di lavoro ho viaggiato veramente molto.

Si è trattato di un periodo prolungato molto interessante sotto molteplici aspetti, sebbene faticoso, che divenne noioso con il passare del tempo come lo sono tutte le cose che alla fine diventano ripetitive. Chi mi stava accanto, collaboratori o amici, invidiava la mia situazione di perenne globetrotter, ritenendola una forma molto fortunata di impegno ed un lavoro non particolarmente gravoso.

Ma viaggiare con l'obiettivo di portare a temine un compito, massimizzando il risultato e minimizzando i tempi, è sicuramente un'attività molto diversa da un viaggio compiuto per diletto, ed in più orari, differenze culturali, di lingua e di fuso orario sottopongono nel tempo il fisico e la mente ad uno stress non indifferente.

Il ritorno da Londra quel giorno non fu paragonabile né ad un viaggio di lavoro né tantomeno ad un viaggio per svago. Fu qualcosa di veramente unico. Non ricordo assolutamente il tragitto verso l'aeroporto. Eravamo stati prelevati da un autobus numerato a seconda della destinazione e dell'orario del volo. D'improvviso mi ritrovai a destinazione e mi imposi di porre al centro della mia attenzione la famiglia. Quando hai tre figli che cresci con la stessa persona con la quale t'incontravi una volta chiusi i libri e magari anche prima d'aprirli, non vai tanto per il sottile, non ti chiedi troppo spesso se sei un buon padre, ma cerchi di dare tutto quello che hai, dentro e fuori. E se quello che trasmetti dal tuo cuore e dalla tua anima appartiene al vissuto di ciascuno di noi, alla propria fede, all'educazione ricevuta e al contesto di vita, quello che si riesce a dare è spesso il frutto di duri sacrifici, nostri e magari anche di chi ci ha preceduto.

Personalmente ritengo sia comprensibile che ciascuno, unitamente ai valori che ritiene opportuno trasmettere ai propri figli, cerchi anche di lasciare loro una tranquillità economico finanziaria: ed è per fare questo che i genitori s'impegnano e danno tutto, coltivando l'illusione di poter sconfiggere il tempo attraverso la propria prole e concedere loro di poter vivere con minori preoccupazioni.

Ma se per queste persone, se per i milioni di persone che assomigliano ai miei amici oppure a me, è palese l'importanza di costruire, di lasciare qualcosa per le generazioni future, se sentono la responsabilità che hanno accettato nel momento in cui una nuova vita è venuta al mondo, perché queste stesse persone, perché, mi chiedevo, questi stessi milioni di singoli individui messi insieme non sentivano il peso dello scempio che tutti noi stavamo compiendo?

Ogni tanto provavo ad immaginare che bella sorpresa sarebbe stata ricevere alla fine dell'anno, una lettera da parte dello Stato, con la quale lo stesso ci portava a conoscenza circa il debito di ciascuno.

"Spett. le cittadino Italiano Michele, le rendiamo noto che, sulla base del numero di persone che compongono la popolazione Italiana alla data odierna, quale riscontrabile nei registri pubblici dell'anagrafe, nonché sulla base dell'indebitamento complessivo dello Stato alla data del 31 dicembre … …, in virtù della composizione numerica del suo nucleo famigliare, il suo debito è rappresentato dall'importo di euro … …. così suddiviso tra i vari componenti. Quanto a ….., quanto a … …

Tale debito pro capite, potrà da lei essere saldato o attraverso versamento diretto ovvero rimandato all'esercizio futuro in attesa di un miglior andamento dei conti pubblici e comunque non oltre la data della sua esistenza terrena, dopo la quale, sarà comunque forzatamente prelevato dai suoi lasciti.".

Provavo ad immaginare me stesso o i miei amici che traendo le somme della contabilità famigliare alla fine di ogni anno, nel novero delle passività, a decurtazione del patrimonio proprio o da lasciare ai figli, sottraevano il debito loro attributo dallo Stato.

Credo che nessuno accetterebbe una simile situazione; ciascuno avrebbe un sussulto, una ribellione per qualcosa di profondamente ingiustificato. Viceversa, le dimensioni di quegli importi, l'attribuzione del debito allo Stato e quindi la spersonalizzazione dello stesso, la possibilità di posticiparlo all'infinito, concorrevano a rendere quel debito irreale, appartenente ad una entità che non ci comprendeva, a qualcuno che non eravamo noi, collocandolo in un tempo che non ci riguardava.

Esiste una forte attenzione a quello che siamo in grado di controllare, a quello che siamo in grado di fare e lasciare, ma invece non vogliamo renderci conto di quanto non ci piace.

Perché dovevamo pensare che utilizzare a cuor leggero il patrimonio appartenente a tutti ed ai nostri figli in particolare, fosse un fatto a noi dovuto, normale?

Erano pensieri sui quali riflettevo spesso e che mi avevano tenuto compagnia in particolare nelle due prime sere di Londra, una volta rimasto solo nella stanza. Ma adesso, tornato a casa, non volevo che prendessero il sopravvento sui pochi momenti che potevo trascorrere con i miei cari. Mi imposi di accantonare in un angolo tutti i miei pensieri per lasciare la gioia di quell'istante alla mia famiglia.

Riabbracciai Eleonora che mi attendeva ignara delle novità in aeroporto. Il breve tragitto fino a casa fu ricco di domande che mi rivolse per capire cos'era successo in quei pochi giorni trascorsi a Londra; come ultima notizia svelai la necessità di ritornare di là a poco nello stesso luogo che avevo appena lasciato, attendendo strategicamente il momento in cui lei fermò l'auto davanti a casa. Scivolai via furtivamente per abbracciare i figli e per non sentire alcun commento. Entrammo in casa prima ancora di approfondire l'argomento ed in quel preciso istante arrivò anche Lorenzo che aveva da poco finito l'allenamento, mentre Beatrice e Sebastiano erano già all'interno. La discussione incominciata in auto e interrottasi complice l'abbraccio ai figli, poté riprendere con tranquillità una volta che ci sedemmo a tavola per la cena ma a quel punto partivo almeno con il vantaggio di aver svelato il pesante segreto.

Fu Lorenzo che avviò il tutto: "*Allora, come è andata a Londra? Hai risolto i tuoi problemi? Forse, così così …*", finì sorridendo.

"*Questa volta invece di risolverli, forse mi ci sono proprio infilato dentro.*".

Eleonora stava ancora riempiendo i piatti, ritta davanti ai fornelli, ma non potei fare a meno di scorgere un movimento di diniego della testa. La strategia messa in atto aveva funzionato.

A questo punto Beatrice chiese spiegazioni. Cercai di raccogliere le idee per rispondere in modo corretto.

"*E' un discorso particolarmente complesso e mi auguro di riuscire a spiegarvi bene tutto*", le dissi.

Partii ricordando gli accadimenti del 20.12.2012 per poi circoscrivere più dettagliatamente con parole semplici quanto era successo fino al giorno della mia partenza per Londra e i successivi eventi che avevo vissuto: "*Ora a Londra*", dissi un po' impettito, "*hanno richiesto anche la mia collaborazione. Se ho ben capito dovremmo essere un migliaio di persone provenienti dall'Europa, dall'America Settentrionale, dall'Oceania e dal Giappone. Mi sento orgoglioso ed al tempo stesso titubante; credo sarà molto impegnativo ed i primi a rendervene conto sarete voi perché dovrò rimanere molto tempo in quella città.*".

Lorenzo udendo queste parole mi incalzò: "*Significa allora che tornerai solo alla fine dell'anno?*".

"*No, no, da quanto ho capito sarà pesante ma non fino a questo punto. Abbiamo la fortuna che Londra non è molto lontana e credo di poter ritornare ogni mese .. ….. e poi finite le scuole potreste venire voi a trovarmi. Che ne dici Eleonora? Appena mi sono sistemato cerco un appartamento il più vicino possibile, da prendere in affitto per il periodo estivo, sai che bella esperienza anche per i ragazzi?*".

"*Non ci avevo pensato, ma mi sembra proprio una buona idea!*", disse con fare di circostanza.

Non avevo capito se l'avesse detto convinta o fosse solo una presa in giro ma decisi di non indagare. Tornai a guardare Beatrice che se ne stava tranquilla e silenziosa osservando il suo piatto; non c'era stata alcuna reazione come mai?

"Tu Beatrice, cosa ne dici? Ti piacerebbe? Sai che bell'allenamento per il tuo Inglese?".

"S....ì, sì, mi piacerebbe, anche se lo sai che io preferisco la pronuncia Americana; comunque mi piacerebbe.".

"Scusa sai, ma non riesco a capire. Dici una cosa ma sembri pesarne un'altra. Cosa c'è?".

"Niente di particolare ma non riesco a capire cosa sta succedendo e cosa dovreste fare.".

"Beatrice credimi questi dubbi li ho anch'io. Ci hanno detto che l'obiettivo è quello di proporre un nuovo modello di sviluppo democratico sostenibile. Anche ammesso che ci riusciremo (un anno è un soffio) servirà a qualcosa? Sarà veramente implementato il modello che sarà proposto? E quali sacrifici comporterà? Sinceramente non so cosa dirti; magari faremo degli sforzi incredibili mentre qualcun altro ha già deciso che è solo un'operazione di facciata e che non succederà nulla.".

"Questo papà lo capisco ma io stavo pensando a qualcos'altro. Ti ricordi quando un po' di giorni fa parlasti di come vedi tu un cambiamento? Ecco intendevo quello, cosa succederà?".

Le certezze che avevo fino a pochi giorni prima s'erano disciolte e nel momento decisivo ancora una volta mi ritrovai solo con incerti pensieri.

Scossi la testa mentre la guardavo. Poi incrociai gli occhi di Eleonora.

"Non lo so Beatrice. Ti posso solo dire che ho una grande speranza e che sono molto fiducioso. Da quando siete arrivati voi, la nostra vita è stata completamente rivoluzionata e ne siamo felici. L'attenzione si è spostata da noi a voi e credo che fino ad ora si possa dire che l'impegno ed i risultati non siano mancati.

Al tempo stesso, parlo per me a questo punto, considerando che vostra madre è sempre stata impegnata in mille attività sociali nelle quali siete stati coinvolti, raramente ho distolto la mia attenzione dalla ricerca della migliore situazione economica, riversando buona parte delle mie risorse sul lavoro. Ecco, sento a questo punto che mi manca qualcosa; un impegno concreto perché il vostro futuro passa anche attraverso a quello che noi adulti, me compreso, riusciremo a lasciarvi, non solo a livello economico ma anche civile e sociale. Credo che questa possa essere un'occasione per fare qualcosa in questa direzione.".

Quella sera andai a dormire stanco ma fiducioso sulla possibilità che avevamo di determinare il nostro futuro. Ero combattuto tra la voglia di incominciare subito il lavoro e il desiderio di passare qualche giorno spensierato con la mia famiglia.

Mi girai e rigirai nel letto e ad un certo punto Eleonora sbuffò:

"Se continui così io non riesco a dormire, mettiti tranquillo!".

"Non ci riesco, lo puoi immaginare continuo a pensare a cosa succederà tra pochi giorni, il 14....", e prima che potessi continuare ....

"Non lo so Michele cosa succederà il 14, sono troppo stanca per pensarci ma sono certa che oggi è solo l'8. Dormi e lasciami dormire!".

"Hai ragione Eleonora, buonanotte.".

"Buonanotte.".

COMITATO DI LONDRA

La vita, almeno quella fatta di relazioni globali, economiche e sociali, era ritornata a scorrere normalmente. Come tutti si auguravano, potemmo trascorrere un Natale all'insegna delle tradizioni e senza l'eccessiva preoccupazione per le notizie che giungevano dai telegiornali: ritornate le navi cinesi nei porti, aperte le comunicazioni con l'oriente, la data del 20.12.2012 sembrava potesse essere archiviata.

Gli antropologi caratterizzano il genere umano soprattutto per la capacità di apprendere dai propri errori e dalle difficoltà che si incontrano, riuscendo quindi a trovare nuove soluzioni. Nonostante questa importante caratteristica, si rilevò sconcertante assistere a come la Crisi del 2008 venne risolta: i banchieri, per altro gli stessi che avevano generato il problema delle bolle speculative, tornarono a gestire con la stessa fraudolenta superficialità quel risiko che li aveva resi immensamente ricchi; i politici, mantennero il loro profilo attenti a non scuotere le folle con affermazioni che avrebbero potuto ledere il loro consenso; i giornalisti, continuarono a pubblicare numeri e statistiche senza la minima capacità o volontà di capirne il significato; gli opinionisti, commentarono, ma solo grazie alla loro innata capacità di inanellare una parola dietro l'altra, gli accadimenti del momento, senza nessun approfondimento concreto.

Potere e soldi, un binomio inscindibile nel quale la bramosia del comando viaggia di pari passo con fortune inimmaginabili ai più. Non è più sufficiente vivere bene, nell'agiatezza avendo tutti i confort possibili, bisogna arrivare all'opulenza ed allo spreco fine a se stesso. La natura umana è però anche capace di conquiste impensabili e se la lungimiranza, le capacità di analisi e d'osservazione, la ricerca e la scoperta, magari non sono equamente suddivise, allora bisogna ringraziare quegli spiriti illuminati che riescono ad emergere dalla quotidianità, reagendo e svincolandosi dalle catene.

Rispetto al momento della crisi, nel quale prevalse in me una sensazione di sconforto e inadeguatezza nel vedere il ritorno della vergogna morale di una civiltà allo sbando, durante le settimane successive all'editto N.S.N.G., ebbi il disperato bisogno di credere che qualcosa si stesse muovendo, che non c'erano solamente dichiarazioni specchio di una mera esigenza di apparire.

Le coscienze s'erano destate? Le persone potevano dare il loro contributo? Si poteva assistere ad un cambiamento, difficile, faticoso e lungo? Era forse giunto il momento in cui ciascuno avrebbe potuto trovarsi dinanzi all'appuntamento con la propria storia terrena, consapevole e capace di scrivere la pagina che più avrebbe desiderato?

Fiducioso cercavo risposte positive alle domande che mi apparivano quando, chiusa la porta della stanza che mi avevano assegnato a Londra, rimanevo solo al termine di una giornata.

L'alloggio non era lo stesso che mi era stato assegnato durante la prima visita; era una suite simile a quelle di un albergo, non particolarmente grande, ma molto confortevole.

Dall'ingresso si accedeva ad un salottino al cui centro era situata una scrivania dalla forma ovale sulla quale trovava posto un telefono ed una lampada, in fondo alla stanza un divano e sulla parete di destra un grande televisore appeso. La camera da letto si trovava dalla parte opposta rispetto al televisore e vi si accedeva attraverso una porta ad arco che permetteva di vedere comodamente la tv stando sdraiati a letto, l'armadio era più che sufficiente per contenere i vestiti che avevo portato. Sopra il letto un enorme piatto, credo di rame, del diametro di almeno 150 centimetri che osservai varie volte senza mai comprenderne il significato. Il bagno era spazioso e luminoso, la presenza di una piccola sauna finlandese, molto utile soprattutto durante i primi freddi mesi del 2013, dava un tocco di importanza all'alloggio. Per prendere completamente possesso di quei 40 metri quadrati circa, posizionai con cura il computer sulla scrivania appena entrai, quindi dopo averlo acceso, cercai nella documentazione che mi era stata fornita le istruzioni per accedere ad internet. Le seguii scrupolosamente per evitare la mia innata tentazione all'improvvisazione che spesso non conduce ad alcun risultato, ed in pochi minuti fui in grado di collegarmi con la famiglia.

"*Come è andato il viaggio?*", chiese Eleonora.

"*Bene, sono stato con Massimo, ricordi? Nulla di particolare e, come la volta precedente, sono stati molto efficienti nel prelevarci all'aeroporto e nell'assegnarci l'alloggio.*".

"*E la camera come è? Non vedo il letto.*".

"*Direi che è confortevole*", e quindi proseguii in una dettagliata descrizione.

"*Mi sembra molto carina.*".

"*Indubbiamente lo è però ….*".

"*Però non mi sembri molto convinto, cosa c'è che non va?*".

"*A dire il vero nulla. Ci sono tutte le migliori condizioni perché si possa raggiungere il risultato. Mentre viaggiavamo, ci siamo confrontati e mi sembra di poter dire che quei pochi con i quali ho avuto modo di parlare sono tutti entusiasti, però ….. non so come spiegartelo, mi sembra sia tutto troppo bello, troppo scontato, ecco questo è il termine corretto, scontato; sembra che la strada sia stata delineata e la soluzione individuata ed invece …*".

"*Invece cosa, non ci credi?*".

"*No, no per carità, non è che non ci credo, è che oggi ho avuto questa sensazione: pensi che chi oggi si trova in una posizione di comando rinuncerà facilmente alla sua posizione? Chi ha un'attività redditizia ma non sostenibile sarà disposto a smettere? Per esempio, Beatrice nei giorni scorsi ci diceva che tornando a scuola dopo le vacanze, hanno parlato un po' di quello che è successo con gli insegnanti ma non mi sembra siano emerse cose particolari, un sussulto, la voglia di capire o di cambiare qualcosa … ….*".

"Sai Michele, credo che probabilmente sia molto meglio così soprattutto per i ragazzi, che pensino a studiare; non vorrei cominciasse una stagione di scioperi e manifestazioni che li portasse solo a perdere tempo e poi, quali alternative ci sono a quella di mantenere la situazione tranquilla?".

Rimanemmo a parlare ancora un po' quindi salutai i figli che erano appena arrivati davanti al computer.

Quella sera rimasi a lungo sveglio pensando sia ai miei crescenti dubbi sia all'incontro con persone con le quali avrei condiviso un periodo molto lungo ma per quanto mi sforzassi di immaginare non riuscivo a venire a capo di nulla, per cui cercai di fermare i miei pensieri imponendomi d'essere positivo.

Fu così che le tensioni cedettero il posto all'autosuggestione e finii con il sentirmi contento, mi sembrava di vedere frasi urlate comporsi, che incitavano:

"Svegliamoci, prendiamo atto che il mondo appartiene a tutti noi e non ad un manipolo di persone che per il proprio unico tornaconto personale ci stanno spingendo, insieme alle generazioni future, in un baratro senza via d'uscita, tenendoci in uno stato di torpore mentale, grazie alla concessione di qualche effimera agiatezza; ci vogliono far credere che il benessere e la felicità siano formule in grado di essere ricondotte a meri indicatori. Dobbiamo essere in grado di gestire quello che abbiamo, di capire cosa possiamo prelevare da questo nostro mondo, consci dei limiti materiali e non ubriachi di un sogno di onnipotenza e di abbondanza. Non cadiamo in effimere questioni dialettiche di appartenenza o simpatia politica, abbandoniamo l'utopia di un mondo dove tutti vivono nel benessere assoluto, perché il mondo ci è stato dato in prestito ed abbiamo il dovere di restituirlo migliorato, non esausto ed inutilizzabile. Fatica e limiti ci dovranno sempre accompagnare ma non per questo dovremo privarci di piaceri e gioie che potremo conquistare se sapremo coniugare le nostre esigenze con il rispetto.".

Avevo netta la sensazione che il primo tassello si stesse componendo e ciò mi rilassava, mentalmente e fisicamente.

Sentivo che la mia testa si stava liberando da un'opprimente catena. Ero orgoglioso e convinto che i miei figli lo sarebbero stati altrettanto, ed anche non l'avessero capito subito, avrebbero avuto modo di apprezzarlo una volta diventati adulti. La voglia di sognare e di immaginare un mondo diverso aveva preso il sopravvento.

L'indomani mattina, dopo un lungo e profondo sonno, senza il bisogno della sveglia e con una effervescente carica naturale, cominciò la prima di una delle tante giornate che si ripeterono nel corso del periodo londinese.

Guardai l'orologio e mi resi conto che era presto; avevo tutto il tempo di fare le cose con calma, prima di poter scendere a fare la colazione alle 7.00, l'orario d'apertura. Mi affacciai alla finestra, scorsi nel buio altri palazzi nonché lo scorcio di quello che mi dava l'impressione d'essere il palazzetto che aveva ospitato le gare di nuoto: pensai che al momento opportuno avrei dovuto ritagliarmi i miei spazi per un po' di attività fisica.

Mi sedetti quindi alla scrivania e dalla busta, consegnatami il giorno prima, estrassi il programma che avremmo dovuto seguire. Provai ad immaginare come sarebbe stato il gruppo al quale sarei stato aggregato ma senza concludere nulla. Si trattava del Sottocomitato delle Transazioni Finanziarie, il quale faceva parte del più grande Comitato Finanziario. Per quest'ultimo erano previste due sedute giornaliere, quella mattutina alle 9.00 e quella del pomeriggio alle 18.00, entrambe con la presenza di tutti i Sotto Comitati: Transazioni Finanziarie, Tassazione, Istituzioni Creditizie e via dicendo. A queste due riunioni, il programma dedicava 30 minuti allo scopo di *coordinare il lavoro dei gruppi di lavoro per finalizzare e omogeneizzare gli obiettivi."* Cercai di non soffermarmi su quell'affermazione.

Terminato l'incontro mattutino al Comitato Finanziario, il programma prevedeva delle vere e proprie sessioni di lavoro al Sottocomitato, che dovevano impegnare l'intera giornata fino a quando il Comitato al quale il proprio Sottocomitato apparteneva avrebbe sancito la fine dei lavori con il secondo incontro.

Due volte alla settimana gli incontri generali, ribattezzati Assemblea degli Stati, avrebbero consentito ai relatori dei Comitati specifici di aggiornare la platea sui lavori e sulle decisioni prese: in pratica credetti di capire che l'Assemblea degli Stati avrebbe fornito un quadro generale sulla situazione dei vari Comitati, mentre nei Comitati si sarebbero recepite le ipotesi dei Sottocomitati, si sarebbero comunicate le ipotesi accettate, e per finire si sarebbe cercato di porre in relazione i Sottocomitati, smussando le incongruenze tra gli stessi.

Immaginai che quello che avevo appena finito di rileggere fosse solo una parte di un più complesso programma e la mente corse ad aumentare dubbi e perplessità ai quali si aggiunse anche il quesito su quali sarebbero state le dinamiche che si sarebbero create tra il Comitato di Londra ed i Governi delle nazioni che lo componevano.

La distanza tra le teorie che si possono ipotizzare e la realtà del quotidiano, possono assumere i connotati di semirette che non si incontreranno mai e questo, nelle condizioni in cui ci eravamo svegliati in quel venerdì 20.12.2012, non era ammissibile. Per forza dovevamo aver presente anche il mondo contemporaneo e come si muoveva per cercare di capire fino a dove ci si sarebbe potuti spingere senza incorrere in tensioni che avrebbero portato a rotture insanabili.

Ripensando a quei giorni, credo che quello fu un momento storico, nel quale potemmo ammirare da vicino e per un periodo tanto lungo, un insieme variegato di menti estremamente brillanti, organizzatori impeccabili, analisti sofisticati, motivatori esuberanti, tutti caratterizzati da una carica adrenalinica immensa e finalizzata al raggiungimento di un risultato che speravamo fondamentale.

Scesi finalmente a fare colazione e poi di corsa verso l'aula del Comitato Finanziario.

C'erano già un po' di persone, prevalentemente da sole, che avevano preso posto in un'aula che avrebbe potuto contenere circa 200 persone. L'afflusso si intensificò rapidamente con il passare dei minuti per divenire un vero e proprio affollamento poco prima dell'orario stabilito, tanto che dubitai della possibilità che tutti potessero trovare posto.

Puntuale come da programma, il Responsabile del Comitato Finanziario fece la sua comparsa, seguito da altre sei persone, due delle quali, pensai, dovessero svolgere funzioni di assistenti. Il Responsabile invitò le persone ancora in piedi a prendere posto quindi incominciò il suo discorso dandoci il suo personale benvenuto e riportando quello del Comitato di Londra che avremmo incontrato solo nei giorni successivi. Mi diede l'idea di un discorso di circostanza di frasi che erano state scritte da una persona diversa da quella, stanca, che le stava leggendo. Aveva un volto pallido e si muoveva lentamente con una pronuncia assai elementare, ma non riuscii a capire da dove potesse arrivare.

"Se questo è l'inizio non c'è molto da stare allegri!", pensai dopo pochi minuti.

Nella mia mente comparvero i primi veri dubbi su quello che stavo vivendo: *"Dove mi trovo? Ma questo Comitato di Londra quali reali poteri avrà? Guardando questa persona mi viene in mente un qualche burocrate che è stato tirato fuori da chissà quale ente governativo; magari non aveva nulla da fare e quindi hanno deciso di metterlo qui. Che sia la stessa cosa anche per gli altri Comitati?".*

Volsi lo sguardo lentamente, prima da un lato poi dall'altro, per cercare di osservare le persone che mi stavano vicino, volevo capire se anche loro assomigliavano alla mummia che stava parlando.

La breve perlustrazione non trovò riscontro alle mie preoccupazioni ma nemmeno elementi che potessero capovolgere le prime sensazioni: rimasi molto scettico.

Il discorso fu quanto di più formale ci si potesse aspettare, nulla poteva oramai cambiare il quadro che mi ero creato. Cominciai ad estraniarmi dal discorso e intrattenni un colloquio con me stesso: *"Cerchiamo di capire come vanno le cose in questi due giorni e se poi mi rendo conto che non c'è alcuna speranza di concludere qualcosa, nulla mi potrà trattenere in questo posto, in fin dei conti non ho certo firmato un contratto."*.

"Certo che mi sto defalcando un po' facilmente, alla faccia del senso civico: in teoria dovrei essere qui con lo scopo di fare qualcosa di utile, qualcosa che contribuisca positivamente al nostro futuro, ed invece sto già pensando a come posso svignarmela.".

"Va bene fare il proprio dovere, ma in questo momento mi sembra piuttosto di fare la parte del pirla, uno dei tanti di cui è costituita quest'assemblea e poi cosa potrei fare insieme a quella mummia? Beh vedremo un po', non devo decidere adesso. Chissà come sarà il gruppo di lavoro!".

M'ero così profondamente emarginato nei miei pensieri che ci mancò un soffio non mi perdessi le parole conclusive. La mummia, in un ultimo sussulto, invitò tutti a credere fermamente al progetto a cui eravamo stati chiamati a partecipare, e ci spronò a non cadere mai nella tentazione di banalizzare il lavoro o gli obiettivi che si sarebbero prospettati dinanzi a noi. Per un attimo provai un senso di vergogna quasi credendo che quelle parole gli fossero state dettate dall'interpretazione dei miei pensieri.

"Sembra sappia cosa sto pensando; ma no dai, non può essere. Io comunque devo affrontare questi primi giorni credendoci, altrimenti parto prevenuto e poi va a finire che mi faccio condizionare seriamente ... ... e più tardi, quando conoscerò gli altri del mio gruppo, devo essere propositivo.".

L'incontro era oramai terminato e la mummia si congedò invitandoci a raggiungere i nostri gruppi ed augurandoci buona fortuna.

IL GRUPPO DI LAVORO

Pazientemente mi incolonnai nella silenziosa fila delle persone che stavano lasciando l'aula del Comitato Finanziario pensando che lo stato catatonico generale fosse dovuto al discorso appena udito. La sensazione fu che più di qualcuno fosse taciturno perché assorto in pensieri che potevano essere molto simili ai miei.
Alle pareti del corridoio che portavano all'aula alla quale ero diretto, erano appese immagini in bianco e nero raffiguranti atleti che avevano raggiunto la gloria dell'alloro olimpico. Non ci fu il tempo di pensare a nulla, tanto vicina era l'aula. Osservai con attenzione il nome del gruppo appeso all'esterno e quindi entrai. Una persona ci attendeva poco all'interno della porta: capelli molto corti, occhiali ed una pipa spenta tenuta tra le mani mentre parlava. Con fare molto cordiale si rivolse a me: *"Benvenuto al Sotto Comitato delle Transazioni Finanziarie, la prego di accomodarsi dove preferisce. Giusto il tempo di attendere l'arrivo dei componenti che mancano e saremo pronti per una breve introduzione.".*
La stanza era molto semplice con un grande tavolo centrale. Contai immediatamente le sedie per avere un'idea di quanto numeroso potesse essere il gruppo. C'erano quattordici sedie, e qualcuna, l'avrei capito in seguito, sarebbe rimasta vuota.
"Non siamo certo in tanti, forse sarà più facile lavorare", pensai dopo la verifica.
Ancora foto sempre in bianco e nero a ricordo di passati giochi olimpici per riempire la stanza, ed una grande lavagna sulla parete opposta all'entrata.
Nel frattempo anche altre persone, oltre a quelle già presenti che avevo timidamente salutato entrando, si accomodarono al tavolo. Mentre osservavo le tre sedie libere, l'uomo con la pipa chiuse la porta ed una volta preso posto al tavolo incominciò a dare corso al proprio incarico:*"Molto bene, ci siamo tutti, dieci persone, possiamo cominciare. Innanzitutto vorrei presentarmi:*

sono Allan e sono uno psicologo. Il mio compito sarà quello di assistervi nei prossimi giorni fino a quando .... beh vedremo, non lo so nemmeno io con certezza. Voglio chiarire subito che il mio compito sarà quello di accelerare le relazioni tra di voi in maniera da portarvi a raggiungere nel minor tempo possibile un livello di cooperazione ottimale.".

Dovetti cercare di controllarmi per non esprimere un senso di insoddisfazione, perciò cercai di guardare interessato il dottore. Ogni volta che si trattava di sottoporsi ad una presentazione forzata mi assaliva un senso di rifiuto ed era quella la sensazione che stavo cercando di sedare.

"Per prima cosa dobbiamo conoscerci.".

"Ecco ci siamo", pensai.

"Ho qui con me delle cartelline che consegnerò a ciascuno di voi, con un breve profilo dei componenti di questo gruppo. Non sarà necessario fare un giro di presentazioni .... credo avrete molto tempo per approfondire la reciproca conoscenza più tardi.".

Rimasi favorevolmente colpito: *"Vuoi vedere che questa volta evitiamo il rito delle presentazioni che non servono a nulla se non a perdere un po' di tempo?".*

"Vi chiamerò per nome e vi invito a fare lo stesso tra voi. Al nome aggiungerò solo la nazionalità perché è un elemento di curiosità che rimane facilmente impresso nella mente ... ... bene: cominciamo con Stefanie, Francia, ecco la tua cartellina; Carl, Svizzera, ed Heinz, Svizzera, ecco a voi; Yuriko, Giappone questa è la tua; Michele, Italia,... sì qui c'è anche il nome di Umberto, sì adesso ricordo; Alyse, Nuova Zelanda, ... quale viaggio per arrivare, vero?; Ted, Stati Uniti, ecco la tua cartellina; Julio, Messico; Manfred, Germania; Sujit, Gran Bretagna, ... ".

".... Anche se .....sono Indiano, ma da qualche anno vivo con la mia famiglia qui a Londra.".

"Bene! Ciascuno ha la propria cartellina. Il gruppo mi sembra molto eterogeneo, non numeroso e questo faciliterà le relazioni all'inizio, anche se potrebbe creare qualche ostacolo con il

tempo ... ... sapete, il fatto di essere quotidianamente a contatto con le stesse persone ... ... però confido nella missione che avete abbracciato. Giusto la missione, ovvero quello che ci aspetta nei prossimi mesi, vediamo di parlarne un po' perché ritengo rappresenti il punto focale. Questa mattina avete avuto il primo incontro all'interno del Comitato Finanziario che è attualmente composto da 215 persone; vi prego di notare che le dimensioni di tutti i Comitati e Sotto Comitati sono destinate a subire variazioni nel corso del tempo, sia perché potremmo assistere a situazioni per le quali singoli individui decideranno autonomamente di abbandonare, ma anche perché ci sarà la necessità di integrare le competenze in maniera più specifica con interventi mirati quindi invitando nuovi profili.".

Il fatto di avere evitato l'odiata classica presentazione mi rese simpatico l'uomo con la pipa il quale fu in grado di attrarre la totale attenzione di tutti verso quello che stava dicendo e questo fu solo l'inizio.

"Ora va speso qualche minuto per rendere certo il motivo per il quale è stata richiesta la vostra presenza. Se me lo consentite, credo di poter tranquillamente evitare di affrontare quello che è successo nel corso dell'anno precedente e la lettura degli eventi che ci hanno condotti fino al 20.12.2012 se non soffermandomi su un piccolo particolare: quanto è successo rappresenta una dichiarazione di guerra!".

Ad una tale affermazione sbarrai gli occhi, l'uomo con la pipa aveva raggiunto l'effetto di scuotere tutti noi e lui lo sapeva. I corpi inanimati che giacevano sulle sedie ebbero un sussulto e l'atmosfera cambiò.

"Non dobbiamo stupirci per la parola che ho utilizzato. Se andiamo a cercare l'origine del termine guerra, al quale oggi è stato assegnato convenzionalmente il significato di conflitto armato, potremmo rilevare che si fa riferimento ad una situazione di confronto tra due entità, preceduto da periodi particolari.

Di solito si può rilevare un iniziale periodo di tensione, quando le parti contrapposte si rendono conto di avere interessi divergenti, quindi un successivo periodo di crisi, quando le medesime parti non sono più disponibili alla mediazione.

C'è qualcuno tra di noi che possa confutare che noi non ci stiamo trovando proprio in questa situazione? Voglio dire, che possa affermare che il momento storico al quale siamo giunti, non sia il preludio di un conflitto tra due società diverse? Che una delle parti abbia raggiunto un punto oltre il quale non è più disposta ad andare? E, scusate se rimarco, non necessariamente alludo ad un conflitto armato. La dimostrazione è in quel semplice ordine i cui effetti si sono manifestati la mattina del 20.12.2012. Poteva un qualsiasi altro atto provocare un sussulto altrettanto violento? A mio parere nemmeno una bomba.".

Ci fu un attimo di silenzio, l'incontro formale del mattino con la mummia era stato dimenticato. Quest'uomo che continuava a giocare con la propria pipa ci stava fornendo una chiave di lettura. E se la prima dichiarazione aveva avuto l'effetto di destare l'attenzione e ravvivare gli sguardi, le ultime parole erano cadute su di una platea completamente rapita.

Le domande ci sfiorarono colpendoci senza che alcuno provasse ad abbozzare una risposta. Il primo amletico dubbio che ci aveva accompagnato stava per essere risolto ma ora se ne poneva un altro: eravamo gli attori di una finzione teatrale o potevamo pensare che un cambiamento sarebbe stato possibile?

Allan mise la pipa tra le labbra, immaginai che avrebbe preferito fosse accesa. Sembrarono passare momenti interminabili mentre i suoi occhi incrociarono uno dopo l'altro i nostri. Tolse la pipa dalle sue labbra e ricominciò a rigirarla tra le dita.

"No, nessun altro atto sarebbe stato in grado di provocare una reazione altrettanto forte, ma c'è di più … … molto di più.

La delegazione ha portato un messaggio inequivocabile che ad oggi non è ancora stato esplicitato pubblicamente nella sua drammatica realtà. I Cinesi sono pronti a tutto, non temono di dover soffrire, sono pronti a reprimere le piazze con qualsiasi mezzo ed infine non sono minimamente interessati a quanto avviene al di fuori dei loro confini.".

Si fermò un attimo, anche la pipa rimase immobile ed un sorriso ironico apparve sul suo viso.

"Vogliono un piano da noi, e se non lo sanno loro cosa sono i piani di sviluppo .... Sì, vogliono un piano entro la scadenza fissata che dimostri le reali intenzioni di cambiamento da parte dei paesi occidentali e noi siamo qui per questo.".

Ancora qualche attimo in cui puntò il dito verso di noi percorrendo tutta la sala con un movimento circolare, quindi riprese a parlare: *"E se noi non saremo in grado di proporre un piano credibile? Lo ripeto, sono già oggi pronti a tutto, a cominciare da un blocco unilaterale, immediato e completo di tutte le relazioni, di qualsiasi tipo esse siano, perciò traete le vostre conclusioni.".*

Allan aveva appena raccontato quello che pochi minuti prima rappresentava una delle tante ipotesi da verificare. In quel momento divenne la verità ed in tutta la sua pesantezza apparve quasi come una liberazione. I fatti erano chiari: saremmo stati abbandonati alla nostra deriva nel caso non avessimo dimostrato di poter sopravvivere da soli senza attingere alle risorse altrui. Naufraghi su di una barca alla ricerca di un modo per governarla e per poterci salvare.

Le navi che erano scomparse dai porti il 20.12.2012 e che poi fecero improvviso ritorno, rappresentavano la ciambella che ci aveva fatto galleggiare nel nostro recente passato, mentre la barca sulla quale eravamo saliti con Allan, rappresentava la possibile salvezza per il nostro futuro.

Non c'era stato bisogno di alcuna presentazione formale da parte dell'uomo con la pipa. Poche parole erano bastate ad azzerare qualsiasi recita ed a farci sentire compagni di viaggio lungo un cammino che aveva una data precisa, quella del 31 dicembre 2013.

Sento i rintocchi delle campane: sono le otto di questo sabato 8 giugno 2024 e per un attimo distolgo l'attenzione dai ricordi.

Penso a Sebastiano che non è passato a salutarmi forse perché sarà stato in ritardo per andare a scuola.

Quindi mi rendo conto che il sole ha cominciato a colpire direttamente l'orto ed in un attimo apprezzo la bellezza di questa giornata

Mi guardo in giro e mi congratulo per il lavoro svolto, mentre penso ad Eleonora che non mi ha ancora chiamato deducendone che Beatrice stia ancora dormendo.

Inarco un po' la schiena che è stata piegata a lungo poi muovo un po' il collo chiudendo gli occhi: è tempo di ricominciare!

Prendo un po' di corda per legare i pomodori che stanno crescendo rigogliosi ed in un attimo la mia mente ritorna all'anno 2013.

Le condizioni nelle quali ci venimmo a trovare, una volta riuniti tutti insieme a Londra, furono quanto di meglio si potesse desiderare, con la possibilità di vivere a stretto contatto con le persone che formavano il Gruppo, una gestione chiara della leadership, competenze comprovate e avanzate sulle tematiche oggetto di sviluppo, possibilità di ipotizzare qualsiasi soluzione, ma anche, successivamente, grandi opportunità nello sviluppare la realizzazione.

Parallelamente i vincoli apparvero chiari fin dall'inizio, e gli stessi che ci accompagnarono, furono simili a quelli degli altri gruppi di lavoro. Le soluzioni, ancorché originali ed innovative, dovevano essere innanzitutto realizzabili, dovevano comportare un costo in grado di essere ammortizzato attraverso la redazione di un business plan che prevedesse nei dieci anni successivi, una messa a regime con risparmi significativi per l'intera collettività, non dovevano avere impatti ambientali negativi, ma salvaguardare il nostro ospitale pianeta, ed infine dovevano permettere il raggiungimento di un sistema in equilibrio, in grado di progredire in armonia con l'ambiente circostante. In buona sostanza queste erano le direttive centrali, dalle quali poi si declinavano i singoli vincoli, in relazione alla specificità dei problemi affrontati, il tutto abbandonando i vecchi indicatori di ricchezza a tutto vantaggio di nuove unità di misura. Nonostante queste premesse e, pesata la popolazione che componeva nel suo complesso il Comitato di Londra, fortunatamente poco incline a giochi di potere e relazioni lobbistiche, nel primo periodo buona parte dei gruppi di lavoro sperimentarono tensioni che emersero in maniera automatica.

L'idea che si andò così rafforzando durante il primo faticoso mese di lavoro fu quella che, sulla base dei dati di partenza, ovvero lo stato del nostro vivere, con l'assunto di non modificare gli standard raggiunti, si volessero imbrigliare tutti gli argomenti oggetto di analisi, in un ferreo sistema di vigilanza, in cui l'obiettivo principale fosse quello di non far scappare nulla e di avere tutto sotto controllo, ma senza pensare a nessun reale cambiamento che potesse anche solamente ipotizzare una diminuzione dello status raggiunto. Dati, resoconti, report, sistemi di responsabilità, autorizzazioni etc. il tutto però per controllare il mondo che conoscevamo, nel quale eravamo tutti nati e vissuti oltre ogni più rosea aspettativa, con il fine di non creare malcontento e soprattutto di non intaccare l'elevato tenore di vita al quale eravamo ormai abituati.

C'era quasi l'impressione che l'assunto *"economia progredita = capitalismo = sviluppo = storia di successi etc"* fosse un dogma inavvicinabile e soprattutto immodificabile.

Quel primo periodo, con il passare dei giorni, fece crescere la mia delusione che progredì al pari di una insoddisfazione che divenne sempre più evidente.

Stavo maturando l'idea che tutto quello che andavamo componendo non fosse altro che una rivisitazione del modello che ci aveva portato dove eravamo arrivati, al limite del collasso. Ed ahimè, non ero l'unico a provare una tale sensazione: una convivenza, così forzatamente prolungata e ravvicinata, che non riusciva a produrre risultati concreti non poteva che generare insoddisfazione ed irritazione.

In realtà, per quanto valide ed applicabili possano essere le regole, se le stesse hanno l'obiettivo di governare un sistema che è concettualmente incompleto e divenuto nel tempo fallace, il risultato non potrà che essere, conseguentemente, modesto.

Pensare che tutto fosse possibile senza porre dei limiti, solo per salvaguardare il concetto caro di libertà, con la speranza che le regole di controllo fossero in grado di preservare il mondo, appariva una mera utopia.

Se viceversa cambiano i paradigmi iniziali e le menti sono libere di poter disegnare su di una nuova tela, allora l'esperienza del passato e l'ingegnosità della natura umana possono condurre a nuovi e migliori stati; saremmo stati in grado di rivivere la speranza di un uomo essere pensante, che potesse progredire ed imparare dai propri errori?

"Ciao Beatrice come stai?", dissi a mia figlia al termine di quella prima giornata a Londra.

"Io bene e tu?.".

"Direi bene. C'è anche la mamma?".

"Sì, è qui ai fornelli, siamo un po' in ritardo con la cena questa sera.".

"Dai, gira il video così posso vedere entrambe. I maschi sono in salotto?".

"Sì, sono in salotto, meglio non disturbarli che altrimenti cominciano a ciondolare famelici chiedendo quando è pronto", rispose Eleonora.

"Ti ricordi la sera dell'ultimo dell'anno? Il discorso a reti unificate, con quelle facce da funerale?".

"Si, lo ricordo bene", rispose voltando lo sguardo e abbandonando per un attimo il controllo dei fornelli.

"Oggi abbiamo avuto la conferma a quelli che due settimane fa rappresentavano solo dei dubbi. Non solo hanno chiesto ai nostri rappresentanti politici di andare di corsa fino a Pechino, ma una volta atterrati gli hanno anche dato un calcione nel sedere trattandoli come degli incapaci e gli hanno detto di non presentarsi se non con qualche soluzione sostenibile.".

"Scusa papà ma non capisco! Cosa vuol dire?".

"Che fino ad oggi non ci hanno ancora detto pubblicamente tutta la verità dell'incontro e delle relative richieste; invece da quanto è emerso oggi qui a Londra è chiaro che se non riusciremo noi tutti a cambiare il nostro modello di vita, allora dovremo prepararci al peggio.".

"E cosa significa prepararsi al peggio?", insistette Beatrice.

"Significa che ogni scenario è plausibile e che non possiamo escludere alcuna soluzione, comprese le peggiori ovviamente.".

"Quindi ti riferisci anche alla guerra!".

"Alla guerra probabilmente no, perché non interessa a nessuno e con le armi che circolano oggigiorno sarebbe un massacro di proporzioni apocalittiche, ma a disordini sociali e scontri con regole civili che vengono dimenticate, questo sì e ti confesso che non so se pensare se è meno peggio sperare in una guerra o invece in una sollevazione popolare e nel caos in generale.".

Eleonora aveva nel frattempo spento il fornello sul quale giaceva ora la pentola con la cena pronta e, avvicinandosi alla videocamera, disse: *"Credi che quello che si potrà fare sarà sufficiente per scongiurare situazioni quali quelle che hai descritto?".*

"Penso che tu abbia centrato il punto: l'idea che abbiamo ricevuto dalla relazione che ha esposto oggi Allan, uno psicologo che ci indirizzerà nelle prime fasi, è che la situazione è stata percepita come estremamente grave. Potendo dare un punteggio su di una scala di pericolo ritengo gli sia stato attribuito il massimo. Paradossalmente questo è l'unico elemento positivo di tutta questa storia ovvero la certezza che da oggi in poi non ci dovrebbe essere più posto per coloro che pensano esclusivamente al proprio tornaconto personale.".

"Sono un po' perplessa", rispose Eleonora: *"Quello che stai dicendo è impegnativo anche perché prelude la necessità di un cambiamento profondo.".*

"Certo", risposi annuendo in maniera evidente con il capo.

"E credi sia possibile?".

Chiusi gli occhi e portai entrambe le mani al volto, lasciandole poi scivolare sulle orecchie quasi a poter cancellare la domanda che avevo udito, per poi lasciarle andare e tornare a guardare Eleonora che mi stava fissando nel video.

"Se solo conoscessi la risposta ...", dissi malinconicamente, *"forse non mi sentirei così depresso.".*

Lei rimase in silenzio.

Io tergiversai alcuni attimi quindi pensai che stesse maledicendo l'istante in cui spontaneamente aveva formulato la domanda, per cui abbandonai le mie perplessità e cercai di attingere al poco ottimismo che mi era rimasto.

"In compenso pensa a come potrebbe diventare questo nostro mondo se solo fossimo in grado di abbandonare l'interesse del singolo individuo rivalutando desueti concetti di moralità, di senso civico e, perché no, almeno io me lo auguro, favorendo un ritorno alle nostre radici cristiane?".

Vidi un'espressione di condivisione che apparve sul suo volto e se non altro pensai che le mie parole ebbero il pregio di stemperare quel momento di biasimo a cui si era certamente sottoposta.

In quell'istante entrò in cucina Lorenzo seguito a ruota da Whisky, il suo valido scudiero.

"Quando è pronto mamma? E cosa c'è da mangiare? Ah! Ciao papà, come stai? Hai risolto i tuoi problemi? .... forse ... ... chissà!".

Quello che non ero riuscito a fare io compiutamente venne completato da poche scanzonate parole.

"Non hai altre domande da fare?", lo guardai sorridendo: *"Mi fa piacere vedervi, finalmente vi staccate dalla televisione. Dimmi piuttosto, a scuola com'è andata oggi?".*

LONDRA 2013

Ad ogni gruppo di lavoro era stato assegnato uno psicologo e noi avevamo Allan; me li immaginavo tutti simili, vestiti più o meno nella stessa maniera con gli occhiali ed una pipa con cui giocare. In quel primo giorno, tutti i gruppi di lavoro ricevettero le medesime informazioni dai propri tutor perciò è verosimile pensare che la sera del 14 gennaio 2013, la notizia sulla reale consistenza dell'Ultimatum si irradiò velocemente in tutti i paesi. A differenza di quanto fui portato a credere in quel momento, la decisione di come portare a conoscenza la popolazione fu calcolata ed opportuna, il modo non traumatico con il quale tutti arrivarono ad intuire l'importanza del momento storico, permise di tenere un profilo controllato.

Nei giorni successivi ci furono delle manifestazioni un po' ovunque in tutti i paesi ma furono tutt'altro che violente. Quelli che in passato erano stati impegnati a fomentare i quattro facinorosi che creavano danni durante le dimostrazioni, erano adesso tesi a difendere la propria posizione, piuttosto che avere in animo mire espansionistiche. Privati quindi della linfa vitale del denaro, i cretini che ovunque negli ultimi anni si erano fatti paladini a pagamento di questa o quella rivendicazione, non trovarono di meglio che starsene a casa, per cui i toni distruttivi del passato assunsero le sembianze di sparute civili rivendicazioni.

L'indomani le attività dei diversi Comitati presero a marciare speditamente, forse anche troppo perché l'enfasi posta sulla scadenza impedì all'inizio di formulare corrette considerazioni: l'agire prevaricò il pensiero e la riflessione.

Il mese di gennaio venne quindi archiviato come il periodo delle regole, dei divieti e dei controlli, che sulla base di rigidi schemi dovevano assicurare l'illusione della governabilità del sistema, attraverso un cocktail di organismi e comitati, shakerati con una buona dose di divieti, per impedire il verificarsi di variazioni non consentite.

Ma se la natura umana è ingegnosa nel trovare nuove soluzioni, lo è anche quando quest'ultime possono essere nocive per la collettività, e quindi il rischio di ritrovare aggiramenti agli ostacoli appena posti, era concreto ma soprattutto, non c'era alcuna certezza che le regole, eventualmente ribattezzate, potessero assicurare un concreto controllo. Bisognava trovare qualcosa di diverso! Una proposta all'interno del Sottocomitato fu ad esempio quella di stratificare le transazioni finanziarie, recuperando, per quelle del livello di base, il concetto del baratto.

Un'altra corrente di pensiero, che per molti giorni ci tenne in scacco, fu quella del ritorno alle monete d'oro ma non vista come la possibilità di stampare moneta a seconda delle riserve di metallo detenute nelle banche centrali, bensì come vero e proprio conio attraverso monete di metallo prezioso che avrebbero dovuto circolare.

Quindi fu il turno delle monete locali, in cui tutti gli scambi, in un ristrettissimo ambito geografico, sarebbero dovuti avvenire attraverso la definizione di una moneta che avrebbe potuto circolare liberamente solo in quella limitata area, lasciando all'entità governativa la gestione delle transazioni esterne.

Tante ipotesi spesso fantasiose ma prima ancora di parlare di nuove soluzioni, molto tempo fu perso nel cercare di riabilitare l'unico modello che tutti noi conoscevamo per esperienza diretta ed una domanda cominciò a porsi: bisognava veramente rimanere ancorati ai vecchi schemi?

In quello stesso periodo, quando ancora le gerarchie interne non furono consolidate e, nonostante la presenza costante del nostro angelo Allan, vivemmo una situazione di anarchia, con ognuno di noi che cercava di issare la propria bandiera quasi fosse un gioco da bambini in cui vinceva chi arrivava primo. Il lavoro dell'uomo con la pipa fu impegnativo nel faticoso tentativo di far dialogare un'accozzaglia di persone che sparavano a raffica, ognuno votato a far risuonare alta la propria voce, ad enfatizzare le proprie proposte ed ad affossare le altrui.

Una piccola battaglia che si stava combattendo per ottenere la supremazia in un ruolo che sembrava appeso ad un sottile filo.

Stefanie venne invitata a partecipare al Comitato per nomina diretta senza il passaggio attraverso le convocazioni prima e le selezioni in seguito. Che strano ripensandoci non ho mai saputo il perché.

Era nota al mondo accademico soprattutto per le ricerche eseguite su di un linguaggio il cui obiettivo era quello di essere comprensibile da tutti e facilitare quindi la comunicazione.

"Bene", disse durante una seduta di lavoro, alzandosi improvvisamente e puntando i vivaci occhi neri su di noi: *"Credo sia arrivato il momento di darci un'organizzazione un po' più formale rispetto a quella fino ad ora sperimentata se vogliamo raggiungere qualche risultato concreto."*.

Aveva finito la frase guardando Allan ma senza cercare una risposta. L'uomo con la pipa, dopo quelle due prime settimane vissute con noi, si sarebbe allontanato conscio di avere svolto il proprio lavoro.

"Sono d'accordo con te", rispose Carl che si mise a fare una decina di foglietti per la votazione.

Quella di Carl fu un'altra figura che si mise in luce sin dall'inizio. Considerata la sua conoscenza dell'Italiano per aver vissuto molti anni nel Canton Ticino, era stato per me agevole approfondirne il carattere ed entrare in sintonia, una volta apprezzato il suo pensiero. Sto parlando di una persona molto consapevole che si rendeva conto di quello che stava succedendo, capace di farsi carico dei problemi del mondo come fosse l'unico che avesse la forza per risolverli.

"Che dici Michele possiamo farcela?", mi disse un giorno allorché volle staccare e si rese conto che gli altri non potevano capire se parlavamo in Italiano.

"Lo chiedi a uno che forse ha più dubbi di te. Ma va che scherzo, per forza ce la faremo!".

"Come fai a dirlo, sei un mago indovino?".

"Non sono un mago e nemmeno uno gnomo Svizzero ma ti assicuro che se non fosse che in cuor mio sento questa possibilità, con il cazzo, scusa l'espressione, che me ne starei qui con voi.".

"Cosa significa?".

"Che sapendo di dover sprofondare nel casino in un tempo relativamente breve, preferirei starmene a casa con la mia famiglia, tu no?".

"Non lo so, il timore che possa succedere l'irreparabile e che si vada incontro a qualche grosso problema mi terrorizza. Pensa se fossimo invasi dai Cinesi o magari dagli Integralisti Islamici.".

"Ma allora stai chiamando la sfiga, scusa sai. Non ti è sufficiente l'Ultimatum, adesso ci metti anche gli Integralisti Islamici: proprio a me lo dici!".

"Facevo per dire ... ... solo per fare un esempio.".

"Non ti basta vedere dove la cultura democratica perbenista e metterei anche cristiana ci ha portato? E guarda che te lo dice un cattolico praticante. Per dimostrare la superiorità della nostra civiltà abbiamo dovuto azzerare la nostra storia.".

"Dimenticavo le tue esperienze, non ti vanno molto a genio vero?", disse Carl preoccupato.

"Ma no Carl, non la metterei in questi termini, più semplicemente siamo profondamente diversi. Se tu ti relazioni con loro, troverai che la grande maggioranza è costituita da persone con le quali si può dialogare apertamente, che non manifestano estremismi e che sono molto gentili, veramente delle brave persone. Detto questo, hanno radici culturali molto distanti dalle nostre e pensare di integrarle non mi sembra oggi possibile o almeno non nella maniera che credevamo. Essere disponibili a muoversi andando a vivere noi da loro o viceversa significa per me avere la capacità di adattarsi alle tradizioni altrui e ciò vale per entrambe le direzioni. Se invece si pensa che chi ospita deve adattarsi all'altro, allora no, per me non potrà mai funzionare, non ora almeno.".

"Sono d'accordo con te, non a caso in Svizzera...".

"Eh sì adesso che mi vien in mente ultimamente non mi siete sembrati molto propensi ad accogliere nessuno, direi proprio il contrario.".

"…. come stavo dicendo, in Svizzera prevale un sentimento di chiusura che non è fine a sé stessa ma a tutela, e probabilmente dovremmo fare così su larga scala. Accennavo a questo tema non per augurarmi ulteriori problemi, anzi, per fare riferimento ad un'esperienza …. ".

"Continua Carl che mi interessa il tuo ragionamento.".

"Ma sì dovremmo far diventare il mondo Occidentale una grande Svizzera allargata. Prova a pensare alle rivendicazioni dei terroristi islamici; ci stanno accusando di ogni cosa, che siamo andati nelle loro terre per colonizzarle e depredarle delle risorse, che vogliamo imporre la nostra religione ed i nostri schemi di vita, che non siamo rispettosi delle loro tradizioni e della loro cultura e ti dirò, forse una parte di ragione ce l'hanno.

Ma allora il modo per risolvere il problema esiste: si torna a casa, si fanno i conti con le risorse che si hanno a disposizione, poi si fa presente a tutti che è necessario fare non uno, ma probabilmente due o tre passi indietro e quindi si abbassa la saracinesca e li si lascia fare il bagno nel petrolio.".

"Carl credimi, se questo fosse un manifesto elettorale, io ti darei il mio voto.".

"Forse mi sono fatto prendere un po' la mano", disse ripensando a quello che aveva detto. Sorrisi divertito.

Carl fu, insieme a Ted, l'unico ad ottenere più del proprio voto, quattro per l'esattezza, mentre Ted era riuscito a far confluire sulla sua candidatura il voto di Julio il Messicano, in una simbolica unione continentale. A Carl andarono i voti di Stefanie, del suo collega svizzero Heinz ed il mio. C'era stata anche una scheda bianca, quella di Yuriko presumo.

L'investitura avvenne in un clima ancora di evidente poca conoscenza reciproca e di marcato orgoglio personale; solo con il passare delle settimane Carl divenne il trascinatore indiscusso di tutto il Sottocomitato, sia di coloro che gli erano vicini sia degli altri.

Verso il gruppetto di persone che si era riunito attorno a Carl, manifestò qualche simpatia anche Yuriko. Ai miei occhi rappresentava il prototipo della Giapponese zelante ed ossequiosa, lavoratrice indefessa ed isolata; all'inizio non fu semplice dialogare con lei complice anche una conoscenza approssimativa dell'inglese.

Alcuni giorni prima della votazione, stando attento a non urtare i delicati meccanismi del popolo del Sol Levante, mi ero accostato a Yuriko raccontando l'esperienza di una vacanza nella sua terra.

"Oh davvero e dovei sei stato?".

"Abbiamo fatto tappa a Tokyo e Kyoto, da questi due punti abbiamo cercato di muoverci giornalmente per vedere quanto più è stato possibile.".

Yuriko fu piacevolmente stupita nell'apprendere che avevo visitato la sua città e ciò favorì il processo di conoscenza reciproca: *"E dimmi quali sono le cose che ti sono maggiormente piaciute?".*

"A dire il vero mi è piaciuto praticamente tutto. Forse le due cose che mi sono rimaste maggiormente impresse non hanno a che fare con la visita di un luogo in particolare ma con l'esperienza storico-culturale con la quale ho vissuto quelle due settimane e che si può riassumere anche in due elementi pratici come la puntualità del sistema ferroviario e la bontà della vostra cucina.".

"Quindi hai provato gli Shinkansen?".

"Nelle due settimane di vacanze lo abbiamo sperimentato praticamente ogni giorno: puntualità assoluta e possibilità di percorrere grandi distanze nell'arco della stessa giornata in assoluto relax. Fantastico!".

"E poi?".

"E poi come ti dicevo la cucina che non mi aspettavo così variegata ma anche i musei, i templi, la pulizia assoluta ovunque e la cortesia delle persone, con le quali magari non è sempre

agevole parlare in inglese ma che si prodigano per te. Ti racconto un fatto che mi è accaduto: eravamo tutti e cinque su di un autobus nella cittadina di ... non ricordo il nome, quella dove ci sono i cervi che camminano tranquillamente ovunque.".
"Nara, vicino a Kyoto.".
"Si esatto Nara. Che posto! Io avevo Sebastiano sullo zaino, ed ero al solito carico come un mulo. Avevo dato la videocamera a Beatrice. Alla fermata stabilita scendiamo tutti quindi chiedo a mia figlia di restituirmi la telecamera: mi guarda e mi dice che non l'ha più; era rimasta sull'autobus. Ero disperato, avevo le immagini di tutte le vacanze. Ma non mi sono dato per vinto: ho lasciato Whisky in custodia ad Eleonora insieme agli altri due e le ho detto di aspettarmi in quel preciso posto senza muoversi.
Nota che non avevamo il cellulare perché i nostri in Giappone non funzionavano. Mi sono messo a correre ed il fatto mi ha guidato ad incrociare un controllore, che però non parlava una parola d'inglese. Questa persona deve aver capito la mia ansia per cui mi fece cenno di seguirlo e mi portò correndo ad un punto d'informazione turistico all'interno del quale trovai chi mi fece da interprete. Te la faccio breve e ti risparmio i successivi 20 minuti. Stavo cercando di farmene una ragione per accettare di aver perso non tanto l'oggetto quanto il contenuto dello stesso, quando notai un autobus accostare vicino al marciapiede dinanzi alla vetrina degli uffici dove il controllore mi aveva portato, fermarsi ed infine vidi il conducente scendere.
Non puoi immaginare il salto che feci quando riconobbi che aveva tra le mani la mia videocamera e un biberon anch'esso nostro. Incredibile! Non solo nessuno l'aveva presa, ma il conducente aveva fatto una deviazione per portarmi gli oggetti dimenticati.".
"Sono molto contenta", disse quasi dando l'impressione che le avessi raccontato un fatto normale.
"Anch'io lo fui fino a quando non realizzai il baratro che ci separa.".
"Alludi al gesto che sottende un elevato senso civico?".

"*Mi riferisco al fatto che noi abbiamo dimenticato di vivere all'interno di una società e consideriamo gli altri o come possibilità di fare business, e quindi guadagnare soldi, o come un fastidio. Se siamo caduti così in basso è perché l'esempio, o dovrei dire lo scempio che ci proviene dai nostri governanti è quanto di più drammatico si possa pensare e noi siamo stati abili a diffonderlo verso qualsiasi attività.*".

"*Non credere che non ti capisca; purtroppo anche da noi le cose non sono molto meglio, con la differenza che questo processo di imitazione o propagazione ai livelli più bassi ha trovato grosse resistenze nelle nostre tradizioni.*".

Rimasi perplesso a pensare a quanto mi aveva appena detto.

"*Piuttosto*", chiese Yuriko, cambiando discorso, "*ai tuoi figli è piaciuto il viaggio?*".

"*Credo proprio di sì, in particolare sono rimasti impressionati dal museo di Hiroshima.*".

Annuì con la testa abbassando lo sguardo quasi a voler allontanarsi da una ferita ancora aperta quindi, dopo qualche attimo, riprese.

"*Lo hai sperimentato personalmente, siamo un popolo con una cultura millenaria che ha la fortuna di abitare su di un arcipelago. Per un lunghissimo tempo siamo rimasti solo noi protetti dal mare ed abbiamo potuto crescere e svilupparci secondo un modello che avevamo stabilito. Poi venne il tempo in cui è prevalsa in noi la presunzione di poter conquistare altre terre ed il ritorno alla realtà è stato doloroso. Ancor oggi il pellegrinaggio ad Hiroshima rappresenta un momento solenne per noi Giapponesi.*".

Esitò alcuni istanti, avrei voluto dire qualcosa ma temevo di dire qualche fesseria per cui rimasi in silenzio.

"*Michele, tu stesso hai potuto toccare sia la nostra piena disponibilità ad accettare gli altri che la poca conoscenza della lingua straniera. Credimi sono due aspetti molto legati tra loro: rispettiamo lo straniero ma abbiamo la nostra cultura e le nostre regole.*".

"Significa che non volete ingerenze e ……".
"Significa, e ti parlo per quello che sento io, che crediamo nella nostra tradizione e nella nostra storia, che siamo fieri della nostra cultura e di quanto hanno fatto i nostri padri. Finita la seconda guerra mondiale abbiamo continuato a sbagliare.".
"Cosa vuoi dire, non capisco.".
"Che quando ci siamo ripresi dal tremendo contraccolpo, siamo tornati ad invadere il mondo con i nostri prodotti, imitando il modello occidentale che non necessariamente è quello giusto.".
"Però in questo modo avete potuto elevare il vostro tenore di vita e diventare la seconda potenza economica mondiale, scusa, terza ma da poco.".
"E a cosa è servito? Oggi siamo schiavi di questo modello, abbiamo creato un debito nazionale che è enorme, in percentuale il più elevato di tutte le nazioni e se non siamo falliti, come sistema paese, lo si deve al solo fatto che godiamo di ottima fiducia che deriva dalla nostra integrità morale.".
"Torneresti quindi a sperare che il mare ti protegga?".
"Vorrei che non ci fosse questa necessità assoluta del risultato che prevarica qualsiasi logica lungimirante e vorrei mantenere intatte le mie radici. Coloro che come te vengono in Giappone sono i benvenuti.".
"Consolati perché da noi delle nostre radici è rimasto solo qualche monumento, tra un po' mi diranno che non potrò farmi il segno della croce in pubblico perché potrei ledere la sensibilità di chi abbiamo accolto, ma pur sforzandomi non riesco a capire.".
Parlando con lei facevo fatica ad immaginarmela a Tokyo in una grande azienda multinazionale, alle prese con elaboratori elettronici e simulazioni. Fui molto contento di vederla avvicinarsi al nostro gruppo. Durante le sessioni di lavoro rimaneva sempre molto compita anche se era bravissima a demolire, in maniera sempre molto composta e quasi scusandosi, le teorie che venivano continuamente proposte. Adesso che ci penso posso affermare che lei era l'anima critica

del gruppo, colei che girava attorno ai problemi fino a quando il consenso non era raggiunto. Il compito di farla parlare era arduo se non era lei a deciderlo, e ciò avveniva in tempi e modi non facilmente prevedibili.

Molto diversa invece da Alyse, estroversa e assai diretta, che faceva coppia con Ted, l'uomo della FED. La loro affinità non era soltanto caratteriale, ma anche lavorativa, provenendo entrambi dalle banche centrali dei loro rispettivi paesi. Frenarli durante le riunioni era compito assai difficile e serviva la tenacia di Carl per tenere le sedute lavorative incanalate nei binari prestabiliti, senza che quei due fossero in grado di stravolgere qualsiasi ordine e qualsiasi logica. Quando serviva ricaricare le energie, allora bastava lasciare Ted e Alyse a briglie sciolte e magari aggiungerci anche Julio, il simpatico Messicano.

Gli unici con i quali non ebbi un gran feeling furono Manfred ed Heinz, che strano anche a ripensarci faccio fatica addirittura a ricordarli sebbene non ci siano mai stati problemi.

Comunque, alla fine della prima settimana di Febbraio, rivedemmo l'uomo con la pipa, Allan, il quale venne a trovarci nella nostra aula. Ci salutò tutti per nome impressionando uno smemorato come me, quindi, in un attimo di pausa durante i lavori, lanciò una proposta: *"Cosa ne dite se domenica andiamo tutti assieme a Bath? Ho guardato le previsioni ed il tempo sarà bello."*.

"Sei sicuro che ci sarà bel tempo?", chiese Alyse.

"Sicuro", rispose senza tentennamenti.

"C'è un motivo particolare legato al compito che stiamo portando avanti o si tratta semplicemente di un momento di svago?", volle sapere Carl sempre molto calato nel suo ruolo.

"Cosa? Mi vorresti spremere anche la domenica? Se si tratta di una gita di piacere vengo volentieri altrimenti ....", intervenne perentoria Alyse, *".... voi Svizzeri non vi concedete mai un attimo di riposo? Magari potrebbero essere gli ultimi."*.

Yuriko indirizzò uno sguardo truce verso Alyse ma prima che potesse replicare ad una battuta poco felice, Allan aveva per fortuna tolto la pipa dalle labbra.

"Tranquilli: puro svago, null'altro che un po' di sano relax e un modo per me per stare in vostra compagnia visto che mi continuano ad arrivare nuove cose da seguire e rischio di non riconoscervi più. Per il trasporto ci penso io, ho degli agganci.".

La domenica puntuale alle 10.00 del mattino, il piccolo bus con a bordo un autista e l'uomo con la pipa, si trovava nel luogo convenuto all'interno del Villaggio, mancava solo Ted che arrivò dopo qualche minuto imprecando: *"Maledetto fuso orario, dopo tre settimane non riesco ancora ad addormentarmi prima delle 3.00. Non potevano organizzare questa sceneggiata a New York?".*

Nonostante questo piccolo sfogo il viaggio si svolse serenamente ed anche la visita mattutina alle rovine fu molto gradevole. Quando furono oramai passate le due del pomeriggio Ted intervenne e se ne uscì con una delle sue: *"Ehi, strizzacervelli, ci vuoi far morire di fame prima ancora di averci analizzato tutti?".*

Allan non si scompose anzi: *"Assolutamente no! Sarà mia cura avervi miei ospiti. Ieri mi sono informato e mi hanno consigliato di prenotare presso un locale che dovrebbe essere qui vicino; mi dicono si mangi bene.".*

Non solo mangiammo bene ma bevemmo ancora meglio, dell'ottima birra e l'imbarazzo fu solo quello della scelta.

Con il fisico un po' stanco, lo stomaco soddisfatto e l'umore ben corroborato dai tanti boccali vuoti, Allan piazzò la stoccata.

"Carl, Alyse mi raccontereste qualcosa su come stanno andando i lavori? Non per tediarvi o per venire meno alla promessa iniziale che questa sarebbe stata una gita di solo relax, ma mi piacerebbe sapere qualcosa; è tanto che manco.".

"Guarda Allan" rispose Alyse, *"proprio perché hai organizzato tutto bene e ti sei dimostrato un signore voglio dirti schiettamente quello che penso: a mio parere le cose non stanno funzionando.".*

"*Scusa Allan, ma questa richiesta viene direttamente dal Comitato Finanziario?*", irruppe freddamente Yuriko.

"*Io credo*" riprese Carl sorvolando sulla domanda posta da Yuriko e quasi sentendo la necessità di tutelare il proprio ruolo, "*che noi stiamo facendo il massimo; siamo sempre in contatto con il Comitato Finanziario, riceviamo da loro le linee guida e quotidianamente riportiamo il nostro lavoro. Se dal Comitato avessero voluto dirci qualcosa credo lo avrebbero già comunicato.*".

All'affermazione di Carl, Ted non seppe trattenersi: "*Ma no Carl ci stanno facendo fare un fottuto compitino con lo scopo di tenerci tranquilli ed avere le coscienze pulite ma a cosa serve? Ci chiedono ogni giorno una cosa diversa senza che ci sia un percorso logico e coerente e noi saltiamo da un argomento all'altro. Alla fine voglio proprio vedere chi riuscirà a capirci qualcosa.*".

Allan aveva socchiuso tra le labbra la sua pipa e ci stava ad ascoltare, non aveva nemmeno provato a rispondere alla domanda di Yuriko, la discussione era già decollata.

"*Carl, Ted, dobbiamo stare tranquilli su questo argomento*", disse Stefanie: "*Sono già alcuni giorni che ne parliamo ma in maniera irrazionale. Siamo solo all'inizio e, caro Ted, non credo sia così semplice nemmeno per il Comitato Finanziario avere le idee chiare, sono passate solo tre settimane! Al tempo stesso caro Carl, forse il nostro ruolo non dovrebbe solo essere esecutivo ma anche propositivo.*".

La discussione proseguì coinvolgendo quasi tutti; alla fine l'uomo con la pipa si rivolse a Yuriko: "*Come mai non dici nulla? Sei l'unica che non interviene.*".

"*Perché sto aspettando la risposta alla domanda che ti ho posto*", disse con tutta calma ed un tono di voce bassa.

Allan comprese che non poteva esimersi alla seconda richiesta.

"*Effettivamente sta emergendo qualche problema in seno al Comitato Finanziario ma non riguarda solo il nostro gruppo ma tutti.*

L'idea è stata quella di trovare un modo per uscire dal luogo che frequentiamo tutti i giorni per capire se possono arrivare dei suggerimenti nuovi dalla base. Da quando ci siamo incontrati questa mattina, vi ho guardato attentamente, ho parlato con ciascuno di voi e per finire ho ascoltato interessato la discussione che ho lanciato. Vi dico questo perché trovo il vostro gruppo assolutamente equilibrato con buone relazioni di confronto e senza prevaricazioni quindi in una situazione ottimale per ottenere un risultato eccellente eppure ....", fece una breve pausa per guardarci tutti, *"... eppure, credo me ne darete atto, anche durante questa discussione non mi sembra siano emersi elementi degni di nota. Spero di aver risposto ora e scusa se non l'ho fatto prima.".*

"Accetto le tue scuse e capisco quello che stai facendo.".

"Visto che io ho risposto alla tua domanda mi piacerebbe ora sapere cosa ne pensi dell'argomento che abbiamo affrontato.".

Incuriositi ed in silenzio attendemmo di conoscere il pensiero di Yuriko.

"Hum ..... credo che ci dovrò riflettere un po' prima di dirti esattamente quello che penso", e lo disse con il tono di chi riteneva chiuso il discorso.

Uscimmo dal locale. La domenica era trascorsa piacevolmente, anche se avevamo avuto la certezza che quel sentimento di insoddisfazione che ci stava lentamente avvolgendo, aveva delle radici concrete. All'esterno pioveva a catinelle.

"Ehi Allan! E questa doveva essere una bella giornata? Credo che tu ci avresti portato anche con 2 metri di neve", disse Alyse.

Tornammo all'autobus fradici ed infreddoliti, mentre Ted continuava a puntare ironicamente Julio, una costante nei momenti di riposo e non solo.

Carl manteneva la sua veste di leader, anche quando il momento consigliava un po' di svago e durante il viaggio di ritorno intervenne più volte perché le battute di Ted diventarono, con il passare del tempo, un po' troppo pesanti.

L'oggetto principale era legato al volume della massa monetaria Messicana ed al muro che gli Statunitensi avevano eretto lungo il loro confine meridionale. Julio era stato al gioco per tutto il tempo favorendo un clima di cameratismo e di goliardia.

All'ennesima battuta Yuriko, che dopo la risposta data ad Allan non aveva più aperto bocca, intervenne sentenziando: *"Voi americani pensate sempre di scendere in guerra per ogni cosa, credete che un muro proteggerà il vostro giusto sistema, che le vostre armi difenderanno la vostra libertà, che una legge indicherà la strada, ma di solito, la soluzione è lì vicino a voi, solo che non la vedete, perché troppo intenti a perseguire imperterriti il vostro cammino e guai a tornare indietro."*.

Immediatamente un silenzio assordante pervase l'autobus che ci ospitava, mentre in tutti noi riecheggiavano le parole di Yuriko. Il fendente, era andato a bersaglio, colpendo diritto al centro o forse il modo con il quale era stato lanciato ci aveva spiazzati, personalmente rimasi in silenzio perché non avevo capito bene ma risolsi di tenermi i miei dubbi.

Yuriko si voltò quindi verso Allan che era seduto accanto a Stefanie e disse: *"Ci ho pensato! Credo sia arrivato il momento di cambiare radicalmente. Stiamo pensando di mettere delle pezze ad un sistema destinato comunque a naufragare, quando invece dobbiamo riscrivere tutto partendo dall'inizio ed avendo il coraggio di affrontare una scelta difficile, qualsiasi sia il costo che ne deriverà."*.

Non avevamo ancora compreso il significato di quelle parole e soprattutto come si sarebbero potute trasferire nel nostro lavoro, ma si fece strada la convinzione che qualcosa stava cominciando a cambiare nelle alchimie del gruppo e gli sguardi d'intesa, in una buona parte dei componenti, segnalarono l'inizio di una relazione, la cui crescita sarebbe stata necessaria al fine di ottenere un risultato apprezzabile.

Passarono alcuni attimi nei quali solo il rumore del motore poteva essere udito mentre gli sguardi volgevano verso orizzonti oramai dai contorni indefiniti.

Tornati a destinazione una calda doccia mi permise di scaldare i piedi; quindi me ne stetti un po' seduto davanti al PC in attesa dell'ora convenuta per il collegamento con casa.

"Allora dimmi, come è andata la gita?", chiese Eleonora.

"L'uomo con la pipa ci ha psicanalizzato tutti con la speranza di tirare fuori qualcosa, poi, quando eravamo sulla strada del ritorno, ci ha pensato Yuriko a piazzare un diritto devastante.".

"Scusa, non ho capito nulla.".

Cercai di riepilogare come meglio potei l'intera giornata quindi conclusi con una mia valutazione.

"Credo che il compito sia molto più difficile di quello che chiunque potesse immaginare, ed anche sperando di riuscire, cosa che ritengo improbabile, chissà quali possibilità ci sono che si possa mettere in atto senza che sia osteggiato da qualche lobby.".

"Va bene che tu vuoi sempre risolvere le cose velocemente ma credo fosse utopistico pensare che dopo nemmeno un mese di lavoro tutti i problemi sarebbero stati risolti, non credi?".

"Si effettivamente hai ragione Eleonora ma in questo momento ho netta l'impressione che stiamo brancolando nel buio più assoluto e ti assicuro che non è una bella sensazione.".

PRIMI SEGNALI

Nella mia memoria il 2013 significa Londra, il Comitato, gli Amici della Tavola Rotonda, la scadenza dell'Ultimatum ed il nuovo modello capitalistico. Quante cose!
Ma tutti i ricordi legati a quell'anno non potrebbero essere raccontati senza soffermarsi almeno un po' sui due forti sentimenti contrapposti che convissero non solo in me ma anche nella maggior parte delle persone che ebbi il piacere di frequentare: un primo aspetto fu costituito dall'altalenante periodico oscillare tra la paura e la speranza. Sembrava quasi che le emozioni si potessero toccare tanto erano intense e pervasive in tutti gli ambienti che frequentammo.
Momenti di tensione si alternarono a gioie immense in un continuo duello che non ebbe un vincitore fino a quando non si concluse l'anno ma anche dopo i due contendenti mutarono il loro aspetto ma non cessarono di sfidarsi.
A questa manifestazione collettiva dall'orientamento marcatamente ondivago, si contrapposero sentimenti personali di ciascuno di noi con stati d'animo molto diversi tra di loro: qualcuno fu afflitto dalla nostalgia per la prolungata lontananza da casa, altri vissero forti conflitti con colleghi magari anche all'interno dello stesso gruppo, qualcuno non credette al progetto, altri ancora sperimentarono contrasti ideologici non sempre accettabili, ciascuno ovviamente visse in modo personale sensazioni ed avvenimenti.
Per quanto riguarda il sottoscritto, il periodo che coincise con la stagione invernale si caratterizzò per un abbandono del disfattismo populista e l'assunzione di una maggiore responsabilità condita da una forte predominanza di un sentimento di timore rispetto a quello di speranza; il tempo grigio e freddo di Londra regalò, alla paura di non riuscire a disegnare un nuovo modello di sviluppo, una stagione di esaltazione. Il tutto impregnato da una evidente vena nostalgica

che mi sorprese parecchio: la mancanza del contatto fisico con Eleonora ed i ragazzi si fece sentire pesantemente e più di una volta ripensai a quel funzionario che mi aveva messo sull'avviso ma a cui risposi in maniera molto sufficiente.

Se per le sensazioni che provenivano dall'ambiente decisi che l'unica soluzione fosse quella di combatterle o assecondarle con la forza della volontà, per quelle che attanagliavano i miei affetti la soluzione fu quella di un costante contatto visivo. Infatti, una volta diventati chiari gli impegni, Eleonora ed io fissammo alle 20.00 italiane l'orario canonico nel quale effettuare il collegamento via internet; considerata la differenza di un'ora con il fuso orario inglese, per me si trattava del momento che precedeva la cena mentre dall'altra sponda corrispondeva al momento in cui stavano seduti a tavola tutti insieme. Rivedere Eleonora dopo un'intera giornata divenne una necessità primaria quasi fosse un nutrimento indispensabile al mio sostentamento ed in realtà lo era almeno sotto l'aspetto psicofisico, assieme ai figli che mi fornivano quell'immancabile momento di gioia e spensieratezza. Rimanevamo a lungo collegati invogliandoli a raccontarmi gli accadimenti della giornata ma anche a descrivermi cosa stava succedendo accanto a loro, poi quando manifestavano una certa stanchezza o avevano finito la cena, arrivava il momento per stare solo con Eleonora.

Durante tutto l'anno fui sempre molto affezionato a questo appuntamento anche perché mi forniva un'occasione privilegiata per raccogliere informazioni su cosa stesse succedendo nel mondo: l'ambiente di Londra era veramente avulso dalla realtà e si rischiava di perdere il contatto, cosa che io non volevo.

Con il passare del tempo divenne chiaro, ascoltando i resoconti di Eleonora e dei figli, che la routine quotidiana di un giorno qualsiasi dell'anno 2013 sarebbe apparsa ad una persona che non avesse conosciuto la cronologia degli eventi, come una qualsiasi giornata estrapolata a caso da un qualsiasi anno precedente. Delle tensioni per l'Ultimatum o della paura di mantenere il proprio status non c'era traccia evidente.

"*Come va Beatrice? Intendo dire a scuola; state andando avanti regolarmente con tutte le materie?*".
"*Sì perché? Dovrebbe esserci qualche novità?*".
"*Ma no, è per parlare un po'. Vorrei ricordarti che sono più di tre settimane che manco da casa e per quanto internet possa essere utile non è certo come stare a diretto contatto con voi. E dimmi, scioperi ce ne sono stati o sono programmati?*".
"*Ma no lo avresti saputo e non c'è nulla in vista anche se ... a dire la verità la scorsa settimana c'è stata un'assemblea di istituto ...*".
"*Vedi che non mi hai raccontato qualcosa!*".
"*Ma perché non mi sembrava importante. Comunque c'è stata questa assembla generale ed un paio di studenti sono intervenuti per proporre una manifestazione da coordinare con quelli delle scuole che ci sono vicine.*".
"*E come è andata a finire? Cosa è stato deciso?*".
"*Ti sembrerà strano ma non è successo e non si è detto niente, con il risultato che alla fine non se ne è fatto nulla. In pratica non si è nemmeno capito per quale motivo si sarebbe dovuto manifestare, tanto che qualcuno proponeva una marcia di solidarietà, altri di protesta. Ecco il motivo perché non ti ho detto nulla.*".
Dopo la puntualizzazione finale, si soffermò un attimo a pensare e poi espresse una propria visione: "*Direi che la maggior parte degli studenti mi sembra intorpidita.*".
Intorpidita è un termine particolare per un giovane che stride con quella che dovrebbe essere l'esuberanza di quell'età. Mi colpì molto questa affermazione perché dava l'impressione che le persone per allontanare gli spettri di scenari non graditi e continuare a mantenere l'illusione del proprio status, avessero ridotto al minimo le funzioni vitali.
"*E tu Eleonora cosa ne dici? Dal tuo osservatorio cosa percepisci?*".
Rimase un attimo a raccogliere le idee mentre cercava di fermare Whisky davanti al proprio piatto poi rispose alla mia

domanda: *"Beatrice ti ha fornito un quadro sintetico che potrebbe tranquillamente essere utilizzato non solo nel contesto scolastico ma anche in altri. Piuttosto una cosa si può rilevare, confrontando il presente con il passato: mentre prima i temi erano sempre improntati a richiedere qualcosa adesso gli argomenti ruotano maggiormente attorno al funzionamento. ".*
"Scusa non sono sicuro di aver compreso, cosa significa?".
"Sto ripensando ad esempio al Consiglio di Istituto della scuola di Lorenzo. Per fare un esempio banale ti direi che l'anno scorso ci sono stati grossi problemi e non puoi immaginare quanto tempo abbiamo perso, per la questione delle tende da sostituire nelle aule della scuola, per le quali pur avendo ottenuto tutte le autorizzazioni necessarie, non si riuscivano ad avere i finanziamenti per acquistarle. Quello sembrava essere l'unico argomento di interesse di insegnanti e genitori e fu così per tutto l'anno. Ora nessuno più propone argomenti di questo tipo ma per rimanere nell'esempio, c'è maggiore interesse a far si che i laboratori abbiano un minimo di materiale per il funzionamento e senza nemmeno grosse pretese. ".
"Sotto un certo profilo mi sembra una cosa positiva; pensi che le persone abbiano capito che bisogna guardare al lato concreto dei problemi? Cosa ne dici?", dissi cercando di sforzarmi per trovare un lato positivo.
"Sembra anche a me, credo di poter dire che si stiano abbandonando i temi di contorno per interessarsi di più ad argomenti prioritari. Spero sia un'assunzione di consapevolezza; estenderei l'esempio anche all'esterno del mondo scolastico, le persone mi sembrano meno esagitate e più tranquille. ".
Facevo fatica ad immaginare un contesto nel quale le persone si muovevano in maniera più responsabile ma la speranza che ci fossimo incamminati lungo un tale percorso, prevalse su qualsiasi considerazione seppur logica che fosse.
Sebbene la vita fosse tornata nell'alveo di una apparente normalità alla fine delle festività del Natale 2012, i fermenti di sostanziali cambiamenti vennero posti in essere fin dai giorni

che seguirono quella data fatidica, in maniera poco appariscente ma sempre più concreti. Il ventennio che ci aveva condotto fino al 2012, era stato una corsa, da parte delle multinazionali occidentali prima, di piccole aziende poi, per arrivare ad avere uno sbocco diretto sugli inarrestabili crescenti mercati emergenti.

Quello Cinese rappresentò per molti anni l'eldorado di una manodopera numericamente infinita e dal costo irrisorio con un mercato interno che in pochi anni cominciò a sperimentare una domanda tumultuosa.

Restarne lontani fu praticamente impossibile ed anzi controproducente, perché impediva, a chi doveva combattere sul terreno dei prezzi, di essere competitivo come solo lo potevano essere i concorrenti che quelle frontiere già avevano esplorato, con il rischio evidente, di essere estromessi dal mercato.

La mossa architettata dai cinesi, aveva lasciato un segno: aveva fatto percepire la possibilità che, se solo avessero voluto, avremmo assistito a situazioni economiche che non ritenevamo più possibili nelle nostre opulente aree geografiche. All'inizio del 2013 il nostro osservatorio famigliare rilevava i primi segnali, Beatrice trovava i suoi coetanei intorpiditi ed Eleonora valutava le persone consapevoli. Sempre nello stesso periodo, oltre a queste prime considerazioni, ci furono anche nuovi segnali che commentammo, che non erano attinenti alla sfera della persona ma riguardavano decisioni che impattavano sulla loro vita.

"Ti ricordi Riccardo, quello che avevamo conosciuto in montagna e con il quale eravamo andati a sciare? Ho incontrato la moglie e mi ha detto che tornerà a giorni dalla Cina, sembra che stiano chiudendo la fabbrica.".

"Chiudendo la fabbrica? Cosa significa?".

"Non lo so esattamente ma mi ha detto che tornerà presto e, da quello che ho capito, sembra in maniera definitiva.".

"Ma non ti ha detto per quale motivo chiudono la fabbrica? Hanno problemi con i prodotti? Oppure stanno de-localizzando altrove? Magari hanno problemi con le autorità?".

La voglia di avere qualche informazione concreta era maggiore della consapevolezza che ad Eleonora queste sfumature non apparissero significative e pertanto degne di approfondimento.

"Lo sai che non sono cose che mi interessano, mi è parso di capire che è stata una decisione dell'azienda indipendentemente da altri fattori ma non vorrei dire una stupidaggine.".

Per varie ragioni il termine nazionalizzazione, che nei primi anni di apertura dei mercati emergenti, aveva rappresentato un'ombra nelle decisioni di investimento, tornò ad aleggiare in alcuni discorsi. Non deve quindi stupire il fatto di rileggere nei dati divenuti storia, che coloro che avevano in procinto un piano per espandere la loro attività oltre i confini Europei o Americani, congelassero ogni decisione in quel periodo, talvolta anche in evidente contrasto con l'avanzato stato economico dei progetti.

"Chissà se è una cosa generalizzata, se si tratta della decisione di una singola azienda perché dettata da una propria situazione economico finanziaria o se sono valutazioni che cominciano a fare presa perché c'è qualche informazione al riguardo", e mentre riflettevo su queste cose pensai che l'indomani avrei dovuto trovare qualche fonte d'informazione attendibile anche se mi rendevo conto che probabilmente non c'era nessuna utilità per una tale ricerca. Avevo bisogno di sapere.

"Sapremo mai il vero motivo? Certo che siamo stati dei cretini a pensare di poter far fare la fatica agli altri tenendoci per noi solo i lati positivi!".

Tra le produzioni nei paesi occidentali e quelle che avvenivano negli altri paesi il confronto era impari; un enorme divario legislativo e lavorativo esistente tra le due realtà, con regole spesso troppo stringenti da una parte, ed un lassismo che dava l'idea di una finemente ricercata volontà di sfruttamento dall'altra, impedivano un confronto normale.

Talvolta pensavo alle mie origini, alla fatica che hanno sempre fatto gli amici che lavoravano la terra, ed a quanto spesso vedessero vanificati gli sforzi del loro lavoro per un motivo o per l'altro. La remunerazione della loro fatica non riusciva a coprire i costi dei vari fattori utilizzati mentre viceversa risultavano vincenti le produzioni provenienti da remoti angoli del pianeta, sebbene gravate da un elevato costo di trasporto, del quale, le locali erano prive. Oppure osservavo l'immancabile etichetta del "made in Cina", per qualsiasi oggetto che le nostre mani potevano stringere, per captare l'enorme divario di mercati non più in grado di governare la produzione ma che giustificavano la loro rendita cullandosi sull'effimera capacità di inventare.

Come possono competere due corridori che hanno a disposizione gli stessi fattori, se ad uno è richiesto di correre su di un tracciato molto più articolato, variegato e lungo rispetto all'altro? Ed inoltre, in cosa dovrebbe sperare o puntare quel corridore, che ritrovandosi a gareggiare ad armi impari con l'avversario, sarebbe destinato a sconfitta certa se non modificasse radicalmente qualcosa?

Gli sfidanti cercavano di competere l'uno accanto all'altro e l'illusione dell'innovazione tecnologica in grado di stravolgere le esigenze dei diversi fattori produttivi, rappresentava un'utopia, che solo i salti generazionali erano in grado di generare, ma che poco poteva nel contesto che stavamo vivendo.

Nel nostro sistema si cimentavano l'una accanto all'altra, due entità che, pur non accordandosi chiaramente, condividevano lo stesso obiettivo della massimizzazione dei profitti. I governanti dei paesi emergenti lo facevano a discapito di masse ignare da utilizzare e da tenere sottomesse, mentre le grandi aziende lo pianificavano spingendo sull'acceleratore del consumo a tutti i costi e senza nessun vincolo. Una gara in cui a soccombere erano sempre le sterminate masse sfruttate senza alcun diritto e senza alcuna possibilità di cambiare il loro status, le persone costituenti la base della piramide dello stato sociale in continua numerica crescita anche nel mondo capitalistico, e, ancora una volta, il nostro pianeta saccheggiato e maltrattato.

L'Ultimatum imposto doveva essere, nelle intenzioni che portarono alla sua formulazione, l'avvertimento a non sottovalutare le richieste di chi in quel momento supportava un certo tenore di vita, un monito per avvertire che anche noi dovevamo prendere in considerazione qualche sacrificio sociale, ed infine, la dimostrazione e la consapevolezza della forza raggiunta da chi lo aveva lanciato.

"Voi ragazzi che sacrifici siete pronti a fare?", chiesi rivolgendomi indistintamente ai figli.

"Cosa vuoi dire papà?", chiese Lorenzo che aggiunse: *"Intendi cosa possiamo fare per aiutare in casa o qualcosa di simile?"*.

"Non proprio; quello dovrebbe essere qualcosa di normale a cui anche Whisky deve cominciare a partecipare. A proposito hai fatto qualcosa oggi?".

"Ho preparato la tavola", rispose orgoglioso Sebastiano al quale giunse una mia approvazione.

Ripresi con Lorenzo e con il concetto che per un attimo avevo abbandonato.

"Stavo parlando di veri e propri sacrifici, cose alle quali rinuncereste siano esse di vestiario piuttosto che in termini di divertimento.".

Calò il silenzio della riflessione, dopo alcuni istanti ripresi il tema: *"E' qualcosa a cui dobbiamo pensare perché se le cose andranno bene dovremo fare qualche rinuncia se invece andranno male di rinunce ne dovremo fare molte."*.

Quella sera rimasi particolarmente colpito da quello che io stesso avevo chiesto ai miei figli; subito dopo aver chiuso il collegamento con loro non riuscii a non pensare a cosa avremmo potuto fare Eleonora ed io e, anche se mi erano chiare le priorità della famiglia, trovai assolutamente impossibile idealizzare un nuovo livello di gestione famigliare non riuscendo a definire alcun nuovo ordinamento generale. Io che ero convinto che il nostro modello andava cambiato, facevo fatica ad ipotizzare un livello con rinunce e consumi ridotti: cosa sarebbe successo se improvvisamente queste necessità fossero diventate reali?

La domanda si formulò svariate volte nella mia mente fino a quando non spensi la luce per dormire, consapevole di non avere una risposta.

UN GRUPPO D'AMICI

Ho finito di legare i pomodori datterini, quelli che preferisce Eleonora, lungo canne di bambù che ho conficcato nel terreno in precedenza. Guardo soddisfatto il mio lavoro, decido che è il caso di raccoglierne un po' da mangiare a mezzogiorno con dell'insalata, un cetriolo e due cipollotti. E' un terreno fertile che anche un dilettante come me riesce a coltivare facendo crescere qualcosa con soddisfazione e per fortuna l'acqua ed il sole non mancano. Ripongo il secchiello dove ho adagiato i pomodori raccolti, mi guardo attorno e decido che è arrivato il momento di pulire la zona dove ho seminato l'insalata. Dopo la pioggia dei giorni precedenti le erbe infestanti sono cresciute ovunque, l'idea di tenere pulito attorno ai ceppi di insalata è soprattutto una gratificazione visiva perché è chiaro che il rendimento delle colture non sarebbe particolarmente alterato. Mi chino sulle ginocchia e comincio a togliere l'erba infestante con il metodo che prediligo: estirpandola con le mani. E' stata sufficiente un po' di pioggia ed il terreno che era pulito intorno ai ceppi si è tinto di verde.
Come crescono rapidamente!
Provo ad immaginare luoghi lontani dove la natura ha trovato le migliori condizioni climatiche per svilupparsi prepotentemente come per esempio in Amazzonia, dove le piante combattono per cercare il proprio spazio, per crescere più delle altre e quindi trovare i benefici dei raggi solari. Non sono mai stato da quelle parti anche se mi sarebbe sempre piaciuto molto ma chissà se potrò mai visitarle.
Esito alcuni istanti poi inevitabile, il pensiero corre veloce all'amico Leon ritornando così a ripercorrere gli accadimenti che ci hanno condotto fino a questo storico anno 2024. Chissà cosa starà facendo il mio amico Leon! Chissà dove sarà in questo momento!

Leon è un naturalista sudamericano, nato e cresciuto vicino al Rio delle Amazzoni e proviene da una ricca famiglia latifondista brasiliana. Fin da giovane ebbe un rapporto viscerale con la terra, tanto che si allontanò per anni da casa, quando scelse di iscriversi ad un corso universitario in aperto contrasto con le ambizioni del padre, che lo aveva designato come amministratore del patrimonio di famiglia.

Il richiamo per la terra era troppo forte sebbene d'altra parte, il fascino di una vita brillante avrebbe potuto far vacillare chiunque: ma quella vita non lo interessava, se questo implicava dover abbandonare la foresta. Per lunghi anni visse da esiliato, lontano dalla famiglia, ed immerso come un ricercatore darwiniano nel suo habitat naturale per studiare, raccogliere campioni e dati che dimostrassero lo scempio che l'essere umano stava compiendo.

Kyoto prima, Copenhagen una dozzina d'anni dopo non raggiunsero alcun risultato concreto, tant'è che ciascuno proseguì lungo la propria strada. Nonostante i flebili tentativi, il percorso prescelto nel passato rimaneva l'unica realtà evidente, senza porre nessun rimedio, senza esplorare alcuna alternativa, senza curarsi dell'ambiente in cui vivevamo che stava evidentemente collassando; una soluzione francamente incomprensibile se non ci fosse stata la giustificazione economica a coprire qualsiasi decisione.

A Londra il Comitato Ambiente avrebbe avuto, all'interno dei vari Comitati che costituivano l'Assemblea degli Stati, un ruolo primario, dettando di fatto molte regole alle quali poi gli altri gruppi di lavoro si sarebbero uniformati. Lo stesso Comitato Ambiente era costituito da una rappresentanza variegata di persone provenienti dalle più disparate regioni del mondo: studiosi del clima, geologi o naturalisti, meteorologi e statistici, ma anche esperti di singoli microclimi, di realtà regionali, ingegneri civili ed industriali, dei trasporti e spaziali, insomma tutte le competenze che dovevano servire per ripensare il nostro rapporto con l'ambiente.

Il nostro primo incontro fu casuale: ero arrivato in Assemblea degli Stati un po' trafelato mentre la riunione stava per cominciare. Mi voltai da più parti alla ricerca di un posto e trovai come unica soluzione, una postazione libera accanto a quella di Leon. Era chino sui propri appunti, vestito in maniera informale e mentre lo salutai mi rammentai di averlo notato altre volte sempre nello stesso posto in cui si trovava in quell'istante.

"Piacere mio, io sono Leon, prego, accomodati è libero", rispose alla mia frettolosa presentazione.

Sul tavolino aveva collocato i suoi appunti, il telefono ed una penna che ammirai a lungo perché molto bella.

"Di che Comitato fai parte?", gli chiesi.

"Del Comitato Ambiente.".

"Interessante, come stanno procedendo le cose?".

"Male.".

"Male?".

"Considerato che stiamo ancora semplicemente parlando e non c'è la più pallida idea di quello che si vuole fare, direi che le cose stanno andando male, anzi scusa, molto male.".

Non aveva quasi alzato la testa nel commentare; io mi sentii a disagio quasi fosse in parte mia la colpa per l'andamento negativo ma soprattutto per averglielo ricordato.

"Mi spiace speravo in una risposta diversa ma evidentemente non siamo gli unici che stanno sperimentando un momento negativo.".

Non rispose alla mia affermazione ma si limitò a guardare il proprio telefono. Il meeting stava cominciando.

Nel corso delle precedenti Assemblee a turno i vari Comitati avevano avuto il loro momento di attenzione, con i riflettori che si accendevano, una riunione dopo l'altra, sulle diverse tematiche, attraverso l'analisi dettagliata che avrebbe dovuto portare a consolidare un tema ed a tracciare una direzione.

Ma per l'Ambiente fino a quel giorno, ancora nulla. Quello che certamente doveva essere uno dei temi prioritari, attorno al quale si sarebbero mosse tutte le altre realtà, quello per il quale si sentivano le voci più disparate rincorrersi nei corridoi, ed inseguirsi in tutti i locali a noi riservati, sembrava dimenticato.

Semplicemente eravamo all'oscuro delle trame che si andavano tessendo in quelle prime settimane del 2013 e prima di prendere una decisione che avrebbe potuto sconvolgere le nostre esistenze, tutte le nazioni avevano voluto partecipare direttamente alla decisione, anche se attraverso i loro organi provvisori.

Il relatore esordì con una slide sulla quale a caratteri cubitali, comparvero i nomi di due città: Kyoto e Copenhagen. Le sue parole caddero come fendenti precisi, parole taglienti che incisero direttamente sulla platea, ricordando il fallimento del nostro sistema capitalistico.

Leon alzò il capo fornendomi così l'opportunità di osservarlo più attentamente di quanto non avessi fatto in precedenza, una mano stringeva il telefono, l'altra impugnava la penna, lo sguardo appariva stanco e disgustato.

Le parole del relatore scorrevano fluenti ma a mano a mano che trascorreva il tempo mi sembrò di notare il volto del mio vicino assumere espressioni diverse, la sua fronte inizialmente corrucciata si rilassò, i suoi occhi parvero risvegliarsi e sulle sue labbra comparve un timido sorriso. Cercavo di interpretare le parole attraverso l'espressione del suo volto visto che da solo non ero in grado di farlo e trassi alcune sensazioni positive.

Il relatore parlò di sciogliere i vincoli dalle lobby di potere in grado di prevaricare con i loro appoggi le esigenze di tutti, quindi di definire obiettivi univoci validi a prescindere dalle situazioni di sviluppo economico sociale dei singoli paesi, disegnò ipotesi ma non più come intendimenti e promesse per il futuro ma come ricerca e messa in atto di soluzioni da porre in essere. L'intervento del relatore procedette senza intoppi e nel contempo crebbe il fermento all'interno dell'Assemblea, i cambiamenti, a cui saremmo dovuti andare incontro, dovevano essere radicali, qualcosa che non avevamo mai computato in nessuno dei nostri scenari.

Le esigenze erano chiare, il modo in cui realizzarle un po' meno. In quei giorni la scelta della doppia mano invisibile non era stata ancora avallata ma il concetto di utilizzo responsabile delle risorse attraverso vincoli di quantità rappresentò per la prima volta un argomento tangibile.

Una mano che visiona dall'alto e detta vincoli ferrei sull'utilizzo delle risorse e sulla generazione dei rifiuti, l'altra, indipendente dalla prima, localizzata nelle singole realtà, tesa a governare i problemi quotidiani.

Leon sembrava entusiasta, aveva dimenticato il suo tanto caro blocco degli appunti ma non il suo telefono che ancora stringeva saldamente nella sua mano, guardandolo fugacemente in maniera involontaria di tanto in tanto. Giunti alla fine dell'intervento si alzò di scatto, gettò il telefono sul tavolino e cominciò ad applaudire seguito da molti altri, sovrapponendosi alle ultime parole di saluto del relatore. Non smise a lungo di applaudire e di guardarsi intorno festante stringendo in alto il suo pugno all'indirizzo di qualcuno che non riuscii ad individuare. Era indubbiamente felice.

Mi feci avanti, titubante sul significato che avevo appreso dalla relazione, e pensai di interpretare le sue manifestazioni come voglia di comunicare, fu lui stesso a commentare estasiato l'andamento della riunione dalla quale aveva avuto delle notizie che nemmeno nei suoi sogni aveva osato immaginare.

"*Se quello che è stato detto non è solo per tenerci tranquilli, allora oggi è un gran giorno*", mi disse quasi commosso.

"*Mi fa piacere sentirti positivo ma io rimango abbastanza perplesso su quello che ci stanno propinando*", gli risposi senza esitazioni.

"*Io invece credo che peggio di così le cose non possano andare per cui ben vengano queste decisioni. Prima ti avevo detto che le cose andavano male adesso ti dico che le cose potrebbero andare un po' meglio: dai vieni con me!*".

"*Scusa ma dove vai?*".

"Voglio brindare con qualche amico e tu hai bisogno di una carica. Fidati di me che so quello che dico.".
Mi obbligò a seguirlo, cosa che feci ben volentieri: il breve tragitto si rivelò un percorso impervio, nel quale gli ostacoli costituiti da gruppi di colleghi festanti che si abbracciavano e stringevano le mani l'un l'altro, impedivano d'avanzare.
Ci volle molto tempo per arrivare al bar interno, in quell'allegro carosello di persone che si erano affiancate a Leon durante il breve percorso. Parlò con il barista e quindi si rivolse verso di noi chiedendo un attimo d'attenzione.
Dall'altra parte del bancone l'addetto adagiò ordinatamente un'intera fila di bicchieri, uno accanto all'altro, e poi li riempì, Leon fece ancora un cenno con le mani per richiamare l'attenzione dei presenti e poter parlare, tenendo sempre fissa nella sinistra, il suo telefono.
"Quello che abbiamo vissuto oggi", disse, *"rappresenta un evento epocale che nessuno di noi avrebbe osato sperare. Voglio proporre un brindisi a tutti voi, perché oggi è un giorno importante, un giorno che segnerà il nostro futuro, un giorno che sancisce il nostro ruolo su questo pianeta, quello di ospiti. Brindiamo con l'Acqua alla Madre Terra che ci dà la vita.".*
Rimasi molto colpito da quelle poche parole, dal calore e dalla convinzione con la quale furono pronunciate, nonché dalla partecipazione convinta di tutti.
Lentamente dopo il brindisi, il gruppo si andò sciogliendo, ed io rimasi con Leon che mi guardava sorridente tanto che ebbi l'impressione mi considerasse un portafortuna: se ne stava lì al mio fianco, in una situazione che non riuscivo a focalizzare.
Credevo di averlo inquadrato arrivando alla conclusione che si doveva trattare di una persona taciturna e solitaria ma non potevo immaginare quanta gente conoscesse e ancor di più, quanta gente lo riconoscesse.
"E tu che poco fa m'avevi detto che le cose stanno andando male. Non mi sembra proprio!", scherzai con lui: *"Grazie Leon*

mi ha fatto piacere il tuo invito ma adesso devo andare, credo ci sarà modo di incontrarci nei prossimi giorni. ".

Ci salutammo quindi un po' sfacciatamente chiesi: *"Devi però perdonare la mia curiosità prima che me ne vada; cosa rappresenta il grafico che così spesso guardi sul tuo cellulare?".*

Alzò la mano che stringeva il telefono e dopo averlo guardato velocemente me lo mostrò.

"Questo? Nulla di particolare: è la fine che faremo se non ci daremo una mossa. ".

"Scusa? Mi sembra di capire che tu sei un tipo particolarmente ottimista o sbaglio? Devi ricordarmi di non farti ulteriori domande. ".

"Ma no, ti posso spiegare. E' il tempo residuo che manca a questo nostro mondo per incontrare, entro pochi decenni, un evento catastrofico delle dimensioni di quello che pose fine al periodo dei dinosauri. ".

"Rassicurante direi e in linea con la tua visione del mondo. Ma questo periodo è così vicino a noi?". Nonostante il mio proposito non avevo saputo resistere alla curiosità, quindi continuai con le domande: *"Ho notato che osservi frequentemente il grafico quasi ti aspettassi l'imminenza di un evento. ".*

"Il tempo è una dimensione relativa; confrontato con l'origine della terra è una cosa che potrebbe succedere a momenti. ".

"Le tue parole sono particolarmente incoraggianti, ma allora mi viene da chiederti cosa ci facciamo qui se ormai il conto alla rovescia è già iniziato?".

"Vai con calma, Michele, l'unica cosa che dobbiamo fare in fretta è cambiare il nostro rapporto con la terra. La Curva di Keeling misura la concentrazione di anidride carbonica nell'atmosfera, e quindi traccia l'andamento del riscaldamento globale del pianeta, ponendo un limite oltre il quale le catastrofi diverrebbero certe. A proposito, per oggi hai esaurito le domande a tua disposizione: devo andare. ".

Rise divertito, mentre io continuavo a guardare preoccupato quel grafico ormai giunto a lambire il supposto punto di rottura.

"Mi devi permettere un'ultima domanda Leon; cosa ne diresti di rivederci questa sera? Vorrei ricambiare l'invito, insieme a qualche mio amico che non è dell'Ambiente, così avrai modo di fare qualche altro proselita. Se ti va ci troviamo verso le 21.00 al pub The Five Rings.".

Gli incontri al Pub erano nati come un momento personale, come un'oasi nella quale fuggire con un gruppo di persone tra le quali si andava costruendo un rapporto di amicizia. Le argomentazioni che trattavamo tutto il giorno, in una prima fase rimasero bandite dai nostri incontri, privilegiando invece, nel relax di quell'atmosfera conviviale, soprattutto la voglia di conoscerci reciprocamente. Ma se all'inizio gli argomenti furono squisitamente personali, con il passare delle settimane e l'approfondimento della conoscenza reciproca, la virata verso le problematiche per le quali ci trovavamo forzatamente riuniti, sarebbe risultata evidente.

Il martedì che seguì la gita a Bath ci trovammo al solito tavolo rotondo, oltre ai collaudati Stefanie, Carl, Yuriko ed il sottoscritto si unì sorprendentemente anche Leon. Dopo aver ordinato qualcosa da bere, Stefanie si rivolse a Yuriko: *"Sono due giorni che ripenso alle parole che hai pronunciato in maniera tagliente all'indirizzo di Ted, ma non sono sicura di aver capito esattamente il reale significato.".*

Mentre Carl si ricompose nel sentire la domanda formulata da Stefanie, Leon ascoltava sorseggiando la sua birra, ignaro dei retroscena a cui non aveva assistito, ed io incuriosito bramavo indovinare quale sarebbe stata la risposta. Yuriko non si scompose minimamente e cominciò con parole semplici e pronunciate lentamente a formulare la risposta.

"Non ho assolutamente nulla contro Ted, purtroppo negli atteggiamenti quotidiani rivedo in lui lo stereotipo Americano dell'individuo orgoglioso di appartenere ad una superpotenza che mette sempre le pistole sul tavolo prima di iniziare la discussione, ma che spesso dimentica di analizzare i problemi da punti di vista che non siano a lui famigliari.".

Nonostante l'arrivo di Leon, Yuriko si sentiva a proprio agio ed il suo approccio fu certamente meno guardingo rispetto all'immagine che chiunque poteva trarne dalle frequentazioni giornaliere in aula.

La sua ricerca delle parole era apprezzabile, considerando la poca padronanza linguistica che andava però migliorando: *"Vedi Stefanie in realtà quello che ho detto a Ted voleva essere una risposta ad Allan che mi aveva chiesto un'opinione. Ho ripensato alla cosa più semplice ovvero la mia esperienza lavorativa. Parlando appunto del mio settore, credo che troppo spesso i programmatori perdano tempo ad aggiustare programmi già esistenti anziché cominciarne uno completamente nuovo; ci si dimentica di tracciare su un foglio immacolato quelli che sono gli obiettivi da raggiungere e si va invece a ipotizzare come si può modificare l'esistente. In questo modo si pensa di poter risparmiare tempo e fatica ma quasi sempre questa scelta si rivela un fallimento."*.

"Vuoi dire", aggiunse Carl, *"che la tua sensazione è che anche noi ci stiamo adeguando a porre dei correttivi ad un sistema che in realtà deve essere analizzato da altre angolazioni e che invece deve essere stoppato per permettere una nuova rinascita?"*.

Era bastata una semplice domanda per condurre il gruppo ad abbandonare i propositi di confinare ad altri momenti le tematiche che ci tenevano impegnati tutto il giorno e che ci proponevamo non influenzassero anche quelle poche ore.

L'argomento ebbe il fascino di attrarre l'attenzione di tutti, nessuno chiese di ritornare a parlare di altre cose e, quando Leon disse, facendo un ampio cenno con il braccio, che il loro gruppo avrebbe fatto tabula rasa di tutti i vecchi sistemi per riassumere le necessità in una nuova ed univoca visione, simultaneamente smettemmo di parlare.

Leon ci guardò un po' perplesso: *"Credo che il concetto espresso da Yuriko sia corretto. Prendete ad esempio l'Ambiente: credete forse ci si possa salvare attraverso qualche compromesso? No, no di certo."*.

Poi abbandonato il fare ancora un po' festaiolo che aveva caratterizzato la sua giornata mi guardò severo: *"Questa mattina ti ho detto che le cose stavano andando male, poi abbiamo gioito per la notizia di apertura appresa nell'Assemblea degli Stati ed io ho detto che le cose vanno un po' meglio. Ma un po' meglio va interpretato come miglioramento della situazione drammatica che stiamo tutt'ora vivendo. Quello che serve per poter dire che le cose andranno bene sarà un cambiamento radicale, una svolta completa.".*

"E come relazioni questa necessità con quanto dice Yuriko?", intervenne Carl.

"Ma è semplice, non c'è alternativa al cambiamento che non comprenda una riproposizione complessiva di ciascun tema qualunque esso sia. Per comodità preferisco rimanere nel mio campo: se nell'Ambiente non stravolgeremo gli obiettivi ma ci limiteremo ad apporre dei correttivi all'andamento odierno, sperando che nei prossimi 50-80 anni potremmo stabilizzare le cose, beh allora arriveremo veramente a vedere cosa significa incontrare l'evento catastrofico.".

"Posso intuire cosa dici", annuì Stefanie, *"ma se pensiamo di abbandonare tutto per ripartire da zero significherà anche lasciare molte esperienze positive, annullare il nostro bagaglio culturale e magari sperimentare nuove strade senza avere adeguate certezze.".*

"E quali sono le certezze che hai oggi? Io misuro solo un mondo che stiamo bruciando senza considerare che una piccola percentuale dei suoi abitanti ha accesso alla totalità delle risorse, non oso pensare cosa succederebbe se tutti potessero essere messi nelle nostre condizioni. Forse le attuali previsioni pessimistiche", disse Leon rivolgendosi a me, *"sarebbero alquanto sottostimate.".*

"Da un lato comunque non possiamo abbandonare tutto delle nostre esperienze passate ma dall'altro mi rendo conto che qualcosa va fatto", cercò di riassumere Carl.

Ero stato ad ascoltare la discussione interessato: *"Sapete cosa vi dico? Premesso che a me affascina l'esperienza culturale giapponese della quale apprezzo l'interessante mescolanza tra cultura e tutela delle tradizioni storiche con le necessità del mondo moderno, vi confesso, visto che ci ho pensato spesso, che sarei pronto a rinunciare a parecchie cose se questo significasse trovare un equilibrio.".*

"Per esempio?", chiese provocatoriamente Stefanie.

Sorrisi accettando la sfida.

"Guarda Stefanie che le rinunce vanno pensate a cominciare dai piccoli gesti quotidiani. Da buon Italiano apprezzo mangiare bene ma sarei pronto a rinunciare tranquillamente a tutti quei prodotti che devono fare migliaia di chilometri per arrivare sulle nostre tavole, adoro sciare ma se mi dicessero che posso andare in montagna solo con dei mezzi pubblici, lo farei; se .....".

"... se se se. Onestamente mi sembra ci siano troppi se. E poi come fare per decidere quale indirizzo dare alle nostre vite? T'immagini quante regole serviranno? E la nostra libertà?", irruppe Stefanie.

Ci fu qualche attimo di silenzio quindi ripresi: *"Non vorrei indurti a credere che questo è il mio auspicio ma permettimi di farti una considerazione prendendo a prestito uno degli strumenti di cui tu sei maestra. Io credo che esista una relazione biunivoca tra due elementi, quando mi ritrovo solo all'interno di una stanza posso permettermi di fare quello che voglio ma se in quella stessa stanza aggiungiamo un'altra persona allora sarà necessario stabilire delle piccole regole. Se poi continuiamo ad inserire persone all'interno della medesima area allora dovremo stabilire sempre maggiori e più stringenti regole all'aumentare del numero di persone. Pensare ad un'autodeterminazione dei singoli questa sì che è una cosa utopistica. Temo sia una strada inevitabile.".*

Stefanie sorrise e mi chiese se ambissi a fare il maestro, aggiungendo: *"Per essere un amministrativo ti applichi con impegno ma ti consiglio di lasciare questi argomenti a chi studia le teorie comportamentali applicate.*

Ti do atto che c'è un fondamento di verità in quello che hai detto, però il ragionamento è troppo riduttivo.", poi un po' più seriamente aggiunse: *"Piuttosto mi interessa sapere una cosa: come dovrebbe essere composta l'entità a cui affidare un così importante controllo? A chi affidare il compito di decidere?".*

Rimasi in silenzio sorridendo alla domanda di Stefanie conscio di non avere alcuna risposta plausibile.

La sua non fu una semplice provocazione ma un'amara constatazione dell'incapacità che avevamo dimostrato di autodeterminarci seriamente negli ultimi decenni, ero convinto che avremmo dovuto ripartire dai valori morali e civili se solo avessimo voluto cambiare qualcosa, ma non ebbi voglia di affrontare una discussione che sarebbe stata certamente impegnativa. Non in quel momento.

UNA SOSPIRATA LICENZA

Non mi era mai capitato di assentarmi per un periodo così prolungato dalla famiglia, internet mi aiutava molto ma era pur sempre un pallido surrogato rispetto alla possibilità di stare a stretto contatto con i miei. Anche a casa le cose non andavano meglio, specialmente pensando quello che mi diceva Eleonora sul piccolo, Whisky, che cominciava a dare crescenti segni di insofferenza rispetto alla mia lontananza prolungata.

Lorenzo e Sebastiano sono nati quando già avevo optato per un lavoro a Milano per cui sono cresciuti abituandosi a vedere il papà che lasciava casa all'inizio della settimana per poterlo riabbracciare dopo qualche giorno; a rifletterci anche Beatrice dovette abituarsi in fretta, considerando che aveva solo tre anni quando ho abbandonato i canonici orari d'ufficio.

Il merito di aver gestito in maniera superlativa questa situazione è stato interamente di Eleonora che ha saputo trasformarla in qualcosa di normale. Si è fatta carico di tutte le problematiche quotidiane ed ha saputo essere vicino ai figli in ogni loro attività lasciandomi un paritetico spazio educativo quando comparivo ed i ragazzi hanno imparato a relazionarsi con me anche attraverso il computer o il telefono: un compito davvero eccezionale.

Eleonora è sempre stata attenta a qualsiasi messaggio palese o celato, guardando i disegni quando erano piccoli per capire come rappresentavano ogni componente familiare, ricordando sempre la mia figura quando non c'ero e lasciando in egual misura a me il potere di decidere anche su richieste molto futili che le venivano poste.

Persino il mio ritorno ha sempre rappresentato una parte del suo piano architettato per neutralizzare la mia lontananza attraverso un rito che si è perpetuato negli anni con i figli che correvano giù per le scale ad abbracciarmi non appena mettevo piede in casa, a prescindere da quello che stavano facendo; questo semplice gesto allontanava immediatamente ogni sintomo di nostalgia.

Dopo quattro settimane di assenza, mai sperimentate in precedenza, il desiderio di rivederli era fortissimo; dovetti insistere a lungo con Eleonora per evitare che venisse ad aspettarmi in aeroporto, perché volevo poterli abbracciare in un luogo privato e lontano dagli sguardi altrui. Feci il volo in compagnia di Massimo che, in quel primo periodo di permanenza, non avevo avuto modo di frequentare se non in qualche rara occasione.

"Michele non so tu, ma io sono proprio ridotto male.".

"Non ti senti bene?".

"Per niente. Credo di avere un po' di tutto; uno stato febbrile che non mi passa da giorni, un perenne raffreddore e poi … Ma scusa ma se non ricordo male tu hai tre figli: come sei riuscito a restare lontano così a lungo? Io non ci sono abituato e pensare che ho solo una figlia.".

"Mi hai fatto preoccupare pensavo tu avessi qualche problema serio. Quanto alla nostalgia, rassegnati perché sarà la stessa cosa la prossima volta; io non mi ci sono mai abituato anche se credo che il fatto di avere tre figli mi abbia aiutato rispetto a chi, come te, ne ha uno solo.".

"Non molto consolante direi.".

Rimase in silenzio qualche istante poi riprese: *"Ti confesso che ho anche pensato di lasciare tutto, da un lato questa separazione forzata mi deprime, dall'altro i risultati del nostro lavoro … … ma a voi come va?".*

"Come la scorsa settimana, quando ne abbiamo parlato. Se i lavori dovessero proseguire con questi risultati sarà un fallimento colossale. Ci incaricano di analizzare un argomento, fanno arrivare eminenze e cattedratici da ogni dove che ci aiutano a capire i meccanismi e quindi noi ci buttiamo a capofitto a redigere regolamenti.".

"Proprio così caro Michele, anche da noi. Ti racconto cosa ci è capitato questa settimana, ti piacerà. Durante la riunione

mattutina del lunedì con il Comitato al quale appartengo, quella che precede i lavori di ciascun gruppo, quattro esperti ci illustrano l'argomento della settimana consegnandoci la documentazione cartacea ed audiovisiva, e a seguire ci immergiamo nel lavoro. Ti risparmio tutta la trafila ed arrivo direttamente alla fine. Mercoledì sera dopo tre giornate intere di lavoro, si alza in piedi lo spagnolo con fare risoluto, la sedia cade all'indietro e lui si mette a ridere. Ci fermiamo tutti e gli chiediamo: cosa succede? ….. Sai lui cosa risponde?". Massimo fece una pausa mentre io scossi la testa a significare che non immaginavo, quindi riprese: "*Ragazzi volevo solo farvi partecipi dei risultati che emergono dal campione sul quale stiamo lavorando: sono esattamente in antitesi con tutto il lavoro fatto durante la nostra seconda settimana. A questo punto o buttiamo nel cestino quel lavoro o quello di questi tre giorni!".*

Scossi la testa, questa volta sconsolato, e guardai fuori dal finestrino. Era una bellissima limpida giornata invernale. L'aereo stava sorvolando le vette candidamente innevate delle Alpi e per un attimo provai a fantasticarmi mentre sciavo con i figli ed Eleonora.

"Michele ti rendi conto?", mi riportò alla realtà Massimo.

"E' quello che più o meno sta succedendo anche a noi e mi sembra una situazione comune a tutti quelli con cui parlo. Ma cosa possiamo fare? Se fossi certo che continueremo in questa maniera, sarei il primo ad abbandonare ma voglio essere ottimista, non possiamo mollare!".

Rimanemmo in silenzio una decina di minuti fino a quando il comandante annunciò la discesa.

"Vedrai Massimo che con questi due giorni in famiglia tornerà la voglia di ricominciare.".

Nella sala arrivi dell'aeroporto di Verona lo salutai frettolosamente per correre a prendere un Taxi che trovai facilmente. Iniziai a conversare ma evidentemente ero salito con l'unico conducente taciturno che mi fosse mai capitato di incontrare per cui risolsi di guardarmi intorno per osservare elementi che mi potessero indicare qualche cambiamento in un paesaggio a me noto, ma non ne rilevai. Il traffico era scorrevole considerando che era un venerdì nell'ora di rientro dal lavoro e in poco più di 15 minuti il taxista giunse a destinazione.

Suonai il campanello e pochi attimi dopo udii degli schiamazzi: *"C'è il papà, c'è il papà"*; rumori di scale discese correndo, seguite da grida per raggiungere la prima posizione e quindi un pianto, quello di Whisky che mi immaginai finito a terra.

La porta si aprì e Beatrice e Lorenzo mi saltarono addosso prima ancora che potessi entrare. Vedevo a pochi metri Whisky che piangeva disperato ma non me la sentii di rimproverarli come avrei fatto in altre circostanze.

"E' bello tornare alla normalità. Fatemi abbracciare il vostro fratellino.".

Whisky si avvinghiò al mio collo in una morsa soffocante e singhiozzando borbottò qualcosa di incomprensibile all'indirizzo degli altri due, in quell'istante notai Eleonora che aspettava con pazienza il suo turno per salutarmi.

"Ci sei mancato.", disse lei.

"Anche voi, credimi.".

Parlammo un po', il tempo di depositare i bagagli e salire in cucina.

"Michele hai voglia di farti una doccia? Sarà pronto da mangiare tra 20 minuti.".

"Assolutamente sì, salgo a sistemarmi e sono da voi.".

Non mi ci volle molto per riprendermi dal viaggio, scesi in cucina e mi misi vicino ad Eleonora che era ai fornelli intenta a completare la preparazione della cena. Mi chiese molte cose come stabiliva il collaudato copione, tante domande specifiche perché, come lei sapeva, non sono mai stato bravo a raccontare i fatti.

Rimanemmo seduti al tavolo a lungo anche dopo la cena, con i due giovani maschi più interessati alla descrizione dei luoghi che avevano ospitato le Olimpiadi del 2012 e le donne focalizzate sugli aspetti conoscitivi delle persone che frequentavo e sugli eventi delle giornate.

"Non mi avete raccontato nulla di quello che succede qui a Quaderni oppure a scuola", chiesi guardando prima Eleonora e poi Beatrice.

"Ti assicuro che sai già tutto", rispose Eleonora che aggiunse, *"anche perché se cerchi di capire se ci sono relazioni tra quanto è successo a dicembre e la vita quotidiana ti devo dire subito che non c'è nulla di particolare."*.

"Nulla", ripetei tra lo stupito ed il deluso.

"Poche cose. La gente sembra un po' più tranquilla ma non parla dell'argomento; sente già troppi commenti in televisione ma sono solo ipotesi che spaziano agli estremi da un giorno all'altro, assumendo le sfumature più varie e bizzarre.".

"Anche a scuola non si nota nulla", aggiunse Beatrice.

"Nulla", ripetei deluso.

"Però non sei stato molto chiaro su cosa sta succedendo a Londra, su come stanno andando le cose: che sensazione hai?", chiese Eleonora.

Guardai per un attimo Beatrice con gli occhi da padre protettivo ma capii che non era il caso.

"Se ti devo dire la verità, in questo momento sono molto pessimista e non sono l'unico. Direi che lo sconforto per quello che stiamo facendo e per come lo stiamo facendo, è il sentimento che va per la maggiore.".

"Perché papà?".

"Credo che nessuno degli addetti ai lavori di matrice operativa, ed io fra loro, impegnati nei gruppi di lavoro a sviluppare i singoli argomenti che sono selezionati, possa manifestare un minimo di fiducia nei confronti dell'approccio alla soluzione. E' il vano tentativo di rattoppare un vestito completamente sgualcito, di tappare l'ennesima falla in una barca che sta affondando, di aggiustare un vaso che si è frantumato in mille pezzi; riesco a rendervi l'idea?".

"Ma allora che cosa bisognerebbe fare papà?".

Erano passati poco meno di due mesi da quando, in una situazione molto simile, Beatrice aveva posto la stessa domanda. Mi ricordai quella sera in montagna e compresi quanto vaga e povera fosse stata la mia risposta e forse, proprio per questo motivo, la ripropose: ci trovavamo ancora ad un tavolo, Eleonora, io e la nostra bambina a parlare di cose da grandi. La prima volta che formulò la domanda erano trascorsi pochi giorni dal 20.12.2012 ed ancora meno dall'Ultimatum. Solo un comunicato ufficiale era stato diramato ma nessun commento od intervista da parte di chi era stato con la delegazione.

In quel periodo, che mi appariva così lontano, prevaleva in me un sentimento di rabbia viscerale e accecante nei confronti di chi ci aveva governati in quel modo, tanto che non riuscivo ad elaborare nulla se non furiosi attacchi verso gli ultimi responsabili.

Due mesi dopo Beatrice aveva formulato la medesima domanda, ma questa volta stavo vivendo una situazione completamente diversa. Il mio sguardo non era più rivolto al passato ma proiettato al futuro, il timore non era quello che non si facesse nulla ma che si facessero tanti sforzi vani, solo la preoccupazione per i miei figli era immutata se non cresciuta.

"Cara la mia bambina", le dissi accarezzandole il viso, *"ci sarebbero veramente tante cose da fare che probabilmente non sarà sufficiente il poco tempo che abbiamo a disposizione prima che scada l'Ultimatum. Innanzitutto bisognerebbe avere il coraggio di dire pubblicamente che abbiamo imboccato una strada sbagliata che ci ha portato a fare troppe valutazioni errate. Poi bisognerebbe che ciascuno di noi imparasse a rinunciare a qualcosa, facendo qualche passo indietro e abbandonando alcuni aspetti materiali della vita che hanno offuscato la nostra ragione.*

Aggiungerei che è fondamentale il recupero della nostra coscienza morale che abbiamo smarrito chissà dove e senza la quale non ci possiamo illudere di costruire un nuovo modello:

lasciando andare alla deriva l'etica, il senso civico e l'onestà, le strutture giuridiche e politiche non potranno funzionare. Non dimenticherei visto le nostre origini, un ritorno alla tradizione religiosa cristiana e comunque alla religione in generale, purché non sia frutto di fondamentalismi, senza valori profondi non possono esistere gli elementi basilari che permettono la convivenza pacifica dell'uomo. Se siamo consapevoli di queste nostre responsabilità non possiamo tacere, solo dopo riusciremo a costruire senza timore un nuovo modello capitalistico che non sia semplicemente un ritocco di quello che si va rapidamente dissolvendo.".

Il ritorno a casa mi aveva rilassato e nonostante fossero passate solo poche ore dal mio arrivo mi sembrava di essere arrivato molto prima.

L'indomani mattina mi svegliai come al solito presto, accompagnai Lorenzo a scuola e quindi mi fermai per un saluto ai miei genitori. Un pensiero mi attraversò la mente nei pochi minuti che spesi con loro: *"Ieri sera ho dimenticato di dire a Beatrice che forse bisognerebbe recuperare anche qualche vecchia tradizione di vita patriarcale con famiglie allargate che vivono insieme, più generazioni tra di loro ...".*

Mi resi conto che si trattava di un piccolo rimorso che mi assalì in quel momento per essere così assente con chi con tanto amore mi aveva cresciuto ma quella sensazione fu spazzata via dall'orologio, la giornata non ammetteva soste e così li salutai.

Corsi da una parte all'altra, prima a controllare l'orto che giaceva immobile nella stagione del riposo, poi con Eleonora a fare la spesa e passare un po' di tempo con lei (ma anche per capire se c'era qualche cambiamento: un'ossessione!), quindi a riprendere i figli a scuola, il pranzo, la partita di calcio di Lorenzo ... .

Per la sera Eleonora organizzò un rinfresco in casa con qualche amico, un'ottima idea per stare insieme in maniera informale. Non avevo voglia di uscire anche perché già cominciavo a ripensare al distacco che ci sarebbe stato il giorno successivo.

"Ti vedo in forma; secondo me vi hanno mandato in vacanza", disse Luca abbracciandomi non appena mi vide.

"Sinceramente ti cederei il posto volentieri.".

"Mi offro io volontario", disse Walter che arrivava con la figlia in braccio, *"ho bisogno di un po' di riposo."*.

"Ma vi siete messi d'accordo?", risposi alla battuta.

La serata trascorse velocemente, con i figli ed i loro amici che, molto affiatati fra di loro, sembrava quasi di non averli.

Confesso che mi sarei aspettato di essere al centro dell'attenzione per quello che stava succedendo, dovendo raccontare la mia esperienza sotto tutti gli aspetti, ma la curiosità svanì velocemente con il trascorrere del tempo e le quasi dovute domande si limitarono ad un'analisi molto superficiale.

Rimasi sorpreso: *"Che strano, mi aspettavo un clima di ricerca di informazioni ed invece sono qui in mezzo a loro come lo sono stato tante volte, non sembra nemmeno che sia tornato dopo un periodo così lungo."*.

Poi corressi il mio pensiero: *"Piuttosto non mi sembrano interessati a quello che sta succedendo, le definizioni di interpidimento di Beatrice o di tranquillità di Eleonora si possano quasi adattare anche a loro, che si tratti solo di una difesa inconscia? Secondo me dovremmo essere tutti preoccupati. E se fosse solo un'attenzione nei miei confronti per non tediarmi anche in queste poche ore di libertà concessemi?"*.

La mattina successiva andammo tutti insieme alla messa delle 10.30 e nell'occasione rividi tante persone, a Londra era stata posta parecchia attenzione alla possibilità di professare la propria fede ma non era la stessa cosa. Dopo la funzione ci fermammo, come eravamo soliti fare, sul sacrato in attesa di scambiare quattro chiacchiere e poi tutti a casa.

Accesi il caminetto della cucina consapevole che avremmo pranzato un po' più tardi del solito ma tutto quello che cercavo era solo una scusa per stare insieme.

"Sai Eleonora, ho notato che le persone non parlano molto volentieri di quello che è successo e nemmeno di quello che ci aspetta, è proprio come mi avevate raccontato.".
"Te l'avevo detto! Non ci credevi?".
Aprii una bottiglia di Bardolino, un vino rosso delle nostre colline che si accompagnava alla grigliata che stavo preparando, bevvi qualche sorso assaporandolo delicatamente, brindando con lei alla nostra famiglia ed alla speranza di un futuro migliore.
Anche Beatrice venne a sedersi in cucina, un po' per stare con noi, un po' per chattare su facebook, più tardi si aggiunse Lorenzo che cominciò a gironzolare famelico vicino al caminetto, seguito da Whisky.
"Uhmm che buono! Ma tra quanto ci sarà pronto?", chiese Lorenzo.
"Si, tra quanto ci sarà pronto?", riecheggiò la piccola ombra.
"Ragazzi dovete avere un po' di pazienza, ancora 15 minuti.".
I due mastini non mollarono la presa fino a quando non ricevettero una salamella che si divisero in parti uguali lasciando momentaneamente il territorio dopo averla ingurgitata.
"Ti sei rilassato in questi due giorni?", chiese Eleonora.
"Sono stati fondamentali.".
"E le persone che arrivano da molto più lontano cos'hanno fatto?".
"Anche a loro è stata data la possibilità di staccare, qualcuno ne ha approfittato ma non tutti. Per farti un esempio Yuriko non ha nemmeno preso in considerazione l'idea di ritornare sebbene avesse avuto la possibilità di usufruire di un giorno in più: ha ritenuto troppo impegnativo un viaggio così lungo.".
"Poveretta; non sarà facile rimanere per tanto tempo lontana dai suoi cari.".
"Davvero da ammirare. Io stavo andando fuori di testa dopo quattro settimane, figuriamoci se avessi dovuto rimanere più a lungo senza vedervi.".
"A proposito papà mi sono dimenticata di dirti cosa mi aveva detto Amie: sua mamma, Janet, conosce una persona che si

trova a Londra al Comitato dove sei tu. Questa persona viene da Edmonton, Canada. Mi ha chiesto di darti i suoi contatti se lo vuoi sentire. Si chiama Kevin ed è un informatico.".

"Potevi aspettare ancora un po' a dirmelo!", rimproverai Beatrice.

"Me l'ha detto solo questa settimana. Mi ha anche detto che lavora nel gruppo dell'Anagrafe.".

C'erano veramente tante persone al Comitato e seppur interessato a poterlo incontrare se non altro per parlare di carissimi comuni amici, relegai al fatto poca attenzione.

In compenso le poche parole di Beatrice ebbero il risultato immediato di catapultarmi a quella che di lì a poco sarebbe stata la ripresa dei lavori ed Eleonora se ne accorse.

"Sei preoccupato?".

"Abbastanza. Da un lato ho voglia di ricominciare dall'altro temo che si continui ad andare avanti come in queste prime settimane.".

"Forse chi vi sta guidando deve capire quale strada prendere", cercò di rassicurarmi ma con poca convinzione.

"Scusa Eleonora: tu credi che noi saremmo pronti al peggio?".

"Non capisco, cosa vuoi dire? Cosa significa il peggio?".

"Abbiamo sempre detto che una guerra non è da considerare ma quello che non è possibile escludere è che noi non si riesca ad ottemperare a quanto ci hanno intimato.".

Capì quello che intendevo e mi rispose: "Anche ammettendo un fallimento, molto dipenderà da quelle che saranno le ritorsioni, se dovremo rinunciare ad una macchina rinunceremo, se questo significherà non andare più in vacanza vorrà dire che comunque staremo insieme …. Ma non eri tu quello ottimista?".

"Lo sai bene che io sono ottimista per natura e se non fosse per quelle tre creature che abbiamo messo al mondo e cresciuto con qualche vizio di troppo, ti assicuro che mi augurerei scoppiasse un bel casino, combattere è scritto nel mio DNA ma loro … ….".

Beatrice era intenta a chattare con qualche amica ma sebbene sembrasse avulsa dalla discussione, i padiglioni auricolari di mia figlia non avevano perso una sola parola ed a chiamata rispose.
"Io sono tua figlia e se nel tuo DNA c'è un gene che si chiama Combattere allora stai sicuro papà che c'è l'ho anch'io.".
La guardai e sorrisi rispondendo alla sua smorfia sbarazzina.
Con una battuta, un vezzeggiativo ed un sorriso era riuscita a rasserenare l'ambiente.
Nel pomeriggio chiesi ad Eleonora che fosse solo lei ad accompagnarmi all'aeroporto. Preparai le mie cose trovando tutto quello di cui avevo bisogno, lavato e stirato, quindi salutai i figli abbracciandoli a lungo.

LA SPERANZA

All'aeroporto di Verona attesi a lungo l'arrivo di Massimo davanti al banco accettazione, Eleonora era vicina a me felice di quel ritardo.

"Gli mando un sms", dissi mentre già le mie mani componevano il messaggio: *"Ti sto aspettando al banco n. 24. Ciao. Michele."*.

Attesi pochi minuti e quindi udii il suono che indicava l'arrivo della risposta, lessi il breve messaggio quindi, guardando negli occhi Eleonora le diedi la notizia: *"Come temevo non verrà, ha scritto che mi chiamerà per spiegarmi."*.

Ritirai il biglietto e salutai Eleonora, combattuto da sentimenti contrastanti. La speranza di un futuro migliore stava lottando contro la paura di un misero fallimento.

"In bocca al lupo Michele.".

"Recita qualche preghiera per tutti noi Eleonora.".

La sala d'attesa era poco affollata, mi accomodai e cominciai a leggere uno dei giornali che avevo portato con me.

Il leggero suono di un computer che si accese attirò la mia attenzione. Era quello di un ragazzo seduto poco distante che mi volgeva le spalle. Indossava un maglione scuro, dei jeans e degli scarponcini e giudicai non avesse ancora compiuto i trent'anni.

Lo schermo del suo computer si illuminò e comparve uno sfondo sul quale si muoveva un'enorme bandiera Italiana con la figura del Duce nell'atteggiamento del saluto romano.

Guardai per pochi istanti il tricolore mentre sventolava riempito da un vento che lo ingrossava e prima ancora di pensare a qualsiasi cosa il ragazzo aprì un'applicazione di scacchi. Lo osservai giocare.

"Probabilmente è un ragazzo schierato, un po' nostalgico e che vorrebbe ripristinare una situazione sociale che abbiamo perso e ....", mi ritrovai a pensare ma subito dopo si fece avanti anche un'altra versione: *"... e se invece fosse uno di quei bulli che*

vanno alle manifestazioni solo per menare le mani? Guarda come è vestito! E poi lo sfondo del suo computer.".
"Ma no Michele, gioca a scacchi e questo presuppone un minimo di intelligenza, non può essere uno di quei lobotomizzati da stadio il cui unico scopo è quello di randellare.".
"Credi davvero? Allora prova a chiedergli qualcosa dell'attuale situazione. Prova a chiedere come vede il mondo oggi e se sa cosa sta succedendo?".
"Sai che buffo se scoprissi che sta andando al Comitato?".
Rimasi per un attimo soprappensiero, quell'ultima parola, Comitato, m'aveva fatto ritornare alla lacerante situazione che stavo vivendo.
Mi ritrovai a scuotere la testa, perplesso ma non più per il ragazzo: lui, il suo computer, il suo abbigliamento e le sue appartenenze politiche si erano dissolte al cospetto della parola Comitato.
Rimasi per tutta la durata del viaggio intento a guardare dal finestrino il sole che tramontava all'orizzonte per lasciare spazio alla notte. Ripensai alla decisione di Massimo e mi sentii avvolgere dal buio: perché dovevo sentirmi così preoccupato, perché questo sentimento si stava portando via tutte le mie energie?
Nelle settimane precedenti qualche buona notizia c'era stata come ad esempio quella sull'Ambiente che tanto aveva fatto gioire Leon, ma sembrava non fossero sufficienti, sembrava mancasse una vera volontà di cambiamento che andasse oltre le mere dichiarazioni.
Giunto a destinazione misi nell'armadio i vestiti che avevo portato con me, ripensai a tutta la premura di Eleonora e quindi mi distesi sul letto ripromettendomi di non pensare a nulla e di dormire, la mente tornò al pomeriggio e sentii riecheggiare le parole di Beatrice: "Io sono tua figlia e se nel tuo DNA c'è un gene che si chiama Combattere allora stai sicuro papà che c'è l'ho anch'io.".
Dopo alcuni minuti mi addormentai sereno.

La mattina seguente l'avvio dei lavori fu più lento del solito anche perché ognuno di noi aveva voglia di raccontare il proprio weekend ma l'effervescenza del ritorno al gruppo di lavoro svanì ben presto non appena ciascuno ebbe concluso la propria relazione.

Passavano i giorni ma non si modificava l'approccio e così l'illusione di un cambiamento possibile si stava tramutando in cupa rassegnazione per una scadenza che vedevamo avvicinarsi senza nessun concreto risultato. Cresceva la consapevolezza che tutto quanto si stava facendo in realtà correva su di un binario che non avrebbe mai incrociato la realtà.

L'inverno scivolò via lentamente senza nessuna novità degna di essere ricordata, a pochi giorni dall'arrivo della primavera era arduo trovare qualche elemento sul quale aggrapparsi.

"Allora è confermato che torni a casa venerdì 15? Marzo?", mi chiese Eleonora durante uno dei nostri incontri serali in videoconferenza.

"Facciamo gli spiritosi eh? Marzo e lo confermo anche perché al punto in cui siamo io torno almeno per il weekend poi a Pasqua valuteremo.".

"Che bello solo tre giorni e poi ci rivediamo, chissà come saranno contenti i ragazzi.".

Espressa l'euforia per il confermato ritorno, Eleonora proseguì con tono preoccupato: *"Sei sempre convinto che se non cambieranno le cose ritornerai definitivamente?"*.

"Non giudicarmi male ma quello che stiamo facendo è assolutamente inutile, sto perdendo il mio tempo e chissà magari anche la possibilità di stare serenamente accanto a voi. Ho rimandato la decisione alla prossima scadenza della Pasqua solo perché si vocifera di rilevanti novità.".

"E quali sarebbero?".

"Nessuno ne ha la più pallida idea anche se si dice arriveranno dal Comitato della Politica. Sembrerebbe che tutto questo tempo fosse andato perso perché ci sono state delle fortissime resistenze a livello politico. Anche facendo lo sforzo di pensare

che ci siano persone capaci, in grado di anteporre il bene comune ai propri interessi, mi riesce difficile credere che siano disposti ad abdicare da un giorno all'altro.".

"E all'interno del vostro gruppo non succede nulla?".

"Nulla!".

"Però i rapporti tra di voi, almeno quelli, mi sembrano positivi.".

Ed era vero che i rapporti all'interno si erano consolidati e se si eccettuano Ted e Julio che costituivano la strana coppia, con gli altri le relazioni erano ottime.

"Confermo che questo è l'unico elemento positivo e senza dubbio ci sono in giro delle gran brave persone. A proposito ti ho raccontato di Aaron?".

"No, non mi dici mai nulla.".

"Se non mi fai la domanda precisa? Dai che scherzo e non fare l'offesa. Ti racconto tutto per farmi perdonare.".

"Dai inizia, chi è Aaron?" mi sollecitò Eleonora.

Aaron è un ingegnere che allora aveva da poco passato i cinquant'anni, sposato con due figlie, viveva in Francia dove lavorava. Lo avevo incontrato più o meno una decina di giorni prima e ricordo ancora bene la data perché festeggiavo il mio quarantottesimo compleanno.

Alla mattina Eleonora ed i ragazzi mi avevano fatto una sorpresa, collegandosi in video e cantando tutti in coro gli auguri, li ringraziai di cuore e, sebbene felice per l'improvvisata, sprofondai lentamente in uno stato di apatia che mi accompagnò per l'intera giornata; a nulla valsero i tentativi fatti dagli amici, i quali interpretarono la cosa come una normale apprensione che a turno si impossessava di ognuno di noi.

Per completare degnamente l'autolesionismo la sera preferii starmene da solo, lontano anche dal The Five Rings e, per essere certo di non incontrare volti noti, mi recai in un locale nel quale non ero mai stato, sempre all'interno del villaggio. A ripensarci oggi, mi sembra di rivedere una scena dei Simpson con Homer seduto al bancone che sorseggia una birra.

Fu Aaron a presentarsi prima ancora che avessi modo di cominciare il mio bicchiere e, allontanando l'idea di voler stare a tutti costi da solo, apprezzai il suo gesto pensando egoisticamente che avrebbe potuto aiutarmi a dimenticare che era il mio compleanno, che mi trovavo lontano da casa e che le cose al Comitato non stavano andando come speravo.

"*Piacere sono Aaron, Comitato Trasporti. Non è serata, vero?*".

Personaggio estremamente affabile, con una visione illuminata delle cose ed al tempo stesso concreto, aveva lasciato, ancora molto giovane, uno dei tanti disastrati paesi centroafricani, per poter studiare negli Stati Uniti. Agli inizi degli anni novanta, questo giovane talentuoso ingegnere, arrivò in Francia invitato dall'Agenzia Europea Aerospaziale ad unirsi al centro ricerche. Si occupava di ricerche innovative che coinvolgono qualsiasi mezzo in grado di trasportare uomini e/o merci da un luogo all'altro attraverso il volo (quando leggerà questa mia descrizione del suo lavoro, mi chiamerà per farmi garbatamente qualche appunto, ma tant'è, credo sia sufficiente per rendere l'idea).

"*Quindi ti occupi di mezzi di trasporto? Affascinante. E di che tipo?*".

"*Qualsiasi mezzo che abbia la possibilità di staccarsi da terra e di percorrere un itinerario non prestabilito.*".

"*Non capisco questa sfumatura.*".

"*Ci sono mezzi che hanno la possibilità di staccarsi da terra ma non possono derogare ad un percorso definito: per banalizzare cito la levitazione magnetica. Io invece studio quei mezzi in grado di muoversi su percorsi liberi.*".

"*Vediamo se ho capito: stai parlando di qualcosa simile agli aerei personali?*".

"*Si esatto. Ora ti fornisco un ulteriore indizio: all'interno di questi mezzi mi occupo dei meccanismi che permettono di sviluppare energia per poter muovere il mezzo stesso.*".

"*Di carburanti?*". Risposi ancora convinto di fare bella figura ma immediatamente mi resi conto di aver detto una banalità.

"Sì carburanti ... ... un po' più evoluti. Noi le chiamiamo fonti di energia; i carburanti sono quei materiali preistorici che purtroppo sono ancora usati per spostarci.".

"Preistorici?".

"Sì preistorici e lo sottolineo, e per due motivi: il primo perché per andare a ricercare la loro formazione bisogna risalire alle origini della terra o quasi, il secondo perché abbiamo cominciato ad utilizzarli due secoli fa, da allora non è cambiato praticamente nulla se escludi qualche risibile performance.".

"Oggi esistono comunque autovetture che arrivano a fare anche 20 chilometri con un litro e ... ...".

"E magari un giorno ne faranno anche 25 o magari 30. Speriamo sia prima di riuscire ad esaurirli! Per farti un esempio è come se per farsi un bagno e in assenza di una vasca si riempisse una piscina. Davvero riempiresti una piscina solo per lavarti?".

Non capii immediatamente se mi stesse prendendo in giro, per cui esitai un po' nel rispondere. *"No, no, cercherei una soluzione alternativa.".*

"Sono d'accordo con te. L'utilizzo di un litro di carburante per spostarci con gli attuali mezzi è un delitto tanto quanto riempire una piscina di acqua calda per farsi un bagno: un controsenso.".

Rimasi colpito dall'esempio tanto che mi fece d'un tratto dimenticare la nostalgia e l'angoscia del momento.

Era stata la rincorsa all'allora definizione di progresso che ci aveva fatto perdere completamente il senso della realtà, con milioni di persone che si muovevano contemporaneamente, da un luogo all'altro, senza alcuna razionalità.

Efficacia ed efficienza erano concetti assolutamente inesistenti, e l'unico vincolo era dettato dalla possibilità di avere le risorse economiche, il denaro, per comperare le risorse naturali. In un contesto di questo genere, in cui il denaro compera le risorse naturali, in maniera semplicistica, basta generare la moneta, creare artificiosa ricchezza per potersi permettere quantitativamente qualsiasi risorsa, indipendentemente dalla sua scarsità, a prescindere da ogni equilibrio, presente e soprattutto, futuro.

"Ma allora tu credi che prossimamente avremo la possibilità di muoverci liberamente e senza inquinare?".

"Il fatto di inquinare per quanto importante possa essere, è solo una logica conseguenza dell'utilizzo inefficiente ed inefficace di risorse limitate.".

"Scusa? Non credo di capire nulla.".

"Tu mi hai detto che ti muovi frequentemente per lavoro ma anche per svago. Immagina ora che tutti gli individui di questo pianeta abbiano la tua stessa modalità di comportamento. Ti risparmio la fatica di immaginare: non abbiamo mezzi a sufficienza, non abbiamo risorse combustibili e nemmeno strade o reti ferroviarie. E' semplicemente impossibile.".

"Quindi?", chiesi senza far nulla per celare la mia curiosità.

"Quindi ci sarebbe bisogno di ripensare completamente il nostro sistema di trasporto. Alcuni miei amici stanno lavorando su di un progetto che per me rappresenta la vera rivoluzione. Ti ricordi la serie televisiva Spazio 1999 Con le persone che si muovevano sulla stazione lunare prendendo delle navette autonome? Per banalizzare è qualcosa di simile con un sistema di collegamento tra i vari punti, studiato per ottimizzare i vari aspetti di tempi e costi.".

Mi sembra ancora di rivederlo, intento a calcolare l'utilizzo di risorse necessarie per far muovere le nostre auto, per far volare i nostri aerei, per gustare un frutto in una stagione particolare perché trasportato da un paese lontano.

"A sentirti parlare si direbbe che siamo vicini ad una soluzione definitiva.".

"Di soluzioni ce ne sono sicuramente più d'una, quello che manca semmai è una condivisione generale del problema: la singola automobile è sicuramente vincente se analizziamo la necessità di un individuo di spostarsi da un luogo ad un altro. E' invece sicuramente perdente contro qualsiasi sistema se la risoluzione del problema prevede la necessità di muovere le

masse e noi stiamo muovendo le masse con un sistema adatto al singolo. Il vero problema è che stiamo parlando di una decisione politica che ha implicazioni enormi sotto tutti i profili.".

Interruppi il mio racconto ad Eleonora per fare posto ad alcune considerazioni: *"Vedi anche Aaron, che mi sembra persona estremamente razionale, non può fare a meno di subordinare qualsiasi ipotesi ad una decisione politica. Sembra siano tutte belle idee che avranno scarse, se non nulle, possibilità di verificarsi a meno che .....".*

"Però lui mi sembra positivo, invece tu mi sembri addirittura rassegnato o sbaglio?".

"Forse non sbagli. Certo che Aaron ha una storia alle spalle che ti fa pensare ma lasciami continuare altrimenti poi dici che non ti racconto mai niente.".

Ripresi quindi a raccontare ad Eleonora come conobbi Aaron e come cominciammo a frequentarci. Dopo quel primo occasionale incontro ci rivedemmo il sabato successivo per andare a fare un giro in bicicletta e quindi, dopo una tonificante doccia, concludemmo cenando insieme.

"Scusa Aaron ma il tuo gruppo fa parte del più grande Comitato dell'Ambiente o sbaglio?".

"No, non sbagli. Come mai lo chiedi?".

"Cercavo di capire quale significato avesse per voi la scelta Ambientale che è stata ribattezzata "Il percorso dell'Equilibrio", un nostro amico, si chiama Leon, sembra essere molto contento.".

"Anch'io lo sono", rispose Aaron, che continuò: *"Tu non lo sei?".*

"Devo essere sincero? Non sono molto contento. Per parecchie settimane il mio stato di frustrazione è andato aumentando mentre adesso non riesco ancora ad avere una visione chiara di quello che sembra un nuovo orientamento.".

Aaron rimase un attimo in silenzio con il capo chino e gli occhi fissi a guardare il pavimento. Poi riprese: *"Credo che invece dovresti essere fiducioso e lo dovremmo essere tutti. Se abbandoneremo la speranza di poter cambiare il nostro mondo per noi sarà finita. Lascia che ti racconti qualcosa della mia vita. ".*

Cominciò così a parlare di un paese martoriato dalle guerre, dove aveva lasciato tanto e forse anche una fetta della sua gioia di vivere: guerre di poveri, carne da macello, luoghi nei quali l'unica cosa importante era il controllo del petrolio piuttosto che l'oro, i diamanti e comunque la risorsa che alternativamente faceva arricchire il potente di turno, mentre la massa rimaneva nella privazione di qualsiasi cosa.

Quella sera capii la profondità di un uomo che aveva visto da vicino tante esistenze spezzate, mutilate, che aveva visto i propri cari, i propri amici, i conoscenti, vittime di violenze e soprusi per il progresso di una piccola fetta d'umanità che stava a migliaia di chilometri di distanza e che non era in grado di valutare il costo di quello che consumava allegramente. Capii anche il senso, mai esagerato, di evidenziare con quei calcoli che riempivano i suoi discorsi, il peso infinito dell'utilizzo che facevamo delle risorse naturali, solo perché per primi avevamo capito l'importanza di stampare moneta, immolando al dio denaro qualsiasi sforzo. Ma parlava anche a nome di molti come lui, che erano scappati da quell'incubo per cercare riparo all'ombra di una società che non li capiva veramente perché troppo occupata nel cercare di arricchirsi.

"Per me", disse Aaron, *"è una liberazione sapere che non sono più un fortunato fuggiasco che ha dimenticato le origini ma una persona che può contribuire ad un cambiamento radicale, con la speranza che prima o poi la svolta possa arrivare anche alla mia terra. ".*

Le scelte del Comitato stavano effettivamente cambiando: parlare di equilibrio significava trovare un punto di comunione al tavolo di una discussione dove avrebbero partecipato tutti i rappresentanti della razza umana e, figurativamente, anche quelli delle generazioni future. Significava che il denaro non avrebbe più permesso, al suo possessore, l'ottenimento di qualsiasi risorsa, indipendentemente dalla propria scarsità:

"Dobbiamo imparare ad utilizzare sensatamente le risorse naturali, in maniera da massimizzarne il loro rendimento; gli sprechi non potranno più essere tollerati. ".

Faceva alcuni esempi e profetizzava il dissolvimento di tante attività cresciute all'ombra del mero narcisismo umano: Yacht milionari che anche quando non si muovevano dal loro ormeggio consumavano quanto distese sterminate di macchine in movimento, l'utilizzo indiscriminato dell'usa e getta, lo spreco di cibo ed acqua. E cosa dire dei macchinari condizionanti per generare il clima che più ci piaceva anche se si trattava di creare una collina di fresca neve nell'assolato deserto, o riscaldare d'inverno un luogo aperto?

Dopo cena ci spostammo per proseguire la conversazione e mentre camminavamo lungo i corridoi vetrati che conducevano ai salotti, guardando all'orizzonte indicò un piccolo aereo in volo: *"Michele lo vedi quel mezzo? Se saremo in grado di portare a termine il progetto al quale stiamo lavorando, quel piccolo aereo privato non potrà più volare!".* Guardai quel puntino che si allontanava all'orizzonte mentre nella mia testa s'affollavano le più disparate domande, da chi avrebbe deciso cosa produrre e cosa no, a quali sarebbero stati i limiti, le conseguenze occupazionali e ancora una volta il nostro tenore di vita.

Procedeva imperterrito: *"L'umanità non può permettere che un singolo, sebbene dotato di un grande patrimonio, possa consumare, solo in virtù del denaro accumulato, così tante risorse. L'individuo ricco avrà varie alternative di spostamento ma si dovrà adeguare al bene della collettività presente e futura, non potendo più consumare in modo spropositato. Le risorse appartengono a tutti!"*

Non riuscivo a capire come avremmo potuto fare, quali vincoli e controlli avremmo posto per evitare quelli che erano diventati veri e propri schiaffi al comune buon senso. Mentre spiegavo le mie perplessità sulle possibilità di controllo e l'introduzione di limiti, un sorriso molto gentile apparve sul suo viso, comprese il mio dilemma ed incominciò a descrivermi, qual'era la sua idea di sviluppo sostenibile ed equilibrato.

"Dipendesse da me, vedrei bene un mondo nel quale un governo transnazionale stabilisse quelli che sono i vincoli nell'utilizzo di un quantitativo massimo di risorse ed al tempo stesso questo stesso ente dovrebbe porre dei vincoli alla produzione di determinati prodotti, ponendone al bando altri.".

Secondo Aaron non sarebbe stato più possibile prendere tutto quanto ci era offerto, ma avremmo dovuto pensare alle necessità di un corretto equilibrio tra le risorse disponibili e quelle necessarie, indirizzando le differenti attività conseguentemente a quanto sarebbe stato possibile consumare nel rispetto di vincoli definiti.

"Credo di capire cosa stai dicendo Aaron e ti confesso che è molto stimolante.".

Il confronto con Aaron aveva rinvigorito le preoccupazioni che riguardavano la gestione di tutte quelle realtà economiche che poggiavano la loro esistenza proprio su quei motivi che avrebbero potuto essere il bersaglio di una censura per il bene comune. Vivevamo una situazione di disoccupazione elevata, con un tasso che non aveva smesso di crescere dall'inizio della crisi, il 2008, aggravata ancor di più da una occupazione precaria o da una sottooccupazione diffusa: potevamo permetterci di chiudere determinate attività che erano fonte di occupazione per tanti?

Ma soprattutto ritornò alla mente il tema dibattuto con Stefanie.

"Sai Aaron, ho ancora un paio di domande che mi tormentano: secondo te come dovrebbe essere composta l'entità in grado di indirizzare lo sviluppo nel mondo ed i livelli di consumo?".

Rimasi in silenzio in attesa di un suo commento.

"Non mi avevi detto che avevi un paio di domande per me? Ne hai fatta solo una se ho ben capito.".

"Hai ragione, ho un'altra domanda.".

Stavo esitando, temendo che quanto l'ingegnere stesse preconizzando fosse una rivisitazione innovativa di qualche visione comunista. Temevo che stesse pensando ad una storia già vissuta. Come avremmo fatto ad evitare i pericoli di un regime? Quindi mi risolsi ad affondare in modo diretto il mio dubbio.

"Non è che tu stai pensando ad un qualche regime comunista di recente memoria?".

Si dimostrò sereno nonostante la mia provocazione, fiducioso che fosse possibile costruire un mondo equilibrato e così, nonostante le mie perplessità, proseguì pacatamente nel suo accorato manifesto.

"La libertà che crediamo di avere è frutto di un modello comportamentale che può essere spezzato in pochi istanti. Ti basti pensare a quello che è successo il 20.12.2012 e provare ad ipotizzare un possibile scenario nel caso i cinesi avessero fermato i rapporti a titolo definitivo. Inoltre è facile ricordare che la nostra libertà è un beneficio conquistato sulla pelle di una smisurata massa di gente affamata.".

Aveva ragione. La nostra era una libertà effimera, che ottenevamo attraverso l'acquisto dell'ultimo oggetto dei desideri, frutto dei condizionamenti dei mass media, ma che non si preoccupava, se non in maniera marginale, di sapere se l'emancipazione che ne derivava attraverso quel gesto, celasse in realtà, la sopraffazione di molti nostri simili. Difficilmente potevamo avere, anche quando avessimo voluto saperlo, le informazioni su come e cosa caratterizzasse la storia di quell'oggetto di cui ci impossessavamo, con un gesto automatico e troppo semplice. Un gesto che ci permetteva di ottenere un bene che spesso proveniva da un lavoro faticoso e che era indirizzato, ad una finalità effimera: nessun disegno che ci spingesse alla realizzazione di un progetto comune ma il comune progetto di generare ricchezza monetaria nella misura maggiore e più veloce possibile al fine di ottenere le risorse naturali di cui avevamo bisogno.

"Non credi", proseguì Aaron, *"che ci sia la possibilità di indirizzare i nostri sforzi verso obiettivi ragionati? Io sono*

convinto che sia possibile utilizzare le energie che oggi sono sprecate per abbellire il nostro quotidiano, dirottandole verso concreti piani di sviluppo che non siano fini a se stessi, ma che si collochino in un quadro generalizzato.".

Nemmeno la preoccupazione per un regime totalitario lo sfiorava, Aaron era infatti convinto che le leggi del libero mercato si sarebbero adattate molto bene al nuovo contesto.

La mano invisibile tanto invocata dai Keynesiani attraverso la necessità dell'intervento pubblico nell'economia con misure sia di tipo fiscale sia di tipo monetario, doveva essere riformulata in un concetto molto più vasto.

"Io credo", disse in maniera accorata, *"che i singoli Stati potrebbero continuare a svolgere il ruolo di regolatori nazionali manovrando alcune leve, ma questo nell'ambito di un definito contesto dove alcune variabili, quali i consumi energetici, le emissioni nocive, l'utilizzo dell'acqua, la produzione di plastiche, saranno governate a livello sovranazionale."*.

Ascoltai attento quello che stava dicendo capendo che stava prefigurando l'esistenza di due mani invisibili: una che indirizza il tentativo di rendere migliore la vita al maggior numero possibile di cittadini, all'interno dei singoli Stati, l'altra costituita da un organismo unico sovranazionale che dovrebbe indirizzare uno sviluppo equilibrato a tutela nostra e delle generazioni future.

Tornò poi a raccontarmi il suo passato quasi a giustificare la sua repulsione per i regimi totalitari, in pochi attimi, raccolse i flash back della sua giovinezza per poi ricominciare con un tono profondo: l'entusiasmo aveva lasciato il posto alla memoria e la memoria era ancora molto dolorosa.

"Le mie figlie non sono mai state nella mia terra natia, finiti gli studi e raggiunta l'autosufficienza economica, ho cercato di ritornare quante più volte possibile fino a quando, alla metà degli anni novanta, ho desistito sopraffatto dalla delusione. Sono passati quasi vent'anni da quell'ultima volta in cui andai e stento ad immaginare come sia la realtà oggi.".

Non osavo parlare ma cercavo di immaginare cosa avessero visto quegli occhi.

"Non ti devi preoccupare Michele. Il Comunismo come per altro ogni altra forma di totalitarismo, cela l'assoluta mancanza di democrazia, laddove il singolo o comunque pochi agiscono in nome del loro personale ed immediato tornaconto personale. Questi regimi totalitari non fanno nulla per nascondere le violenze, anzi rappresentano uno strumento della propaganda per sedare le masse e per violentarle psicologicamente e fisicamente. Creano l'alibi della redistribuzione, dei servizi minimi, del benessere comune, mentre in realtà sono volti ad agire solo per il tornaconto di una ristretta cerchia di persone. Se c'è vera democrazia i regimi totalitari non possono svilupparsi.".

"Ma", proseguì, "il Capitalismo occidentale, come lo abbiamo vissuto fino ai nostri giorni, non è molto dissimile dalle forme di un regime repressivo. Nella falsa rappresentazione di una libertà assoluta, dà un minimo di dignità al popolo, con l'obiettivo ultimo di accontentare gli immediati desideri di pochi, attraverso regole di solito fatte ad arte, senza alcuna attenzione agli equilibri delle risorse, attuali e future.".

Eleonora mi ascoltò senza interrompermi fino a quando non ebbi terminato lanciandomi alcuni spunti di riflessione: "Sembra proprio una persona interessante questo Aaron. Certo che non possiamo lasciare che svanisca la speranza per un mondo migliore. Abbiamo un patrimonio culturale immenso quale nessun altro popolo può reclamare in eguale misura e se non vogliamo sprofondare dobbiamo crederci ciascuno facendo la propria parte.".

Ascoltai il commento di Eleonora, in silenzio. Poi tornai a pensare ad Aaron che era nato e cresciuto in un luogo in cui l'essere umano non ha alcun valore ed è usato in spregio a qualsiasi regola di umana carità, per assecondare i vizi di un mondo del quale ora anche lui faceva parte. Beatrice aveva utilizzato il termine combattere, Eleonora parlò di speranza ed

Aaron si illuminava al pensiero di poter cambiare il mondo. Se anche una piccola fiamma fosse rimasta accesa nel cuore di ciascuno di noi, non avremmo potuto ignorare l'appello al quale tutti eravamo stati chiamati.

I VINCOLI DELLA POLITICA

L'attesa per quella che oramai tutti definivano la notizia crebbe costantemente fino a raggiungere livelli di vera e propria apprensione, nella settimana antecedente la Pasqua del 2013. I lavori avevano subito un rallentamento evidente e, non solo nei corridoi, si aspettava un annuncio dato per imminente ma, anche all'interno dei singoli gruppi, l'unico motivo di reale interesse era legato alle possibili novità che sarebbero potute emergere dal Comitato della Politica. In quegli stessi edifici che frequentavamo si stava giocando una partita vitale per il futuro di tutti. Ancora una volta due estremi sentimenti di fiducia e timore rivaleggiavano per ottenere la supremazia, prima che potesse essere svelata la decisione finale. Cercavo di sforzarmi ad essere ottimista senza grande convinzione, credendo in realtà che le persone arrivate all'agone politico, difficilmente avrebbero rinunciato ai loro mandati. I politici avevano assunto l'unica caratteristica di essere il centro del potere, con l'obbiettivo di soddisfare i propri scopi e quelli delle lobby che li avevano proclamati, senza distinzione di sorta per il regime che li supportava.

Per decenni ho avuto netta l'impressione di vedere sempre gli stessi uomini che, giorno dopo giorno, erano in grado di sconfiggere il tempo, sempre uguali, imperscrutabili, immarcescibili, imbattibili, esplicitare il loro pensiero su quello che era il tema del momento, sicuri. Uomini che per periodi infinitamente lunghi, sono stati avvinghiati a questa o quella sedia importante, finché la morte, solo lei capace, li ha accompagnati ad occupare altra dimora ed i colleghi ne hanno rimpianto l'immancabile alto profilo morale ed istituzionale. Uomini che hanno consolidato patrimoni economici, che sono stati sotto la luce dei riflettori costantemente per lunghissimi interminabili anni, nel bene e nel male, durante i periodi di crescita e durante le crisi, al governo o all'opposizione, inamovibili. Uomini che ogni giorno vedevamo in televisione, perennemente belli, abbronzati, griffati, protetti, inavvicinabili, che, oracoli, sentenziavano in un carosello di banalità frustranti. Uomini a cui erano state consegnate le chiavi della democrazia, conquistata con il sangue, con lotte fratricide, con i movimenti delle masse che s'erano liberate dalla schiavitù e dalla miseria e che loro usavano per elevarsi sopra il popolo come privilegiati protagonisti.

Come il servo fu incapace di usare il talento affidatogli dal padrone, così questi uomini, pur avendo in gestione quanto di più importante si potesse pensare, avevano fallito. Non esisteva democrazia stremata dai debiti, che non fosse vittima della loro edonistica ricerca di un benessere immediato, artificioso e concentrato.

"Cosa ne dite?", lanciai la provocazione mentre eravamo seduti a pranzo il martedì grasso: *"Credete che i nostri politici riusciranno a vincere anche le paure dell'Ultimatum Cinese e tornare alla loro cara gestione della cosa pubblica?"*.

Stefanie che ci aveva accompagnato a pranzo solo per stare in compagnia, non avendo alcuna pietanza davanti a sé, rispose prontamente: *"Quel che è certo, è che abbiamo avuto la presunzione di chi credeva si potesse governare il mondo con quattro indicatori, di chi ha sempre pensato di aver superato qualsiasi difficoltà non appena la situazione fosse tornata ad una pseudo normalità, di chi si illudeva di sedare le masse con qualche concessione, indebitando ancora le generazioni future.*

I politici si sono sempre azzuffati all'interno del quadrato della televisione, contando sull'impunità garantita alla casta ma questa volta ho l'impressione che le cose potrebbero cambiare.".

Mentre ancora Stefanie stava parlando, Carl fece un cenno a delle persone che stazionavano alle nostre spalle in cerca di un posto sul quale sedersi: *"Prego accomodatevi."*.

All'invito rispose un giovane ragazzo, il quale garbatamente rifiutò l'offerta: *"Grazie ma stiamo cercando un tavolo libero,*

siamo in quattro e il dr. Mike vorrebbe stare comodo. Sarà
impegnato in una sessione molto faticosa nel pomeriggio..".
"Sarà anche faticosa ma vorrei mangiare il mio piatto, prima che
si raffreddi", disse, in maniera risoluta ma simpatica, la persona
dalla mole imponente alla quale facevano da contorno i tre
giovani e proseguì: *"Io accetto volentieri l'invito, voi prendete*
posto dove trovate, a me qui sembra tutto occupato. Comunque
ci rivediamo in aula alle 14.30.".
Si sedette, ringraziò per la cortesia, si presentò velocemente
come appartenente al Comitato della Politica e quindi cominciò a
divorare il suo piatto di spaghetti.
Il Comitato della Politica aveva il compito di studiare le regole e
ripristinare il concetto di democrazia, un compito assai delicato.
Si trattava del gruppo numericamente più rilevante che fu
costituito, ovviamente tenendo conto delle mille esigenze di
rappresentanza, con la consapevolezza che ogni decisione
avrebbe comunque avuto un impatto. Mike era uno di loro e con
i politici aveva lavorato per tanti anni. Il suo curriculum vantava
una serie considerevole di elezioni vinte, indipendentemente dal
candidato, indipendentemente dal partito, indipendentemente
dal programma.
Quando ebbe placato la sua fame, non fu difficile coinvolgerlo
nella discussione che avevamo cominciato, riguardante i
macroscopici errori commessi dalla politica negli anni
precedenti, dimostrò di essere immediatamente a proprio agio e
corresse con dovizia di particolari i discorsi molto grossolani che
stavamo affrontando. Il suo intervento aveva acceso la curiosità
dei presenti, che gli chiesero di aggiungere alcuni dettagli alla
presentazione iniziale. Capimmo di avere accanto qualcuno che
effettivamente aveva speso una vita nel mondo della politica,
mentre i nostri discorsi apparivano confinati a mere battute
scambiate tra amici, per cui preferimmo lasciare spazio alle sue
considerazioni. Era una buonissima forchetta ed un ottimo
conoscitore della cucina italiana. La sua voracità era
esattamente in contrasto con la freddezza ed il distacco con le

quali analizzava i problemi. Riusciva a schematizzare tutto, a ricondurre a percentuali, ad individuare i differenti stati d'animo delle persone e soprattutto, non era per nulla preoccupato del lavoro che stavamo compiendo: una vera novità! Non era negativo era semplicemente disincantato, come chi conosce la forza del potere, le sue capacità di rimettere in discussione una partita oramai persa, di soverchiare i ruoli e ripristinare lo status.

Il Comitato di Mike si ritrovava solo due volte la settimana, mentre il resto del tempo ciascuno lo trascorreva a fare la spola con la propria patria. Su quella commissione si addensarono tutti gli interessi da parte dei politici e delle lobby di potere.

"Mi sembra di capire che impera un certo scetticismo nelle vostre considerazioni sullo stato dei lavori!", disse Mike.

Dopo l'osservazione, il nostro rappresentante Carl si sentì investito nella sua parte e rispose ufficialmente: *"Effettivamente se analizziamo il lavoro che il nostro gruppo sta svolgendo, c'è da rimanere molto perplessi, ci stiamo occupando di tutte le richieste che ci sono state formulate fino ad oggi ma non abbiamo chiara la reale portata. Tutto quello che stiamo facendo sembra essere un lavoro di rammendo teso a ricucire situazioni che non sono ben definite.".*

"E quali sono precisamente le cose che non sono chiare?", sollecitò Mike.

"Se permettete", disse con fare risoluto Stefanie, *"vorrei esprimere quello che penso. E' fin troppo semplice dire cosa non è chiaro e lo si può riassumere in una domanda: quello che stiamo facendo troverà applicazione in un nuovo modello o stiamo semplicemente tenendo occupate un po' di persone con un'illusione?".*

L'affabile Stefanie non era andata per il sottile nello specificare il proprio pensiero ed anzi rincarò: *"Credo di poter affermare che la maggioranza delle persone che stanno lavorando al Comitato siano seriamente animate dai migliori propositi. Penso di poter generalizzare dicendo che consideriamo l'Ultimatum che ci è* stato intimato il 20.12.2012 estremamente serio e da non sottovalutare. La sensazione è invece che dopo un primo iniziale momento di smarrimento nel quale è stata adottata l'idea del Comitato di Londra, oggi ci sia una corrente di pensiero che non voglia il cambiamento e che si frappone ad esso in qualsiasi modo.

Mike non perse il suo sorriso e la sua calma e rispose immediatamente.

"Capisco il vostro disappunto ma ... ...".

"Perché non ci spieghi quello che sai? Io non so a cosa state lavorando voi al Comitato della Politica ma il nostro piccolo gruppo delle Transazioni Finanziarie sembra essere impegnato nello sviluppo di una tesi di laurea e non certo nella ricerca di nuovi orizzonti", lo incalzò Stefanie.

Mike le fece un calmo gesto distensivo e quindi le rispose: "Se provassi a risponderti dovrei raccontarvi tutto il programma della riunione generale di domani e quindi non sareste più interessati a venire ad ascoltare la nostra relazione. Vi chiedo solo di partecipare perché sarà una di quelle date che rimarranno impresse nella storia e vi prego di avere un po' di fiducia.".

Sembrava molto sicuro delle sue parole e, nonostante la notevole curiosità suscitata in tutti noi, capimmo che non era il caso di insistere, in fin dei conti poche ore ci separavano da quella che ci era stata preannunciata come una riunione importante.

Che fosse un appuntamento sul quale erano cresciute molte aspettative a tutti i livelli del Comitato, lo sapevamo da tempo e divenne ancora più evidente l'indomani mattina. Nonostante il nostro gruppo si fosse dato appuntamento con largo anticipo sull'orario della riunione con l'intento di occupare i posti migliori, non ci restò altro che prendere posto ben lontani dalle prime file. Nell'aula si percepiva un fermento inusuale e quando apparvero i rappresentanti del Comitato della Politica ci vollero pochi istanti perché tutto l'uditorio prendesse posto e si mettesse in ascolto.

Tra le cinque persone che si accomodarono ai posti riservati spiccava la mole imponente di Mike ed il riconoscerlo fu accolto da tutti noi come un presagio di positive novità.

"Hai visto che c'è anche Mike? Deve essere una persona importante! Vediamo se almeno oggi ci fornirà una risposta esaustiva!", commentò Stefanie seduta al mio fianco.

Fu proprio Mike che prese la parola mentre ancora una volta ci guardammo stupiti l'un l'altro: in base all'esperienza delle Assemblee Generali, colui che esponeva il lavoro era solitamente la persona di riferimento del Comitato.

"Non so se ci risponderà", replicai a Stefanie,*"ma almeno abbiamo la certezza che non deve essere l'ultimo arrivato. A proposito, ha poi confermato che ci verrà a trovare al Pub?"*

"A me ha detto che appena potrà verrà. Vedremo.", rispose lei bisbigliando le ultime parole.

"Silenzio che sta cominciando a parlare", ci bacchettò Carl.

"In questi giorni ho avuto modo di parlare con alcuni di voi del clima che si respira al Comitato di Londra", incominciò il proprio discorso Mike, *"e quindi sono in grado di capire l'apprensione che circonda questo incontro. Ma prima ancora di incominciare voglio lanciare un appello di fiducia e di speranza. Dovete credere a quello che stiamo facendo, dovete credere alla possibilità di costruire un nuovo modello democratico perché questo è quello che dobbiamo fare senza dimenticare che incontreremo difficoltà che andranno rimosse."*.

Mike aveva superato le fasi iniziali del suo discorso riuscendo a catturare l'attenzione di tutti.

"Le nostre provenienze sono le più variegate ma credo di non sbagliare se affermo che la grande maggioranza di noi ha radici nelle cosiddette democrazie evolute. Stiamo parlando di paesi che hanno sperimentato secoli di crescita, che hanno apportato fondamentali contributi alla definizione dei diritti umani, che non conoscono le atrocità della guerra sul proprio territorio da almeno 70 anni e che hanno raggiunto un livello di benessere generale notevole. Di solito in queste democrazie il

cambiamento è qualcosa che va sviluppato e condiviso e la durezza con cui l'Ultimatum ci è stato sbattuto in faccia ci ha lasciato esterrefatti. In questi primi mesi ci sono stati due punti fondamentali nel nostro lavoro: il primo, che non è stato particolarmente difficile da comprendere, è stato quello di renderci tutti consapevoli della necessità di un cambiamento; il secondo, quello di far accettare l'idea che un nuovo modello sarà possibile solo se ciascuno rinuncerà a qualcosa e per quest'ultimo punto vi chiedo un atto di fede nel credere che è stata una battaglia dura quella di condividerlo con tutti.".

Emise un sospiro quasi fosse reduce dal combattimento che aveva citato e quindi proseguì con un sorriso.

"Noi del Comitato della Politica possiamo dire di aver raggiunto entrambi questi due obiettivi.".

Capimmo ed apprezzammo; la preparazione del terreno, l'indirizzare le menti, il ricercare e coltivare il consenso era un'opera importante per evitare ulteriori tensioni.

Il lavoro che tutti noi stavamo facendo sarebbe stato assolutamente inutile senza tutto il rito della condivisione, senza le approvazioni formali necessarie. Da un lato la scadenza dell'Ultimatum che avanzava, dall'altro un ambiente, quello di Londra, molto irreale, sganciato dalle esigenze del quotidiano, costituirono il giusto mix per proseguire nella costituzione della nuova strada.

"Ora possiamo guardare fiduciosi all'importantissima scadenza che ci aspetta e che abbiamo volutamente fissato nel 20 dicembre 2013, quel giorno sarà ricordato come quello della svolta per tutti i paesi democratici. Il mondo occidentale dovrà riappropriarsi delle logiche regionalistiche, per presidiare efficacemente il territorio, non solo per contrastare le spinte che potrebbero derivare dall'esterno ma anche per poter incanalare un cambiamento che non sarà facile da digerire.".

Mike descrisse la regione quale punto fondamentale delle politiche sul territorio, con un controllo delle presenze ed una gestione locale delle risorse.

"I politici potranno essere eletti per un massimo di due mandati consecutivi e per una durata complessiva di dieci anni, dopodiché lo status e le cariche a loro riservate, saranno destinate inderogabilmente ad un nuovo candidato.".

"Scompariranno i governi nazionali che saranno sostituiti da quelli regionali indipendenti, ai quali verranno delegate tutte le politiche del territorio, le decisioni di spesa del denaro e le azioni di pubblica sicurezza.".

Un sussulto si udì nell'aula mentre Mike abilmente permetteva al pubblico di recepire le sue affermazioni con pause meditate. Procedeva come un navigato politico nell'esposizione del discorso disegnando tre grandi organismi sovranazionali che avrebbero governato i tre blocchi geografici: gli stati Americani, l'Oceania unitamente al Giappone, ed infine gli stati Europei. A ciascuno sebbene in un'ottica di massima razionalizzazione, sarebbero spettati i compiti della difesa e delle infrastrutture, dei rapporti internazionali ma anche della sanità e dell'istruzione. La platea era pronta e stava aspettando la portata principale, Mike captò l'umore generale e fu lesto a servire la notizia più importante.

"Gli Stati che hanno costituito il Comitato di Londra unanimemente hanno approvato la delibera che sancisce l'introduzione di un organismo superiore, al quale è già stato assegnato il nome di Consiglio dei Saggi. Questo avrà il compito di stabilire le linee guida di sviluppo del nuovo modello democratico al quale tutti i governi regionali dovranno scrupolosamente attenersi.".

D'un tratto apparve chiara la rivoluzionaria portata di quelle parole, la figura dell'uomo politico venne scissa in due ruoli dai confini marcatamente diversi: da un lato coloro che avrebbero elaborato le strategie legiferando, dall'altro coloro che avrebbero governato le aree di competenza attraverso l'applicazione delle normative definite.

L'aula era in fermento e Mike si avviò a concludere il proprio intervento senza alcuna voglia di sedare il rumore di sottofondo

ma anzi alimentando la voglia di un grido liberatorio con un tono di voce che si fece più esaltante: *"Ci aspetta una lunga rivoluzione che dovrà essere pacifica ma che non sarà priva di tensioni, rinunce e difficoltà. Sperimenteremo crescenti incomprensioni con tutti quegli stati che non saranno disposti ad adottare il nostro stesso sistema ma non abbiamo alternative. Stimiamo che i tempi per rendere esecutive le misure politiche possano essere nell'ordine dei prossimi tre, cinque anni, che significa il periodo 2016-18, per poi porre in essere le misure principali all'esame dei Sotto Comitati entro la fine del 2020.".*
Mike era visibilmente soddisfatto, più tardi avremmo capito che era riuscito a trarre sensazioni positive da parte della platea, salutò e si allontanò insieme alle altre persone che lo avevano accompagnato.
"Cosa dici Stefanie? Credi ti abbia risposto?", chiesi senza alcuna volontà di prendere in giro.
"Accidenti se mi ha risposto, questo Mike mi ha veramente sorpreso. A questo punto sono curiosa di vedere il materiale che ci consegneranno in aula e che rappresenterà la conferma dell'intervento appena udito ma mi sembra che ci siano pochi margini di incomprensione per cui ...".
"Aspettiamoci di ricominciare tutto dal principio, finalmente!", concluse la frase Yuriko.
Mike era stato di parola quando il giorno precedente ci aveva invitati a pazientare consapevole che avremmo trovato le risposte ai nostri quesiti durante l'intervento programmato. La sera, dopo una giornata a dir poco intensa, tornai in camera ripensando a tutto quanto era successo in quei primi mesi di permanenza a Londra, l'iniziale eccitante periodo aveva lasciato il posto ad una triste consapevolezza della difficoltà di cambiare le cose fino a quando raggiungemmo il punto più basso, quello nel quale erano cominciati i primi abbandoni da parte di chi non credeva più nel progetto, successivamente ci fu un primo importante segnale che venne dal Comitato dell'Ambiente, che percepii prima nella felicità di Leon, poi nella consapevolezza che

qualcosa stava cambiando nel sentimento comune fino ad arrivare alla fondamentale notizia del giorno circa l'esplicita decisione di un radicale cambiamento nella Politica.

Eleonora fu alquanto sorpresa nell'udire le buone notizie che le riportai la sera stessa: *"Mi sembra che questo possa rappresentare il segnale che voi tutti stavate aspettando, non credi?"*.

"Credo proprio di sì, finalmente c'è la sensazione che si aprirà una nuova fase. E' probabile che quella che si è conclusa sia stata necessaria e propedeutica a quella che verrà. Forse passerà ancora un po' di tempo prima che si possa tornare a lavorare completamente sui nuovi modelli ma certamente questa è l'indicazione che aspettavamo.".

"Immagino che la notizia sarà resa pubblica a breve, o vi hanno chiesto di tenerla riservata?".

"Non sarà ufficializzata, ma credo che tenere riservata una bomba come questa sia impossibile. Piuttosto per quel poco che conosco Mike, mi ha dato l'idea di essere uno che si muove avendo già meditato tutto e quindi non mi sorprenderei affatto se già in questo momento stessero gestendo la novità in maniera tale da farla passare in modo indolore. Sarei pronto a scommettere che non ci saranno reazioni particolari sebbene abbia una valenza incredibile.".

Tornai a riflettere con Eleonora su come avrebbero potuto cambiare le cose: *"Più ci penso e più mi sembra si possano disegnare scenari rivoluzionari. Prova ad immaginare: se ci sarà coerenza con quanto è stato detto oggi, non ci sarà più la possibilità di attingere alle casse pubbliche per mantenere promesse elettorali fatte solo per accaparrarsi qualche voto o per compiacere amici e parenti, ma saranno posti rigidi paletti il cui sforamento nell'ambito regionale di competenza, comporterà l'automatica chiusura del credito."*.

Rimasi un attimo a pensare a quello che avevo appena detto, quasi stessi parlando di un sogno. Mi ridestai da quella esitazione e proseguii: *"Ed ancora i politici non potranno più promettere un giorno l'abbattimento delle tasse ed il giorno seguente presentare un nuovo programma di spesa: il livello del prelievo sarà uniformemente dettato dal Consiglio dei Saggi, per cui la campagna elettorale obbligherà chi vorrà parteciparvi alla redazione di un programma di governo con numeri ed obiettivi precisi. Sai che cosa ti dico?".*

"Che cosa?", mi rispose Eleonora

"Che per la prima volta dopo tanto tempo mi sento ottimista e sono fiducioso per il futuro dei nostri figli. Il Consiglio dei Saggi delibererà su come sarà il sistema, quali consumi di risorse e livelli di emissioni ci potremo permettere, come conseguentemente cambierà il nostro modello di vita potendo imporre limiti e vincoli che oggi non esistono. Anzi ti dirò di più: credo che potremo veramente gestire il cambiamento, perché il sacrificio è sentito come un'ingiustizia quando riguarda una parte della popolazione e viceversa non è percepito come tale se è imposto a tutti. Cosa te ne pare?".

"Che, come al solito, non hai mezze misure ma solo estremizzazioni. A parte ciò mi sembra veramente una gran bella idea ma non vorrei che tu ti illudessi troppo. Diciamo che l'inizio non è male, valuteremo l'evolversi con il passare del tempo anche perché mettere in pratica una cosa del genere non sarà certo semplice.".

LUIGI PESCE

LA TAVOLA ROTONDA

Le serate con gli amici proseguivano con regolarità. Il luogo di ritrovo era sempre lo stesso, tanto che al The Five Rings il grande tavolo rotondo che ci accoglieva era diventato una costante immancabile.

Il primo incontro, dopo la licenza che avevamo avuto per la Pasqua 2013, ebbe un sapore molto particolare, avevamo saltato un appuntamento e forse un pensiero in tutti noi era andato a quel tavolo vuoto, mentre trascorrevamo alcuni istanti lontani dal Comitato. Al tempo stesso la voglia di rituffarci nelle attività di lavoro era grande e si respirava un'aria effervescente che mai era stata sperimentata nemmeno durante i primi giorni.

Dopo l'Assemblea degli Stati che aveva enunciato i cambiamenti che ci sarebbero stati nel Comitato della Politica, i nostri sentimenti risultarono radicalmente cambiati, l'inversione di rotta fu completa e da una situazione di pessimistica attesa lo stato d'animo si tramutò in una propositiva voglia di perseguire un obiettivo che era diventato chiaro a tutti.

Il gruppo degli Europei aveva fatto ritorno alle proprie case, agevolato da spostamenti che erano poca cosa, rispetto al desiderio di rivedere le mura amiche. Yuriko era invece rimasta a Londra dove era stata raggiunta dalla figlia. Leon, aveva utilizzato il tempo a disposizione per stare con il suo gruppo di ricercatori nel mezzo della foresta: non fu importante il tempo necessario per raggiungere i suoi amici, quanto la voglia di trasmettere loro le sensazioni positive che aveva ricavato fosse stato anche solo qualche istante con loro. A rendere alquanto particolare il primo incontro dopo la Pasqua 2013 fu l'ingresso di due nuove persone: Kevin e Mike.

Kevin era uno dei componenti del gruppo Anagrafe, un Sottocomitato ubicato a fianco del nostro ufficio. Giovanissimo era stato aggregato al Comitato in virtù delle sue conoscenze informatiche, soprattutto per le bravate come hacker che lo avevano fatto conoscere al mondo, bucando sistemi di sicurezza molto avanzati; un errore, l'ennesima spericolata incursione spinta oltre i limiti della ragione e poi l'incontro con il sistema giudiziario, che lo condannò ad usare le sue capacità ma dall'altro lato della barricata.

Nelle precedenti sere in cui c'eravamo trovati al pub, l'avevamo sempre incrociato all'interno, con il suo immancabile computer acceso: arrivava prima di noi ed era ancora chino sulla tastiera quando lasciavamo il locale. Il dubbio che lavorasse all'interno del pub poteva anche essere lecito, vista la sua assidua frequentazione, se non fosse stato per il ricordo di averlo già incontrato all'interno delle aree rigidamente riservate al Comitato, con la sua immancabile sciarpa bianca e rossa e la foglia d'acero sullo sfondo.

Carl stava già sorseggiando la sua birra quando arrivammo quasi contemporaneamente Yuriko ed io, qualche attimo dopo si presentò anche Stefanie alquanto trafelata, scusandosi per il ritardo. Mentre appoggiava il cappotto, rimase alcuni istanti rivolta in direzione di quel ragazzo che non conosceva quindi raggiunse il nostro tavolo e stando in piedi, senza quasi salutare, manifestò l'intenzione di chiedergli di aggregarsi a noi. Ci guardammo facendo spallucce, senza obiettare nulla anzi sembravamo tutti un po' incuriositi. Pochi istanti ed era lì davanti a noi, che appoggiava il suo bicchiere ed il computer sul tavolo, per stringere la mano in un veloce giro di presentazioni. In cinque, il grande tavolo rotondo sembrava meno vuoto e per me la sorpresa fu doppia.

"Hai detto che provieni dal Canada! Magari dall'Alberta?", chiesi incuriosito cercando di recuperare nella memoria alcune informazioni che mi aveva dato Beatrice.

"Sì, come fai a saperlo?", chiese stupito mentre anche gli altri rimasero meravigliati.

"Caspita! Vuoi vedere che ti conosco?".

"Come è possibile?".

"Io ho degli amici, scusa dei carissimi amici, che abitano ad un paio di ore di auto da Edmonton: Mike e Janet. Forse li conosci.".

"Non ci posso credere!", rispose Kevin: *"Ci siamo incrociati tante volte in questo Pub ed ora il destino ci ha fatto incontrare in maniera del tutto casuale. Interessante!".*

Molto correttamente aveva chiuso lo schermo del suo computer una volta accomodatosi sul divano vicino a Carl e, per una buona mezz'ora, dovette diligentemente rispondere alle domande che gli furono rivolte. Stavamo facendo la conoscenza con Kevin quando comparve al nostro tavolo rotondo anche Mike che venne accolto da un sonoro applauso. Senz'ombra di dubbio era il più anziano nel nostro ristretto gruppo di amici ed aveva una vasta esperienza nel settore delle elezioni politiche dai tempi di Nixon, il Watergate ed il Vietnam.

Fu Stefanie ad incalzarlo con qualche domanda: *"Devo ammettere che la tua richiesta della scorsa settimana di pazientare in attesa dell'Assemblea l'ho giudicata come un tentativo di guadagnare tempo ma poi, ohhh ragazzi, il giorno successivo che gran spettacolo. Ne è valsa proprio la pena!".* Ed accompagnò la sua espressione con un gesto della mano quasi avesse assaporato una deliziosa pietanza.

"A questo punto", proseguì, *"ci devi raccontare qualcosa di te e della tua vita.".*

Mike sorseggiò un po' di birra e poi iniziò a rispondere con estrema serenità: *"Come vi ho detto faccio parte del Comitato della Politica ...".*

"... faccio parte", lo prese in giro Leon, aggiungendo, *"e sul palcoscenico a fare i fuochi d'artificio ci sei andato perché estratto a sorte, vero?"* .

Mike non si scompose e proseguendo con il medesimo tono con il quale stava parlando prima di essere interrotto, riuscì a completare la frase: *"Faccio parte del Comitato della Politica come uno dei cinque rappresentanti che si interfaccia con i membri fondatori del Comitato di Londra.".*

In modo coinvolgente raccontò la sua storia, partendo dai tempi dell'università, quando accettò per scommessa di seguire uno dei candidati alla rappresentanza degli studenti di Harvard, candidato che Mike ci descrisse come il classico "Nerd".

La sfida, raccolta inizialmente in maniera goliardica, divenne presto un impegno serio per l'allora giovane Mike che sulla stessa, gettò tutte le sue forze: *"Fu per me estremamente interessante capire che una campagna innovativa riuscì a far eleggere il mio candidato, quello sul quale nessuno avrebbe osato scommettere nulla."*.

Fu così che la popolarità di Mike presso il campus crebbe enormemente, addirittura molto più di quella dello stesso candidato eletto.

Confessò che, con fatica, concluse gli studi soprattutto perché quello che era iniziato come un gioco assunse i connotati di un lavoro impegnativo, ben remunerato, che lo convinse ad avviare una società la quale divenne in breve tempo conosciuta in tutto lo Stato.

Non ci volle molto a comprendere il carisma che accompagnava quell'uomo, e mentre procedeva coinvolgendoci nel suo racconto, emerse chiara, in noi che l'ascoltavamo, un sorta di ammirata reverenza per il fatto che stesse condividendo il suo tempo al nostro tavolo.

"Alla fine degli anni settanta mi sono aggregato ad un noto studio americano per seguire la campagna presidenziale programmata, giusto il tempo per apprendere i meccanismi di un sistema, ed essere quindi in grado, quattro anni più tardi, di scendere in campo direttamente con la mia squadra per affiancare uno dei candidati alla Casa Bianca.". L'essere partito così da lontano per disegnare la sua esperienza lavorativa, lasciava presagire una lunga serata ma, da eccelso venditore quale lui era, l'inizio servì per puntare diritto al nocciolo della questione, lasciando invece gli accadimenti successivi per le serate che ci sarebbero state nel futuro. La lezione era stata semplice per una mente attenta come quella di Mike: *"Non era*

stato importante il candidato ma il come era stato venduto e presentato e cosa gli elettori avevano voluto sentirsi dire dal candidato stesso.". In quella prima elezione universitaria aveva passato giornate intere assieme a pochi amici a raccogliere le informazioni relative al questionario, che lui stesso aveva composto e, solo dopo aver analizzato le cento risposte ottenute con i rudimentali strumenti che conosceva ma con l'innata capacità d'analisi di cui madre natura l'aveva dotato, aveva disegnato la campagna del suo collega studente. La curiosità di conoscere meglio il ruolo di Mike era tanta, quanto quella di avere qualche informazione in più su quello che stavamo facendo, tant'è che Aaron lo bloccò: *"Scusa Mike, più di una volta hai insistito sul fatto che il tuo candidato è stato eletto a prescindere dalle intrinseche capacità e caratteristiche. Quello che ci stai sottolineando, quale relazione ha con quello che stiamo facendo? In buona sostanza"*, proseguì Aaron, *"dobbiamo illuderci di vivere l'utopistico disegno di un gruppo di sognatori, radunati per calmare le turbolenze di un momento ovvero si tratta di qualcosa di concreto, che ha qualche chance di essere recepito?".*

Sorrise, poi prima di rispondere chiese gli venisse portata un'altra birra ed ovviamente delle noccioline. Che ci fosse un bicchiere vuoto senza che l'avventore proponesse un nuovo giro era qualcosa che faceva a pugni con l'essenza stessa del personaggio, per cui con fare perentorio alzò il boccale in direzione del barista.

Lo guardai sorridendo e compresi che non aveva realizzato di essere in un Pub Inglese per cui con un gesto di cortesia mi alzai ed andai ad ordinare un nuovo giro di birra e delle noccioline.

I presupposti che ci avevano convogliati a Londra, rappresentavano un accadimento certamente al di fuori dell'ordinario, uno di quei fattori che si possono verificare forse una volta nell'intera vita di una persona. Certezze sulle risposte non potevano pertanto essere date e schernendosi ridimensionò la sua esperienza, confinandola nel piccolo ambito di elezioni democraticamente volute ed accettate.

Di una cosa era sicuro Mike, ed era l'unica che a noi interessasse: *"Essere tutti qui insieme chiamati a portare avanti un progetto, non è una semplice esigenza di facciata, una risposta automatica da dare a coloro che hanno, in maniera tanto determinata, schiaffeggiato il nostro mondo. Quindi spero di rassicurarti sul fatto che stiamo vivendo un'esperienza reale e convincerti che dobbiamo profondere tutte le nostre forze affinché l'esperienza si tramuti in realtà. Quanto invece al duplice riferimento che ho fatto sulla possibilità di eleggere qualcuno, beh,"*, e rimase per un attimo in sospeso, *"la cosa è alquanto più complicata.".*

Mike lavorava all'interno di un Comitato molto numeroso, ma al di là di questa evidente connotazione, il gruppo stesso seguiva logiche di ritrovo completamente diverse dagli altri: ad esempio, Mike non era stato chiamato da solo a svolgere l'incarico ma tre giovani persone, due uomini ed una donna, lo affiancavano sempre durante tutta la giornata. Si trattava di tre suoi diretti collaboratori che lavoravano a tempo pieno per la sua società ed il cui compito principale era quello di fare la spola continua lungo la tratta Stati Uniti - Londra. Raccoglievano gli umori all'interno dei due maggiori partiti politici statunitensi e si interfacciavano con le lobby di potere, per monitorare costantemente la situazione rispetto all'andamento dei lavori.

"Quando siete stati reclutati per questo incarico vi è stato formalmente chiesto un impegno a non divulgare informazioni e materiale relativo a qualsiasi cosa inerente al Comitato di Londra. L'obiettivo non era e non è quello di tenere all'oscuro la popolazione ma quello di governare e dirigere l'informazione.".

Mike bevve ancora un po' della sua birra, quindi prese un pugno di noccioline dal contenitore posto in centro al tavolo e, dopo aver aperto la prima, continuò il suo discorso: *"Potete immaginare quanto delicato sia questo momento storico. Nessuno scenario può essere scartato a priori nemmeno quello terrificante di possibili disordini sociali. Per questo motivo diventa fondamentale governare l'informazione e raccogliere consenso da indirizzare a quello che sarà il momento cruciale della votazione.".*

"La votazione?", chiesi con espressione stupita.

"No, no, non si tratta di una votazione. La chiamo così ma è una semplice deformazione professionale che mi porta a vedere tutte le scadenze materializzarsi in questo modo. In realtà abbiamo davanti a noi l'Ultimatum che ci è stato imposto che è cosa ben più impegnativa di una elezione", concluse con un sospiro enigmatico.

Il Comitato della Politica di Mike non era suddiviso in Sotto Comitati: in realtà, un'organizzazione similare era prevista ma i tanti gruppi che la componevano erano l'espressione delle rappresentanze delle nazioni che partecipavano ai lavori. Ciascun gruppo aveva l'obiettivo di relazionarsi con il proprio governo.

"Pensare che uno sparuto gruppo di persone possa porre le basi per la democrazia del terzo millennio è una pura utopia se non c'è una condivisione largamente diffusa. La nostra fortuna è rappresentata dal fatto che le minacce ricevute sono concrete ed il tempo che ci è stato concesso è veramente poco.".

Le esperienze del passato, con le singole nazioni che avevano sempre anteposto le esigenze proprie a quelle comuni, rimanevano impresse nella mente per il fallimento dei risultati complessivi che avevano portato.

"Qui c'è una nutrita rappresentanza di Europei; più di mezzo secolo di un grande progetto per costruire una comunità a cosa ha portato alla fine? Sostanzialmente a nulla visto che ognuno è rimasto a tutelare i propri ristretti interessi.".

Bisognava pertanto evitare di ricadere negli stessi errori, preparare il terreno con le persone che ricoprivano, anche se in maniera temporanea, i ruoli di comando, e comprendere i risvolti economici e sociali che le scelte proposte avrebbero potuto riservare.

Mike ci fece capire che il Comitato nel suo complesso non era costituito dalle sole persone che potevamo incontrare all'interno del Villaggio di Londra. Molte più persone erano coinvolte per disegnare scenari, elaborare business plan, valutare impatti ambientali, stimare i costi, misurare le tensioni sociali, intuire le reazioni internazionali, promuovere e spingere nuove volontarie adesioni etc. etc.

L'esposizione era stata seguita con estrema attenzione: quando Mike ebbe finito di delineare, sebbene in maniera sommaria, il quadro generale fino ad allora per noi molto parziale, il silenzio prevaricò su tutto.

Stavamo rielaborando ed assimilando quanto avevamo udito, quando, sgusciata l'ennesima nocciolina, Mike spezzò quel silenzio con una frase ad effetto: *"Pensavate di risolvere voi soli tutti i problemi? Ragazzi ci attende un bel periodo davanti a noi ma io sono molto ottimista, possiamo e dobbiamo vincere questa sfida."*.

Provai una sensazione che mi sorprese, invece di essere contento che il nostro non fosse un piccolo ed isolato gruppo al lavoro con un grande obiettivo, la preoccupazione che l'ostilità al cambiamento fosse l'elemento principale da temere divenne una compagnia fissa. Mentre realizzavo questa nuova situazione, Carl intervenne ponendo una domanda: *"Se permetti Mike vorrei chiederti solo una cosa, beninteso tu possa o voglia rispondermi."*.

"Spara la domanda Carl, sono pronto.", rispose Mike sempre nel tentativo di rendere meno solenne il momento.

"Mi piacerebbe sapere qual è l'umore dei nostri governi. Il tuo Presidente per esempio o i Primi Ministri che frequenti, quale atteggiamento mantengono rispetto a tutto quello che è successo o anche semplicemente rispetto all'Ultimatum che abbiamo ricevuto?".

La domanda di Carl andò nella direzione esattamente opposta al tentativo di Mike di rilassare l'ambiente ma non per questo il buon Mike si sottrasse alla risposta: *"Sono tutti drammaticamente preoccupati!"*, disse sincero.

Rimase per un attimo a guardare le nostre reazioni poi proseguì: *"Credo di avere capito che questo gruppo di amici della Tavola Rotonda sia costituito da persone capaci e serie, per cui voglio farvi una confidenza che dovrà rimanere confinata a questo tavolo. Ho la vostra parola?"*.

Ci guardò ad uno ad uno fino a quando non ottenne l'assenso da ciascuno di noi.

"Quando la delegazione con il Presidente e ovviamente gli altri rappresentanti dei governi fu ricevuta dai cinesi, ci furono momenti che nessuno avrebbe potuto immaginare e che un giorno forse faranno parte dei libri di storia. Per vostra conoscenza io feci parte della ristretta delegazione che si recò a Pechino, sebbene non ebbi la possibilità di entrare nella stanza nella quale i capi di Stato vennero accolti al colloquio privato. In tanti anni di esperienza politica internazionale non ho mai assistito ad un protocollo simile.".

Sentii un brivido percorrermi la schiena ripensando che fin dal fatidico 20.12.2012 la verità era stata circoscritta probabilmente per evitare il panico. Ma ora Mike era davanti a me ed il suo volto non lasciava il minimo dubbio sul fatto che stesse raccontando tutta la verità.

"Siamo giunti all'aeroporto militare su tre differenti velivoli, ciascuno avendo ottenuto un corridoio riservato. Una volta atterrati, gli aerei sono stati scortati all'interno di un enorme hangar. Nell'hangar stazionava già l'aereo con i rappresentanti europei e dopo pochi minuti abbiamo visto arrivare anche l'aereo che proveniva da Tokyo. Prima di poter scendere, l'hangar è stato chiuso quindi abbiamo potuto aprire le porte e, sotto lo sguardo armato della sicurezza locale, siamo stati convogliati tutti insieme in un punto. Non abbiamo avuto il tempo di scambiare molte parole perché un rappresentante cinese ha chiesto ed ottenuto la nostra attenzione elencando le 8 persone che avrebbero dovuto seguirlo. Fu uno shock: ripeto non ho mai

visto nulla di simile. Uno dei delegati, un Francese, ha voluto protestare per il trattamento appellandosi alle convenzioni ed ai protocolli internazionali affinché tutti potessimo seguire i nostri rappresentanti e sapete cosa è successo?".

Ci guardò ancora una volta mentre ammutoliti seguivamo il suo reportage.

"Sono comparse guardie armate da tutte le parti che ci hanno circondato. Il rappresentante cinese in maniera decisa ha detto: "Questa richiesta non fa parte delle nostre decisioni e pertanto non sarà esaudita, attenetevi scrupolosamente alle disposizioni che vi saranno impartite. Invito le persone che ho nominato a seguirmi immediatamente.".

Ci siamo guardati esterrefatti quindi nel più assoluto silenzio sono state eseguite le richieste.".

L'incredulità aveva preso il sopravvento su tutti noi che ascoltavamo Mike e lui ce la volle far assaporare completamente.

"Insieme agli altri colleghi sono rimasto vicino agli aerei all'interno dell'hangar dove era stato allestito uno scarno tavolo con qualche bevanda.".

Mike si interruppe quasi a volerci fare partecipi di quell'attesa poi, sollecitato ancora da Carl, che gli chiese che cosa fosse successo, proseguì: *"Per noi nulla. Mi sono guardato intorno ma in quell'hangar non c'era assolutamente nulla se non lo spazio per i nostri soli aerei. Passarono forse 30 o meglio 40 minuti se non ricordo male. Ricordo invece benissimo l'attimo esatto in cui il Presidente, insieme alle altre persone, ritornò. La porta, che in precedenza si era chiusa alle loro spalle, si aprì e dalla stessa uscirono alcune guardie armate che, di fatto, fecero mettere sull'attenti i soldati di picchetto. Dopo pochi istanti vidi uscire incolonnati gli otto rappresentanti. Era un uomo profondamente colpito quello che nemmeno rispose all'invito di bere un caffè che gli offrii, guardò gli altri rappresentanti di governo e con loro scambiò poche parole prendendo la decisione di ritrovarsi tutti a Londra, subito.*

Dopodiché salimmo silenziosamente sui velivoli e lasciammo quello spettrale posto.".
Per la prima volta ci sembrava avesse un senso tutto quello che era successo dal giorno del N.S.N.G., il 20.12.2012.
"Il Presidente", continuò Mike, *"si lasciò cadere sulla sua poltrona e chiese di non essere disturbato. Lo osservai a lungo mentre guardava silenziosamente fuori dal finestrino e d'un tratto mi fu chiaro che i cinesi sarebbero stati pronti a qualsiasi cosa se non fossimo stati in grado di dimostrargli la nostra volontà di cambiare.".*
Mike allontanò da sé il boccale di birra ancora piena e si alzò dalla sedia: *"Ho voglia di andare a dormire. Ricordare l'evento del 20.12.2012 mi mette sempre un po' di tristezza perché non riesco a farmi una ragione di quanto incapaci siamo stati di gestire la nostra società, conducendola fino al limite di un precipizio. Nonostante ciò sono molto fiducioso perché la nostra cultura ha dimostrato di sapere reagire nelle difficoltà e questo è il momento giusto. Ora non ci sono più segreti tra di noi. Buona notte ragazzi e ... ... continuate a credere nel cambiamento.".*
Non mi ricordo quanto tempo impiegai a riprendermi da quelle parole, raggiunta la mia camera senza rendermene conto, cercai di distrarre la mente dai tanti pensieri che l'avevano affollata ma tutto fu inutile. Ipotizzai quali ripercussioni avremmo potuto subire allontanando lo spettro di una guerra e cercando di convincermi che alla fine avrebbe prevalso l'aspetto economico ma continuavo ad avere forti dubbi. Ripensai al lavoro che stavamo portando avanti a Londra augurandomi che potesse concretarsi in qualcosa di utile. Poi, prima di cadere in un profondo sonno, ricordo distintamente i rimorsi per una vergogna che faceva sentire tutto il suo peso: *"Sono stato anch'io uno dei protagonisti che ha potuto godere di tante belle cose, eppure che cosa ho fatto per evitare di giungere a questo punto? Niente, non ho fatto nulla che potesse essere giudicato come un piccolo gesto di dissenso per una situazione che era prevedibilmente insostenibile. Non ho fatto nulla.".*

LUIGI PESCE

UN NUOVO SPIRITO

Avevo appena provato a collegarmi via skype con casa senza ottenere alcuna risposta, evidentemente uno dei figli doveva aver utilizzato il computer lasciandolo poi acceso e facendomi così credere ci fosse qualcuno. Presi quindi il telefono e mandai un messaggio ad Eleonora: *"Riusciamo a vederci prima delle 20.00? Vorrei uscire.".*
Freschi reduci dalla "prima" di Mike e nonostante non fosse un giorno prestabilito per ritrovarci alla Tavola Rotonda, il desiderio di recuperare un po' del terreno perduto nel periodo precedente ci convinse a fissare un nuovo incontro.
Erano passati pochi mesi dall'Assembla degli Stati che aveva sancito l'inizio dei lavori ed era stato un periodo in cui avevamo vissuto momenti altalenanti, sempre appesi al dubbio sulla reale portata dell'iniziativa, sulle chance di compiere un buon lavoro ma soprattutto sulla possibilità che quanto stavamo facendo potesse trovare concreta attuazione. Con il passare delle settimane la visione pessimistica lasciò spazio ad una prospettiva più fiduciosa e non si trattava di semplice presunzione. Le ultime dichiarazioni erano state veramente all'insegna del cambiamento e tutto il contesto del Comitato lo aveva percepito. Non potevamo dare nulla per scontato. I problemi da risolvere erano moltissimi e non potevamo credere di avere la benché minima certezza di raggiungere il risultato, ma bisognava proseguire con coscienza e con la speranza di dare il nostro meglio, conquistando qualcosa giorno dopo giorno.
"Finalmente vi vedo, ma dove eravate andati?".
"Forse ti sembrerà strano ma anche qui c'è qualcosa da mandare avanti. Ti ricordi che oggi è giornata di karate? Prima ero dovuta andare a fare la spesa perché...".
"Ferma, alt. Stavo solo scherzando non è il caso di arrabbiarsi. Tra un po' devo uscire e volevo assolutamente vedervi anche

per raccontarvi come è andata ieri sera con Mike: da rimanere a bocca aperta!".

"Se non ricordo male, Mike è quella persona di cui mi hai raccontato ... quello del Comitato della Politica. Dai dimmi.".

Feci ad Eleonora il resoconto della serata precedente come meglio potei ovviamente enfatizzando l'evento del 20.12.2012 e cercando di ricordare tutti i particolari della storia. Devo ammettere che ricordavo la promessa fatta a Mike di mantenere riservato il racconto ma fui abile ad assolvermi considerando mia moglie come intima parte di me stesso, quasi stessi ripetendo il racconto di Mike a voce alta a me stesso. Eleonora ne rimase molto colpita: *"Ma se non dovessimo riuscire a proporre una soluzione alternativa al modello attuale o se, più semplicemente, i cinesi la valutassero priva dei requisiti da loro richiesti, che cosa succederebbe?".*

Avevo tanta voglia di raccontare quanto avevo sentito ma al tempo stesso non avevo alcuna intenzione di provare ad immaginare cosa sarebbe potuto accadere o quali avrebbero potuto essere gli scenari peggiori, per cui risposi allontanando la richiesta.

"Eleonora sai cosa ti dico? Che non ci voglio nemmeno pensare. Fino a pochi giorni fa ero tormentato dal dubbio se quello che stavamo facendo aveva una valida ragione o se si trattava solo di una messinscena; adesso che abbiamo capito che il progetto è reale dovrei macerarmi nel dubbio se riusciremo a fare qualcosa di costruttivo o meno? No grazie!".

"Guarda che non lo dicevo certo per assillarti, era una semplice e credo corretta preoccupazione per quello che potrebbe succedere.", rispose un po' risentita.

La domanda che aveva formulato era assolutamente lecita ma ero io che non ero pronto in quel momento, dopo un lungo periodo nel quale il timore che tutto fosse in realtà poco più che una finzione, il desiderio di credere positivamente prevaricava ogni logica.

"Sono il primo a comprenderti anche perché sono conscio di avere scaricato su di te le mie tensioni quasi tu non ne avessi abbastanza, ma credimi ora non voglio pensare al peggio; vedrai comunque che arriverà il momento in cui ci dovremo porre il quesito e speriamo a quel punto di poter essere ottimisti.".
"Va bene. Dimmi piuttosto questa sera che programmi hai? Mi hai detto che devi uscire presto. Non vi siete già trovati questa settimana?".
"Hai ragione ma in ciascuno di noi è scattata la scintilla, quella che stavamo aspettando da tanto, per cui stasera ci troviamo ancora con quelli della Tavola Rotonda. A dire la verità è una situazione un po' ibrida nel senso che era nata come idea di trovarci con il solo scopo di recuperare un po' del tempo perduto nelle settimane ma poi questo pomeriggio si sono aggiunti anche Aaron e Nicholas.".
"Perché ridi?".
"Perché sto ripensando a come è nato l'invito a Nicholas.".
Aaron era stato aggregato al gruppo della Tavola Rotonda da circa un mese. Era solito venirci a trovare nella nostra aula riunioni, quella del Sotto Comitato delle Transazioni Finanziarie, quando il tempo glielo permetteva. Dopo il primo occasionale incontro la sera del mio compleanno, avevamo scoperto la reciproca voglia di praticare attività sportive, e fissammo nel tempo un vero e proprio calendario: due allenamenti di karate, il martedì ed il giovedì, saltando la cena ed evitando di ingurgitare ulteriori calorie che non bruciavamo, la pedalata il sabato mattina se il clima e la presenza a Londra lo permettevano, ed il nuoto il lunedì, al mattino presto, molto presto, prima ancora di incominciare le attività lavorative. A ripensarci credo che una forma fisica come quella che conquistai nel 2012 fosse una condizione che non sperimentavo da tanti anni. Vecchi ricordi purtroppo.
Nicholas invece lo conobbi sul tatami durante uno dei primi allenamenti di karate. Anche a lui piaceva praticare molti sport per cui diventammo un piccolo gruppo di devoti alle attività

sportive: bruciare tossine e cercare di mantenersi fisicamente in forma era un ottimo modo per affrontare le lunghe giornate di Londra.

Proveniva da Darwin, cittadina equatoriale dell'Australia, dove, anche per respirare, si suda: non certo l'ambiente ideale per lavorare. Nel 2002, a motivo di una allettante proposta lavorativa, si trasferì in Cina, forte del suo background di Chimico, per assumere il ruolo di direttore della produzione. L'azienda alimentare per la quale lavorava aveva avuto molti problemi legati al mancato superamento dei test di una partita importata in Australia e così corsero ai ripari mandando sul posto un uomo di loro fiducia.

Sotto il profilo professionale l'occasione era clamorosa, e così Nicholas si calò completamente nella nuova realtà, attraverso una full immersion nel suo nuovo paese.

A sentire i suoi racconti il compito non fu certo agevole e superato il primo impatto, conquistò anche sul campo i gradi del comando cosicché in pochi anni divenne il referente capo per tutte le attività cinesi della società.

Diversamente da molti occidentali, una volta trasferitosi nella grande metropoli di Hangzhou non entrò a far parte della comunità dei facoltosi manager che costituivano la nutrita legione straniera ma, facilitato dal non dovere gestire una famiglia, si adattò bene tra gli abitanti locali. Questo atteggiamento lo spinse ad entrare approfonditamente nei meccanismi di pensiero della popolazione, capendone gli stili di vita, apprezzandone i lati positivi e gestendo quelli negativi. Nicholas conosceva molto bene il mondo alimentare e soprattutto conosceva quelli che erano i consumi medi giornalieri pro capite, le necessità di apporti nutrizionali, l'esigenza di quantitativi necessari per assicurare tali contributi, le produzioni cerealicole per unità di superficie, i fabbisogni per gli allevamenti e le loro rese in termini di latte e carne, i tempi, le stagionalità etc.

Un universo impressionante che quando lui fondeva correlando i dati unitari con la popolazione umana, lasciava l'ignorante ascoltatore a bocca aperta. Sapeva che la sua avventura cinese era finita e lo confessò apertamente, dicendo che il suo futuro non prevedeva un ritorno in quegli stabilimenti che per anni aveva governato, dove esisteva solo la legge della produzione al minor costo possibile, per i viziati paesi sviluppati. Quando lo disse ebbi la certezza che non stava pensando al suo lavoro ma viceversa a qualcosa che avrei capito anni dopo. Nicholas non sarebbe stato il solo ad abbandonare quella che fino a pochi anni prima era considerata la nuova frontiera. Non solo i nuovi investimenti da parte delle società del mondo industrializzato stavano diminuendo notevolmente, lasciando indifferente soprattutto il tronfio governo Cinese che riteneva di poter oramai fare a meno degli stessi ma quelle che ad inizio 2013 rappresentarono le prime ritirate di una sparuta pattuglia di aziende, europee ed americane in primo luogo, divennero alla fine dell'estate dello stesso anno, un movimento non più occasionale.

Dal Comitato di Londra, che, per espressa ed unanime decisione degli Stati partecipanti, avrebbe avuto potestà impositiva, trapelarono ad arte le prime indiscrezioni su di un elemento che sarebbe stato deflagrante. La decisione sussurrata e mai confermata di quello che stava diventando l'indirizzo futuro di non avvalersi più delle produzioni a basso costo divenne così pressante che le aziende, in grado di mettere in atto un piano di riconversione che prevedesse il taglio netto delle loro filiali estere nei paesi che potenzialmente sarebbero rimasti fuori dal Comitato, presero la drastica decisione, anche in mancanza di un comunicato ufficiale da più parti invocato.

La politica, quella gridata che ci aveva accompagnati negli ultimi decenni, aveva perso il suo ruolo dominante nelle comunicazioni nazionali e non, abbandonando la parte di attore unico protagonista, e gli inviti alla calma ed alla richiesta di chiarimenti lanciati da coloro che non volevano accettare l'idea di un ruolo divenuto da comprimario, caddero nel vuoto lasciando spazio solo alle illazioni. Illazioni che però ebbero una presa fortissima su coloro che decisero per la ritirata, se la stessa, come è intuibile, avrebbe provocato pesanti costi e gravi squilibri, primo fra tutti, la disoccupazione.

Dopo aver descritto ad Eleonora chi fosse Nicholas, proseguii raccontandole del perché insieme ad Aaron s'erano aggregati all'incontro che si sarebbe tenuto da lì a poco. Erano passate le 17.00 e quindi ero in ritardo all'appuntamento per la lezione di karate. Aaron e Nicholas erano venuti nella nostra aula per verificare quali fossero le mie intenzioni. Appena li vidi con un tono di voce sussurrato dissi loro: *"Ragazzi riuscite ad aspettarmi? Non vorrei saltare l'appuntamento anche oggi, ho proprio bisogno di scaricare un po' di tensione. Credo non serviranno più di 10 minuti; siamo in videoconferenza."*.

I due fecero un gesto di assenso con il capo poi si accomodarono silenziosamente facendo un cenno di saluto a tutti. Terminata la videoconferenza, con anticipo rispetto al previsto, raccolsi le cose che avevo disseminato ovunque quindi rimasi in attesa che il computer si spegnesse.

"Mentre attendevo", continuai a raccontare ad Eleonora, *"notai Yuriko che si era messa a parlare con Nicholas; di per sé già questo elemento è straordinario perché lei è sempre molto riservata ma la cosa che mi attrasse di più fu quella di vederla cercare la sua borsa e quindi estrarre un diario e trascrivere qualcosa per poi riporlo accuratamente."*.

"E cosa significa, cosa è successo?", chiese incuriosita Eleonora.

"Abbi un po' di pazienza. Ho guardato Aaron che era seduto vicino a Nicholas e sottovoce gli ho chiesto cosa stesse succedendo ma lui, alzando le spalle, mi ha fatto un gesto di stupore, come a significare che non ne sapeva nulla.".

"Quindi?".

"A questo punto l'attenzione è convogliata su Nicholas e Yuriko, mentre Carl sempre perfetto nel suo ruolo di rappresentate si è avvicinato a Yuriko chiedendole se fosse tutto a posto.".

"E Yuriko cosa ha risposto?", chiese ancora Eleonora.

"Ha risposto di sì e che era felice perché aveva scoperto che Nicholas svolgeva lo stesso lavoro di suo marito Kamoto.".

Il fascino del popolo giapponese non smetteva di attrarre le mie simpatie: *"Ed è a questo punto che nasce l'invito. Ho preso la mia borsa e mi sono incamminato con Aaron e Nicholas verso la palestra, quando, giunti a metà del corridoio ho sentito Yuriko che chiedeva a Nicholas di unirsi alla Tavola Rotonda quella sera stessa: sia Nicholas che Aaron mi hanno guardato per cercare consenso quindi Nicholas ha risposto sorridente annuendo."*.

"Ecco perché mi parlavi di una situazione mista, e come farete per portare avanti il vostro lavoro se ci sono anche gli altri?".

"Dopotutto credo che possa essere addirittura utile. L'idea non è quella di metterci ad analizzare singoli specifici temi ma piuttosto quella di capire se possiamo proporre un approccio sistemico diverso, per cui altre competenze potrebbero rilevarsi utili.".

"Però non mi hai detto nulla del diario di Yuriko, cos'è?".

"Mi sembrava strano che non arrivassi a chiedermi qualcosa. Sai cosa ti dico? Primo che non lo so, secondo che dovrai pazientare fino a domani.".

Eleonora incassò il colpo cercando in extremis di farsi chiamare al termine della riunione o di farsi mandare un sms ma fui irremovibile: *"Ci sentiamo domani amore così ti racconterò i particolari."*.

Quella sera aspettavamo tutti Yuriko. Mike non c'era, Leon e Kevin erano stati invitati nel tardo pomeriggio ma non per questo avevano abdicato, Aaron e Nicholas stavano bevendo una birra mentre Stefanie, Carl ed il sottoscritto bramavamo dal desiderio di sapere di più: il diario segreto rappresentava la novità. Yuriko arrivò per ultima, appoggiò la borsa sul tavolo, la aprì ed estrasse il diario prima che chiunque potesse chiedere spiegazioni: *"Credo che ci sia più di qualcuno che desideri sapere qualcosa relativamente al mio diario."*.

Sembravamo adolescenti incuriositi, il cui affiatamento iniziale si era oramai tramutato in un sentimento di vera amicizia.

"Sono stata a lungo incerta se portarvi a conoscenza di quello che tengo annotato, che poi sono le cose che ritengo interessanti, e tra queste, anche le nostre riunioni al Pub, quelle della Tavola Rotonda ma poi mi sono convinta.".

Prese in mano il diario, Carl, solitamente affossato nel divano si ricompose, Stefanie allungò così tanto il collo, che sembrava una statua di Modigliani, mentre noi tutti eravamo oramai in attesa dell'apertura che avvenne senza esitazioni, ma subito dopo Yuriko lo richiuse repentinamente e ci interrogò: *"Mi stavo dimenticando di chiedervi di pronunciare una promessa solenne e cioè che non rivelerete mai il contenuto che vi farò vedere.".*

A questo punto intervenne Leon che disse: *"Sta diventando un'abitudine quella del giuramento dei membri della Tavola Rotonda, prima Mike, oggi tu, domani chissà a chi toccherà. Ragazzi manca solo la spada e poi ci faranno Cavalieri.".*

Senza badare a quello che Leon aveva appena detto ed alle risate che aveva provocato, Stefanie pronunciò la sua promessa: *"Su di me ci puoi contare, non dirò mai nessuna parola, lo prometto.".*

Anche tutti gli altri acconsentirono più divertiti che convinti, per cui Yuriko stendendo le braccia innanzi affinché potessimo comodamente guardare, aprì casualmente su di una pagina fittamente scritta. Una fragorosa generale risata esplose al tavolo. La curiosità aveva offuscato la ragione, ci sembrava strano che la riservata Yuriko potesse così facilmente svelarsi. Il diario, a nostra completa disposizione, era scritto in una delle incomprensibili scritture giapponesi che ovviamente nessuno di noi conosceva. Rise divertita anche lei per quella presa in giro riuscita magistralmente. Con fare molto gentile raccontò della sua abitudine che l'accompagnava fin da quando, bambina, era stata sollecitata dai genitori a raccontare ed annotare le sue vacanze estive. Da lì nacque poi l'abitudine fatta propria di annotare il suo vissuto.

"Complimenti", disse Stefanie, *"sono caduta nel tranello come una novellina. Però cara la mia amica non crederai di potertela cavare così, visto che il nostro nuovo amico Nicholas ha qualcosa in comune con te, adesso ci svelerete tutto."*.

Nicholas fu molto contento di potersi presentare ad un tavolo che gli piacque fin dal primo istante e così raccontò la sua storia e quello che stava facendo al Comitato. Descrisse la sua vita quotidiana in Cina e come stava cercando di comprendere l'approccio mentale di un popolo, provando ad approfondire il vero volto di una antica civiltà governata con la forza. Nicholas cominciò quindi a parlare del proprio lavoro al Comitato: *"Non so quale sia la vostra situazione ma per noi del Comitato Alimentare le cose sono andate molto male fino a poche settimane fa. Poi fortunatamente ci sono state le due importanti novità del Comitato dell'Ambiente e di quello della Politica che hanno radicalmente cambiato le prospettive."*. Il racconto di Nicholas divenne affascinante. Parlò dell'uomo del nostro tempo e non di uno immaginario, un individuo che con le conoscenze sviluppate e con un utilizzo efficiente delle risorse a disposizione, sarebbe stato in grado di soddisfare tutte le necessità planetarie, in termini di alimentazione. Peccato che a tale produzione non corrispondesse un'adeguata distribuzione delle stesse, con una drammatica stima del 50% di prodotti alimentari gettati via: uno spreco immane! Che senso aveva accaparrarsi la maggior parte dei prodotti alimentari del mondo, farli giungere da ogni angolo per poi utilizzarli in maniera così poco efficiente ed efficace?

Se ancora all'inizio del '900 la maggior parte delle entrate di una persona con un reddito medio era destinata a comperare i generi di sussistenza, con il passare dei decenni il peso di questi acquisti diminuì drasticamente. La nostra generazione aveva perso la cognizione del valore del cibo perché il costo per lo stesso era diventato marginale rispetto all'ammontare complessivo delle spese che eravamo abituati a fare. Ci eravamo pienamente immedesimati nel gioco del denaro, lo avevamo fatto nostro, sganciandolo da ogni realtà che non ci fosse congeniale e lo avevamo esportato ovunque, barattando pochi pezzi di carta con il sudore ed il sacrificio di milioni di persone.

Nicholas era convinto delle sue idee e mentre sorseggiava la sua birra guardando i nostri bicchieri sul tavolo, completò il suo pensiero: *"Il problema è quello di assegnare il giusto valore alle cose, razionalizzare l'utilizzo delle risorse, non permettere la distruzione gratuita ed infine limitare i capricci della nostra opulenta ed insensibile società. Dobbiamo tornare ad essere consapevoli di quello che si utilizza e come lo si utilizza, nonché quali implicazioni scaturiscono dalle nostre decisioni, dobbiamo semplicemente aprire gli occhi, accettare dei limiti e capire la differenza tra consumare e sprecare, se vogliamo poter avere un futuro sereno. A chi di voi è goloso di specialità esotiche, primizie fuori stagione, acque che provengono da una sorgente particolare e cose simili, consiglio di gustarsele adesso perché in futuro avranno costi proibitivi. Giustamente aggiungo! Propongo un brindisi, tanto queste sono birre locali: che la nostra intelligenza ci dia la forza per stravolgere il nostro modello di sviluppo se vogliamo dare un futuro al nostro pianeta."*.

Alzammo tutti il bicchiere per seguire l'invito di Nicolas accompagnandolo con gesti di assenso. Tra l'attesa di scoprire i segreti di Yuriko e la voglia di conoscere il nuovo arrivato, la serata era trascorsa senza che riuscissimo a focalizzare l'attenzione sul motivo primo che ci aveva condotti ad incontrarci.

"Se mi permettete vorrei fare un paio di considerazioni,", dissi, dopo aver appoggiato il mio bicchiere: *"La prima è che l'encomiabile intento, con il quale abbiamo indetto questa riunione straordinaria della Tavola Rotonda, per ora è rimasto confinato nelle nostre buone intenzioni; la seconda è che noto una costante che caratterizza il nostro viaggio e di cui non siamo ancora riusciti ad appropriarci."*.

A questa mia seconda affermazione notai più di un atteggiamento di perplessità e di incapacità nel cogliere il nocciolo della questione per cui dovetti approfondire.

"Quello che voglio dire è che ci sono dei momenti che hanno caratterizzato questa nostra convivenza a Londra. Ricordo, per esempio, quando Yuriko tornando dalla bella gita a Bath affermò che bisognava avere il coraggio di ripartire da zero oppure ricordo l'Assemblea con i cambiamenti prioritari per l'Ambiente; recentemente c'è stata la novità del Comitato della Politica con l'obiettivo di proporre un azzeramento delle vecchie logiche governative e adesso, pochi minuti fa, Nicholas ha proposto un brindisi affinché noi si abbia la forza per stravolgere il sistema.".

Attesi un attimo poi proseguii: *"La considerazione che vi invito a fare è che il lavoro che, almeno noi del gruppo delle Transazioni Finanziarie, stiamo portando avanti è sempre stato, anche in questi ultimi giorni, vincolato ad un rigido sistema di regole che abbiamo cercato di implementare e rendere sicure ma mai è stato fatto uno sforzo per capire come potremmo rifondare il sistema, senza ovviamente nemmeno considerare qualche volo pindarico che abbiamo fatto all'inizio della nostra esperienza.".*

Erano già passate le 23.00 e solo la convinzione che vi fosse un lodevole fine nell'argomento che avevo introdotto, riuscì a giustificare l'interruzione di quel momento di allegria.

"Se posso darvi un consiglio", disse Leon, *"credo dobbiate partire da un foglio bianco perché se solo cercherete di sistemare la situazione attuale non farete altro che giungere a compromessi. Tutti i lavori dei vari Comitati qui rappresentati dovrebbero seguire questa filosofia.".*

"In linea di principio sono d'accordo con te ma ....".

"Quali sono i tuoi dubbi Stefanie?", la incalzò Leon.

"In questo modo sarà impossibile essere pronti per la data stabilita dall'Ultimatum. Se solo pensiamo di poter stravolgere il modello democratico che conosciamo chissà quanto tempo dovremmo avere a disposizione.".

"*Non mi sembra particolarmente rilevante come elemento*", intervenne Aaron, "*non dobbiamo cadere nell'errore di pensare che alla fine di quest'anno dovremmo avere un nuovo modello funzionante bensì una nuova fonte di ispirazione sulla quale la nostra società si muoverà nel prossimo futuro.*".

"*Sono d'accordo con quello che ha detto Aaron.*", disse Kevin, "*Il nostro gruppo dell'Anagrafe ha potuto agire così fin dall'inizio, libero dai condizionamenti che potevano derivare dai pesi massimi dell'Ambiente e della Politica, anche se devo ammettere che il nostro compito lo permetteva.*".

"*E come state procedendo?*", chiese incuriosito Carl.

"*Attraverso una mappatura completamente nuova della persona. E' chiaro che non saremo operativi se non nei prossimi 3-5 anni ed è altrettanto chiaro che in questo lasso di tempo dovremo utilizzare i vecchi sistemi, ma quando saremo pronti significherà che in tutti i paesi appartenenti al Comitato di Londra ci sarà un unico modo per identificare e controllare le persone. E' un lavoro immane al quale stiamo collaborando con nuovi gruppi che si vanno unendo come il Comitato della Salute o il Comitato della Sicurezza ma credo che il risultato sarà eclatante.*".

"*Sai cosa ti dico Stefanie*" disse Carl dopo aver brevemente meditato le parole di Kevin, "*che anche noi dobbiamo seguire il loro esempio e pensare a qualcosa di nuovo. Non ci sarebbe nulla di strano, considerando tutte le evoluzioni che ci sono state nelle monete nel corso dei secoli, se anche riprendessimo in considerazione qualche nuova o vecchia teoria monetaria.*".

"*Ed avresti già qualche idea?*", lo sollecitò Stefanie.

"*A dire il vero è qualche settimana che penso ad un cambiamento radicale probabilmente sollecitato dagli ultimi fatti e nello specifico c'è una cosa che attira la mia curiosità: cosa ne direste se pensassimo di eliminare completamente la moneta fisica?*".

"*Completamente? Cosa significa?*", chiese ancora Stefanie.

"Semplice: completamente! Tutte, e dico tutte, le transazioni a prescindere dal loro ammontare dovrebbero essere fatte attraverso una moneta elettronica chiaramente immateriale.".
Fu una serata ancora molto lunga ma anche molto costruttiva nella quale discutemmo su varie ipotesi e nella quale l'ipotesi suggestiva di Carl resistette a tutti gli attacchi evidenziando molti aspetti positivi. L'aiuto dei nostri amici appartenenti ad altri Comitati si rivelò prezioso e ci consentì di abbandonare i rigidi schemi ai quali eravamo abituati a pensare e che stavano oramai bloccando il nostro operare.

LA CCARD

Verso la fine del mese di Aprile dell'anno 2013 il Comitato Finanziario al quale il nostro gruppo apparteneva, ci informò di avere ricevuto il benestare per procedere con il progetto della moneta elettronica. La notizia fu accolta con grande gioia.

Capimmo che buona parte del lavoro che era stato svolto fino a quel giorno sarebbe stato da cestinare ma la sensazione unanimemente condivisa fu quella che il nostro gruppo di lavoro si sarebbe potuto focalizzare finalmente su di un argomento concreto, abbandonando i voli pindarici e le sensazioni di perdita di tempo che attanagliavano tutti. Apprendemmo la notizia nella riunione pomeridiana di chiusura lavori e da quel momento in poi fu solo un gran festeggiare.

Per prima cosa tornammo nella nostra aula con l'intento di brindare: *"Questa è una bottiglia di Recioto. Scusate mi correggo: questa è una fantastica bottiglia di Recioto che ho personalmente portato da Verona e che aspettava solo l'occasione giusta per essere aperta. Ma Yuriko dov' è?".*

Yuriko si era fermata al bar per prendere delle paste con le quali accompagnare il brindisi ed apparse raggiante proprio mentre ponevo la domanda.

"Eccomi ci sono e ci sono anche dei dolcetti, era tutto quello che avevano ma per adesso penso possa bastare.".

Alzammo i bicchieri di plastica e brindammo all'alba di un nuovo giorno. Dopo il brindisi, Carl prese delicatamente un pennarello, cancellò tutto quello che era stato scritto sulla lavagna e fece due passi indietro per guardarla meglio. La lavagna era grande, occupava praticamente un'intera parete e poteva essere capovolta, per poter scrivere anche sul retro senza dover cercare ulteriore spazio sul lato principale. La scrutò nella sua interezza e quindi in maniera decisa ma con movenze lente, incominciò a scrivere al centro della stessa le due parole: "Moneta Elettronica". Quindi con fare scrupoloso la incorniciò tutta, rimarcando più volte il tratto e girandosi verso di noi disse: *"Possiamo cominciare a lavorare."*.

La scomparsa della moneta fisica lasciava spazio chiaramente anche ai detrattori che paventavano nuovi e maggiori rischi da una scelta così radicale e sinceramente le loro perplessità non potevano non essere capite. La dimenticanza che costoro commettevano era però nel non rammentare, quantomeno in maniera sufficiente, i limiti del sistema in vigore ed i vantaggi che si potevano perseguire attraverso un metodo nuovo.

La tecnologia era in grado di realizzare l'idea che, nella sua concezione, non era nemmeno una novità assoluta in quanto già proposta nel passato ma lo era nella sua assolutistica applicazione. Si trattava di far scomparire ogni traccia di banconota o moneta sostituendo tutte le transazioni con la nuova moneta elettronica: Semplice! ….. a parole. Bisognava che tutti fossero in grado di avere un supporto, fisico o virtuale, sul quale tenere traccia delle proprie transazioni, bisognava che vi fosse un sistema centralizzato in grado di garantire il continuo funzionamento, che vi fossero soluzioni alternative in casi di emergenze, che ci fossero adeguati sistemi di salvataggio. Bisognava che il sistema fosse concepito per essere in grado di scongiurare o limitare al massimo le frodi che sicuramente ci sarebbero state, o quantomeno tentate, che vi fosse un organo di controllo, insomma un bel lavoro.

Provavo ad immaginare i retaggi di varia natura che si potevano insinuare, se poi pensavo allo scarso utilizzo che la carta di credito aveva ottenuto, ad esempio, nel nostro paese, la cosa un po' mi spaventava. Davanti a noi c'erano meno di otto mesi ma la cosa non ci scalfì minimamente. Dovevamo incominciare ad addentrarci nella questione, ipotizzando soluzioni e immaginando problemi da risolvere, ricreando contesti di vita reale ma anche disegnando nuovi scenari. Fu così che incominciò la seconda fase di lavoro, quella più importante che avrebbe dovuto portarci, settimana dopo settimana, a riempire i tasselli di un grande mosaico.

"Cosa dici Carl se invitiamo Kevin ed i suoi per domani mattina? Mi piacerebbe provare a sondare l'idea di coniugare il loro lavoro con il nostro e fondere tutto in un'unica carta.", propose Stefanie.

"Per me non ci sono problemi, credo sia interessante analizzare l'idea", le rispose Carl, la cui voce venne però coperta da quella di Ted: *"Cosa? Spero voi stiate scherzando! Già quello che stiamo facendo è al limite del possibile se poi vogliamo metterci insieme anche ad altri allora nemmeno i figli dei nostri figli vedranno mai la soluzione. Ma poi scusate se uno perde una carta allora è finito, ha perso tutto! Soldi, identità etc."*.

"Ma noooo", gli fece eco Julio, *"basta che tu venga da noi in Messico e ti facciamo un duplicato con la dotazione che vuoi."*. Ci mettemmo tutti a ridere.

Nonostante qualche piccola differenza di vedute il gruppo riuscì a lavorare compatto nella stessa direzione ed anche l'idea di Stefanie venne alla fine condivisa ed implementata.

Nella prima settimana di maggio venne deciso, assieme ai componenti del Sottocomitato dell'Anagrafe, di dotare tutte le persone al di sopra degli 8 anni di una tessera polivalente che potesse coniugare le diverse esigenze. Una tessera che avrebbe dovuto riassumere in sé le diverse funzioni di documento di riconoscimento, di tessera sanitaria, di documento per le possibili licenze ma anche di supporto per tutti i pagamenti. Una tessera multifunzione, personale, che doveva ottemperare a svariate necessità, come quella della privacy per esempio ma che doveva fornire anche delle certezze sulla persona che la possedeva e ad essa fosse indissolubilmente ed univocamente legata, anche attraverso il supporto delle impronte digitali e contestualmente dell'iride degli occhi.

I sistemi di data base pubblico avrebbero dovuto dialogare tra di loro, come un'unica piattaforma, mentre i confini territoriali all'interno dei paesi aderenti al Comitato si sarebbero annullati. A ricondurci sulla strada della concretezza ci pensava di tanto in tanto Stefanie, che all'unisono guardavamo quando si trattava di implementare nuove funzionalità all'interno della carta, cercando un cenno di consenso oppure captando difficoltà non evitabili.

Aveva il pregio di essere sempre molto serafica ed ero in buona compagnia quando, ascoltando i suoi ragionamenti, attendevamo pazientemente di sapere se avrebbe rigettato o avallato la proposta. Una sua presa di posizione aveva un significato importante che tendeva a spianare la strada alla soluzione ovvero ad affossarla definitivamente. Intere giornate passate a sondare ipotesi, vagliare alternative, studiare soluzioni con l'ausilio di persone specializzate che avevamo la possibilità di sottoporre al nostro fuoco incrociato di domande, per valutare la tenuta del disegno che si andava componendo sulla lavagna di Carl e per portare avanti specifici progetti. Una lavagna che ospitò un'unica grafia per molto tempo fino a quando, riuniti insieme ai colleghi dell'Anagrafe per cercare soluzioni comuni ad esigenze diverse, non ci furono per brevi attimi alcuni momenti di tensione. Sulla lavagna che ospitava il riassunto del progetto sul quale stavamo congiuntamente lavorando, capeggiava centrale l'incorniciato avallato progetto, quello della Moneta Elettronica.

Fu il rappresentante del gruppo di Kevin ad evidenziare l'anomalia: *"E' parecchio che stiamo lavorando insieme e lo si può vedere anche raffigurato sulla lavagna ma c'è un elemento che ancora non abbiamo affrontato e riguarda il nome che dobbiamo dare a questa carta comune."*.

Dovevamo intuire che sentimenti di appartenenza avrebbero potuto far emergere situazioni di insofferenza, per cui alla domanda neanche tanto discreta, da parte dei nostri ospiti, su quello che sarebbe stato il nome del progetto, mi alzai di scatto per impossessarmi del pennarello cercando di apparire il più naturale possibile. E' meglio piantare per primi la propria bandierina piuttosto che dover scalzare quella di altri!

"Credo tu abbia ragione", risposi mentre cancellavo il contenuto del riquadro, quello che nessuno di noi aveva mai osato toccare, ponendo accurata attenzione nel non sconfinare oltre i bordi,

"ma credo che in questo momento non ci sia modo migliore che lasciare una definizione generica, tanto vasta è la portata del cambiamento che provocherà questo comune progetto: una sua definizione sarebbe comunque riduttiva", e mentre parlavo scrissi la parola Card, quindi mi voltai parzialmente verso i presenti per poterli guardare mentre aggiungevo una C maiuscola davanti alla parola appena scritta.

"CCard", lessi a voce alta, *"dove Card ha un significato universale che potrebbe permetterci di ricomprendere qualsiasi cosa o qualunque allargamento ulteriore del progetto e la C è l'abbreviazione di Comitato, il progetto che ci ha riuniti qui a Londra a vivere questa grande sfida. La Carta del Comitato!"*.

La mia idea aveva senz'ombra di dubbio avuto il pregio di non avere alcuna apparente connotazione di parte ed essere alquanto generalista, spiazzando quindi eventuali velleità che a questo punto sarebbero risultate egoistiche e fuori luogo ma aveva un altro pregio noto solo agli amici della Tavola Rotonda.

I miei occhi incrociarono velocemente lo sguardo consenziente di Stefanie quindi ebbi modo di scorgere Kevin che approvava con un cenno della testa ed infine osservai il sorriso di Carl.

La lavagna di Carl era intonsa, il nuovo nome consacrato senza colpo ferire, con l'avallo anche del gruppo che stava congiuntamente collaborando con noi al progetto, ma soprattutto, per quelli di noi che avevano capito, con il riconoscimento a colui che più di tutti noi stava adoperandosi sul progetto: che C stesse per Comitato o fosse un tributo a Carl, non avremmo certo avuto dubbi brindando alla prima occasione attorno alla Tavola Rotonda.

Intanto i lavori all'interno del Comitato Finanziario procedevano speditamente, l'obiettivo ardito era quello di rivoluzionare il ruolo delle Istituzioni creditizie, delle Banche e degli organi di controllo.

"Io credo", esordì Yuriko, *"che sia necessaria una trasformazione radicale di queste entità. La mia idea è quella di scorporare le banche in due anime, una che definirei di ordine pubblico e*

l'altra classica, di istituto di credito. La prima sarebbe quella che dovrebbe attrarre a sé tutte le funzioni relative alla gestione della movimentazione della moneta elettronica, la CCard, sia delle persone fisiche che di quelle giuridiche, al contempo divenendo organo di controllo deputato alla vigilanza della congruità tra quanto fiscalmente dichiarato dai singoli e la loro capacità di spesa.".

Yuriko propose una nuova funzione che fondesse da un lato l'esigenza delle persone di gestire la propria vita quotidiana, dall'altro permettesse agli evoluti sistemi informatici di controllare le dichiarazioni. Ciascuna banca per il servizio svolto, avrebbe ricevuto un compenso, commisurato ad una percentuale delle imposte incassate da tutte le persone che avessero intrattenuto un rapporto presso l'Istituto, dovendo comunque sottostare ad una rendicontazione nei confronti delle autorità pubbliche di vigilanza. In maniera del tutto similare, anche le aziende avrebbero trovato un loro percorso parallelo.

"In secondo luogo oltre a tale funzione pubblica, la banca dovrebbe ricercare la sua vocazione privatistica attraverso la gestione dei patrimoni dei singoli e delle aziende, e su questo punto si potrebbe giocare la capacità degli istituti di attrarre clientela, vista l'impossibilità di imporre i propri balzelli sulle funzioni di base.".

La corsa al gigantismo del sistema finanziario avrebbe trovato un freno importante, con vincoli non solo di attività ma anche di dimensione, per scoraggiare l'assunzione di rischi fini a sé stessi ed avulsi da ogni logica economica e per evitare di trovarsi poi davanti all'impossibilità di perseguire tutte le logiche del libero mercato, come ad esempio, quella del fallimento.

Il progetto della CCard stava assumendo un ruolo centrale nella vita della persona come cittadino all'interno dei confini del Comitato, così come stava emergendo dalla cooperazione dei vari gruppi di studio.

A livello anagrafico avrebbe contenuto tutte le informazioni riguardanti la persona ed il lavoro che stavano portando avanti

Kevin e la sua squadra, era mostruoso. Stefanie, passava prevalentemente il suo tempo all'interno del nostro gruppo, ma divenne con il passare delle settimane anche il nostro portavoce per le relazioni con gli altri Sottocomitati, in particolare quello dell'Anagrafe.

Le preoccupazioni maggiori con il trascorrere dei mesi, divennero la tutela della privacy nonché le problematiche legate al furto d'identità. Mega elaboratori ed algoritmi complicatissimi, sarebbero riusciti a mantenere inviolate le informazioni sensibili dei singoli ed ad evitare raggiri?

"Non c'è problema neanche se una persona cerca di impossessarsi della CCard di qualcun altro", disse Kevin.

"E come faresti?", gli chiesi: *"Prova a pensare ad un adulto che prende la CCard di un bambino. Come è possibile capirlo?"*.

"Penso ci siano svariati modi per procedere", disse Kevin niente affatto preoccupato: *"I rilevatori di presenza potrebbero misurare l'altezza del possessore e confrontarla con le proprie informazioni, oppure valutare il peso della persona."*.

Ma non solo, a quella stessa CCard si sarebbero dovuti collegare molti enti con finalità diverse: dagli organi giudiziari e di polizia, per i controlli del caso, per le verifiche sull'idoneità alla guida, piuttosto che la rilevazione dei dati, agli organi della salute, che avrebbero potuto tracciare un quadro clinico immediato della persona, agli enti creditizi che avrebbero dovuto ricoprire il doppio ruolo di intermediario nella realizzazione delle transazioni finanziarie e di controllore delle attività fiscali dell'individuo. Ad ognuno un ruolo e niente di più!

Quando poi tutto sembrava incanalato lungo binari consolidati, anche altri gruppi, come quello di Aaron, chiesero di potersi appoggiare per permettere ad esempio un accesso automatico, con addebito in conto, ai valichi dei trasporti, piuttosto che la tracciabilità degli spostamenti. La CCard stava assumendo un'importanza che nessuno avrebbe potuto pronosticare.

Furono mesi di lavoro intenso nei quali fummo in grado di raggiungere un livello di conoscenza tale da poter risolvere il complicato intreccio di tutte le trame riconducibili al nuovo strumento, poi, all'inizio dell'estate, emersero alcuni tentennamenti.

Quella sera fu quasi un peccato rimanere chiusi al The Five Rings tanto il clima invitava a restarsene fuori all'aperto. Leon diede il via alla discussione esprimendo un suo dubbio: *"Certo che oramai parlate solo della CCard, tra un po' basterà averla in tasca per sentirne un benefico effetto. Io spero contribuisca fattivamente al progetto paper less in maniera tale che non si debbano più abbattere alberi per nulla. Piuttosto non temete che la Privacy ne possa risultare danneggiata?".*

Carl rispose composto: *"Ma no perché dovrebbe succedere? Anzi credo proprio che da un sistema di database allineati sarà più agevole tenere sotto controllo le informazioni che oggi sono invece disperse ovunque.".*

"Concettualmente sono d'accordo con te Carl", annuì Mike mentre apriva una nocciolina, *"ma quello a cui fa riferimento Leon forse è leggermente diverso ed in parte preoccupa anche me. Non c'è dubbio che il progetto sul quale state lavorando abbia una valenza ed una portata immensa e credo che saremo in grado di razionalizzare le cose migliorando l'attuale situazione ma ….".* fece una pausa per rinfrescare la gola, *"ogni tanto riaffiora nella mia memoria un libro che ho letto tanti anni fa e che probabilmente conoscete: 1984, Il Grande Fratello di George Orwell.".*

"Di che libro stai parlando?", chiese il giovane Kevin.

"Beato tu e la tua gioventù", gli rispose Mike, *"ti racconto brevemente di che cosa si tratta. Il libro fu scritto nel 1948 e narra la storia della terra suddivisa in tre grandi potenze totalitarie perennemente in guerra tra loro. La società del protagonista è governata da un onnipotente partito unico con a capo il Big Brother che nessuno ha mai visto. Il partito vede tutto attraverso telecamere che non possono essere spente, controlla i membri e si preoccupa che non ci siano deviazioni e*

pone la massima attenzione affinché le contraddizioni del partito siano cancellate: in pratica riscrive la storia.".

Mike raccontò con cura la figura del protagonista, membro del partito, del suo lavoro di "correttore", dell'infallibilità del Partito stesso. Fece una pausa giusto il tempo per rendersi conto che la sua birra era finita ed ordinarne un'altra, poi proseguì con le sue considerazioni: *"In certi momenti riesco a vedere in maniera distaccata quello che stiamo facendo e mi chiedo se ci stiamo avvicinando pericolosamente a questa visione pessimistica post-bellica.".*

"No, no, Mike siamo molto distanti da tutto ciò", rispose in maniera accorata Stefanie, *"ti ricordo che il libro è un atto d'accusa nei confronti della pretesa totalitaria, il cui scopo era quello di voler piegare la realtà e le persone ad un fine superiore.".*

"Per carità non credere che io sia preoccupato per questo, so benissimo che l'estremismo del nazismo e del comunismo, quest'ultimo in particolare preso in giro nel libro, sono situazioni molto lontane dalla realtà.".

"Piuttosto se permettete", disse Aaron che, quanto a regimi totalitari, avrebbe avuto molte cose da dire, *"non dovremo mai in futuro cadere nel tranello della ricerca della felicità del popolo che alla fine si identifica nell'ubbidienza cieca a chi detiene la leadership e per fare questo dovremo sempre mantenere il pluralismo politico sia all'interno del Consiglio dei Saggi sia in chi governerà il territorio. Una vera democrazia.".*

Il riferimento al libro e le considerazioni che ne erano emerse avevano evidentemente turbato le nostre menti. Nicholas in maniera molto pragmatica, volle farci uscire da quei tentennamenti.

"Scusate ma la situazione mi sembra completamente diversa anche se il parallelo è interessante. Come primo elemento mi voglio riallacciare a quanto detto da Aaron: fino a quando non cadremo nella trappola del totalitarismo non ci potranno essere dubbi. In secondo luogo vorrei farvi notare che se siamo qui

riuniti a Londra è perché in passato abbiamo sempre privilegiato la nostra felicità ed ora dobbiamo trovare un rimedio; oggi invece il nostro obiettivo va nella direzione opposta ovvero il rispetto delle generazioni future e anche questo non credo sia da sottovalutare come assunzione di responsabilità. Inoltre per finire non mi sembra proprio si voglia entrare nelle case con una telecamera a guardare quello che faranno i singoli, se ci pensate già oggi molte delle nostre attività, per non dire tutte, sono monitorate con la differenza rispetto a quanto proporremo noi che le informazioni sono praticamente pubbliche. Può bastare?".

"Basta e avanza", disse Yuriko "ma ritengo molto bello essere pronti a discutere serenamente di questi argomenti, ci aiuterà a rimanere ancora più lontani dalle tentazioni dei regimi.".

"Kevin che ne dici?", chiese Mike "ti è un po' più chiaro il significato pur non avendo letto il libro? Comunque, anche se un po' datato, te lo consiglio, si legge molto facilmente.".

"Mike", rispose Kevin con faccia divertita, "spero tu non ti offenda se ti dico che il libro mi sembra una gran cazzata e che non ho alcuna voglia di leggerlo: ma ti pare possibile che il partito non permetta di fare sesso se non per fini procreativi? Ma è veramente una mente da rinchiudere quella che ha pensato una cosa del genere!".

Ci mettemmo tutti a ridere sonoramente, allontanando i dubbi che ciascuno di noi portava con sé.

Come aveva detto Nicholas già in quel periodo eravamo controllati ma semplicemente non avevamo messo insieme i vari elementi. Il cellulare tracciava continuamente i nostri spostamenti, il telepass li confermava, la carta di credito diceva cosa comperavamo, ma soprattutto l'immenso mondo dei database a compartimenti stagni, non permetteva alcun controllo sugli utilizzi illeciti, lasciando ampie zone d'ombra, nelle quali si infiltravano coloro che volevano sfuggire od agire fraudolentemente semplicemente penalizzando chi si comportava correttamente. Quello a cui pensavamo andava proprio nella direzione opposta ovvero trovare il modo per far emergere il mondo della produzione sommersa. In quegli anni tale realtà era riconosciuta come il mondo del nero, sistematicamente stimato come una frazione importante dell'intera produzione, il quale non avrebbe più avuto motivo di esistere. Capimmo che rinunciare almeno in parte alla nostra privacy, avrebbe evidenziato gioco forza, tutte le transazioni che prima potevano rimanere nel limbo dell'anonimato delle banconote che di per sé non hanno un nome. Ma capimmo anche che tutte le situazioni di delinquenza legata allo spaccio di sostanze illecite, il ricatto, nonché gli altri reati, ed ogni attività nella quale fossero state coinvolte somme di denaro, avrebbe dovuto cercare soluzioni alternative non facilmente intuibili. Ancora, il sapere che ad una qualsiasi manifestazione le autorità avrebbero potuto facilmente rilevare le singole presenze era solo una piccola concessione alla tranquillità di poter esprimere il proprio pensiero senza essere coinvolti in azioni di guerriglia da parte di organizzazioni infiltrate.

Quella sera con gli amici della Tavola Rotonda non ci liberammo dalle nostre paure ma riuscimmo ad evidenziare il maggior vantaggio a cui il nuovo modello sarebbe teso, seppur a costo di qualche sacrificio.

Ritornammo a lavorare più convinti di prima, consci che il limite temporale che si stava avvicinando non avrebbe compromesso la capacità di svolgere compiutamente il nostro compito.

Mano a mano che la lavagna di Carl prendeva forma, crescevano i gruppi di lavoro incaricati di compiere le analisi di fattibilità e suggerire le soluzioni possibili. Fu così che dall'analisi iniziale, scelta la strategia d'azione, conducemmo la macro analisi generale, per poi delegare a gruppi specializzati lo sviluppo di ogni singolo progetto.

Chi si occupava dell'aggiornamento dei vecchi distributori automatici di denaro, che avrebbero conosciuto una nuova giovinezza attraverso la trasformazione in terminali pubblici per il trasferimento di denaro tra privati in assenza di punti internet, altri che avevano il compito di formalizzare tutte le banche dati della CCard, sviluppando la logica degli accessi e dei permessi, chi implementava il dialogo tra la carta ed i rilevatori, quanto di passaggio che di identificazione, e così via.

I gruppi operativi di lavoro erano tanti e crebbero con il trascorrere del tempo, ciascuno con il proprio compito da portare a termine: a noi era rimasto l'obbligo di supervisionare che la strada intrapresa a livello di sviluppo seguisse fedelmente le logiche che erano emerse alla fine di un duro anno di lavoro.

Un anno in cui eravamo partiti dal nulla, semplicemente impauriti dallo spettro di ritorsioni che avrebbero potuto minare il nostro mondo, passando per una fase di idealizzazione di un modello, per poi planare, dopo una lunga travagliata e gioiosa gestazione, a partorire qualcosa di concreto, che ci auguravamo sarebbe stato presentato al mondo, spazzando via tutte le nostre paure.

In questo nostro piccolo pianeta, sempre più densamente popolato, stavamo spostando l'attenzione dal singolo alla collettività. Il bene comune avrebbe dovuto essere preponderante rispetto all'interesse del singolo e questa era una grande novità per un mondo che aveva sempre esaltato le esigenze personali a scapito di tutto e di tutti.

CONFERENZA DI NEW YORK

Quando sei impegnato a fare qualcosa che ti piace e ti dà soddisfazione il tempo corre velocemente senza che tu te ne renda conto. Sento il rintocco delle campane che proviene dal campanile qui vicino: sono le nove del mattino. Ripenso ancora alla notizia che ho letto poco fa, se sarà confermata, l'8 giugno 2024 diventerà una data da ricordare.

L'impegno per quello che sto facendo ed i ricordi che si affollano nella mia testa non mi hanno fatto rendere conto che fa caldo, devo togliermi qualcosa perché sto cominciando a sudare. Inarco la schiena che è stata curva a lungo, respiro profondamente e guardo contento i risultati del mio lavoro: dopo i pomodori, anche l'insalata ed i cetrioli sono stati sistemati. Cerco due cetrioli maturi e li colgo quindi due cipollotti ed adagio quanto raccolto nello stesso secchiello dei pomodori. Vediamo cosa c'è da fare: ci sarebbe da tagliare l'erba ma quello è un lavoro a cui devo dedicare almeno un paio d'ore, ci sono anche le more e l'uva fragolina che devono essere sistemate, poi ci sarebbero le nuove piantine da interrare e ….

Cominciamo con l'uva, tanto se poi mi stanco posso anche sospendere il lavoro e se domani mattina ho voglia posso andare avanti ancora un po'. Va bene, andiamo a prendere dei pezzi di spago.

Anche la seconda parte dell'anno 2013 trascorse veloce, complice un'intima soddisfazione: il progetto del nuovo Modello di Sviluppo assorbì tutte le nostre risorse non lasciando spazio per nient'altro. Dopo l'iniziale periodo di scetticismo, la consapevolezza della correttezza del cammino intrapreso divenne una certezza. Con il passare delle settimane e l'arrivo dell'autunno il nostro lavoro attraversò i diversi stadi di un compito che si andava concludendo. All'inizio di novembre avevamo oramai consegnato quasi tutti i nostri lavori alle commissioni operative e, d'un tratto, ci trovavamo senza più reali incombenze.

"In quanto rappresentante del nostro Comitato credo che dovremmo rimettere il nostro mandato a breve, raccogliendo le ultime cose che ci sono rimaste e sciogliendo il gruppo. Se voi tutti siete d'accordo, proporrò alla direzione il ritorno a casa per la metà del mese: cosa ne pensate?".

La richiesta di Carl ebbe un effetto molto strano e ciascuno di noi assaporò i contrastanti sentimenti che una tale proposta portava con sé: sapevamo che oramai il nostro compito si stava esaurendo ma il definire una data precisa così prossima rappresentò quasi una sorpresa; rimanevano solo da completare alcune relazioni su argomenti minori per poter consegnare il lavoro completo. Nessuno ebbe nulla da obiettare e ci fu un tacito assenso. Quasi senza che ce ne accorgessimo un anno era trascorso da quel 20.12.2012. Ciascuno di noi lo aveva vissuto in modo molto personale, un affronto, un'opportunità, una minaccia, un giorno come tanti altri, l'inizio di un inarrestabile declino, il giorno del No Ships No Goods. A distanza di undici mesi l'aver fissato in maniera definitiva il rientro esaltò il contrasto tra la felicità dell'imminente ritorno a casa e il dispiacere di dover lasciare le persone con le quali avevamo condiviso un periodo straordinario. Gli ultimi due giorni prima della partenza vennero consumati nel rito dell'addio con la preparazione delle valigie e la raccolta delle proprie cose, lo scambio dei contatti ed il saluto di persone che non si sarebbero viste per molto tempo, quindi le foto di circostanza prima che l'abbraccio finale ci riconsegnasse alle nostre case. Un rientro spesso desiderato, a volte minacciato e più spesso pensato, che alla fine era giunto come era normale che fosse ma che ci catapultò, a nostra insaputa, in una nuova era che avrebbe segnato il futuro.

"Cosa ti sembra il fatto d'essere tornato a casa?", mi chiese Eleonora il giorno dopo il mio rientro.

"E' una sensazione veramente strana.".

"Ma sei contento?".

"Assolutamente sì, non c'è dubbio che io sia contento. Al tempo stesso questa mia felicità è solo una delle diverse emozioni che si continuano ad avvicendare e che mi provocano sensazioni strane, stati d'animo diversi.".

"Dai, cosa aspetti a raccontare", mi incitò a proseguire per liberarmi dai pensieri che, intuiva, mi assalivano.

"Non è semplice da descrivere perché non è un sentimento univoco, è un continuo fluire di sensazioni molto diverse tra di loro. Stamattina mi sono svegliato rilassato senza l'assillo del dover andare in aula e senza il pensiero dei problemi abbandonati il giorno prima, ti confesso che la mia mente è tornata indietro nel tempo. Mi sento un po' spaesato come se dovessi ricominciare un nuovo percorso ma è particolare anche perché quello che ho fatto fino a ieri lo sento già molto lontano.".

Feci una pausa ancora ripensando a quei mesi che erano appena finiti ma che sentivo appartenere al mio passato poi proseguii:

"Quindi sono sceso e mentre facevo colazione mi sono venuti in mente gli amici, così percorrendo il mondo da est ad ovest ho cominciato ad immaginarli nelle loro attività pensando a Yuriko che era già alla fine della giornata piuttosto che a Kevin che doveva essere pronto per coricarsi. Che strano! Dopo aver fatto colazione ho letto il giornale e mi sono arrabbiato vedendo un articolo relativo ad un'intervista ad un leader sindacalista che rivendicava la necessità da parte dello Stato di intervenire a supporto dei lavoratori generando ulteriore debito pubblico. Mi ero dimenticato dell'esistenza di queste persone che ritengo responsabili al pari dei politici per averci portato in questa situazione, pensavo non ce ne fossero più in circolazione! E invece continuano imperterriti a reclamare diritti, solo diritti.".

"Dai, non arrabbiarti e dimmi cos'altro hai provato?", disse Eleonora riuscendo così a distogliere la mia attenzione.

"Beh, poco fa ho visto Lorenzo che si è svegliato ed è venuto ad abbracciarmi in studio. E' stato bellissimo e, mentre lo guardavo

che saliva in cucina per fare colazione, ho fantasticato su quello che potrebbe essere il nostro nuovo Modello di Sviluppo, se tutto andrà bene. Chissà cosa ci riserva il futuro! Potrebbero verificarsi ipotesi che noi non siamo nemmeno in grado di immaginare.".

La guardai diritto negli occhi e le dissi: *"Può bastare considerando che sono le 9 del mattino di una domenica di fine autunno?".*

Un anno o poco meno era trascorso e l'arrivo una volta ancora delle feste natalizie, la fine dei lavori ed il rientro a casa non avevano solo portato a galla sentimenti discordanti per la fine di un periodo, unitamente alla possibilità di riabbracciare i propri cari; cercai, infatti, di citare il meno possibile la paura per tutti gli scenari negativi che si sarebbero potuti materializzare e che in realtà avevo ben presente.

Eleonora è sempre stata una acuta psicologa e fin dal primo giorno in cui riposi definitivamente le mie valige, colse le preoccupazioni che mi laceravano cercando di aiutarmi a non pensare.

"Direi che può bastare. Però adesso ascoltami: alle 10.30 andiamo a messa, poi vai a visitare i tuoi genitori con i ragazzi mentre io preparo il pranzo, dopo aver mangiato ti riposi e poi quando ti svegli, tutti insieme cominciate ad addobbare l'albero di Natale. Cosa ne dici?".

"Ci sarà anche Beatrice?".

"Ci sarà anche lei.".

"Come fai ad essere così sicura? Non ha impegni?".

"Ti dovrebbe bastare il fatto che sono sicura, ha voglia anche lei di stare un po' con te.".

"L'idea di fare l'albero di Natale tutti insieme mi piace, direi che il programma mi va bene.".

Ancora una volta il Natale che scandisce l'inesorabile trascorrere del tempo che sancisce la fine di un anno, con i suoi addobbi, le sue vetrine illuminate e un clima di ricercata serenità.

Al Comitato di Londra la fine di Novembre rappresentò l'ultima data utile entro la quale tutti i Sotto Comitati avrebbero dovuto presentare ufficialmente i loro lavori. La direzione generale del Comitato aveva preteso che tutti i gruppi finissero i lavori entro il primo giorno di Dicembre allo scopo di coordinare le azioni tra i governi in essere e poter gestire nella maniera più normale possibile l'evento della Conferenza.

La crisi del 2008, tanto sentita negli anni successivi, che ci aveva di fatto condotto all'appuntamento del dicembre 2013, aveva chiaramente avuto delle ripercussioni colpendo i singoli in maniera molto differente tra loro. La maggioranza delle persone fu però indotta a commettere l'enorme errore di preoccuparsi unicamente dell'economia di breve periodo, dimenticando quella ben più importante che si sarebbe manifestata nel lungo termine. In troppi non capirono che le apparenti immutate condizioni esistenziali rappresentavano solo una falsa rappresentazione sulla quale, le dinamiche del capitalismo a cui eravamo abituati, avrebbero prima o poi scaricato i loro effetti devastanti. In buona sostanza, tutte le necessità e comodità della vita rimasero assolutamente disponibili e fu su questa miopia che s'ingenerò l'equivoco. L'interpretazione che andò per la maggiore fu quella di considerare la crisi quale fugace passaggio storico ineludibile nella ciclicità dell'economia. Per qualcuno aveva assunto le caratteristiche di una bolla speculativa di tipo immobiliare, per altri di una bolla relativa al mondo delle istituzioni finanziarie: tamponate le falle, si poteva guardare avanti senza preoccuparsi delle fondamenta di un sistema democratico in crisi esistenziale.

Continuavamo a misurare l'economia attraverso meri tecnicismi numerici, che misuravano parametri quantitativi statici rapportandoli alle stesse misure effettuate nel passato. Toccato un minimo, divenne ovvio, a distanza di un breve periodo, rivedere segnali che furono interpretati come spiragli per una sicura ripresa i quali generarono l'illusione di un nuovo ritorno alla crescita.

Ma di quale crisi stavamo parlando allora se coloro che governavano s'affannavano ad invocare uno spirito ottimista, affermando gaudenti già alla fine del 2009 che la Crisi era finita? Paradossalmente, l'inflazione che rasentava lo zero, i tassi d'interesse praticamente nulli, un'offerta di beni che eccedeva la domanda sospingendo i venditori verso sconti interessanti, facevano sì che si provasse l'illusione di una situazione quasi migliore. Ma la crisi, la crisi del 2008 non doveva essere considerata semplicemente un elemento quantitativo da misurare solo con le performance, era il momento per ridiscutere il nostro sistema organizzativo, il nostro modello, l'approccio che avevamo dato alle nostre esistenze e il concetto di progresso.

Questi elementi non si possono misurare nella possibilità di comperare l'ultimo televisore, nell'agiatezza di case dotate di tutti i confort, nell'avere frigoriferi ricolmi di tutte le pietanze, tutte cose ottenute al prezzo di qualche banconota. Ed ancora parafrasando Robert Kennedy, come potevamo continuare ad avere fiducia negli indicatori che misuravano le produzioni di armi e, viceversa, dimenticavano il livello di inquinamento e la gioia delle nostre esistenze, per sentenziare se eravamo in una fase di progresso?

La Crisi del 2008 fu profonda, una crisi anche e sopratutto di idee e di ideali, di moralità dimenticata, che toccò il nostro sistema di vita e che andava analizzata per come avevamo imparato a rapportarci all'ambiente che ci ospitava. Di certo una crisi che non si sarebbe auto-risolta, e per la quale non sarebbe stato sufficiente aspettare l'inversione di tendenza negli indicatori che idolatravamo per esultare.

I mesi trascorsi a Londra mi avevano aiutato a dimenticare la drammaticità della reale situazione nella quale vivevamo ed il ritorno rappresentò il riaprire gli occhi su di un mondo che non avrebbe fatto nulla volontariamente per cambiare. Le vecchie paure tornarono prepotentemente. Se da un lato il Comitato di Londra aveva portato a compimento il proprio incarico, dall'altro il timore che il progetto fosse stato solo un mero esercizio teorico ricominciava a insinuarsi pesantemente in tutti coloro che avevano partecipato a tale progetto.

Il ritorno alle nostre case ci aveva fatto riassaporare il calore di affetti che erano stati allontanati nella speranza che l'alto profilo dell'obiettivo giustificasse il sacrificio ma con la normalità erano riemersi evidenti anche i dubbi.

Il mese di dicembre diventò l'appuntamento con la storia, l'attesa per la Conferenza di New York, scelta non casuale sia sotto il profilo della logistica sia sotto il profilo della ricorrenza, cresceva sempre di più

In quei giorni di dicembre i contatti tra gli Amici della Tavola Rotonda furono quotidiani, il profondo rapporto che si era instaurato tra di noi rendeva molto naturale la ricerca reciproca, semmai l'unica difficoltà che incontrammo fu quella di abituarci ai tanti fusi orari che ci separavano.

"Ciao Yuriko tutto bene?".

"Tutto bene Michele. Stavo parlando con Stefanie della Conferenza di New York che è stata annunciata ieri, hai sentito?".

"Si ho sentito, il tempo ormai si avvicina. Dovevamo immaginare che gli americani avrebbero spinto per fare la conferenza a New York.".

"Io sono convinta che Mike sapesse tutto ma questa volta non si è voluto sbilanciare", disse Stefanie un po' risentita.

"Ma tu hai sentito Mike quando ti sei svegliata?".

"No perché la notizia è stata data nel tardo pomeriggio Americano e poi non sono più riuscita a contattarlo, adesso starà scuramente dormendo", rispose Yuriko.

"Guarda chi c'è ancora sveglio, Kevin", esclamò divertita e per nulla sorpresa Stefanie: *"Ma che ore sono da te?"*.

"Sono le tre del mattino e forse è ora che vada a letto, non chiedetemi nulla della Conferenza, direi certamente una stupidaggine.".

"Ricordate l'entusiasmo con il quale abbiamo convissuto per molti mesi?", chiese laconicamente Stefanie: *"Sono alcuni giorni che non riesco a capacitarmi di come abbiamo potuto credere in maniera così ingenua che il nostro lavoro avrebbe potuto portare ad una svolta. Chissà cosa ne sarà di tutto quello che abbiamo fatto!"*.

Nessuno replicò. Stefanie si era fatta interprete di un sentimento comune che ognuno di noi stava cercando di rifuggire nel timore di un triste risveglio e che in lei in quel momento era dominante. Pensai alle giornate che avevamo trascorso insieme, ai momenti di gioia ed a quelli di tensione. Immaginai altri gruppi di lavoro che prendevano in consegna i nostri elaborati stravolgendoli ed adattandoli alle richieste che provenivano dall'esterno. Mi raffigurai montagne di carta, frutto del lavoro di tante persone, accatastate ed impolverate in qualche magazzino del Villaggio che ci aveva ospitato, poi cancellai completamente qualsiasi pensiero, non avevo voglia di parlarne e non ero il solo.

"Ragazzi ci sono anch'io, Aaron. Non vi ho interrotto perché ero al telefono con un collega ma adesso che ho finito mi piacerebbe sapere cosa ne pensate della Conferenza della prossima settimana, vi confesso che comincio ad avere un po' di paura.".

"Ancora questo argomento? E perché dovresti avere paura?", lo interrogò Yuriko.

"Non lo so con certezza è solo una sensazione spiacevole che ogni tanto mi prende. I giornali che hanno ricominciato a parlare di ripresa e del fatto che ce la possiamo fare senza cambiamenti radicali, i primi commenti sul luogo della Conferenza vociferano di una clamorosa assenza dei Cinesi, infine le percezioni che ho, quando parlo con qualche amico che non sia del Comitato, insomma ogni tanto mi assalgono dei dubbi.".

Non c'era modo di scappare e quell'inquietudine si era insinuata dentro di noi; solo alla data prestabilita avremmo potuto capire se era lecita o meno.

Il luogo per la Conferenza era stato proposto dagli Stati Uniti che rivendicavano la volontà di reagire subito al colpo. La data del 20 dicembre 2013 giungeva esattamente nel giorno in cui i cinesi avevano deciso di fare scomparire le navi dai porti e se il 20.12.2012 sarebbe stato ricordato come il giorno dello smacco, il 20 dicembre 2013 quale caratteristica avrebbe assunto?

Il Palazzo delle Nazioni Uniti si prestava molto bene, come ambito extraterritoriale, per ospitare l'evento, sebbene il destino di quello stesso palazzo avrebbe potuto uscirne stravolto. Per prima cosa, il gruppo dei paesi costituenti il Comitato di Londra invitò formalmente le massime cariche cinesi alla Conferenza di New York. Gli autori dell'editto furono sorpresi, credendo che si sarebbero discussi i nuovi piani di sviluppo direttamente sul loro territorio, come avvenne il 21 dicembre 2012, ma la decisione e la compattezza con la quale il Comitato di Londra portò avanti diplomaticamente l'idea dell'incontro presso l'ONU, convinse tutti ad accettare.

New York era pronta per festeggiare il Natale, le luminarie che l'addobbavano e la neve che la ricopriva la rendevano ancora più suggestiva. Una città blindata con una tensione palpabile per l'evento che si sarebbe vissuto e tutti i media del mondo confluiti per documentare l'evento, certamente le condizioni erano molto diverse da come un anno prima era stato registrato l'ultimo grande incontro a Pechino.

Nella settimana che precedette la data stabilita le televisioni programmarono solo trasmissioni tematiche ripercorrendo gli accadimenti passati, riproponendo numeri e situazioni dell'economia e invitando a discussioni con l'obiettivo di prevedere gli sviluppi futuri. Tante notizie erano trapelate, non solo nel periodo che precedette l'imminenza della Conferenza, ma anche durante i lavori del Comitato, e nell'attesa del momento, le visioni più disparate divennero quelle più suggestive. Così facendo, tra il rincorrersi delle più parossistiche e paradossali ipotesi, arrivammo alla data della Conferenza di New York, tutti appesi al filo della curiosità. Ancora un 20 dicembre questa volta dell'anno 2013.

La mattinata trascorse all'insegna di frequenti contatti tra noi Amici della Tavola Rotonda per cercare l'un l'altro conforto oppure una novità.

I figli fecero il loro ritorno, come da programma, dalle lezioni scolastiche ed alle 13.30 potemmo sederci a mangiare tutti insieme. Lorenzo era stato l'ultimo ad arrivare ma il primo a notare la televisione spenta: *"Pensavo che ascoltasti la televisione, tutti i professori ci hanno detto che oggi pomeriggio ci sarà un evento speciale che dobbiamo guardare perché dovremo fare qualche lavoro.".*

"Quanto all'evento che si terrà tra poche ore vi hanno detto la verità ed è una bella cosa che vi abbiano invitato a guardarlo, per quanto riguarda la televisione sono invece stanco di sentire le solite cose in buona parte completamente inventate. Tanto vale stare tranquilli in compagnia e mangiare come di solito facciamo senza interferenze esterne, la Conferenza sarà solo nel pomeriggio.".

"E comunque tu sai che andrà tutto bene, vero?", insistette sorridendo con quello spirito ottimistico che lo ha sempre contraddistinto. Guardai Eleonora con la speranza che quello che aveva appena detto Lorenzo fosse benaugurante.

"C'è qualcosa che non va?", ripeté.

Aveva percepito la mia titubanza e questa volta non si era limitato ad una battuta come era solito fare, questa volta cercava una risposta. Avrei voluto manifestare tutto il mio scetticismo, raccontargli che stavamo attendendo che qualcuno che non apparteneva alla sua generazione pronunciasse un verdetto sulla legittimità di attingere al loro futuro, rivelare quanto dissennati e spreconi eravamo stati e che ancora una volta eravamo pronti a tutto pur di non rinunciare ad alcuno dei nostri privilegi ma provai un senso di vergogna. Beatrice stava assistendo all'evolversi della situazione guardandoci, Whisky sembrava aver captato che non era il momento e se ne stava tranquillo, Eleonora comprese che doveva dire qualcosa: *"Tra poche ore una persona molto importante terrà un discorso che noi tutti ascolteremo guardando la televisione. Parlerà probabilmente di quello che è successo negli ultimi anni e del fatto che non siamo stati molto attenti a come abbiamo gestito le nostre risorse. Poi immagino che annuncerà quello che è stato deciso per il nostro cammino futuro ed è questo l'oggetto tanto importante: potrebbe affermare che continueremo a voler vivere come abbiamo fatto in passato, creando certamente qualche problema alla vostra generazione quando sarà adulta o potrà spiegare che dovremo fare qualche sacrificio se vogliamo lasciarvi un futuro un po' migliore.".*

Avessi dovuto rispondere io avrei certamente vomitato la mia ansia ma Eleonora fu molto pacata. Lorenzo rimase a riflettere alcuni istanti poi continuò il suo interrogatorio: *"E voi cosa credete sia meglio?".*

"Se realmente i sacrifici fossero generalizzati, se a tutti i livelli fossero imposte delle rinunce, se ci fosse un piano serio di recupero di valori e moralità, non c'è dubbio che noi saremmo molto contenti di fare qualcosa di utile per voi.".

Eleonora non si accontentò di fornire una risposta ma cercò anche di attenuare un clima insolitamente teso: *"E a te non sembra che noi saremmo disposti a fare qualcosa per voi?".*

Il volto di Lorenzo si rasserenò e sorrise tornando ad essere quello di un ragazzino di 13 anni che viveva serenamente.

Intanto fin dalle prime ore della mattina, la Grande Mela era stata catapultata nelle case di tutto il mondo attraverso le televisioni presenti all'evento.

Il Gruppo che aveva aderito al Comitato di Londra per l'instaurazione di un Nuovo Modello di Sviluppo, era presente al gran completo, in netto anticipo rispetto all'inizio della conferenza fissato per le 11.00. Del Gruppo facevano parte le nazioni dell'America settentrionale a cui s'erano aggiunti gli stati centrali, con il Messico in prima fila. Tutta l'Europa era presente, compresa la Svizzera e poi l'Ucraina, la Turchia ed Israele. L'Oceania era presente compatta anche con i delegati dei meravigliosi arcipelaghi, completava il quadro il Giappone quale unico portabandiera solitario del mondo orientale. La rappresentanza era costituita dai governi provvisoriamente in carica che si apprestavano a disegnare una pagina importante della storia, persone che erano state protagoniste indiscusse delle sorti economiche erano lì dinanzi alle telecamere in attesa di spiegare al mondo cosa aveva partorito l'Ultimatum.

Seduto davanti al televisore ripensavo alle immagini che solo un anno prima, nel giorno del N.S.N.G., avevano monopolizzato le trasmissioni, una calma desolante, sguardi smarriti, il silenzio. Un brivido mi pervase. Ma finalmente giunsero le prime immagini ufficiali, i volti tesi come di coloro che consapevolmente sanno ma non riescono ad immaginare, a vedere quello che sarà. All'altra parte dell'emiciclo che componeva il folto nucleo di invitati alla conferenza, c'era tutto il variopinto mondo che era rimasto fuori dai lavori del Comitato di Londra, nella allegra visione di uno spensierato ed incosciente procedere, consci di far parte di una elite privilegiata che vive al di sopra degli innominati. Nel mezzo, anche l'impassibile rappresentanza cinese priva del suo Presidente, a sottolineare l'inosservanza delle sue richieste, riverita e salutata da tutti i presenti.

Alle 11.00 a.m., ora di New York il mondo si fermò per sentire la breve introduzione da parte del Presidente delle Nazioni Unite. Un unico punto era stato posto all'ordine del giorno: il Nuovo Modello di Sviluppo nei paesi evoluti, del quale fu chiaro a tutti che egli non aveva alcuna informazione. Il Presidente delle Nazioni Unite fece un breve accorato richiamo alle capacità del genere umano di risolvere pacificamente e consensualmente anche le più difficili situazioni, per salvare le relazioni. Poi prima di uscire mestamente dalla scena, invitò il rappresentante del Comitato di Londra a prendere la parola e si allontanò scomparendo.

LUIGI PESCE

IL NUOVO MODELLO DI SVILUPPO

Il Presidente Americano e con lui i leader delle nazioni che avevano fondato il Comitato di Londra presenziò almeno in tre occasioni ai lavori dell'Assemblea nel corso del 2013. Era un uomo che aveva suscitato anche l'interesse di una persona molto lontana dal mondo politico come il sottoscritto e che era riuscito ad ottenere un vasto consenso, poi, quando fu il momento di passare dalle parole ai fatti, mancò clamorosamente il colpo storico di una rivoluzione a portata di mano. La sua moderazione nel cercare ad ogni costo compromessi, pur avendo tutte le possibilità numeriche per superare qualsiasi ostruzione, fece svanire ben presto il sogno di una trasformazione, e quella ricerca ostinata del consenso ad ogni costo confinò ben presto le illusioni della campagna elettorale ad un ruolo marginale. Eppure quell'uomo che ora guardavo, suscitava in me ancora qualche flebile speranza, un affabile personaggio, con una capacità di essere al centro dell'attenzione, non per il suo ruolo, bensì perché dotato di grande carisma. La cosa che più di ogni altra mi colpì negli incontri a cui partecipò fu il suo appello rivolto a tutta la platea, per cercare in ognuno di noi quegli aspetti positivi che ci contraddistinguevano per essere protagonisti ed indirizzare la storia verso la giusta strada. Non ci fu mai un richiamo che ci invitasse a dirigerci in una direzione piuttosto che in un'altra ma solo la sollecitazione a guardare dentro di noi per fare emergere il meglio, accettando la sfida e lottando per vincerla e così fece il Comitato.

Mentre si avvicinava fieramente al leggio, mi chiesi per l'ennesima volta che cosa ne sarebbe stato di tutto il lavoro che era stato prodotto, ripercorsi quanto avevo vissuto in quell'ultimo anno, e mi interrogai se effettivamente avrei sentito quell'uomo, che ora, prima di iniziare a parlare, squadrava la platea, fare riferimento a tutto quanto era emerso in quei faticosi mesi di clausura, o se le mie emozioni si sarebbero ancora una volta dissolte in una delusione. La paura che machiavellici ed importanti giochi di potere fossero, ancora una volta, riusciti a catturare l'attenzione dei governanti con lo scopo di mettere da parte ogni volontà di rinnovamento prevalse alla fine su ogni altra considerazione. A fianco del televisore controllavo la presenza degli amici della Tavola Rotonda, non mancava nessuno, brevi battute di una riunione ampiamente annunciata. Un modo per rivederci tutti insieme a distanza di circa due mesi dall'ultimo saluto. Poche battute di circostanza, qualche allusione scaramantica, cenni ad alcuni significativi momenti nell'anno vissuto assieme, eravamo tutti molto emozionati. Nonostante fossimo oramai rientrati nelle nostre case e avessimo riabbracciato le nostre famiglie, riappropriandoci in buona misura delle canoniche attività, la luce di quanto avevamo fatto non s'era per nulla affievolita. Troppo intensa la partecipazione e troppo importante l'aspettativa per quel giorno, stavamo ingannando quei momenti che precedevano l'evento tanto atteso.

Mike era ritornato alla sua innata caratteristica, come ci aveva lasciato quell'ultima sera prima del rompete le righe così ora ci stava intrattenendo.

Aveva solo ricordato che il risultato della rilevazione all'ultima Tavola Rotonda era stato schiacciante, avevamo risposto unanimemente, ritenendoci convinti che il progetto a cui eravamo stati chiamati a partecipare, avrebbe continuato il suo iter ed avrebbe visto la sua realizzazione. Ma quel referendum era stato fatto a caldo, in un ambiente protetto dove le emozioni potevano averci tratto in inganno.

Mentre il Presidente marciava verso il palco, le battute finirono con gli ultimi messaggi di auguri e di speranza. Mike inviò i dati del suo ultimo sondaggio a noi tutti, quello appena accertato lontano dalla tavola rotonda e distante dal clima del The Five Rings. Il messaggio apparve in sovrimpressione mentre il Presidente prendeva posto: il risultato non forniva più il plebiscito per il sicuro cambiamento, ma evidenziava che i pochi giorni a contatto con il mondo conosciuto ci avevano riportato alla vita abituale facendoci perdere le nostre speranze. Il campione non era certo significativo ma tanto bastò per alzare ulteriormente la tensione. Eravamo tornati alle nostre attività quotidiane da poche settimane e, in quel breve lasso di tempo a contatto con chi aveva proseguito la propria esistenza sui conosciuti e confortevoli binari, avevano riproposto gli schemi di un'esistenza rassicurante e lontana da ogni impegno. Avevamo già cambiato idea, eppure non erano minimamente cambiati i fattori che avrebbero dovuto pesare sulle decisioni: semplicemente eravamo tornati al nostro contesto reale. La logica e la riflessione s'erano fatte da parte lasciando il posto alla superficialità ed all'agiatezza. Ora non c'era più spazio per i nostri turbamenti, il tempo era scaduto, e la parola passava a quell'uomo che stava davanti a noi, alle conclusioni a cui era giunto il vecchio mondo capitalistico. Ancora un brivido mi pervase mentre sussurravo: *"Chissà se avranno avuto modo di analizzare e capire il nostro lavoro, di comprenderne le implicazioni recondite, di guardare in una logica di lungo periodo, di abbandonare gli interessi delle lobby?"*.

Guardai Eleonora seduta accanto a me che era riuscita a sentire il mio sussurro ed aggiunsi: *"Tra poco sapremo qualcosa di più e forse saremo in grado di dare una collocazione a questo particolare anno 2013."*.

Il Presidente dopo aver scrutato brevemente ma intensamente i presenti, scorrendo da parte a parte la platea un paio di volte, incominciò a parlare, ringraziando i convenuti per aver accolto l'invito a presenziare.

Un vero showman per le telecamere, un individuo al quale non si poteva non prestare rigorosa e silenziosa attenzione, che ricostruì dettagliatamente gli accadimenti degli ultimi anni, soffermandosi ed approfondendo quanto avvenuto dalla Crisi del 2008 in poi. Un'analisi spietata del modo con il quale avevamo condotto il mondo lungo il binario della dissolutezza, alla ricerca esasperata del profitto, senza alcun limite o vincolo. Un appello rivolto a tutti ad unirsi in un unico corpo pensante ed agente, che fosse in grado di cambiare le regole per attingere a più elevati valori di equilibrio, e perseguire la strada del progresso e dell'innovazione, in un mondo che vivesse in pace e libero dalle minacce del terrorismo. Più proseguiva il suo intervento e più sconsolatamente sentivo crescere in me l'angoscia di un mero disegno generale di impegno per raggiungere la pace, per non affossare le nazioni in deficit spropositati, per permettere a tutti di avere un posto di lavoro, per migliorare le situazioni di vita nei paesi emergenti e così via.

Insomma, una visione che invitava ad ideali superiori, ma che era assolutamente lontana da quanto avevamo vissuto in quegli ultimi mesi. Tutte cose lodevoli che non potevano non essere condivise ma che non aprivano il sipario ad un'ipotesi concreta di lavoro. Mike invitò per due volte una richiesta. Se per me e per tanti altri quel momento d'attesa rappresentava l'aspettativa per quello che sarebbe stato, in lui prevalse l'aspetto dello studioso che indaga e che cerca di capire.

Con la prima domanda ci chiese di esprimere attraverso una parola il sentimento prevalente in noi, pochi attimi dopo che il Presidente ebbe cominciato il suo discorso; ancora, dopo circa 30 minuti, una domanda secca: *"Credete che procederemo con le linee stabilite dal Comitato di Londra? Sì o No!.".*

Sentivo la speranza appesa ad un filo, temevo una sconfitta, un ritorno al passato che non ci aveva mai abbandonato, immaginavo le lobby di potere e le loro pressioni nei giorni immediatamente precedenti. Il mondo si era fermato ad ascoltare: gli occhi puntati sulle televisioni, miliardi di persone stavano seguendo quelle parole, gli Amici della Tavola Rotonda erano in silenzio, in trepidante attesa sebbene avessimo appena manifestato un voto di sfiducia al quesito di Mike. Nella nostra casa sempre circondata dalla confusione si udiva solo la voce di Whisky che ogni tanto spezzava il silenzio. Ma quando la possibilità di votare e di manifestare tutti i nostri timori si era già dissolta, con tutte le incertezze che andavano sommandosi, il volto del Presidente si trasformò, divenne combattivo, sembrava fosse stato colpito ed avesse avuto una reazione immediata. Cominciò così a parlare del suo viaggio a Pechino, il famoso viaggio in cui la delegazione ricevette l'Ultimatum alla fine del 2012.

"Esattamene un anno fa il 20.12.2012 ci siamo svegliati increduli nel vedere cosa stava succedendo, tutte le navi cinesi erano scomparse dai nostri porti e ci siamo interrogati sul perché ma non abbiamo capito!".

Il suo tono di voce non era conciliante, sembrava tornato l'uomo energico e sicuro della campagna elettorale. In un attimo la timidezza, alla quale ci aveva abituato, era stata spazzata via, lasciando presagire qualcosa di nuovo.

"Ci siamo consultati con le diplomazie dei paesi coinvolti, con gli amici dell'Oceania, dell'Europa e del Giappone nel tentativo di cercare una risposta a quello che stava succedendo ma non abbiamo capito!".

In quello che stava affermando non c'era alcun elemento che potesse far presentire una direzione o che indicasse le sue intenzioni. Non era una risposta contro coloro che avevano gettato il guanto della sfida in maniera così plateale, stava semplicemente ripercorrendo quanto era accaduto in maniera fredda e razionale.

"Siamo stati convocati a Pechino e ci siamo chiesti il perché avremmo dovuto accettare una simile imposizione, perché dare l'impressione di cedere ad un ricatto e perché ubbidire senza chiedere e senza entrare in un negoziato?". Fece una piccola pausa: *"Ma non abbiamo capito!".*

La sua ascesa politica era stata impetuosa, il suo arrivo alla posizione di comando era stato salutato come l'inizio di una nuova era ma poi la realtà quotidiana si tradusse in miseri compromessi. Non capita spesso di avere una seconda chance, di avere tra le mani una seconda fantastica possibilità dopo aver miseramente fallito la prima ma così aveva deciso la dea bendata, concedendogli, ancora una volta, un'incredibile occasione.

"Dinanzi al cospetto di chi ci aveva convocato abbiamo ascoltato, senza possibilità di replica alcuna, come una parte del mondo ci vedeva e giudicava ed abbiamo udito quale avrebbe potuto essere la nostra punizione.".

Ancora una volta attese che il silenzio avvolgesse tutto, fissando diritto negli occhi i rappresentanti cinesi quindi affermò: *"Ma questa volta abbiamo capito! Sì abbiamo capito che eravamo entrati in un percorso senza via d'uscita che non saremmo stati in grado di tornare sui nostri passi se non ci fosse stato imposto, abbiamo compreso quanto dissennata fosse stata la nostra condotta ed utopistico che gli altri si adeguassero alle nostre regole. Abbiamo capito che gli sforzi che stavamo facendo per uscire dalla Crisi del 2008 erano meri palliativi; immettere liquidità nel sistema, provocare inflazione o disegnare piani di contenimento della spesa non avrebbero mai contribuito a quello che invece ci sarebbe servito: una ridefinizione del nostro modello, un recupero dei valori democratici e un ripristino della moralità"*, ripeté ancora più di una volta, *"questa volta abbiamo capito ... ... abbiamo capito.".*

Il tono deciso della sua voce e la postura fiera del suo corpo si contrapponevano ad un viso che appariva sereno. Il momento era arrivato, perché nel suo discorso aveva fatto esplicita menzione al Comitato di Londra, al suo lavoro, alla necessità di trovare un nuovo modello di sviluppo che portasse maggiore armonia all'interno di coloro che volevano partecipare al progetto, che impedisse gli sfruttamenti che si erano registrati nel passato, di uomini e di risorse.

"Sarà un nuovo Modello di sviluppo e bisognerà scegliere se stare dentro o fuori, se accettare o rifiutare, senza compromessi, ognuno apportando la propria storia, ma compiendo una scelta definitiva che possa permetterci di disegnare una nuova società più rigorosa nella quale ci sia stabilità tra gli Stati e rispetto tra le generazioni.".

La Cina aveva imposto un diktat e la sfida era stata accettata in pieno. Le prospettive di un rapido ritorno alla crescita ed al benessere per tutti non erano rosee, come di solito si sentiva nei comizi e come eravamo abituati a misurarle.

"Non possiamo illuderci invocando la crescita ed il benessere che verranno. Dobbiamo essere realisti e pensare che ci attende un periodo di rigore e sacrifici. Ci aspettano anni difficili nei quali ci dovremo privare di alcune nostre abitudini, dovremo ridurre il nostro tenore di vita ed abbandonare aspettative che non ci appartengono.".

All'Ultimatum rispondevamo in maniera precisa, con un piano molto dettagliato, studiato, approfondito e pianificato. La Cina ci aveva fatto capire che non potevamo più permetterci il lusso di un'esistenza spinta al punto da distruggere tutto quello che circondava. Quale fosse il motivo che l'aveva spinta ad agire in quel modo, la convinzione di mantenere l'equilibrio ante crisi ovvero mire espansive, non poteva più essere di nostro interesse. Probabilmente stavamo rispondendo nella maniera più inattesa ma al tempo stesso razionale che potesse esserci non solo riconoscendo i capi di imputazione che erano stati sollevati ma indicando anche un'espiazione che nessuno di coloro che ci aveva accusato avrebbe mai potuto preventivare. Il ricordo del mondo capitalistico e consumistico così come lo avevamo interpretato per tanti decenni doveva radicalmente cambiare e in un mutato scenario sarebbero dovuti scomparire anche tutti quegli abusi legalizzati che avevano contraddistinto il prosperare delle economie in via di sviluppo.

"Siamo consapevoli che queste nostre giustificazioni potrebbero concretamente avvalorare le rivendicazioni cinesi, spingendoli a mettere in atto le azioni minacciate ma questa è l'unica via d'uscita, la via che il Comitato di Londra ha disegnato e che oggi diventa ufficiale.".

Il Comitato di Londra e tutto l'impegno ed il lavoro profuso nell'anno che si stava concludendo stavano trovando una collocazione centrale. Fu un momento di gioia vera. Le paure si erano dissolte ed in quel momento ci fu solo lo spazio per la speranza in un futuro migliore.

"Desideriamo che tutti i Paesi possano aderire volontariamente al Patto del Comitato di Londra perciò riteniamo che i prossimi dodici mesi dovranno essere utilizzati per allargare la base. Trascorso tale termine ed in assenza di una decisione positiva, le relazioni economiche tra i Paesi del Comitato di Londra ed i Paesi che rimarranno al di fuori dello stesso dovranno essere riviste sulla base dei nuovi principi che andremo ad implementare.".

In un attimo si mise in discussione tutto, le relazioni diplomatiche costruite in lunghi decenni, gli accordi raggiunti, gli organismi internazionali costituiti, le regole condivise. Si stava paventando, nel caso non ci fosse stato l'interesse ad entrare nel novero del gruppo, la volontà di porre in essere una serie di barriere doganali tali che, di fatto, si sarebbe preclusa qualsiasi possibilità agli interscambi commerciali.

"Non abbiamo alcuna intenzione di mancare il rispetto agli impegni che ci siamo presi. Onoreremo i nostri debiti e ripagheremo tutto quanto ci è stato prestato e se sarà necessario lo faremo rinunciando a quello che fino ad oggi abbiamo considerato a noi dovuto ma non saremo più disposti a relazionarci con gli altri paesi come è stato fatto fino ad oggi.".

La globalizzazione aveva portato ad una serie di ramificazioni economiche e produttive tali che era difficile immaginare come le stesse avrebbero potuto cessare in un periodo di tempo così breve. Eppure il monito riecheggiò nitidamente nell'ammutolita sala del Palazzo di Vetro: non potevano più esserci escamotage che permettessero di produrre in remote parti del mondo in difetto delle più elementari regole del XXI secolo.

"Quanto è successo in questi recenti anni, dalla Crisi del 2008 e fino all'Ultimatum del 20.12.2012, deve rappresentare la base sulla quale edificheremo il nostro futuro. E' in questo momento che dobbiamo essere in grado di andare oltre i nostri limiti, riattivare l'inventiva, abbandonare la pigrizia mentale che ci ha

attanagliato e riconquistare i valori che hanno contraddistinto la nostra storia e se dovremo ricominciare ci rimboccheremo le maniche, se dovremo rinunciare a qualcosa non piangeremo e se dovremo lavorare duramente lo faremo per noi e per il futuro dei nostri figli.".

Per le multinazionali il colpo fu durissimo, ma anche per migliaia e migliaia di piccole aziende che nel nome della delocalizzazione e della sopravvivenza, avevano dovuto inseguire il miraggio dell'abbattimento dei costi: tutte queste aziende avrebbero dovuto adeguare le proprie manifatture estere, ovvero le aziende che lavoravano per conto loro, aderendo alle nuove normative, a quelli che sarebbero stati i nuovi standard secondo le nuove regole del gioco.

"Pretenderemo che i regolamenti e tutte le norme in materia sanitaria, di produzione, di standard minimi di sicurezza, di tutela dei lavoratori e quant'altro che in passato avevano un impatto negativo a livello economico nel bilancio delle aziende e le spingevano nella perenne ricerca dell'ultimo eldorado senza vincoli legislativi, siano rispettati e certificati, allo stesso modo in cui lo saranno nei nostri territori, non avremo paura a rinunciare al prodotto che costa poco se questo non sarà conforme ai nostri principi ed alle regole di cui ci doteremo.".

Dovevamo essere i primi a cambiare e non tanto nell'adeguarci a normative di produzione, di rispetto ambientale ed umano, quanto nel rivedere profondamente il nostro stile di vita.

"Il dio denaro non potrà più giustificare lo spreco delle risorse disponibili e tutti dovremo diventare consapevoli della limitatezza delle stesse. La nostra vita dovrà cambiare profondamente, le nostre abitudini andranno analizzate, le nostre certezze discusse. Non sarà sufficiente pagare per ottenere ma, a fianco di una più equa definizione del prezzo delle risorse, dovremo convivere con il vincolo di un consumo limitato ai nostri bisogni, sul quale l'occhio attento di una mano invisibile vigilerà.".

Il Presidente andò diritto al nocciolo della questione. Le speranze che, per lunghi anni, erano state narcotizzate, tornavano a destarsi, l'energia diventava un bene essenziale, la lotta a sprechi o abusi un imperativo e le infrastrutture avrebbero giocato un ruolo fondamentale ma alla fine il cambiamento principale avrebbe dovuto riguardare le persone.

"*Negli ultimi decenni abbiamo messo l'individuo al centro dell'universo facendo ruotare qualsiasi cosa attorno a noi. E' arrivato il momento di ripristinare le cose secondo l'ordine naturale, preservando e rispettando quello che ci circonda. Non possiamo pensare che tutto ci è dovuto ed ogni cosa è permessa, dobbiamo ragionare nell'ottica di una convivenza sostenibile.*".

In tutto questo, i progressi compiuti dalla tecnologia avrebbero avuto un ruolo determinante nel permettere i cambiamenti nei nostri orientamenti quotidiani ma anche nell'agevolare controlli per evitare i tentativi probabili di aggirare i regolamenti imposti e le decisioni prese.

"*Il nostro obiettivo è quello di costruire un sistema unico di regole generali all'interno del quale tutti gli appartenenti si possano muovere consapevoli dell'esistenza certa di diritti e doveri. Non avremo più sistemi scollegati tra di loro ma un unico ordine mondiale.*".

Fu un lungo intervento che concluse lasciando presagire le difficoltà che avremo incontrato: "*Dio ci protegga e ci illumini lungo l'impegnativo percorso che ci attende.*".

Le parti si erano rovesciate, questa volta ad imporre una scadenza erano coloro i quali l'avevano da poco subita. Ancora un anno di tempo prima che potessero essere posti a regime i vincoli per i paesi al di fuori del Comitato e per definire il gruppo dei Paesi che avrebbero aderito al nuovo modello di sviluppo. Abbracciai Eleonora, poi Beatrice, un grande cinque con Lorenzo e Sebastiano, una lotta tra noi maschi come la prolungata lontananza aveva relegato solo ai ricordi. Sullo schermo si sovrapponevano alle immagini inviate da New York, quelle della videoconferenza improvvisata della Tavola Rotonda. Non si capiva praticamente nulla, ognuno saltava ed esultava, scriveva messaggi per manifestare la propria gioia, chi da solo, chi circondato dalla propria famiglia o dai propri amici. Un vociare con idiomi diversi tra loro, che venivano tradotti ad uso e consumo degli amici, nei passaggi più salienti. Il più tranquillo fu Nicholas, chiese un attimo d'attenzione quindi ruotò la videocamera che lo inquadrava in direzione del rosso deserto australiano che stava sorgendo: *"Da noi è già arrivata l'alba di un nuovo giorno"*, e ce la indicò distendendo il braccio verso l'orizzonte, *"e le parole che abbiamo appena udito ci permettono di continuare a sognare."*.

Quindi prese per mano la sua compagna, una bottiglia di vino con sopra l'etichetta con il disegno di un canguro, ed allargò le braccia per poi lentamente stringerle a sé: *"Vi abbraccio tutti e voglio invitarvi ad un brindisi con me. Non so quando avremo modo di sentirci o rivederci ancora ma l'amicizia che ci lega sarà in grado di superare qualsiasi distanza fisica o temporale e nel momento del bisogno ricorderemo gli alti ideali che ci hanno uniti."*.

Quindi senza dare modo ad alcuno di rispondere si allontanò. Nessuno ebbe modo di riflettere su cosa Nicholas avesse voluto dirci in quel momento. Nelle nostre menti riecheggiavano ancora le parole del Presidente e non ci fu posto per nient'altro. La strada era ancora lunga e la vera fatica sarebbe arrivata solo in seguito ma la cosa più importante era che il percorso fu individuato, deciso ed avallato Si trattava ora di capire dove Caron Demonio ci avrebbe traghettato, se sulla sponda dalla quale avremo potuto intraprendere un nuovo cammino o nel baratro di laceranti conflitti sociali.

IL SIGNIFICATO DELLA CONFERENZA

La Conferenza di New York, ebbe lo stesso effetto di un enorme meteorite che impatta la terra: devastante! Nemmeno i commentatori televisivi, sempre pronti a cavalcare l'onda dell'ultima notizia, furono in grado di gestire il discorso udito. I Talk show organizzati per l'evento dell'anno si ritrovarono, nonostante tutte le alternative ipotizzate, impreparati a gestire le informazioni che avevano ricevuto. I passaggi salienti del discorso furono riproposti per capirne la portata ma ci si arrampicava lungo percorsi ipotetici dalla dubbia utilità. D'altronde come poteva essere diversamente, se l'ultimo ricordo che ancora risuonava nelle nostre orecchie era quello tenutosi pochi anni prima a Copenhagen, per il quale si era invocato un accordo a tutti i costi, anche se "imperfetto". Ad un malato grave non si può somministrare una medicina tra le tante, con l'unico scopo di giustificare un operato. Quale senso poteva avere chiedere un accordo non vincolante, che non tenesse in considerazione le gravi situazioni? Fu un esempio pratico della pochezza della politica, il sancire l'impossibilità di prendere decisioni coraggiose, il confermare l'asservimento del potere alle logiche economiche. Chissà se tutti gli esponenti ordinatamente seduti sullo sfondo dell'inquadratura, avevano aderito con un sussulto di orgoglio alle prospettive future. Per un attimo pensai a Mike, a quante cose avrebbe potuto raccontarci, il giorno in cui le cose si fossero normalizzate.

"*Allora?*", chiese Eleonora quando la lotta giocosa sembrò pacarsi. "*Mi sembra che le cose si stiano mettendo come speravamo?*".

"*Sembra proprio anche a me*", risposi, "*sebbene non sia proprio semplice capire come si svilupperà il futuro. Del resto era quello che ci auguravamo.*".

"*Quindi significa che andrà tutto bene?*", chiese Lorenzo.

Era rimasto fermo alla domanda che aveva fatto rientrando da scuola poche ore prima e nonostante i nostri tentativi di rassicurarlo aveva mantenuto con riserbo una certa titubanza.

"Come andrà a finire è presto per dirlo ma finalmente qualcuno si occuperà del futuro della nostra generazione", rispose Beatrice che era rimasta in religioso silenzio.

"Significa che un ulteriore passo è stato compiuto", aggiunse Eleonora, *"nell'unica direzione che a noi sembra plausibile ma ci sono anche altri aspetti che dobbiamo valutare: innanzitutto dovremo capire cosa succederà nell'immediato futuro e se riusciremo a percorrere serenamente il cammino che è stato scelto, è molto probabile poi che dovremo cambiare alcune nostre abitudini ... ."*

"Silenzio, fate silenzio", intervenni; *"credo ci sia una dichiarazione importante."*.

Sebbene fossi serenamente attratto da quello che si stava dicendo in famiglia, la mia attenzione fu distolta dalle immagini televisive che, da una quieta situazione di commento, presero a saltare da un'inquadratura all'altra sul rincorrersi confermato di un commento da parte della delegazione cinese. La porta del salottino a loro riservato si aprì pochi istanti dopo ed il rappresentante si fermò sulla soglia in attesa del silenzio, aveva un foglio in mano che cominciò a leggere una volta ottenuta l'attenzione: *"Quanto appreso nella Conferenza di questa mattina sarà oggetto di attenta analisi. Vogliamo comunque ribadire che il nostro piano quinquennale sull'ambiente prevede misure di controllo stringenti. La nostra volontà di crescere lungo il cammino di uno sviluppo sostenibile è conosciuta. La nostra democrazia è un valore che accompagna il grande popolo della Repubblica Popolare Cinese. I risultati e gli sforzi che stiamo compiendo sono pubblici da tempo. Se qualcuno ha dubbi sulla nostra serietà basterà uno scambio di opinioni per chiarire le cose. La Repubblica Popolare Cinese è sovrana sul proprio territorio e non ha bisogno di nessuno per definire il proprio percorso, tantomeno di qualcuno che le imponga qualcosa e meno ancora di chi non è riuscito a sopravvivere con le proprie forze.".*

Le parole furono proferite in modo gelido e distaccato e nonostante la necessità di sottoporle al vaglio di un'attenta valutazione, sembravano non lasciare alcun dubbio sul fatto che quanto appreso ufficialmente durante la conferenza non fosse stato apprezzato. Improvvisamente era come se fossimo tornati indietro a quel dimenticato 20 dicembre 2012, in cui una sorta di smarrimento generalizzato aveva preso il sopravvento rispetto a tutte le considerazioni. Un accavallarsi di emozioni e sensazioni, di speranze e preoccupazioni, mentre lentamente si tira un sospiro, si cerca di rifiatare e di ordinare i pensieri. La Conferenza di New York era formalmente terminata da poco con la delegazione cinese che aveva già espresso un primo succinto ma fermo pensiero. Si stava cercando di interpretare il comunicato appena letto quando un'ulteriore notizia rimbalzò nelle redazioni delle televisioni di tutto il mondo, destabilizzando lo sgomentato popolo dei commentatori: alle ore 15.00 della costa atlantica americana, i paesi del Comitato di Londra sarebbero comparsi per trasmettere a reti unificate un commento ufficiale. Non si sapeva veramente più che cosa pensare, quale notizia analizzare. I contenuti della Conferenza, le brevi parole del leader cinese o l'imminente discorso dei leader del Comitato? I media furono spiazzati e la loro ricerca di uno scoop con qualche autorevole commento venne improvvisamente vanificata. La gioia collettiva che aveva fatto esultare tutti noi della Tavola Rotonda era stata assimilata; non avevamo bisogno dei commenti alle parole del Presidente americano per comprenderne il significato. L'unico risvolto che rimaneva oscuro, ma non solo a noi, era piuttosto riuscire a capire quale sarebbe stato lo sviluppo del progetto rivoluzionario nel nostro imminente futuro. Le poche frasi citate dal leader cinese erano invece scivolate su di noi leggere, consapevoli che non potevano avere in quel momento alcun risvolto concreto e che alle stesse sarebbero seguite ben presto prese di posizione ufficiali.

Le ore 20.00 in Italia erano orami trascorse e la beata gioventù di famiglia reclamava la cena. Ci sedemmo a tavola, la televisione accesa ma muta nell'attesa dei commenti ufficiali, che, di lì a poco, avrebbero dovuto spiegare il senso della Conferenza, i risvolti di certe decisioni, nel frattempo le chat della Tavola Rotonda proseguivano.

Le domande erano indirizzate a Mike, tutti consapevoli del suo ruolo e certi che le sue conoscenze fossero superiori alle nostre, memori della sua esperienza. Aveva smesso di giocare, non inviava quesiti per sondare le nostre sensazioni o per tracciare i cambiamenti comportamentali. Il gioco si era fatto serio e Mike si era messo a lavorare, seriamente, come non ci era mai stata data l'opportunità di vederlo in azione. Era uno di noi, un amico della Tavola Rotonda, nonostante le sue partecipazioni fossero state alterne, ma era quello che a Londra, aveva rivestito un ruolo completamente diverso dal nostro e senza ombra di alcun equivoco, un ruolo molto più importante. Non volle parlare ed affidò la sua risposta a poche righe scritte che ci inviò: "*Tutto quello che potevamo governare attraverso una previsione lo abbiamo fatto, da adesso in poi non ci sono più margini di manovra, ma noi ci crediamo! Per sfruttare questa opportunità ci vuole coraggio e realismo: il coraggio di guardare in faccia alle difficoltà senza ipocrisie, a partire dal nostro stile di vita quotidiano; il realismo consapevole di capire che affronteremo gravi problemi ed abbandoneremo una culla dorata, ma con il fine ultimo di promuovere il cambiamento, in una logica di sviluppo capace di coniugare il rigore economico, la responsabilità sociale, il rispetto dell'ambiente e la tutela dei nostri valori per coloro che ci seguiranno. Questa non è la partita di qualcuno ma è la sfida di tutti, la prova di un'intera civiltà. I nostri figli ci osservano! Se sapremo superarla avremo un nuovo ordine, viceversa il caos che non auspichiamo.*

Questo è il momento, adesso o mai più!

Dio ci benedica.
Mike, UN Palace.".

Mi ero alzato dal tavolo per poter leggere il messaggio, chiedendo indispettito un po' di silenzio alla tribù. Rilessi ancora una volta il testo, ben sapendo di averlo compreso perfettamente ma quasi a volerlo memorizzare. In un attimo brevissimo mi girai verso il tavolo percependo una liberazione nel vedere i figli sorridere e ricomporsi, mentre i miei occhi si erano velati. In quello stesso istante, le parole di Mike, oramai impresse indelebilmente nella mia mente, si stavano materializzando nella pagina che avevo lasciato ancora vuota tornando da Londra.

La prima parte, quella dedicata al grido di liberazione, l'avevo compilata giorno dopo giorno, quando la stanchezza delle lunghe giornate passate insieme prendeva il sopravvento sulla voglia di riflettere e gli ultimi pensieri erano speranze. La seconda, quella che avrebbe dovuto sostituire i vecchi con nuovi propositi, era davanti ai miei occhi e l'aveva compilata un amico.

Eleonora mi guardava interrogante senza proferire parola.

Mi avvicinai al suo posto e mi sedetti sulla panca vicino a lei, quindi le presi la mano e la fissai: *"Lo sappiamo bene che la sfida che ci aspetta è grande e senza certezza di riuscire a vincerla, ma tu credi che avremmo potuto continuare con questo capitalismo consumistico esasperato come abbiamo fatto negli ultimi anni? No, certo che no: molto meglio uscirne adesso, consapevolmente e con qualche idea in testa piuttosto che subire il baratro del caos che sarebbe certamente arrivato.".*

Mike ci aveva salutato come si conviene ad un ufficiale carismatico che incita i suoi uomini prima della battaglia. Era arrivato il suo turno, il momento che lui prediligeva, quello nel quale, da un lato ci sono le masse, dall'altra ci sono i politici.

Ed i secondi devono parlare ai primi, devono cogliere al volo l'attimo, capire gli umori, reindirizzare i loro discorsi, enfatizzando quanto emerge di positivo e sedare gli aspetti negativi. Una prova che si presentava ancor più difficile perché la massa a cui rivolgersi era enorme, perché era distribuita in un territorio vasto un quarto della superficie terrestre emersa, perché i margini di manovra erano ridottissimi e le alternative inesistenti. Avevamo lavorato per un anno intero, vissuto passioni conflittuali, sperato in questo momento, pregato che si potesse proseguire lungo la nuova strada ed ora le condizioni che avevamo auspicato si erano verificate, tutte. Le nostre menti non avevano ancora assimilato la nuova realtà, bisognava calarsi dentro immediatamente, lungo un percorso che non sapevamo quanto sarebbe durato e dove ci avrebbe condotto.

Il segnale internazionale era attivo ed i media sintonizzati. La telecamera inquadrava un leggio vuoto, sullo sfondo un piccolo anfiteatro nel quale trovavano già posto seduti i capi di governo di tutte le nazioni appartenenti al Comitato. I commentatori riconobbero il leader tedesco nella persona che prese la parola, una volta avvicinatosi alla postazione dalla quale sarebbe stato delegato a parlare. La voce fu squillante senza esitazioni; cominciò così a raccontare cosa era successo in quell'ultimo anno 2013, un anno vissuto con la necessità di normalizzare il più possibile la paura del ricatto cinese, nell'attesa di trovare la soluzione ad un problema che non si poteva più posticipare. Sapeva che il discorso sarebbe arrivato diritto ai nostri cuori e sapeva che tutto il mondo era intento ad ascoltare, con molta attenzione, le parole a commento della conferenza: Mike lo aveva sicuramente istruito.

"Sono qui quale rappresentante di una posizione unica assunta da tutti gli Stati che hanno costituito il Comitato di Londra, quello che ci guida è un solo comune pensiero.".

Un'unione forte, senza alcuna titubanza, che aveva sposato il nuovo modello e che era disposta a credere completamente in un nuovo equilibrio, non più litigiosa per le istanze di pochi ma compatta per il bene di tutti.

Mike inviò un primo messaggio che si materializzò attraverso la rappresentazione di un missile che attraversa lo schermo: *"Il primo obiettivo è stato raggiunto"*.

Come avesse potuto in un momento così determinante trovare il modo di farci sorridere, andava attribuito alla sua capacità di gestire e governare.

"Papà, papà, hai visto lo Shuttle?", disse il piccolo Sebastiano anche lui coinvolto in questo gioco troppo grande per la sua età ma fondamentale per il suo futuro.

"Certo che l'ho visto Whisky. Quello lo ha fatto un mio amico che si chiama Mike.".

"E' bravo il tuo amico.".

"E' proprio bravo", risposi convinto.

Era chiaro a tutti che Mike stava orchestrando la nuova esibizione che andava in onda ed il fatto che fosse stata affidata alle sue esperte mani mi confortò. Nel frattempo il discorso proseguì puntando sul comportamento politico del recente passato: *"Siamo qui al vostro cospetto per fare ammenda della nostra miope condotta politica. Ci siamo pregiati di essere l'avanguardia della democrazia, il gradino superiore sul quale poggiavano i diritti civili ed abbiamo cercato di colonizzare il mondo intero sia con l'uso delle armi che con l'azione persuasiva del denaro, non riconoscendo che il nostro era un sistema basato sul debito che ha attinto risorse sia dalle altre economie che dalle generazioni future.".*

Era arrivato il momento di un durissimo atto di *mea culpa*, nel quale gli imputati apparivano in primo piano. Parlava, ed il peso delle sue parole colpiva fisicamente lui e chi gli stava vicino. Un compito di rappresentante che avrebbe potuto essere invidiato per la rilevanza dell'evento, diventava improvvisamente l'ingrato ruolo del fustigatore di un'intera classe dirigente alla quale apparteneva e che riconosceva senza appello le proprie colpe, ridicolizzando la pochezza del proprio operato. Un doveroso e necessario passaggio, che blandiva l'azione di tante persone che avevano illuso intere generazioni, sulla possibilità di perseguire crescite inarrestabili ed ipotizzare condizioni sempre migliori, ponendo invece l'accento su di un diverso modello politico che sarebbe stato introdotto.

"Noi inetti uomini politici che abbiamo governato con le logiche della casta, saremo i primi a pagare personalmente per gli errori che abbiamo commesso. Tutte le attuali cariche politiche, gli incarichi di governo, le commissioni ed i ruoli pubblici a livello internazionale, nazionale o regionale saranno mantenuti fino alla fine del prossimo anno ma verranno azzerati tutti i privilegi e la remunerazione massima non potrà essere superiore ai 2.500 euro mensili ... ... L'esempio deve partire da noi.".

Rimasi sbalordito a quelle parole: *"Hai sentito Eleonora? Ma è incredibile! T'immagini i nostri politici che occupano quelle sedie da quando sono nati, che le ricevono quale dono nepotistico, che li vedi sempre belli ed abbronzati, che si sottraggono alla giustizia, che mettono insieme fortune incredibili in pochi anni, che costituiscono partiti come ci si cambia d'abito ... caspita .... ma te l'immagini? Se volevano evitare disordini sociali questa è una grande mossa, la più intelligente che abbiano mai fatto da quando hanno assunto il loro incarico.".*

"Sssshh", mi riprese Eleonora, *"fai silenzio, sta ancora parlando.".*

"... ... quindi tutti saranno toccati nei propri interessi e nulla potrà difendere i privilegi di questa o quella casta, di un gruppo, di un'associazione o di una comunità se questi stessi interessi non avranno una ragione di esistere nel nuovo ordinamento.".

La pausa nelle parole, mentre sullo sfondo lo schieramento dei governanti seguiva attento, era stata fatta apposta per concedere un attimo di riflessione a quei concetti pesanti, per porre ulteriore enfasi a quel tutti, pronunciato in maniera maniacale, per ribadire uguaglianza.

Riflettei su quello che era appena stato detto e seriamente non potei non pensare che ciascuno di noi avrebbe dovuto assumersi una parte delle responsabilità per quello che eravamo diventati, io per primo. Ritornai a fare attenzione alle parole del leader tedesco che si lanciò verso la nuova svolta, che avrebbe dovuto abbandonare il concetto della nostra supremazia democratica culturale: *"Il Nuovo Modello Democratico si caratterizzerà per i seguenti elementi. Vigerà un sistema politico governativo caratterizzato dalla doppia mano invisibile, con un Consiglio dei Saggi che avrà il compito di orientare e Governi locali con il compito di amministrare;i regolamenti e le leggi saranno univoci per tutti coloro che faranno parte del Comitato: sistema legislativo unico, stessa moneta, uguale sistema giudiziario etc; le relazioni con l'esterno saranno controllate in ogni loro aspetto e consentite solo nel caso in cui il rispetto delle regole definite dal Comitato sarà verificato.".*

Cominciò quindi a descrivere la Prima Mano Invisibile e quello che avrebbe dovuto fare, concettualmente sembrava chiaro ma mi immaginai che una volta messe in pratica, le cose sarebbero risultate assai più complicate. La vera rivoluzione stava proprio nell'accettare un codice di autodisciplina che imponesse vincoli stringenti, bandisse gli sprechi e salvaguardasse l'ambiente: praticamente l'esatto contrario di quanto era stato fatto negli ultimi cent'anni. Mentre ascoltavo attento riaffiorarono nella mia mente le parole di Mike, quando al The Five Rings ci invitò a fare uno sforzo per adeguarsi a nuove situazioni e ad un nuovo ambiente: *"Saremo certamente disposti ad accettare un ridimensionamento delle nostre aspettative, se tale nuova dimensione sarà prospettata in maniera indiscriminata e non toccherà solo particolari categorie di persone ma cosa succederà a quei gruppi di persone che saranno maggiormente penalizzati rispetto ad altri? Saremo in grado di aiutarli a superare il momento, convincendoli in un futuro riscatto? Se non riusciremo a mantenere la pace sociale ogni nostro sforzo sarà vano.".*

Essere consapevoli della propria condizione è un passo rilevante, capire che il proprio modello di sviluppo che ha permesso di arrivare a godere di molti privilegi deve essere abbandonato è una scelta dura, soprattutto se non si conosce cosa riserverà il futuro ma comunque è ancora una scelta fattibile. Essere consapevoli che molti Stati non avrebbero partecipato alla sfida, rimanendo ancorati ai vecchi schemi, mentre si cercava la svolta per un cambiamento epocale, è qualcosa che va contro la logica perché presuppone un probabile scontro tra due distinti blocchi contrapposti.

In quei momenti di calma, non tardò a solcare i nostri schermi l'aeroplano di Mike che questa volta trascinava un messaggio leggermente emblematico quasi ad alzare le mani sul passaggio ad uno stadio oltre il quale non è più possibile governare gli eventi. Si sanciva il momento in cui si entrava in una nuova dimensione, nella quale i margini di manovra non sono conosciuti e che avrebbe visto quale protagonista unico il futuro. *"Equiboomics."*, concluse il leader tedesco, *"è il nome con il quale abbiamo ribattezzato il nuovo modello di sviluppo democratico capitalistico, in ossequio all'obiettivo della ricerca del massimo equilibrio tra tutte le parti in causa. Tra le sue origini da due parole Equilibrio ed Economia in grado di generarne una terza all'interno della quale spicca il termine Boom come segno di prosperità."*.

Il nuovo corso era servito, le conquiste e le certezze ottenute in tanti anni con il lavoro di intere generazioni, nel volgere di una giornata erano state rimesse in discussione per perseguire un nuovo orizzonte. All'interno del nostro gruppo l'umore era cambiato radicalmente per l'ennesima volta. Avevamo dapprima sperimentato la speranza di una Conferenza che non rinnegasse ma anzi esaltasse gli sforzi profusi da molte persone, noi comprese, quindi avevamo gioito ed esultato nell'udire la comunicazione ufficiale, che ci aveva fatto abbandonare i dubbi di un possibile accantonamento. Ora ci rimaneva l'apprensione per un futuro che si palesava pieno di interrogativi e dal quale aspettavamo tante risposte, prima tra tutte, la reazione dei paesi non aderenti al Comitato di Londra, Cina in testa.

REAZIONI DELLE ALTRE NAZIONI

Non v'è dubbio che i commenti alla Conferenza di New York, furono ancor più seguiti ed analizzati della Conferenza stessa. I paesi del Comitato di Londra avevano chiare le linee che li avrebbero ispirati ed intuivano che il cammino che avrebbero intrapreso sarebbe stato lungo e tortuoso. Le incertezze erano rappresentate dalle reazioni interne ai paesi del Comitato, dalla speranza di vedere altri paesi unirsi al nuovo corso ed infine dall'attesa di apprendere quelle che sarebbero state le contromosse di chi non avrebbe voluto unirsi. Al contrario, che la Cina non volesse far parte dell'iniziativa era al di fuori di ogni sospetto: erano stati loro stessi a proferire l'Ultimatum, non avrebbero potuto accettare le condizioni generali dettate dagli Stati del Comitato per disegnare il nuovo corso.

Come prevedibile la prima sommaria risposta non si fece attendere: l'orgoglio della Repubblica Popolare emerse in maniera evidente! Il comunicato ufficiale giunse il giorno successivo e ricalcava quanto detto dal leader cinese subito a margine della Conferenza di New York: la sovranità cinese non poteva essere messa in discussione, l'ipotesi di dazi doganali sarebbe stata considerata offensiva, la volontà di regolare la produzione industriale attraverso vincoli normativi, punitiva, insomma un no secco e inappellabile.

L'enorme credito vantato in particolare nei confronti degli Stati Uniti, non era mai stato messo in discussione dai paesi del Comitato, convinti che il debito avrebbe dovuto essere onorato e che i problemi che sarebbero sorti con la Cina non potevano essere una scorciatoia per cancellare l'enorme fardello. Per questo motivo ed anche forse per una generale incredulità nella possibilità di perseguire veramente gli intendimenti dichiarati, la replica cinese non fu veemente come qualcuno ebbe a predire e fortunatamente non ci fu mai in nessun istante il timore per un ricorso alle armi.

"Chi l'avrebbe detto che oggi 21 dicembre 2013 ci saremmo trovati in una situazione come quella che stiamo vivendo alla luce della Conferenza di New York di ieri?", chiesi ancora incredulo ad Aaron con il quale stavo parlando attraverso internet.

"Ieri mattina certamente nessuno, se invece ripensiamo a solo poche settimane fa eravamo tutti più o meno convinti.".

"Hai ragione Aaron ma il nostro unico pensiero era rivolto alla decisione che sarebbe stata presa e non certo perché immaginassimo che dopo lo stravolgimento a cui abbiamo assistito le cose sarebbero rimaste tranquille .....", e tentennando qualche istante, aggiunsi, *"... almeno per il momento."*.

"Concordo. La nostra unica preoccupazione era legata all'accettazione di un radicale cambio di indirizzo. Qui in Francia non c'è stata ancora alcuna reazione e perfino i media mi sembrano tramortiti.".

"Salve ragazzi", salutò Leon, *"ho capito male o state parlando del post Conferenza?"*.

"A dire il vero stavamo pianificando la deforestazione completa dell'Amazzonia ma poi ci siamo fermati. Come stai?", lo prese in giro Aaron.

"Bene grazie. Quanto alla foresta credo che sarete ben accolti quando arriverete in Brasile, aspettiamo solo gli stranieri specialmente quelli del Comitato.".

Non riuscii a capire la battuta di Leon e, mentre salutai frettolosamente il collegamento di Stefanie, volli approfondire:

"Sai Leon che non ho capito se la tua era una battuta o cos'altro. Cosa volevi dire?".

"Credo proprio siano necessarie delle spiegazioni. Quando la Conferenza di New York è terminata, è cominciato il dibattito su quella che dovrà essere la posizione del Paese. Credo non ci voglia molto ad intuire che le posizioni di coloro che vogliono mantenere l'indipendenza siano nettamente prevalenti rispetto alle altre, per cui dopo poche inesistenti discussioni il tema

principale si è spostato su quelli che potrebbero essere gli scenari tra un anno.".

"A quali scenari ti riferisci?", chiese Stefanie.

"Sostanzialmente a due,", riprese Leon, *"il primo è quello neutrale che prevede pochi cambiamenti rispetto alla situazione attuale mentre il secondo ipotizza un blocco completo degli scambi di qualsiasi natura essi siano, tra il Brasile ed il Comitato. Vi anticipo subito che la seconda ipotesi è quella più accreditata.".*

Ad Aaron non ci volle molto a capire la direzione nella quale si era sviluppato il dibattito di cui Leon ci stava informando: *"In buona sostanza ci stai dicendo che si è cominciato a parlare di nazionalizzazione?".*

"Nazionalizzazione e di che cosa?", chiese Stefanie ancora poco reattiva.

"Si ragazzi Aaron ha colto nel segno. Che si arrivasse a parlare di nazionalizzazione era un'ipotesi ampiamente scontata ma quello che io non mi aspettavo erano i tempi e l'immediatezza delle reazioni con la quale tutti si sono mossi.".

"Reazioni?", chiese Stefanie: *"Ma se sono stata collegata ad internet fin dalle prime ore stamattina e non ho visto nulla, di quali reazioni stai parlando?"*

"Cara Stefanie", rispose Leon, *"le repliche probabilmente non sono ancora state riportate ma ti assicuro che ci sono. Stamane ero a colazione con mio padre, il quale aveva invitato ...",* Leon tergiversò un attimo per poi fare un piccolo inciso, *"... vi ricordate cosa fa mio padre? Ha anche un'industria di .....".*

"Sì, sì, ce lo ricordiamo bene, vai avanti.", lo sollecitai.

"... allora dov'ero rimasto? Ora ricordo. Mio padre ha invitato a colazione anche il segretario del sindacato nazionale dei lavoratori. Come potete immaginare abbiamo parlato quasi esclusivamente della Conferenza di New York ma quello che mi ha sorpreso è stata la richiesta ufficiale che è pervenuta dal Sindacato stesso. Dovete sapere che la nostra famiglia ha una joint venture paritetica con un'azienda americana per la

produzione degli pneumatici. E' un'azienda il cui fatturato è in continua espansione ma questo non è particolarmente rilevante. Quello che è invece importante è che il sindacato ha già voluto rivendicare il fatto che nei prossimi 12 mesi non saranno accettate manovre sul capitale azionario della società e soprattutto che, se tra un anno gli americani saranno costretti a lasciare la società, i lavoratori dovranno essere posti nelle condizioni di ottenere gratuitamente le quote abbandonate. Per rendere il discorso ancora più semplice, lo posso sintetizzare in questo modo: sul 50% delle azioni che appartengono agli americani i lavoratori hanno una prelazione assoluta e se desideriamo il quieto vivere è meglio che non si tentino strane manovre nei prossimi dodici mesi.".

"Forse questa è stata l'iniziativa isolata di un singolo!", propose Stefanie per cercare di stemperare la tensione.

"Credo proprio di no", le fece eco Leon in modo sconsolato: *"Ho avuto modo di informarmi e si sta manifestando in maniera molto chiara un movimento di pressione per parlare di nazionalizzazione. La mia sensazione è che nel prossimo futuro assisteremo ad un esodo massiccio di stranieri che cercheranno di rimpatriare, qui il clima per loro, scusate per voi, si farà pesante.".*

Leon aveva ragione. Non solo nei mesi successivi emerse chiaramente che il movimento di delocalizzazione, perseguito negli anni precedenti da parte delle economie occidentali, era finito ma cominciò una migrazione di ritorno da parte di molte famiglie straniere ed il discorso si rilevò valido non solo per il Brasile ma più in generale per tutti quei paesi che avevano attratto investimenti a motivo dell'economicità delle loro risorse, a cominciare dalla forza lavoro. La teoria *"produco"* dove mi costa meno, *"importo"* nei paesi che mi garantiscono le più elevate marginalità, e poi *"spingo"* sull'acceleratore dei consumi, si stava schiantando sul muro del nuovo corso. Produrre all'esterno dei confini dei paesi del Comitato di Londra avrebbe perso la valenza iniziale di abbattimento dei costi, la previsione che molte aziende avrebbero abbandonato mestamente ai loro destini gli ingenti investimenti fatti per produrre in certi paradisi sarebbe diventata una scommessa sicura.

"Quindi tu non credi a soluzioni diverse come ad esempio quella che il Brasile possa partecipare al Comitato", chiese sconsolatamente Aaron.

"Lo escludo categoricamente", rispose sarcasticamente Leon che aggiunse: *"Non sono in grado di capire quello che potrà succedere dalle vostre parti, voglio dire in Europa piuttosto che negli Stati Uniti, ma sono certo che qui ci sarà da combattere molto."*.

Rimanemmo in attesa di sentire cosa volesse dire quel *"combattere"* ma Leon sembrava assorto nei suoi pensieri e mi sembrò di rivedere la stessa persona che avevo osservato molti mesi prima quando le decisioni del Comitato dell'Ambiente non erano ancora diventate definitive: *"Leon oggi mi sembri più ermetico del solito. Cosa significa quello che hai appena detto?"*, gli chiesi, cercando di scuoterlo.

"Mi dovete scusare, non credo di essere ermetico quanto completamente assorto nei miei pensieri perché la situazione è esplosiva. In questi ultimi anni abbiamo sperimentato una crescita elevata in Brasile ma è stata una crescita drogata dall'esterno, in realtà il paese deve ancora svilupparsi molto al proprio interno se vuole raggiungere un livello sufficiente di benessere. La mia preoccupazione è che se dovesse venir meno il rapporto economico commerciale con i paesi del Comitato si assisterebbe all'accaparramento di tutti quei beni che potrebbero essere abbandonati con conseguenti lotte interne. Dopo questa prima fase, ne sono convinto, sperimenteremo un periodo di sovrapproduzione, in considerazione del fatto che non abbiamo la domanda interna in grado di sostenere l'offerta, per poi giungere ad una vera e propria crisi magari caratterizzata da disordini sociali.".

Leon era tornato in Sudamerica pronto a combattere una nuova battaglia, sicuro com'era che il suo paese, ricco di immense risorse, non avrebbe aderito alla svolta. Le sue previsioni furono corrette e così, nel volgere di poche settimane dopo la Conferenza di New York, in maniera compatta tutte le più grandi nazioni rifiutarono l'adesione volontaria al Comitato, Brasile compreso.

Fragili economie che reggevano le loro sorti sui sussidi ricevuti dai paesi occidentali, a fronte del permesso di saccheggiare i patrimoni naturali di cui madre natura le aveva dotate. Paesi nei quali, le differenze tra classi erano ancor più evidenti di quanto non lo fossero altrove.

Leon avrebbe potuto raccogliere le sue fortune, spostarsi a suo piacimento all'interno di uno degli Stati del Comitato ma scelse, ancora una volta, la via più difficile, quella che lo vedeva leader carismatico di un'opposizione arcigna alla classe dirigente, rea di voler mantenere uno status indifendibile. Leon aveva riportato noi tutti alla realtà facendoci dimenticare gli entusiasmi che avevano accompagnato l'annuncio della scelta della Conferenza di New York.

"Credo in parte di capire a che cosa ti stai riferendo amico mio", disse Aaron ripensando al suo vissuto di uomo che aveva abbandonato una terra tormentata da guerre fratricide. Le ipotesi formulate da Leon avevano fatto riemergere i suoi ricordi e una ferita si riaprì. Non poté evitare di mettere in allerta Leon.

"Se come tu prevedi i disordini sociali potranno impadronirsi della tua nazione, devi promettermi che farai molta attenzione. Io ho visto cosa significa uno stato che combatte una guerra al proprio interno: fratelli che uccidono altri fratelli in una escalation continua. Il tutto sembra iniziare dal nulla poi improvvisamente ci si trova all'interno di un conflitto senza fine.".

Leon sapeva che Aaron parlava con cognizione di causa e dopo un attimo di silenzio rispose: *"Apprezzo molto quanto mi hai detto e terrò stretto il tuo prezioso consiglio. Nel lungo periodo che abbiamo trascorso a Londra ci siamo illusi che il problema principale fosse l'accettazione di un nuovo corso rifuggendo* l'analisi delle conseguenze che avrebbe potuto avere. Eppure ognuno di noi sapeva che questa situazione sarebbe potuta diventare deflagrante ma non avevamo alternativa, non potevamo fare diversamente. Io sono pronto a fare il mio dovere. Vi chiedo solo di ricordarvi di me perché arriverà il giorno in cui avrò bisogno del vostro aiuto.".

"Non dubitare Leon faremo tutto quanto sarà nelle nostre possibilità. Parola di Stefanie.".

LUIGI PESCE

UN FUTURO INCERTO

L'arrivo del nuovo anno lo festeggiammo a Moena, in Val di Fassa. Rispetto all'anno precedente stavamo sperimentando una condizione assai diversa, sebbene all'apparenza tutto sembrasse uguale. Il piccolo appartamento che avevamo ristrutturato con tanta cura ci permetteva di vivere a stretto contatto l'uno con l'altro e questo fatto mi riempiva di gioia: dopo un anno come quello appena trascorso non potevo desiderare di meglio che starmene tranquillo con Eleonora ed i ragazzi. Non ero nemmeno particolarmente allettato dallo sci tanto che dedicai alla mia passione solo le poche giornate in cui fui sicuro che il sole ci potesse accompagnare, viceversa gioendo il più possibile della presenza di chi mi era molto mancato durante la permanenza a Londra.

"Se ripenso allo scorso Natale mi sembra di ritornare indietro nel tempo ad un periodo lontanissimo, tanto erano diversi gli stati d'animo. E' incredibile che in un lasso di tempo relativamente breve le circostanze possano cambiare così profondamente!".

"Saranno anche cambiate le condizioni", disse Eleonora, *"ma tu non mi sembri affatto cambiato: sei preoccupato come sempre!".*

"Dai non prendermi in giro, sono stati d'animo diversi che non possono essere paragonati: l'anno scorso ero angosciato dall'idea che avremmo potuto sprofondare in un girone infernale irreversibile per colpa della nostra dissolutezza. Mi sembrava che nessuno facesse nulla ed ero terrorizzato dalla possibilità che i nostri figli dovessero pagare per la dissolutezza dei loro padri. Quest'anno è piuttosto un'apprensione nel cercare di capire quanta fatica e quali sacrifici dovremo fare per rimediare ai disastri economici che abbiamo fatto, sempre non succeda qualcosa di peggiore.".

"Appunto", commentò Eleonora a suggellare la correttezza della sua visione nei miei confronti. Feci una breve pausa poi

proseguii senza essere minimamente distratto dal commento: *"Oggi mentre scendevo immerso in un paesaggio fantastico con la neve compatta che piace a me, mi chiedevo se in futuro si potrà sciare ancora e così pensando, cercavo di apprezzare maggiormente la magnifica giornata che ci è stata regalata, non so quale sia stato il fattore scatenante ma ti assicuro che mi sono divertito moltissimo.".*

"Meno male. Dobbiamo apprezzare quello che abbiamo. Troppo spesso ci creiamo (tu) delle apprensioni esagerate, cerchiamo di vivere il presente e accettiamo quello che ci è dato. Cosa avresti pagato un anno fa per avere avuto la certezza che oggi saremmo stati nelle condizioni in cui siamo?".

Scossi il capo ripetutamente. *"Hai proprio ragione non l'avrei mai detto. Nemmeno nelle più rosee previsioni avrei potuto immaginare di essere qui e vivere questo momento che è di preoccupata fiduciosa attesa.".*

"Sei il solito, inguaribile!", disse Eleonora che poi cambiò argomento: *"E gli Amici della Tavola Rotonda cosa dicono?".*

"Direi che i giudizi sono abbastanza uniformi e se si esclude chi non vive nei territori del Comitato, Leon e Nicholas, gli altri condividono l'idea che la strada sia quella giusta. Se poi riusciremo a governare le possibili tensioni che si creeranno e se saremo capaci di mettere in atto dei radicali piani di cambiamento allora anche noi due riusciremo a vedere l'alba di una nuova civiltà.".

"Tu sei un po' vecchiotto caro mio", mi prese in giro Eleonora, *"per cui temo si possa andare per le lunghe ma per me il discorso non vale",* e si mise a ridere.

Poi dopo alcuni istanti tornò sull'argomento: *"Mentre Leon e Nicholas? Ma scusa Nicholas non era in Australia oppure è ritornato in Cina?".*

"Dove sia Nicholas non lo sa nessuno ma conoscendolo dubito sia rimasto nella sua terra, sarà sicuramente in qualche luogo dove ci sono casini. Leon invece non deve nemmeno far fatica a cercarli perché i casini li ha a casa sua in Brasile.".

Con il passare delle settimane emersero le prime tensioni che crebbero a mano a mano che divennero evidenti gli interventi che si sarebbero dovuti compiere, in particolar modo in quei settori che avrebbero dovuto subire drastici ridimensionamenti.

Nei primi mesi dell'anno 2014, il Governo provvisorio del Comitato di Londra ebbe due compiti specifici: la costituzione del Comitato dei Saggi e la tutela delle esigenze primarie della popolazione. Per quanto riguarda il Consiglio dei Saggi, ci vollero circa sei mesi per completarne la formazione arrivando a nominare le 1200 persone di cui sarebbe stato costituito. Ovvie difficoltà logistiche a livello geografico imposero di stabilire tre macro gruppi ubicati rispettivamente in Europa, Nord America e Giappone nei quali il Consiglio dei Saggi avrebbe avuto le proprie sedi.

Nulla a che vedere con i rappresentanti politici di antica memoria, alla vera e propria missione si accedeva per nomina diretta, la Carta Costituzionale del Comitato prevede, dopo la prima nomina, che il Consiglio stesso coopti le figure mancanti attingendo ad un elenco di nomi presentato dai governi locali. L'accettazione della carica ha sempre rappresentato un passo ufficiale importante che necessita dell'abbandono di ogni attività, lavorativa e personale, nonché il trasferimento definitivo in una delle tre sedi nelle quali si presta servizio. Relativamente al secondo compito il Governo provvisorio del Comitato di Londra pose un'encomiabile attenzione affinché ogni persona potesse avere il necessario sostentamento per vivere dignitosamente sopratutto nel caso che le persone avessero subito la perdita del lavoro. Nei diciotto mesi che seguirono la Conferenza di New York assistemmo ad un'impennata della disoccupazione e se non ci fosse stato un intervento assistenziale coordinato da parte del Comitato di Londra avremmo sicuramente sperimentato una degenerazione della pace sociale. Tecnicamente la politica adottata fu quella di immettere sul mercato quantità colossali di denaro nelle valute locali. L'avvento della moneta unica elettronica, pianificato ma ancora lontano nel tempo, consigliò di geñerare un'elevata inflazione, a doppia cifra, che permise, oltre al fatto di ridistribuire il denaro, anche di ridimensionare l'enorme debito pubblico che era stato accumulato.

Con il passare delle settimane cominciammo ad accorgerci che la disponibilità di alcuni prodotti, che erano entrati nella nostra vita quotidiana, andò assottigliandosi fino all'esaurimento. Il motivo era semplice da individuare e dettato essenzialmente da due peculiari contesti: talvolta i prodotti non erano conformi alle normative che si andavano aggiornando attraverso le direttive del Consiglio dei Saggi, altre volte si assistette ad un progressivo deteriorarsi dei rapporti commerciali con i paesi non aderenti al Comitato che sconfinò in vere e proprie ritorsioni.

Nel corso del 2014 più volte ebbi la sensazione di assistere ad un lento progressivo ritorno al passato non tanto perché fummo privati di qualcosa ma perché l'opulenta deriva, alla quale il consumismo ci aveva abituati, lasciò lo spazio ad una più congeniale sobrietà che favorì il riappropriarsi di un rapporto funzionale con le cose di cui avevamo veramente bisogno.

Nella settimana che portò alla celebrazione della Pasqua di Resurrezione il gruppo degli Amici della Tavola Rotonda decise di darsi un appuntamento online, sebbene i singoli contatti fossero quotidiani la ricorrenza creò una piacevole aspettativa. Nonostante le difficoltà del fuso orario riuscimmo a collegarci tutti con la sola eccezione di Nicholas. Le sorprese più gradite furono certamente quella di Mike, che raramente era in grado di partecipare a motivo dei suoi impegni e quella di Leon al quale vennero rivolte molte domande ma che chiuse il suo intervento in maniera davvero inaspettata. Fu proprio Mike, dopo i rituali saluti, ad interrogare Leon: *"Mi devi dire tutto quello che sta succedendo da voi, l'impressione è che anche le notizie comincino ad arrivare filtrate. Dai, raccontami cosa sta succedendo a livello politico.".*

"Mike", rispose Leon, *"non vorrei deluderti ma dovresti ricordare che io sono molto lontano dagli ambienti politici del mio paese e quindi ti posso solo raccontare quello che sento dire in giro.".*

"Sarà sempre meglio delle notizie che abbiamo noi", gli rispose.

"Ve bene. Dopo il no definitivo all'adesione al Comitato di Londra, il Governo sembra essere in attesa della prima occasione per mettere in atto il suo piano.".

"Quale piano?".

"L'obiettivo all'inizio solo ipotizzato, è diventato con il passare del tempo una certezza ed oggi posso dire senza paura di essere smentito, che prima della fine dell'anno assisteremo alla nazionalizzazione della maggior parte delle aziende appartenenti agli Stati che fanno parte del Comitato di Londra. Fonti non ufficiali affermano che si sia in attesa di una motivazione valida per procedere con un massiccio movimento nazionalista, non sarebbe strano che la scintilla scatenante possa essere fornita dal settore delle autovetture a motivo dei dazi alle esportazioni che saranno imposti a partire dal primo di luglio.".

La notizia non era certo una primizia e lo stesso Leon, il giorno successivo alla Conferenza di New York del 20 dicembre 2013, aveva teorizzato una simile possibilità tanto che Mike non si soffermò a lungo.

"Piuttosto", proseguì Mike, *"esistono movimenti di resistenza nel paese che simpatizzano per il Comitato di Londra o non c'è la minima speranza?".*

Leon esitò alcuni attimi, quindi rispose in modo molto singolare: *"Caro Mike, a dispetto di come ci vedete voi, il Brasile è un paese molto unito che crede in quello che fa il proprio Governo. Non dovete pensare che solo le vostre scelte siano quelle giuste. Io sono fiero della mia patria e come ti testimonierà Michele l'immagine della bandiera brasiliana appare sempre sullo sfondo del mio cellulare. A questo punto io vi saluto, è stato un piacere risentirvi e salutatemi Nicholas che non ho più sentito.".*

L'epilogo della conversazione con Leon fu davvero inatteso. Mike fu il primo a dubitare delle parole udite e si rivolse a me chiedendo spiegazioni: *"Che strano, per quanto poco io possa conoscere Leon i suoi commenti stridono con l'immagine che io mi sono fatto di lui. Scusa Michele ma non è che per caso ha lasciato a te la chiave del messaggio? Io non credo proprio volesse dire veramente quello che ha detto.".*

Ero ancora attonito per quanto avevo udito dal nostro amico Leon e stavo cercando di raccogliere le poche idee confuse che avevo. Non potevo riconoscerlo in quelle poche parole finali, durante tutta la permanenza a Londra non si era mai espresso parlando della sua nazione, viceversa ci aveva intrattenuto a lungo soffermandosi sui problemi ambientali e sulla deforestazione selvaggia dell'Amazzonia.

"Mike sono molto meravigliato per quello che ho udito e ti assicuro che non ne so nulla più di quanto non sappia tu. Detto questo anch'io sono convinto che probabilmente Leon ci abbia voluto mandare un messaggio.".

Mentre cercavo di ripensare a quello che aveva detto, Mike mi sollecitò: *"Non ti viene in mente nulla?".*

"Non vuoi proprio darmi il tempo di riflettere, vero? Analizzando le sue parole una cosa mi appare certa: il nostro caro amico non ha mai avuto la bandiera brasiliana come sfondo del suo cellulare ma viceversa un'immagine completamente diversa, ancora bene impressa nella mia mente, ricordate anche voi?".

Aveva mentito sperando che io lo potessi smascherare, l'unica soluzione logica era che la sua intenzione fosse quella che si considerassero le sue parole non rispondenti al vero.

"Leon si ricordava bene di avermi spiegato con dovizia di particolare il grafico che appariva sul suo telefono per cui avrà ritenuto probabile che io fossi in grado di smentire quello che lui avrebbe detto. A questo punto se io posso smentire la sua affermazione relativa al cellulare posso anche negare e quindi capovolgere le altre dichiarazioni soprattutto quella che afferma che non ci sono movimenti contrari al Governo ma anche quella in cui ha sostenuto di non essere in contatto con Nicholas.".

La fretta con la quale Leon aveva interrotto il collegamento ci fece quindi immaginare che fosse preoccupato per possibili controlli non volendo mettere a repentaglio la sua incolumità ma al tempo stesso salvaguardando anche la nostra.

Gli apparati politici mondiali erano al lavoro con l'obiettivo primario di convincere gli Stati non di primissima importanza, ad affiancarsi con l'uno o con l'altro schieramento. Nonostante gli sforzi purtroppo nessuno degli Stati che non avevano partecipato ai lavori del Comitato di Londra, aderì alle proposte formulate dalla Conferenza di New York.

L'interpretazione che feci delle parole di Leon apparve a tutti molto ragionevole. Non ci aspettavamo un epilogo così drammatico ed uno stato d'ansia su quello che ci avrebbe riservato il nostro futuro, cominciò ad impadronirsi di noi, ancora una volta.

Prima di lasciarci Mike volle formulare una sua profezia: *"E' utopistico pensare che anche solo uno degli Stati ai quali è stato rivolto l'appello di unirsi a noi possa volontariamente rinunciare alla propria sovranità per far parte di un progetto democratico ad ampio respiro. Dal mio personalissimo punto di vista sono privi della cultura storico democratica che li potrebbe invogliare ad una scelta simile. Dovranno passare molti anni prima che si possa assistere a decisioni di tale portata ma il giorno in cui avverrà sarà il segno che il nostro modello di sviluppo avrà superato la prova."*.

Ascoltammo in silenzio, eravamo consapevoli che era stato intrapreso un lungo e difficile cammino per riconquistare una vera democrazia sostenibile ma le nuvole che si stavano addensando sul nostro futuro creavano non poche inquietudini.

Il nostro amico Leon ci fece capire che le relazioni tra i due gruppi egemoni che si sarebbero a breve contrapposti, da un lato i paesi del Comitato di Londra dall'altro quelli degli Stati Indipendenti, non sarebbero certamente state semplici. Effettivamente il panorama mondiale si presentava già molto complesso in quei primi momenti, figuriamoci cosa avrebbe potuto succedere in seguito.

La Cina continuava a comperare forsennatamente sul mercato globale ogni tipo di materia prima con il fine di perpetuare il ciclo espansivo della sua economia, fiduciosa del fatto che nuovi paesi si sarebbero comunque affacciati al tavolo del consumismo. Il gigante che si era accollato l'onere di riportare il mondo lungo la strada della ripresa, si trovava ora dinanzi ai grandi irrisolti problemi interni che oscuravano quelli delle seppur tese relazioni internazionali. Ma tutto quello che avveniva al di fuori dei suoi confini non tormentava molto la nomenclatura cinese, convinta com'era di una sostanziale incapacità degli Stati aderenti al Comitato di Londra di dare seguito ai proclami. I paesi mediorientali non dovettero attendere la fine dell'anno per proclamare la vittoria sugli infedeli, ancora una volta riducendo ad una inconsistente visione religiosa il rapporto con i paesi del Comitato di Londra. Dopo i festeggiamenti per la cacciata dell'invasore sprofondarono ancora di più nel loro recente passato fatto di lotte tribali e guerre civili.

L'economia del petrolio durò pochi anni ancora, il tempo che i paesi del Comitato producessero l'ingente sforzo per porre in atto misure di contenimento volte a contingentare l'utilizzo dell'oro nero. Non s'accorsero che il mondo stava cambiando, che finalmente la razionalità aveva fatto aprire gli occhi dinanzi ad un modello miope.

In mezzo a coloro che non seppero cogliere l'opportunità o che non poterono coglierla perché soggiogati con la forza, come ci raccontò Aaron, vi furono certamente la maggior parte dei paesi Africani. Il primo pensiero del nostro amico, dopo la Conferenza di New York, fu quello di tornare alla sua terra d'origine, questa volta con la moglie e le due figlie. Purtroppo la speranza di vedere un avvicinamento volontario al Comitato da parte di queste nazioni venne miseramente cancellata durante il viaggio che fece nell'estate del 2014. Il ritorno dopo tanti anni, portò l'amaro calice del riconoscimento di una realtà ancora peggiore di quando, quindici anni prima, l'aveva lasciata scappando.

"E' stata un'esperienza terrificante", mi raccontò al suo ritorno: "Nel mio paese non esisteva una vera democrazia nel passato e tanto meno oggi. Lo stato è governato da fiumi di denaro che scorrono nelle mani di pochi individui i quali sono in grado di

virare il timone nella direzione in cui fa loro più comodo, non accetteranno mai di rinunciare volontariamente a tanto.".
"Sei riuscito ad incontrare qualcuno della tua famiglia, qualche vecchio amico?", gli chiesi tristemente.
"Sono stato nel villaggio in cui ero cresciuto per farlo vedere alle mie figlie ma era abbandonato, non c'era nessuno, solo qualche persona armata che si aggirava tra le case quasi a presidiare un avamposto. Hanno fermato la nostra auto puntando il mitra contro il nostro autista quindi ci hanno lasciato andare quando hanno saputo che appartenevamo alla loro stessa etnia.".
Aaron era profondamente scosso per quell'esperienza nella quale temette di aver messo in pericolo l'incolumità della sua famiglia. Raccontò di una democrazia che aveva perso qualsiasi speranza di poter essere coltivata, di una rottura completa delle relazioni con i paesi del Comitato e di un muro che era diventato invalicabile. Democrazie che non si potevano considerare tali nemmeno negli anni più felici, avevano avuto l'arroganza di manifestare ancor più palesemente il loro spirito dittatoriale nella guerra del bene contro il male. L'esultanza di tutti quelli, che anche a ragione avevano combattuto l'interessata colonizzazione strisciante del mondo capitalistico, aveva assunto le sembianze di una guerra nella quale c'era un vincitore ed il vincitore aveva scacciato l'infedele che proveniva dai paesi avanzati.
Aaron proseguì il racconto doloroso che concluse laconicamente:
"Abbiamo mostrato loro le bellezze effimere del nostro vivere, quindi abbiamo svelato i segreti del nostro dio denaro, per finire li abbiamo armati. Credi che i signori della guerra del mio paese potranno mai pensare di costruire un modello democratico? Sarà una carneficina!".
Non risposi nulla alla triste sentenza, non avrei saputo cosa dire. Con il passare dei mesi e l'arrivo dell'autunno dell'anno 2014, presero consistenza gli obiettivi che si sarebbero dovuti sviluppare nel modello dell'Equiboomics: furono così definiti i compiti di breve periodo come ad esempio la struttura politica

regionale, vennero fissate le elezioni locali per la fine di Novembre e messi in sicurezza quei settori economici che avrebbero subito gravi ripercussioni con la fine dell'anno. Per quanto riguarda gli obiettivi di lungo periodo divennero chiari gli investimenti da fare nel settore energetico e dei trasporti, la riconversione dell'apparato burocratico, fissata l'entrata in vigore della moneta unica elettronica ed infine posta enfasi sul rispetto dell'ambiente.

Ancora una volta l'avvicinarsi della fine dell'anno portò con sé una importante scadenza oltre la quale appariva il delinearsi di una profonda spaccatura del mondo in due contrapposte realtà: da una parte gli stati che fin dal primo momento aderirono al Comitato di Londra, dall'altro tutti gli altri stati che con il tempo vennero accomunati nella definizione di Stati Indipendenti. Diversi sentimenti animavano le persone a seconda si trovassero in una zona ovvero nell'altra.

Per quanto posso ricordare ci stavamo avvicinando al terzo Natale consecutivo nel quale le aspettative per l'evolversi degli eventi avrebbero condizionato pesantemente il clima di festa. Ancora una volta eravamo a confrontarci gli uni con gli altri per scacciare le tensioni che si stavano accumulando.

"Ciao Carl come stai?", esordii durante una conversazione via Skype pochi giorni prima di Natale: *"è un po' che non ci sentiamo."*.

"Effettivamente sono stato molto impegnato in quest'ultimo periodo, come vi avevo raccontato sto lavorando per una commissione che ha il compito di rendere esecutivo il progetto delle CCard e faccio addirittura fatica a vedere la mia famiglia."

"Ma dimmi le fondamenta del nostro progetto reggono ancora?".

"Stanne certo", disse Carl in maniera trionfante: *"Il lavoro che avevamo fatto è stato encomiabile, ci vorranno comunque ancora degli anni prima che tutto possa funzionare correttamente e temo che la scadenza che ci è stata data sia troppo ravvicinata. Piuttosto pensi che oggi si collegheranno anche gli altri?"*.

"Credo proprio che in questa ricorrenza nessuno degli Amici della Tavola Rotonda possa fare a meno di collegarsi. La giornata del 20 dicembre ricorda a tutti quanto è successo ed è diventata per noi una ricorrenza irrinunciabile.".

"State già parlando del 20 dicembre?", disse Stefanie appena collegatasi, *"Ci sei anche tu? Ciao Yuriko, come stai?"*.

"Bene grazie e voi? A proposito volevo dirvi prima di dimenticarmi che qui in Giappone stiamo quasi esaurendo il vino per cui lo dico specialmente ad uso degli Italiani e dei Francesi, fate attenzione prima di venire da noi".

"Vorrà dire che verrai tu a trovarci; da noi il vino non mancherà mai!", risposi sorridendo a Yuriko.

Al di là della battuta la notizia che ci aveva appena fornito la nostra amica Giapponese regalava un quadro molto ben definito di quale fosse la situazione ma non c'era allarmismo e nemmeno ansia nella sua voce. La consapevolezza che avremmo assistito a molti cambiamenti di diversa natura era stata oramai accettata.

"Ricordate le tensioni che stavamo vivendo un anno fa, il 20 dicembre 2013?", tornò alla memoria Stefanie: *"Sinceramente c'è stato un momento nel quale ho temuto che la Conferenza di New York avrebbe distrutto tutte le nostre speranze ed invece ...."*.

"Visto che siamo sull'onda dei ricordi", incalzai, *"vi ricordate lo sbigottimento e le ansie del 20.12.2012? Non le dimenticherò mai!"*.

"Scusate ragazzi ma è il momento di un sondaggio", irruppe Mike appena collegatosi: *"quali sono le vostre aspettative relativamente al Comitato? Si aggiungerà qualche altra nazione?"*.

Tutti noi salutammo l'amico Mike ma nessuno osò avventurarsi nel pronosticare alcuna risposta alla sua domanda, eravamo troppo disincantati.

"Devo dedurre che non ci sono aspettative di nuove adesioni. Credo proprio abbiate ragione, comunque animo se saremo in grado di proseguire lungo questa strada, ce la faremo.".

"Mike", dissi cambiando tema: *"Ho letto molti articoli sui negoziati che ci sono stati con i cinesi per la definizione del debito, mi è parso di capire che sono molto inquieti per il loro credito e per l'uso che stiamo facendo dell'inflazione.".*

"Effettivamente se fossi in loro sarei preoccupato", disse Mike: *"Che l'ultimo Presidente americano durante la Conferenza di New York avesse rassicurato sulla volontà di ripagare i nostri debiti, lo ricordo bene. Fu una dichiarazione che non poteva essere diversa, però non ha mai parlato di inflazione! Mi direte che è un giochino non proprio corretto ma vi inviterei a riflettere almeno su un paio di cose: una grande parte delle riserve accumulate dai cinesi ed utilizzate per finanziare i nostri paesi sono derivate da un artificioso cambio mantenuto dallo Yuan che non ha mai rispettato i reali valori, in secondo luogo non avete idea di quante aziende del Comitato dovranno abbandonare le loro strutture negli stati Indipendenti. Non è escluso che la valorizzazione di questi attivi possa essere pari al valore dei debiti.".*

Alla conversazione si unì solo alla fine Aaron che era stato trattenuto da impegni di lavoro mentre mancavano Leon e Nicholas come oramai ci eravamo abituati a constatare.

"Qualcuno ha notizie degli amici ribelli? Voglio dire Leon e Nicholas. E' dalla primavera che non ho novità", chiese Stefanie, *"in pratica da quando ci siamo visti in video la settimana di Pasqua.".*

Ci fu un lungo silenzio spezzato da qualche sommesso no, poi Aaron prese un po' di coraggio e fu in grado di fornire qualche nota: *"Ho sentito Leon due mesi fa, sono stato contattato da lui"*, disse quasi giustificandosi.

"E cosa aspettavi a dircelo?", lo rimproverò Stefanie.

"A parte il fatto che mi sono appena collegato, mi ha chiesto espressamente di non dire nulla, non perché non voglia

rimanere in contatto con noi anzi ma perché lo ritiene pericoloso.".

La novità portata da Aaron ci lasciò tutti attoniti e solo Stefanie manifestò sentimenti che apparvero diversi ma che non fui in grado di decifrare, voleva conoscere tutto il possibile.

Aaron riprese il suo racconto: *"Ha confermato che l'interpretazione che abbiamo dato alle sue parole, quando ci sentimmo a Pasqua, era corretta.".*

Fece un sospiro, prima di continuare con la testimonianza: *"La situazione in Brasile è molto delicata, Leon fa parte di un movimento rivoluzionario che vuole destituire l'attuale governo. Le loro sono posizioni filo-Comitato di Londra e, uno degli obiettivi primari, è quello di creare una rete in tutti gli Stati Indipendenti che abbia la stessa finalità. Proprio per questa ragione mi ha chiamato, voleva sapere se ho contatti con persone del mio paese d'origine che si stanno muovendo nella stessa direzione.".*

"E come sei stato contattato? Possiamo sentirlo anche noi?", lo incalzò Stefanie.

"Assolutamente no. Su quest'ultimo punto è stato categorico. Ha la possibilità di dialogare con l'esterno ma è lui che decide come e quando, non vuole che noi si provi a raggiungerlo.".

Aaron fece una pausa poi aggiunse: *"Mi ha detto che ci pensa molto e gli dispiace di non poter parlare con tutti noi.".*

Ad essere onesti, egoisticamente parlando, non sentivo il desiderio di essere coinvolto in ulteriori preoccupazioni, sentivo già troppo le nostre, alimentate da un futuro dell'Equiboomics che mi appariva molto fragile.

All'opposto Stefanie appariva molto interessata, aveva un tipo di coinvolgimento personale che non seppi definire.

Fu Kevin a riportare la situazione alla normalità: *"Stefanie, io credo che Aaron abbia detto tutto almeno quello di cui è a conoscenza e se proprio non ha riferito qualcosa è perché non può comportarsi diversamente per cui abbandoniamo il discorso.".*

"Ma Kevin, scusa, non ti riconosco. Non eri forse tu quello che parlava di un unico grande pianeta senza alcuna barriera?" E poi dopo aver aspettato alcuni istanti lasciando lo spazio ad una risposta che non giunse Stefanie sentenziò: "... noi dobbiamo sapere, abbiamo il dovere di aiutare il nostro amico Leon e chissà magari anche Nicholas ha bisogno del nostro aiuto.".

"Stefanie credimi vi ho raccontato tutto quello che ci siamo detti.", rimarcò ancora una volta Aaron.

"Non dubitare Aaron ti crediamo ciecamente", rispose Kevin.

Nel frattempo Mike, che se ne era stato silenziosamente in ascolto, volle riportarci a riflettere su quello che il futuro poteva riservarci: "Dimentichiamo per un attimo Leon al quale daremo tutto il nostro aiuto il giorno in cui ce lo chiederà e pensiamo ai possibili scenari che si apriranno il prossimo anno.".

Mike ci ricondusse all'attesa di quel dicembre 2014 caratterizzato dalla scadenza del termine per aderire al progetto dell'Equiboomics. Se i nostri amici Leon e Nicholas stavano affrontando dei problemi, per quanto in misura minore, anche noi avevamo la nostra buona dose di apprensioni.

"E' un dato oramai certo", proseguì Mike, "a pochi giorni dalla fine dell'anno, che nessun Stato oltre a quelli che possono essere definiti i fondatori del Comitato di Londra, aderirà al gruppo. La flebile speranza era che almeno la Russia o forse l'India avrebbero potuto manifestare interesse ma purtroppo non è stato così.".

"E tu ritieni che questo fatto possa costituire un problema?", chiese Carl, che aggiunse: "Credo sia fondamentale che noi si proceda con il nostro progetto indipendentemente da quello che faranno gli altri, non pensi?".

"Senza dubbio noi dobbiamo sviluppare l'Equiboomics ma il fatto che non ci siano state ulteriori adesioni costituirà un freno allo sviluppo del modello, non dimentichiamoci che percentualmente la maggioranza delle persone vive in uno dei paesi appartenenti agli Stati Indipendenti ed anche quanto a territori la situazione non è completamente equilibrata.", osservò Mike.

"Sembra quasi", rifletté Carl, *"che tu ci stia avvisando di una futura contrapposizione tra due mondi: quello del Comitato di Londra contro quello degli Stati Indipendenti."*.

Rimanemmo in religioso silenzio attendendo una risposta che invece non arrivò.

Carl dopo alcuni attimi sollecitò ancora Mike: *"Ma state già immaginando scenari di guerra?"*.

"No Carl, non crediamo ci siano rischi immediati di conflitti ma rimanendo così i rapporti numerici, nulla potrà essere escluso in futuro.".

IL MURO

L'anno 2014 venne archiviato con la negativa evidenza che nessun nuovo stato si sarebbe unito ai paesi fondatori del Comitato di Londra, sì apri così un intenso periodo destinato a durare parecchi anni, caratterizzato da problemi e sacrifici, tensioni sociali e rinunce. In compenso avevamo ricominciato a camminare lungo il percorso della democrazia.

La geografia del mondo subì un assestamento radicale e, se si esclude l'eccezione rappresentata dall'Oceania e dalla Russia, l'emisfero si spaccò letteralmente in due: a nord gli stati del Comitato di Londra, a Sud gli Stati che rifiutarono l'adesione al progetto. Fu una frattura netta, apparentemente insanabile, da guerra fredda, un'escalation graduale ma inesorabile e l'inizio venne rappresentato dall'introduzione di dazi doganali sulle merci con l'unico scopo di azzerare i vantaggi competitivi derivanti dal produrre in paesi con minori vincoli, di qualsiasi natura essi fossero. L'introduzione di un dazio era sempre seguito da una contromossa che veniva posta in essere dal paese che riteneva di aver subito l'affronto e, a mano a mano che i paesi del Comitato di Londra procedettero alla rivisitazione del loro piano di sviluppo sostenibile, le misure compensative si fecero insostenibili al punto tale che molte delle aziende si videro a vario titolo costrette a lasciare i loro siti produttivi, il più delle volte abbandonando gli investimenti fatti. Dalle merci si passò ai servizi per finire inesorabilmente anche alle persone, un muro invisibile ma tremendamente efficace venne eretto tra i due schieramenti.

Simultaneamente i territori del Comitato cominciarono a bere il calice amaro della difficile stagione delle riforme che ebbe un elevato impatto sociale. Se non assistemmo ad una degenerazione armata fu solo perché le persone assuefatte da decenni di ozio e sature di benessere avevano perso la capacità e la volontà di lottare concretamente.

Il Consiglio dei Saggi, pur avendo preventivato un periodo transitorio necessario per l'applicazione delle riforme dell'Equiboomics stimato in tre anni, dovette intervenire posticipandone la realizzazione che si rilevò veramente impegnativa.

Nei paesi del Comitato di Londra la disoccupazione assunse dimensioni drammatiche con aziende che chiudevano una dopo l'altra, giungendo a superare ogni record negativo storico alla fine dell'anno 2017. Sovracapacità produttive per prodotti che non trovavano ulteriori sbocchi geografici, aziende che non riuscivano a convertire le loro filiere nemmeno con gli aiuti governativi, nuove e stringenti normative ambientali, materie prime talvolta irreperibili furono tutti elementi che contribuirono ad alimentare uno stato di insicurezza generale.

Nel corso del 2018 giunse il momento critico della contestazione, quello nel quale i malumori per la situazione economica generale emersero palesemente. Furono gli studenti che cominciarono a manifestare il loro disappunto, a motivo di una riforma scolastica che prevedeva sia l'innalzamento delle tasse scolastiche sia il taglio del 70% dei corsi di laurea esistenti.

"Vi sembra giusto che abbiano portato le tasse universitarie a questi importi? Uno studente che non ha la famiglia che lo sostiene dovrebbe lavorare solo per pagare le tasse!", ci guardò scura in volta Beatrice, appena rientrata in casa.

"Per fortuna", risposi con un pizzico di soddisfazione, *"che voi avete due genitori lungimiranti che hanno accantonato qualcosa in previsione di momenti come questo."*.

"Io sono certamente contenta per quello che avete fatto per noi, ma ti sembra giusta questa situazione?".

"Sono d'accordo che non sarebbe giusto", cercai di risponderle facendo molta attenzione a non farla arrabbiare ulteriormente, *"ma questo purtroppo è uno di quei pedaggi che siamo costretti a pagare per la dissolutezza con la quale abbiamo vissuto prima."*.

"*Bene, in questo modo chissà quante persone non avranno la possibilità di emanciparsi e migliorare la loro condizione. Finiranno con classare la società in maniera rigida.*".

"*Effettivamente il dubbio che si vada in questa direzione è reale*", intervenne Eleonora, "*ma mi sembra di avere capito che coloro che dimostreranno di avere una solida preparazione di base e di non avere un reddito sufficiente potranno comunque ottenere una borsa di studio ed iscriversi all'università.*".

Sconsolatamente Beatrice rispose alla madre: "*Ne abbiamo parlato oggi durante l'Assemblea che ha preceduto lo sciopero, sai che non sono ancora state definite le modalità per questi accessi? E se fosse come in passato quando andavano avanti solo i raccomandati?*".

"*Io credo, io spero che le cose possano essere differenti dal passato*", dissi intervenendo nella discussione: "*Un fatto è sicuro, con il taglio dei corsi di laurea si stabilisce uno stop a tutti quegli sprechi che si sono perpetrati per decenni e chissà che questo non permetta di rivedere in seguito il tetto delle tasse, in secondo luogo mi auguro che l'avvento della moneta elettronica permetta finalmente di verificare quali persone realmente avranno bisogno del supporto pubblico, cosa che in passato non era possibile.*".

"*Papà!*", disse in maniera sconcertata Beatrice, "*credi ancora in un futuro sereno e prospero?*"

Guardai Beatrice senza risponderle, avrei voluto dirle che sì, credevo in un futuro migliore, che avevamo visto avvicinarsi il baratro di un possibile abisso, che dovevamo avere la pazienza necessaria affinché l'Equiboomics potesse produrre i suoi effetti, che chissà quali situazioni stavano sperimentando gli Stati Indipendenti e tante altre cose ancora ma non me la sentii di ritornare ancora una volta su di un tema tanto discusso, così mi limitai più semplicemente ad un avviso: "*Non commettete l'errore che abbiamo fatto noi di pensare che tutto ci è dovuto.*".

"*Cosa ci è dovuto?*", fece eco Lorenzo appena entrato in casa.

"*Ciao Lorenzo,*", gli risposi, "*in sciopero anche voi?*".

"Sì domani c'è lo sciopero dei professori per tutta la giornata. Ho pensato di non andare nemmeno a scuola, ho chiesto a Davide di venire a casa nostra così potremo andare avanti con il progetto di Tecnologia sul quale stiamo lavorando. Ho qualche idea che vorrei verificare ...".
"Ma sentilo non va nemmeno a scuola! Ma non fate la manifestazione contro la riforma?", chiese indispettita Beatrice.
"Manifestazione? Boh ... ... non lo so ... ... e comunque non mi interessa.", le rispose lui.
Beatrice e Lorenzo sono sempre stati caratterialmente quanto di più diverso si potesse immaginare sin dall'inizio e crescendo le loro differenze si sono fatte ancor più evidenti.
Lo spaccato di vita famigliare rappresentava solo una piccola porzione delle tensioni che stavano crescendo in quel periodo, con la sensazione evidente di essere schiacciati tra la necessità di una rivoluzione, di cui si cominciava a vedere qualche timido segnale, e l'involuzione di una condizione economica sempre più degradata.
Lorenzo bevve dell'acqua e prese al volo un panino.
"Dove stai andando?", gli chiese Eleonora.
"Scendo in piazza a vedere i lavori che stanno facendo sulla monorotaia, sembra siano arrivati allo snodo. Non vieni papà?".
Il progetto sui trasporti terrestri fu, insieme al piano per l'energia, l'investimento più ingente e rivoluzionario ed in quel momento una delle poche evidenze pratiche di un cambiamento che stentava a decollare. L'obiettivo dichiarato era quello di ridurre del 90% il movimento compiuto attraverso autoveicoli ed automezzi in generale a tutto vantaggio della monorotaia, un treno di nuova generazione comandato a distanza che avrebbe dovuto raggiungere gli angoli più remoti di ogni paese.
Nei mesi precedenti Aaron aveva rafforzato le nostre convinzioni su quel progetto imponente ed ogni tanto mi ricordavo dei discorsi fatti con lui.
"Aaron solo tu puoi rassicurarci, confermando che si tratta di una sfida sensata, il rischio è che la necessità di far vedere

l'avanzare del piano di sviluppo e al tempo stesso l'euforia del momento possano aver condizionato la scelta. Cosa ne pensi?".

"Vai tranquillo Michele personalmente la ritengo quanto di meglio si potesse decidere soprattutto sulla base delle nostre attuali conoscenze. La tecnologia c'è ed è conosciuta, possiamo cominciare a lavorarci subito e a mano a mano che le varie tratte saranno ultimate cominceremo a godere di benefici immediati. Tra una decina d'anni non saremo più in grado di guidare una macchina!".

Il fatto che Lorenzo fosse così preso dal progetto R.A.V., l'acronimo di Railways Advanced Movement, alimentava la mia sensazione di fiducia mentre al contrario l'atteggiamento di Beatrice mi riconduceva ad una realtà molto preoccupante.

"Tu Beatrice non vai a vedere? Te l'ho detto che non ci sarà bisogno di fare alcun biglietto perché attraverso la CCard sarà registrato anche questo servizio?".

"No papà, non vado. Sì papà, me lo hai già detto, qualche volta.".

A lei interessava tutt'altro. Mi resi conto che non avrei nemmeno dovuto porle quelle domande. *"Se solo potessi bilanciare le caratteristiche di quei due!"*, mi ritrovai a pensare chiedendomi come potessi mixare gli opposti caratteri di Lorenzo e Beatrice. Ovviamente non potevo.

Comunque anche fossi riuscito ad infondere un po' di quella fiducia che mancava in Beatrice, non avrei potuto risolvere l'evidenza di una situazione che si presentava molto pesante.

Beatrice biascicò qualcosa all'indirizzo di Lorenzo prima di lasciarci anch'essa, un cenno di Eleonora mi fece desistere da qualsiasi tentativo di risposta.

"Chissà quando potremo vedere dei seri indizi di cambiamento, la pazienza delle persone ha un limite e non dobbiamo superarlo", riflettei a voce alta.

Eleonora non rispose e rimase intenta nel suo lavoro. Io nel frattempo cercavo di immaginare quale avrebbe potuto essere l'elemento che avrebbe dato un segnale concreto.

"Sui trasporti si stanno muovendo, è fuor di dubbio", proseguii, *"ma bisognerebbe ci fosse qualche miglioramento nell'occupazione, è vero che la maggior parte delle persone che hanno perso il loro lavoro sono impegnate quasi ovunque ma si tratta pur sempre di occupazioni saltuarie. Se solo ci fosse qualche altro segnale, se almeno la CCard entrasse in funzione o potessimo apprezzare qualche cambiamento sotto il profilo energetico.".*

La preoccupazione era largamente condivisa da tutti gli amici della Tavola Rotonda, ci trovavamo nel bel mezzo di un periodo di transizione nel quale avevamo abbandonato la realtà di un modello organizzativo ma non vedevamo ancora il reale concretizzarsi del nuovo Equiboomics.

"Dobbiamo invitare tutti alla calma, la meta è vicina", ci incoraggiò Carl, al quale però faceva contrapposizione una scettica Yuriko: *"Credo veramente in quello che dici Carl ma io una situazione come questa non l'avevo mai sperimentata. Lo sanno tutti che noi giapponesi siamo solitamente ligi ai compiti ai quali ciascuno è assegnato ma ti assicuro che rilevo molto timore e grande perplessità in tutti quelli con cui entro in contatto.".*

"A che cosa ti riferisci?", la sollecitò Kevin.

"Sto pensando al fatto che non riesco a vedere delle valvole di sfogo, degli ammortizzatori sociali in grado di attutire i problemi a cui stiamo andando incontro. In passato scaricavamo le anomalie sugli altri territori mentre oggi non è più possibile.".

"Ma non siamo lontani dai nostri obiettivi e l'Equiboomics è una realtà che comincerà a dare i suoi frutti a breve.", la rincuorò Carl.

"Carl permetti?", lo interruppe Kevin: *"Credo che il problema sia un altro. Dimmi Yuriko, chi sono le persone che vivono questo stato di stress?".*

"Non capisco bene cosa mi vuoi dire. In generale sono quelli con i quali ho contatti di lavoro o di vita quotidiana ...".

"Scusa ma volevo chiederti un'altra cosa.", aggiunse Kavin, *"mi piacerebbe sapere qual è il profilo di queste persone?".*

Yuriko ci pensò alcuni istanti: *"Sono in maggioranza padri di famiglia, persone che hanno dedicato una vita al lavoro ....".*

"E i giovani?", la incalzò ancora Kevin.

Non riuscivo a capire, e non ero l'unico, quale fosse l'obiettivo e tanto meno avrei immaginato a cosa Kevin stesse pensando quando Yuriko gli confermò che le persone con le quali si relazionava non erano giovani.

"Ne ero certo, il campione a cui tu fai riferimento è significativo ma non ritengo sia quello principale. In un contesto pseudo rivoluzionario come quello nel quale ci troviamo, ritengo che la categoria che maggiormente debba essere perseguita sia quella rappresentata dai giovani, con la loro freschezza e voglia di cambiamento, sono gli unici che possono creare movimenti che potrebbero accelerare o rallentare il processo in corso. Detto questo se noi andiamo a vedere quelli che sono i reali sentimenti della categoria possiamo notare almeno tre aspetti degni di nota: il primo è che non è un gruppo ansioso come lo sono gli altri di vedere il sistema dell'Equiboomics produrre benefici effetti sulla crescita di cui si sta parlando, fremono piuttosto perché desiderosi di vedere definitivamente abbandonato il vecchio regime.".

La considerazione che manifestò Kevin era in effetti pertinente, effettivamente l'insofferenza per la situazione era prevalente nella generazione dei 40-50 anni che percepivano il timore di essere tagliati fuori dal nuovo modello: troppo vecchi per l'Equiboomics ma senza alternative per un capitalismo giunto oramai al capolinea. Quanto tempo avremmo dovuto aspettare per vedere qualcosa di nuovo? Ci sarebbe stato il tempo per una nuova stagione di pace e di crescita? Seppur in maniera generale Kevin stava parlando anche delle persone come me e non provai certo piacere a sentirmi un peso. Kevin intanto continuò nella sua disamina: *"In secondo luogo esiste una grande attenzione da parte dei giovani a due aspetti che sono rappresentati dall'Ambiente e dal concetto di Uguaglianza. Per quanto riguarda il primo di questi due punti siamo onestamente ancor oggi molto indietro e purtroppo passeranno ancora anni prima che i risultati possano incidere concretamente. Quanto all'Uguaglianza, lo sapete meglio di me per esserci passati voi tutti da questa fase, è una costante storica sentita ad una certa età.".*

Il caro Kevin aveva molti argomenti a supporto delle sue tesi e francamente non c'erano elementi per contraddirlo. Quello che però ci sorprese fu il terzo ed ultimo punto.

"Il terzo importantissimo aspetto è il Muro che esiste tra i due mondi: il Comitato di Londra e gli Stati Indipendenti. Credetemi su quest'ultimo argomento ci sarà molto da discutere.".

Carl era stato come tutti in silenzio ad ascoltare ma alla ermetica terza affermazione di Kevin non resistette nel chiedere maggiori dettagli: *"Non credo di aver capito il significato di quest'ultimo punto. Il Muro di cui parli non è certo qualcosa che abbiamo costruito noi ma è il frutto di un atteggiamento di chiusura da parte degli Stati Indipendenti e nello specifico della Cina. Questi stati non hanno per nulla agevolato le nostre scelte!"* .

Nel corso del 2018 il Muro ebbe modo di materializzarsi sotto molteplici aspetti, da principio furono le merci che cominciarono ad essere assoggettate a dazi crescenti in una escalation continua che portò ad azzerare gli scambi commerciali. Seguirono i servizi, il turismo ma anche gli scambi culturali. Nel volgere di pochi anni qualsiasi tipo di contatto venne azzerato ed era su questo punto che Kevin voleva condurci.

"Il vero problema è quello che sta avvenendo nel rapporto con gli Stati Indipendenti. La nostra generazione è cresciuta senza conoscere barriere di tipo temporale o fisico ed oggi non riesce ad accettare l'idea di questo Muro. Io come tanti altri della mia età, sono stato abituato a viaggiare ed avere esperienze con coetanei sparsi ovunque nel mondo. Internet è stato un aiuto importante per azzerare le distanze e per pormi in contatto reale

potenzialmente con chiunque ed oggi molti dei miei amici si trovano dall'altra parte e non c'è modo di contattarli. E questo è un problema molto sentito che non potrà essere accantonato.".
Senza le briglie di alcun controllo, senza l'occhio neanche tanto vigile della disgregata comunità internazionale, alcune, tra le più fragili e numerose pseudo democrazie del mondo, trovarono agevole sedare ogni tentativo di rimostranza, ogni velleità di discussione ed ogni ipotesi di democrazia attraverso l'uso barbaro della forza. I problemi che stavamo affrontando sarebbero stati certamente sufficienti eppure le parole di Kevin ci riportarono all'amara realtà di un mondo spaccato in due schieramenti pericolosamente contrapposti. Per quanto tempo i due opposti si sarebbero concentrati sulle problematiche interne prima di cominciare a guardare oltre i confini? Nessuno osò affrontare il discorso, sebbene il monito fosse stato compreso da noi tutti. Dall'altra parte del Muro c'era una folla sterminata della quale non sapevamo più nulla e nella quale c'erano anche due nostri amici, Nicholas e Leon, di cui non avevamo notizie da molto tempo. La timida richiesta di Aaron di avere qualche aggiornamento sui nostri amici, cadde nel vuoto, non sapevamo più nulla. Nemmeno Stefanie che in passato aveva sempre manifestato grande interesse per le loro sorti volle esprimersi ma anzi rimasi sconcertato da quanto abilmente abbandonò il discorso per approdare ad un altro tema: *"Stavo dimenticando di dirvi che ho sentito Mike l'altro ieri. Purtroppo la sua malattia si sta aggravando rapidamente, le probabilità di una sua guarigione sono nulle.".*
L'aria si fece ancora più pesante ed al sentimento di impotenza che ci aveva assalito ripensando a Nicholas e Leon, si aggiunse anche quella della triste rassegnazione per parole che non lasciavano scampo.
"Ma lui", chiese Yuriko, *"come ti è sembrato, intendo dire moralmente?".*
"Se non fosse che tutte le medicine che sta prendendo lo stanno debilitando molto, direi che è il solito vecchio Mike. E'

consapevole del suo status ma non per questo sta rinunciando a lavorare ed a combattere. Pensate che ha trasferito parte dell'ufficio direttamente a casa sua. Abbiamo parlato per un po' dell'evolversi dell'Equiboomics, le sue parole sono state quelle solite dell'uomo abituato a gestire e governare complesse situazioni tanto che in quei pochi minuti mi sono dimenticata della sua malattia. Solo alla fine sono tornata al presente quando mi ha detto che la sua unica speranza è quella di poter brindare alla fine di quest'anno con l'entrata in vigore della moneta elettronica.".

Stefanie fece una pausa e tirò un profondo sospiro, quasi stesse rivivendo ancora gli istanti della conversazione con Mike: *"Non so dirvi quanto rassegnato egli sia ma è chiaro che ormai attende l'arrivo della sua ora. Ho cercato di persuaderlo a lottare e a non lasciarsi andare, gli ho detto che la cosa migliore sarebbe stata quella di pensare al futuro senza più preoccuparsi della malattia.".*

Le parole di Stefanie giunsero con un filo di voce, aveva avuto modo di vederlo e di capire che in realtà non c'era più nulla da fare per il nostro amico Mike.

"Mi ha sorriso senza replicare lasciandomi intendere quanto inconsistenti fossero le mie richieste.".

Stefanie esitò un attimo prima di riportarci le richieste di Mike: *"Mi ha pregato di estendere a tutti gli amici della Tavola Rotonda il suo fraterno abbraccio invitandoci a stare tranquilli perché l'introduzione della CCard a partire dal 1 gennaio 2019 porterà nuovo vigore all'Equiboomics. Come seconda richiesta mi ha fatto promettere che non andremo al suo funerale ma che lo ricorderemo nelle nostre preghiere.".*

RIUNIONE A PARIGI

Così come ci aveva assicurato Mike, il 1° gennaio 2019 venne finalmente introdotta la CCard, all'inizio fu solo una grande contrapposizione tra fautori e detrattori impegnati ciascuno ad esaltare o biasimare. Non aveva ancora tutte le funzionalità per la quale era stata concepita ma erano già state implementate le caratteristiche fondamentali: in primo luogo la moneta elettronica, a noi tanto cara, sostituì le banconote di tutti i paesi del Comitato di Londra, fu da subito utilizzabile come documento identificativo della persona ed inoltre vennero immediatamente implementate nella stessa tutte le funzionalità per poterla utilizzare quale mezzo per rilevare la presenza delle persone, in ossequio alle sentite esigenze di tutela della sicurezza dei cittadini.

Mike, come da sua preghiera, ebbe la grazia di poter partecipare a quello storico momento nel quale il denaro assunse esclusivamente caratteristiche immateriali. Furono i suoi ultimi giorni di vita prima di cedere alla malattia. Riuscimmo a vederlo per l'ultima volta alla fine di gennaio, quando, conscio del poco tempo che gli rimaneva ancora da vivere, volle salutarci mandandoci un segnale di speranza. La sua mole imponente si era ridotta ad un esile corpo, solo la sua mente si era conservata dall'attacco devastante mantenendo l'innata vivacità che lo contraddistingueva. Affrontò quei momenti con incredibile forza quasi fosse lui a doverci rincuorare, la dignità e la serenità con la quale apparse davanti al video sono nitide nella mia mente ed ancor di più rimangono chiare le parole con le quali Mike ci salutò: *"Abbiate fede nel vostro nuovo cammino ma ricordate di porre sempre quale obiettivo primario di tutto quello che farete, i principi morali di onestà, uguaglianza e servizio. L'abbandono dei valori etici ci ha condotto alla rovina e se non siamo caduti in un baratro mortale lo si deve solo al buon Dio che ci ha voluto salvare dall'autodistruzione. Un'ultima cosa: non dimenticate tutti coloro che vivono negli Stati Indipendenti, se volete vivere serenamente.".*

Fu un momento di profonda commozione, il passare degli anni e la distanza geografica che ci separava, anziché affievolire il legame che s'era instaurato tra di noi amici della Tavola Rotonda, aveva cementato il nostro rapporto. Il triste addio del nostro amico scatenò il desiderio di organizzare un incontro e così Stefanie si autoproclamò organizzatrice della rimpatriata. Fissammo la data nella prima settimana di luglio di quello stesso anno, il 2019, mentre per il luogo non ci fu nulla da fare se non accettare l'invito della stessa Stefanie, la sua casa sarebbe stata a nostra completa disposizione. Aveva smesso di lavorare, ed il suo tempo lo trascorreva nella sua nuova dimora, non molto lontano da Parigi, una vecchia costruzione rurale, immersa in dolci colline, che aveva ristrutturato pazientemente. All'inizio di luglio arrivammo sospinti da un mutato atteggiamento generale, le molteplici aspettative riposte sulla CCard si rilevarono ben presto intuizioni felici con risultati in taluni casi addirittura inaspettati. Fu quella la prima volta nella quale potemmo cominciare ad intravedere concretamente quello che sarebbe stato il nuovo modello dell'Equiboomics.

Le banche cominciarono ad operare secondo la nuova regolamentazione e la prima sorpresa non tardò molto a manifestarsi: l'abolizione del denaro contante sgretolò il mondo del sommerso e gli amministratori regionali poterono contare con il primo pagamento degli acconti sulle imposte della nuova era, su di un ammontare di versamenti che nessuna ottimistica previsione avrebbe mai osato immaginare.

Rapportati a questa notizia, i piccoli problemi di utilizzo furono spazzati via senza alcuna remora e nello stesso modo vennero accantonate tutte le rimostranze sulla limitazione delle libertà personali. L'arrivo di nuove insperate risorse mise in moto un circolo virtuoso che permise di allentare immediatamente la pressione fiscale e soprattutto consentì di accelerare il processo di cambiamento che il nuovo modello dell'Equiboomics richiedeva.

Giovedì 4 luglio 2019 la giornata si preannunciò calda fin dalla prima mattinata. Per prima cosa preparai il bagaglio per il viaggio ritrovandomi a ripetere gesti fatti molte volte ma che avevo abbandonato dopo il mio ritorno da Londra. Feci colazione con Eleonora e poi le chiesi di accompagnarmi.

"Che strano,", disse Eleonora mentre percorrevamo a piedi i cento metri che separano la nostra abitazione dalla fermata del R.A.V., *"ti rendi conto che è la prima volta che parti da quando sei tornato da Londra?"*.

"E' vero, l'ho pensato anch'io mentre mi preparavo. Ho anche riflettuto sul fatto che è la prima volta che affronto un viaggio relativamente lungo senza volare.".

"E non ti conveniva prendere un aereo?", chiese curiosamente.

"Ho guardato su internet ma un po' perché i prezzi sono diventati proibitivi un po' perché avrei comunque dovuto andare a Milano, mi sono detto che era l'occasione giusta per vedere come funziona il R.A.V., quando si fanno viaggi di questo tipo.".

"Hai dovuto prenotare qualche tratta?".

"Solamente quella che parte da Milano e va a Parigi, mentre per tutte le altre non esiste nemmeno la possibilità, d'altronde", riflettei ad alta voce *"non credo nemmeno ci sia una esigenza specifica considerando che parte un R.A.V. ogni pochi minuti."*.

"E quanto ci metterai ad arrivare?".

"Ti dirò che ero curioso anch'io e quindi ho inserito il percorso e sebbene debba cambiare 5 R.A.V., il simulatore stima che in meno di 5 ore sarò a Parigi, anzi a destinazione, perché Stefanie abita a circa mezz'ora dalla città. Se ci pensi avrei impiegato più tempo con i vecchi aerei senza contare che qui posso gestire il mio tempo molto meglio.".

"Ti dirò che mi sento anche più tranquilla perché non ti devo fare alcuna raccomandazione del tipo - vai piano - oppure - stai attento al traffico.", aggiunse Eleonora.

Ci salutammo, salii a bordo udendo il riconoscimento della CCard che avevo nel portafoglio e che avrebbe provveduto ad addebitare l'importo sul mio conto corrente e quindi udii le porte che si chiudevano mentre salutavo.

La prima tratta durò pochi minuti, qualcuno in più la seconda fino a Verona, quindi 30 minuti per raggiungere Milano dove avevo programmato l'incontro con Carl.

Arrivato nel luogo designato dell'appuntamento, lo riconobbi da lontano: era puntualissimo come sempre. Un breve saluto quindi Carl volle prendere un caffè, dopodiché ci accodammo sul Super R.A.V. in servizio sulla tratta Milano Parigi.

"Sai Carl pensavo ci fosse qualcosa di diverso rispetto ai RAV normali ma mi sembra che anche la classe dei Super sia perfettamente uguale all'altra.".

"Tutto molto simile dall'addebito ai servizi, forse le poltrone sono un po' più comode e c'è un servizio bar che sugli altri non è presente. Aspetta ora che ci rifletto una differenza che li caratterizza è evidente.".

"Quale?", dissi cercando di porre maggiore attenzione nel guardare attorno alla ricerca di qualche indizio.

"Dai non ti fermare!", mi spronò Carl: *"Vai avanti e vedrai che te ne accorgerai, cammina tranquillo lungo il corridoio senza esitare."*.

Eseguii le istruzioni di Carl che mi seguì da vicino. Dopo aver percorso due compartimenti all'interno della navetta una voce registrata attirò la mia attenzione: *"Posto 52 riservato al Sig. Michele, prego si accomodi. Posto 53 riservato al Sig. Carl, prego si accomodi."*.

Sorrisi a Carl: *"La nostra CCard si usa proprio ovunque, indubbiamente comoda. In compenso sanno dove siamo in ogni momento!"*.

"Hai ragione Michele ma ricordi le perquisizioni che dovevamo subire fino a pochi anni fa per poter viaggiare? Preferisco questa soluzione che minimizza il rischio di attentati e sabotaggi. Lo sapevi che hanno incaricato degli esperti militari per verificare

se è possibile che una persona possa muoversi liberamente senza CCard o con una CCard contraffatta?".

"Avevo sentito che lo volevano fare ma poi non ne ho saputo più nulla. Come è andata la prova?".

"Il marine che è riuscito a percorrere la distanza maggiore, tra quelli scelti per il test, è stato individuato dopo 3 km nel tempo di 7 minuti, non male vero?" .

Viaggiammo piacevolmente e parlammo di molte cose: dalle nostre famiglie ai ricordi di Londra, dall'addio di Mike all'attesa di riabbracciare i vecchi amici. Solo su due cose Carl lasciò cadere i discorsi: il suo lavoro e le notizie di Nicholas e Leon. Conoscendolo preferii abbandonare l'argomento quando m'accorsi che non aveva voglia di approfondire.

Giungemmo a destinazione in perfetto orario e l'abbraccio con Stefanie che ci aspettava in stazione fu molto affettuoso. *"Non m'aspettavo che il R.A.V. potesse arrivare così vicino a casa tua, siamo proprio in campagna!",* le dissi prendendola in giro.

"Cosa pensavi che andassimo con il calesse?", mi rispose sorridendo.

Con lei ci aspettava Yuriko che aveva affrontato un lungo viaggio, con il duplice obiettivo di rivederci e di trascorrere una lunga vacanza con la figlia che viveva stabilmente a Londra.

"Mi chiedevo come saresti arrivata fino a qui", le disse salutandola Carl.

"Esiste una sola possibilità", rispose Yuriko, *"volando da Tokyo agli Stati Uniti e quindi Londra ma non puoi immaginare le formalità burocratiche alle quali ho dovuto sottostare per ottenere il visto.".*

"Così difficile?", le chiesi mentre venne il mio turno di abbracciarla.

"Credo di aver ottenuto il permesso solo perché ho fatto parte del Comitato di Londra, altrimenti nemmeno la scusa di visitare mia figlia sarebbe stata sufficiente.".

L'arcipelago nipponico, per sua naturale collocazione sempre molto lontano dalle contaminazioni continentali, si era isolato ancor di più e viaggiare era diventato molto complicato, soprattutto considerando la vicinanza con i grandi paesi dalle enorme dimensioni territoriali degli Stati Indipendenti che non permettevano il volo nei loro cieli ai velivoli appartenenti ai paesi del Comitato di Londra.

Le ore più calde della giornata erano ormai trascorse e la temperatura si era fatta gradevole. I nostri bagagli non erano pesanti e decidemmo di raggiungere a piedi la casa di Stefanie. Aaron e Kevin erano seduti in giardino e quando ci videro arrivare ci vennero incontro festanti. Aaron non aveva avuto alcuna difficoltà ad aderire all'invito vista la vicinanza mentre per Kevin la decisione fu molto più impegnativa, avendo dovuto lasciare gli Stati Uniti.

"Accomodatevi vi prego, ai bagagli ci pensiamo dopo.", ci disse Stefanie, avviandosi verso la cucina.

"Che piacere rivedervi", dissi aggiungendo: *"Ma tu Kevin da dove vieni? E' qualche mese che non ci vediamo. Cosa stai facendo?"*.

"E' una lunga storia che ti racconterò con calma, diciamo che il mio ultimo indirizzo è Houston, Texas.".

Nel frattempo Stefanie uscì dalla casa con un vassoio e ci servì da bere: *"Una fresca limonata per dissetarvi, i limoni sono i miei, coraggio, bevete!"*.

"Fantastica!", disse Carl che, dopo un ulteriore sorso, aggiunse: *"Veramente quello che ci voleva. Ditemi mi sembra che ci siamo tutti, ... almeno quelli che potevano venire."*.

"Eccoci qua." Rispose Stefanie, con un intervento che non parve fornire una vera e propria risposta alla domanda di Carl ed indirizzando immediatamente il discorso verso un altro argomento: *"Parliamo piuttosto della CCard e di quali sono le prospettive future per l'Equiboomics. Possiamo dirci soddisfatti, lo pensate anche voi?"*.

Alla retorica domanda di Stefanie un coro di soddisfatte affermazioni si levarono compiaciute.

"Se permettete vorrei reclamare un po' di spazio anch'io visto che sono in netta minoranza", borbottò scherzosamente Aaron *"Vorrei rasserenare i preoccupati animi"*, proseguì, mentre sorridendo indirizzò lo sguardo verso di me, *"affermando che anche il sistema dei trasporti sta funzionando bene con benefici che oramai si possono apprezzare concretamente. Ho recentemente avuto modo di leggere che i consumi di carburante per autotrazione sono diminuiti del 60% rispetto ai valori massimi raggiunti 6 anni fa e la convinzione è che, a questo punto, l'obiettivo di una riduzione del 90% non sia più un'utopia.".*

"Se ci fosse qui Leon", gli fece eco Kevin, *" ti direbbe che per fare qualcosa sul lato delle emissioni, dopo essere intervenuti sul settore dei trasporti e sulle industrie, sarebbe necessario intervenire anche sulle abitazioni, le grandi responsabili odierne dell'inquinamento.".*

"Se è per questo", intervenne anche Carl, *"le novità ci saranno presto anche sulle case. L'introduzione della moneta elettronica non solo ha portato grandi benefici sotto l'aspetto del gettito fiscale ma ha generato una serie di informazioni che prima non si conoscevano.".*

Stefanie rimase un po' stupita: *"Non capisco quale sia il nesso tra le due cose.".*

Carl riprese pazientemente: *"E' allo studio un'ipotesi che sta valutando quale potrebbe essere l'impatto dell'introduzione coercitiva, per coloro che dispongono di risorse superiori ad un certo importo, di una disposizione che imponga di adottare misure di coibentazione per le abitazioni.".*

"Obbligatoria?", dissi in modo stupito.

"Non proprio: chi non volesse adeguarsi dovrebbe mantenere il riscaldamento al minimo e voi sapete che oggi è possibile verificare facilmente la temperatura dei locali con la tele-lettura.".

"Per fortuna ho già fatto l'intervento parecchi anni fa", risposi: *"Pensa quanto aumenteranno i costi quando diventerà praticamente obbligatorio!"*.

"... e pensa quanto lavoro genereranno!", aggiunse Yuriko.

Continuammo a parlare a lungo di come stavano procedendo le cose nel nuovo modello Equiboomics e più ne parlavamo, maggiore era la sensazione che la situazione in generale si stesse orientando positivamente per i paesi del Comitato di Londra. Erano trascorsi più di 5 anni dall'ultima volta che ci salutammo ed in quel periodo molte cose erano cambiate. Finalmente eravamo insieme e questa volta le prospettive sembravano essere diverse, nessuna tensione attanagliava i nostri discorsi ed il calare della sera giunse senza che ce ne accorgessimo. La luce diretta del sole si fece debole e solo allora Stefanie si ricordò della cena, corse in cucina anche se nessuno di noi aveva fretta. Il tempo di rinfrescarci poi anche Carl ed io ci unimmo ai preparativi, tutti insieme in cucina come vecchi amici che non si vedevano da tanto tempo. Quando la cena fu pronta ci accomodammo ancora in giardino dove ci sedemmo al grande tavolo rotondo, ancora una volta ritornai con la mente a Londra, al The Five Rings e a quelle prime riunioni quando parecchie sedie erano disponibili. Mike non sarebbe più stato dei nostri e pregai che potesse darci la sua benedizione, poi il mio pensiero andò a Nicholas e Leon con la speranza che in un giorno non lontano avrebbero potuto unirsi anche loro alla rimpatriata. Mi resi conto di quanto assurda fosse la mia speranza e la cacciai lontana.

"Ascolta cowboy", dissi all'amico Kevin ridestandomi dalla mia fantasticheria: *"Mi spieghi come sei finito in Texas? Quale attività stai seguendo?"*.

Vidi Kevin incrociare lo sguardo di Stefanie quasi imbarazzato dalla mia domanda, in quell'istante ebbi l'impressione di aver toccato un tasto molto delicato e Kevin confermò subito il mio timore.

"Come ti ho detto questo pomeriggio, la storia è molto lunga e complessa ma ritengo doveroso che voi ne siate a conoscenza. Alla fine del 2013, una volta ultimati i lavori a Londra, decisi di trasferirmi in Brasile accettando l'invito di Leon.".

Le parole di Kevin rapirono la nostra attenzione mentre raccontava la sua esperienza del 2014 quando visse un periodo di circa un anno al fianco dell'amico Leon, condividendo con lui tutti i momenti. Il racconto incredibile di Kevin ci aveva ipnotizzati ma, mentre proseguiva con dovizia di particolari, ebbi l'impressione che gli spensierati discorsi del pomeriggio appartenessero già alla nostra memoria.

"Nel 2015 feci ritorno negli Stati Uniti non tanto per il fatto che fossi preoccupato della mia condizione di straniero del Comitato quanto perché, analizzate quelle che avrebbero potuto essere le aspettative dei paesi degli Stati Indipendenti, io e Leon decidemmo che era meglio che mi spostassi per cercare di mantenere vivo un rapporto tra i due mondi contrapposti.".

La sensibilità di Carl fu molto colpita. Sentire parlare di organizzazioni parallele, di gruppi non riconosciuti a livello governativo ed ancora di azioni volte ad aggirare i divieti di contatto, furono tutte cose che lo turbarono. E mentre Kevin raccontava la sua storia, ebbi una percezione: mi resi conto che Stefanie era già stata messa al corrente degli eventi. Sin dall'inizio fu infatti interessata solo alle reazioni di Carl per cui non potei fare a meno di pensare che il week end ci avrebbe riservato molto probabilmente qualche sorpresa.

Ritornai ad ascoltare attento.

"La scelta di porre la mia base in Texas non è casuale ma dovuta al fatto che rappresenta uno dei punti dai quali è relativamente facile raggiungere i paesi degli Stati Indipendenti.".

Kevin fece una pausa e guardò Stefanie quasi a cercare una sua approvazione quindi riprese: *"L'attività, che con tanta fatica da anni stiamo portando avanti con i gruppi che combattono nei paesi degli Stati Indipendenti, ha subito un gravissimo* contraccolpo con l'introduzione della CCard. Non riusciamo ad ottenere finanziamenti e non riusciamo a muoverci liberamente. Tanto è stata utile in generale quanto si sta rilevando distruttiva per il nostro movimento.".

Carl, che aveva scosso ripetutamente la testa ascoltando quello che Kevin ci stava raccontando, non fece nulla per trattenere il proprio disappunto.

"Il vostro è un movimento illegale e non riconosciuto per cui è corretto che cessi la propria attività", sentenziò categoricamente.

"Non puoi dimenticare che dall'altra parte ci sono persone che stanno soffrendo e noi non stiamo facendo nulla per loro, siamo tutti concentrati sul nuovo modello dell'Equiboomics tanto da dimenticare completamente chi sta oltre il muro", rispose in modo accorato Kevin.

"Quando in passato abbiamo smesso di seguire le regole, ci siamo allontanati dalla democrazia abbandonando anche i nostri valori più profondi. E' stato a quel punto che sono cominciati i problemi", gli ribatté immediatamente senza alcuna esitazione.

Carl era molto nervoso come non lo avevo mai visto. Non riuscivo a comprendere il motivo ed immaginai fosse dovuto alla sua rigorosa personale etica ma il ragionamento non mi convinceva pienamente.

"Carl, questa non è una guerra tra me e te. E' un tema delicato che il Consiglio dei Saggi dovrà affrontare e sarà bene lo faccia prima che diventi troppo tardi, prima che l'attuale situazione nei paesi degli Stati Indipendenti diventi insostenibile e questi ultimi decidano, per sedare le tensioni interne, di convogliare la rabbia nei confronti del Comitato di Londra, con effetti che non siamo nemmeno in grado di immaginare.".

Kevin aveva menzionato il Consiglio dei Saggi e tale affermazione provocò un'evidente ulteriore espressione di rabbia nel volto di Carl, che riuscì a stento a controllare.

"Sono molto stanco.", rispose Carl: *"Credo che questa discussione sia completamente inutile perché se ritieni che*

chiunque di noi abbia il potere o il dovere di influenzare il Consiglio dei Saggi significa che non credi in quello che si sta facendo. Se volete scusarmi io andrei a riposare con la speranza che la notte porti qualche riflessione. Buonanotte.".

Carl si alzò e si diresse verso la casa, non lasciando spazio per nessuna apertura; Stefanie, con un cenno della mano, invitò Kevin a desistere. Yuriko, Aaron ed il sottoscritto rimanemmo colpiti dalla discussione a cui avevamo assistito ma non cercammo alcuna spiegazione. Raccogliemmo silenziosamente quanto era rimasto sul tavolo: era tardi e, per la prima volta, fu una liberazione lasciare la compagnia della Tavola Rotonda per andare a dormire.

IL GRAN RITORNO

L'indomani mattina, venerdì 5 luglio 2019, mi svegliai molto presto, deciso ad andare a correre, avevo voglia di un po' d'esercizio fisico e il luogo si prestava alla perfezione. Appena mi svegliai presi la decisione in tempo reale,, tanto che sbadatamente non pensai nemmeno all'amico Aaron che di solito partecipava volentieri a queste proposte. Uscii di casa facendo attenzione a non fare alcun rumore. Guardai le due direzioni nelle quali si sviluppava la strada che lambiva il giardino e decisi di esplorare la zona opposta a quella dalla quale eravamo arrivati il giorno precedente. Correndo mi tornarono in mente gli eventi della sera precedente ed in particolare la discussione tra Carl e Kevin: avevo chiara l'impressione che ci fosse qualcosa che mi stava sfuggendo ma non capivo cosa. Cercavo di scacciare i pensieri guardando il magnifico paesaggio, ma i miei sforzi furono vani perché ritornavo sempre al medesimo argomento con ipotesi però prive di alcun fondamento.

Corsi poco più di mezz'ora cercando di disegnare un percorso circolare attorno alla casa. Ritornato, mi feci una doccia quindi scesi in cucina dove non c'era ancora nessuno sebbene sentissi la voce di Stefanie. Pochi istanti dopo la vidi comparire trafelata, mi chiese come era andata la notte e poi aggiunse: *"Scusa, sono un po' di fretta, devo andare a Parigi urgentemente. Tu fai come fossi a casa tua."*.

"A Parigi?", risposi meravigliato: *"Ma come mai questa fretta? Ci sono problemi?"*.

"Hanno fermato Leon e non lo lasciano andare, devo assolutamente parlare con le autorità che lo hanno in custodia e capire cosa sta succedendo, vuoi venire anche tu?".

Rimasi sconvolto, Leon era in Francia ma il giorno precedente nessuno aveva accennato minimamente al suo arrivo.

"Certo, … sì, … vengo anch'io, almeno ti faccio compagnia e chissà che non possa esserti utile. Kevin non viene?".

"No lui no", disse sorridendo, *"è stato al computer tutta la notte, credo che abbia bisogno di dormire.".*
Presi al volo due fette di pane e le farcii con formaggio e prosciutto poi uscii in giardino ad attendere Stefanie. Non potei evitare di ripensare ai particolari del giorno precedente: la discussione della sera, il fatto che Kevin avesse vissuto un anno in Brasile, gli sguardi attenti di Stefanie che scrutava Carl e poi Leon che ci stava facendo una sorpresa o forse no.
Durante il breve viaggio non resistetti alla tentazione di porre alcune domande ma le risposte che Stefanie mi diede furono sempre molto limitate e circoscritte al minimo indispensabile, quasi volesse evitarmi di essere coinvolto in una questione delicata.
Arrivati all'aeroporto di Parigi, Stefanie si diresse decisa all'ufficio che le era stato indicato. Fummo subito ricevuti da un funzionario che in breve ci descrisse il motivo per il quale Leon era stato trattenuto.
"Anche se dovesse rimanere all'interno di uno dei territori degli stati del Comitato per un solo giorno, deve sottostare alle regole che sono entrate in vigore quest'anno che prevedono il possesso di una CCard rilasciata temporaneamente per la specifica visita. Per completarle il quadro ci serve inoltre una sottoscrizione da parte di una persona residente che accetta le responsabilità per tutto quello che l'ospite farà e per questo motivo ho bisogno anche della sua CCard.".
Alla spiegazione dello zelante funzionario, di cui avevo percepito solo alcuni passaggi salienti, Stefanie sospirò profondamente guardandomi, quindi chiese le fosse fornito il formulario sul quale posò la sua attenzione: *"Questo è il punto dove devo firmare io per l'assunzione di responsabilità?"*, domandò dopo averlo letto.
Espletate le formalità burocratiche, fummo portati nella stanza dove era ospitato Leon, ancora pochi documenti sui quali Leon appose la propria firma e quindi fummo liberi di andarcene.

"Ma quante cose sono cambiate qui da voi?", disse Leon, felice di vederci.

"Senza la nostra CCard non esisti e non puoi muoverti", gli risposi abbracciandolo, poi aggiunsi: *"Mi fai vedere la bandiera brasiliana sul tuo telefono?"*.

Leon ricordò immediatamente il fatto risalente a parecchi mesi prima e sorrise divertito abbracciandomi ancora una volta: *"Scusa Michele, poi ti spiegherò tutto."*.

Ci raccontò del suo atterraggio a Parigi con uno dei pochi voli esistenti tra le sponde dei due diversi mondi, una lunga trafila che lo aveva obbligato a sottostare pazientemente a tutte le pratiche di riconoscimento, culminate con la schedatura. La consegna della CCard temporanea personale era avvenuta alla nostra presenza.

"Quindi", disse Leon guardando con attenzione la CCard, *"questo piccolo oggetto è diventato indispensabile per potersi muovere liberamente all'interno dell'area del Comitato, senza dover essere fermato dai …. … come si chiamano?"*.

"Controllori del Personale", dissi per aiutarlo.

La Polizia d'Identità fu istituita appositamente con esclusive finalità di servizio d'ordine pubblico ed era dotata di lettori distanziometrici in grado di rilevare la presenza di persone sprovviste della CCard. Rappresenta il fiore all'occhiello di un sistema di sicurezza che nei primi mesi del 2019 fu in grado di azzerare il fenomeno della clandestinità e di ridurre drasticamente la criminalità. Una volta introdotta la CCard, le possibilità di muoversi nel territorio sprovvisti della stessa, o attraverso cloni non ufficiali della medesima, divennero nulle.

Riabbracciare Leon aveva un significato particolare, le difficoltà durante quegli anni c'erano state da entrambe le parti ed il fatto che fosse tornato nella sua terra, per combattere una nuova battaglia, inorgogliva tutti noi. Quando arrivammo alla casa di Stefanie tutti erano svegli, ad eccezione di Kevin che si alzò dal letto solo perché sentì la confusione festosa fatta per accogliere l'ospite inaspettato, anzi quasi inaspettato.

"Scusate", disse Stefanie, una volta che gli animi si placarono dopo l'iniziale entusiasmo: *"Non crederete che ce ne staremo qui a parlare, vero? Ho già pianificato la giornata. Appena pronti vi porto a vedere il paesino qui vicino ed andremo a mangiare in un piccolo ristorante. Poi nel pomeriggio ci aspettano alla tenuta che si trova oltre quella collina, fanno dell'ottimo vino così anche tu Yuriko potrai tornare ad assaggiare un meraviglioso rosso che produciamo da queste parti.".*

Kevin, la stessa Stefanie e Leon, che era da poco arrivato, sembravano avere come unica cosa in mente quella di divertirsi, dal volto di Yuriko non traspariva nulla e abbandonai immediatamente l'idea di capire se anche lei facesse parte del piano. Per quanto riguardava Aaron avevo la sensazione che lui fosse all'oscuro di tutto quanto me ma non trovai modo di approfondire, credo che lui pensasse la stessa cosa del sottoscritto. Che l'obbiettivo fosse Carl lo si sarebbe capito definitivamente la sera, sebbene lui stesso avesse validi argomentazioni per immaginarlo fin dal momento in cui rivide Leon.

Tornammo nel pomeriggio in tempo per rilassarci e prepararci per la serata. Leon ne approfittò per andare a riposare alcune ore mentre noi aiutammo Stefanie nei preparativi per la cena.

"Cosa ne dite se andiamo a svegliare Leon?", chiese Kevin, manifestando per la prima volta una certa impazienza: *"Sono quasi le otto e comincio a sentire una certa fame!".*

Prendemmo posto al grande tavolo rotondo e, prima di iniziare, Stefanie ci chiese se qualcuno avesse qualcosa in contrario nel raccoglierci per un minuto in omaggio a Mike. *"E' un momento un po' inconsueto per ricordare qualcuno che non c'è più fisicamente tra di noi ma io credo che lui avrebbe apprezzato.".*

Stefanie prese la mano di Carl che stava in piedi alla sua destra quindi fece lo stesso con Yuriko voltandosi alla sua sinistra e noi la imitammo chiudendo il cerchio. Rimanemmo in silenzio per alcuni attimi mentre il solo rumore che si sentiva era quello delle cicale. Kevin fu il solo che poté partecipare ai funerali e

interruppe il silenzio per dire qualcosa: *"Caro Mike quando ti ho visto per l'ultima volta ti ho voluto lasciare la foto degli amici della Tavola Rotonda, con la speranza che tu ci possa guidare da lassù. Dacci la forza per fare sempre le cose giuste."*.
Ci sedemmo e cominciammo a mangiare.
"Leon non ci hai ancora raccontato nulla di quello che succede nel tuo paese!", disse Yuriko, dando il via al racconto di quello che avevo cercato di ipotizzare dal momento in cui appresi del suo arrivo.
Dopo un'intera giornata, lontani da qualsiasi tentazione di parlare degli Stati Indipendenti, non fu nemmeno vagamente immaginabile che l'argomento non uscisse fuori durante la cena. Lui era l'unico tra i presenti che proveniva da uno di quei paesi, il solo che potesse raccontarci concretamente come stavano andando le cose, rispetto a quelle che erano le nostre conoscenze. Posò il suo vecchio cellulare che teneva per mantenere contatti protetti con le persone che vivevano nel Comitato.
Sullo schermo non c'era più il grafico di vecchia memoria ma al suo posto vi era l'affascinante immagine della terra ripresa dallo spazio. Come tanti anni prima, avrei voluto chiedere subito cosa significasse, ma l'occhio vigile di Leon aveva già captato la curiosità ed un suo cenno rimandò ad un momento successivo.
"Sono arrivato da poche ore eppure ho già avuto modo di apprezzare così profondi cambiamenti che mai avrei immaginato. Forse ci sarebbe da discutere molto sul fatto dei controlli e sulle libertà dell'individuo ma credetemi sono tutti temi che passano in secondo piano rispetto alla drammatica situazione che stiamo vivendo nel mio paese e non solo. Firmerei immediatamente affinché si potesse replicare il modello dell'Equiboomics anche da noi.".
Incominciò il suo racconto relazionandoci sullo stato della foresta amazzonica che sapevamo tutti essere il suo cruccio principale: *"Voi probabilmente non ne siete al corrente ma lo sfruttamento dissennato della foresta è finito da parecchi anni, con*

l'affievolirsi delle richieste di materie prime, lo scemare delle concessioni alle imprese straniere, il fermarsi delle aziende produttive è venuta meno la necessità di perpetrare il saccheggio.".

La lotta per preservare l'ambiente era stata abbandonata perché una nuova e più importante battaglia aveva preso il sopravvento: quella per la sopravvivenza.

Leon non parlò solo del suo Brasile ma fece una disamina generale e disse che senza un ordine mondiale in grado di esercitare un minimo di pressione sulle differenti nazioni, i confronti all'interno degli Stati Indipendenti sarebbero diventati cruenti. Non fu difficile credere al racconto di masse affamate e private della loro dignità, la cui unica occupazione era diventata la ricerca del sostentamento quotidiano.

"In molti degli Stati Indipendenti è anacronistico pensare ai diritti umani quando la maggioranza delle persone vive soggiogata da regimi dittatoriali che sfruttano le masse. La situazione si sta facendo esplosiva ed anche un posto tranquillo come questo potrebbe subirne le conseguenze.".

Al sentire queste parole Carl ruppe il suo silenzio e chiese a Leon il motivo di una tale affermazione: *"Come puoi affermare una cosa come questa? Per quale ragione uno qualsiasi degli Stati Indipendenti dovrebbe attuare delle ritorsioni contro di noi?. Tra i due blocchi contrapposti non ci sono praticamente rapporti e stiamo onorando i nostri debiti rispetto agli accordi intrapresi.".*

Leon era pronto a ricevere delle obiezioni e non gli fu difficile rispondere: *"Non è più una questione di denaro, caro Carl, qui stiamo parlando di potere e, coloro che lo hanno, faranno di tutto per tenerselo anche se questo significasse giustificare i malesseri che affliggono la popolazione che loro stessi governano, come diretta conseguenza delle decisioni prese dal Comitato.".*

Fece una pausa e mentre estrasse il computer dalla sua sacca appoggiandolo sul tavolo, chiese la massima attenzione svelando le sue intenzioni.

"Non potete immaginare la gioia che provo per il fatto che sono qui in mezzo a voi ma ancor meno potete capire quali difficoltà ho dovuto superare per poter arrivare e soprattutto stenterete a credere a quello che vi racconterò.".

Cominciò quindi a parlare in maniera pacata ma diretta, riprendendo da dove aveva interrotto per spiegarci i motivi del suo viaggio.

"Nel 2015 io ed alcuni amici ci siamo resi conto che il nostro contributo in difesa della foresta non era più necessario ed abbiamo capito invece che il nostro impegno doveva essere rivolto alla crescente massa di diseredati. Quindi ci siamo organizzati ed abbiamo creato una rete … ….".

I dubbi, che si erano affacciati fin dalla sera precedente, si manifestarono nella loro interezza e divenne chiaro che l'incontro aveva anche una seconda ben più importante finalità.

"A differenza del passato i regimi dittatoriali godono di una forza che li rende invincibili: la potenza di armi devastanti e la possibilità di reprimere qualsiasi richiesta con brutale ferocia, senza dover rendere conto a nessuno.".

Rimase un attimo in silenzio, per dare modo di meditare meglio le parole pronunciate, poi proseguì con l'affondo: *"Solo una cosa li potrebbe fermare: il Comitato di Londra!".*

Carl avrebbe voluto probabilmente replicare ma non fece in tempo perché mentre si accingeva a prendere la parola si udì distintamente una chiamata provenire dal computer.

Quasi stesse aspettando lo squillo, Leon non manifestò alcuna sorpresa ma sollevò lo schermo del portatile ed accettò la conversazione. Attimi che, nel silenzio assoluto, sembrarono interminabili e, prima ancora di comprendere e realizzare cosa stesse succedendo, udimmo la voce di Nicholas:

"E' un piacere immenso rivedervi, Dio mi sia testimone di quanto vorrei poter essere tra di voi o almeno di quanto vorrei poter parlare liberamente in videoconferenza ma purtroppo non sono nelle condizioni ottimali per poterlo fare per cui vi prego di non interrompermi.".

Carl, Yuriko, Aaron ed il sottoscritto eravamo a bocca aperta, impietriti. La determinazione con la quale aveva preso la parola, il calore con il quale ci aveva salutato, la freddezza con la quale aveva abbandonato i saluti, ci avevano fatto capire la drammaticità della situazione. L'ultima immagine che avevamo di Nicholas nella nostra memoria, lo ritraeva sereno mentre si allontanava nel deserto australiano. Solo la nostra intima conoscenza lo poteva catapultare in qualche angolo remoto del pianeta intento a misurare il tempo del collegamento, prima di doverlo interrompere per non essere scoperto.

"Mi trovo in uno stato del sud-est asiatico che preferisco non nominare per la vostra tranquillità. Una lenta inesorabile discesa negli inferi cominciata solo alcuni anni fa dopo aver assaporato la stagione delle illusioni. Con il passare del tempo la democrazia è stata cancellata da una feroce tirannide che ha favorito scontri fratricidi nella popolazione. Ribadisco, ha favorito. Il primo confronto è stata una guerra politica scatenata per ottenere la supremazia governativa in un paese che non era democratico. Terminata questa fase, il regime attualmente al potere, sempre con l'intento di sviare la gente dai reali problemi, ha fomentato uno scontro religioso fino a quando una fazione è riuscita ad imporsi sterminando l'altra, infine non è rimasto che alimentare l'odio etnico e gli abitanti, che vivono nei territori che si trovano nella parte settentrionale, hanno deciso di attaccare le popolazioni del sud."

Fu un racconto breve ma intenso durante il quale nessuno osò interromperlo. La descrizione che aveva fatto della situazione a lui conosciuta fu catastrofica, riportando indietro le lancette dell'orologio agli scempi raccapriccianti perpetrati nei peggiori genocidi. Pochi minuti erano stati sufficienti per cancellare dalle nostre menti le poche immagini che ufficialmente venivano autorizzate, raggiungendo i media del Comitato dal mondo degli Stati Indipendenti.

La semplice descrizione, senza esagerazioni nelle parole, aveva dipinto nelle nostre menti immagini cruente di un ritorno alla schiavitù, di gente soggiogata con la forza, costretta ai lavori più duri nelle condizioni più misere.

Nicolas guardò l'orologio e sorseggiò un po' d'acqua prima di riprendere: "*Da tre mesi circa il paese è nel caos completo, personalmente ritengo possa essere lo stadio finale dopodiché ci potrà essere solo l'oblio oppure, ... oppure una cosa ancora più tremenda che è la guerra tra popoli diversi. Il mio compito è quello di testimoniare le atrocità che vi ho raccontato e portare una parola di conforto a quelli che sono ridotti in condizioni disumane. Cari amici non dimenticate che questo paese è dotato di un arsenale nucleare e non è l'unico ad averlo.*".

Nicholas ci abbracciò tutti e poi rivolgendosi verso Carl chiese il suo aiuto. Il materiale che di lì a poco Leon avrebbe fatto vedere rappresentava la vera e sincera testimonianza della sofferenza di interi popoli. Si scusò giustificando il suo atteggiamento con la necessità di salvaguardare la nostra stessa incolumità, dopodiché Leon chiuse lentamente il computer su sé stesso.

Seguirono attimi di silenzio.

Carl evidentemente corrucciato non disse un parola ma rimase fermo, il capo chino a meditare. L'imbarazzo fu generale mentre sguardi furtivi cercavano di capire le reazioni di Leon e Stefanie: non riuscivamo ad esprimere i nostri sentimenti. L'incontro, che avevamo organizzato con lo scopo di rivedere vecchi amici, era stato orchestrato ad arte anche con un altro motivo preciso che solo in quel momento si manifestava in tutta la sua drammaticità.

Stefanie aveva programmato tutto perfettamente ma probabilmente non fu in grado di intuire che la presenza di Leon, abbinata con il seppur breve contatto di Nicholas, avrebbe potuto provocare un effetto così dilaniante. Si giustificò dicendo che aveva pensato che in quanto amici, amici veri di quella Tavola Rotonda, l'incontro sarebbe stato l'unico modo per farci partecipi di una così grande tragedia.

Si volse quindi verso Carl che l'ascoltava e gli parlò direttamente: "*I paesi del Comitato solo ora riescono ad intravedere la luce in fondo al tunnel, una luce che ha acceso la speranza di un mondo migliore, nel quale responsabilità ed equilibrio sono diventati un inscindibile binomio. Loro"*, gli fece cenno puntando il dito su di noi, *"non lo sanno ancora, ma il ruolo che sei stato chiamato a ricoprire è per noi tutti motivo di vanto ed orgoglio. Ricordati, quando sarà ufficializzata la prestigiosa carica, che esistono persone speciali come Leon, Nicholas, Kevin e molti altri ancora, che combattono per un mondo migliore facendo di questa lotta la loro ragione di vita. Il muro che ci divide non potrà reggere a lungo e soprattutto non ci potrà proteggere indipendentemente dall'atteggiamento che manterremo. "*.

Ancora una volta il silenzio.

Una situazione molto diversa da quella che mi ero immaginato pochi giorni prima: non stavamo ridendo nel ricordare qualche buffo evento, non stavamo raccontando le gaffe di qualcuno o ricordando i momenti passati insieme, le paure vissute, l'essere stati partecipi in un momento di svolta del mondo, eravamo in silenzio frastornati a riascoltare gli eventi di quella incredibile giornata.

Tutte le cose apparivano sotto una nuova luce, anche il piccolo segreto che accompagnava Carl relativo alla sua imminente entrata nel Consiglio dei Saggi, il massimo organo del Comitato, che lui non volle commentare.

Quella che inizialmente era nata come una semplice rimpatriata tra amici che non si vedevano da anni, divenne ben presto, complice la nomina di Carl, l'occasione per consegnare un messaggio.

Ancora una volta un silenzio profondo, nessuno riusciva a parlare, nemmeno Stefanie e questa fu senz'ombra di dubbio la prima volta che la vedemmo in difficoltà. Sapeva di aver tirato la corda al limite estremo e non sapeva se avrebbe resistito. Carl si alzò e senza dire nulla si diresse verso la casa, scomparendo dietro la porta. Per la seconda sera consecutiva l'epilogo giungeva inaspettato. Uno dietro l'altro ci augurammo la buona notte e ci avviammo alle nostre camere. Salii al secondo piano per raggiungere la stanza che avrei diviso con Leon, il tempo di una doccia, quello per sistemare i pochi indumenti, quindi mi coricai nell'attimo esatto in cui entrò in camera Leon.

"Giornata intensa, vero?", disse appena dentro.

"Soprattutto ricca di sorprese", risposi.

"Vuoi sapere il significato di questo?", chiese indicando lo schermo del suo cellulare.

Esitai alcuni istanti poi risposi: *"Grazie ma per oggi penso possa bastare. Magari me lo spiegherai domani."*.

I DUE OPPOSTI

Dicono che la notte porti consiglio ma a noi non ne furono sufficienti nemmeno due per ritrovare un po' di serenità, invece ci svegliammo con la consapevolezza che l'incantesimo era stato spezzato ed una ferita si era aperta nelle nostre relazioni. Lasciai la camera al solito di buonora cercando di non far rumore e scesi senza trovare nessuno, decisi quindi di fare un giro nell'orto, sicuro che mi avrebbe distolto da qualsiasi pensiero. Uscii dalla casa e mi portai sul retro dove vidi Stefanie intenta a diradare le carote.

"Io non sono mai riuscito a ottenere buoni risultati con le carote.".

"Ciao Michele, ti sei svegliato presto. Come mai?".

Non volevo tornare sul tema del giorno precedente, per cui risposi rimanendo concentrato su quello che stava facendo: *"Lo sai che mi piace alzarmi presto. Piuttosto dimmi qual è il tuo segreto per le carote! Io ho provato in vari modi ma sempre con il medesimo risultato: rimangono sempre tutte molto piccole."*.

"E' molto semplice: devi avere il coraggio di diradarle molto altrimenti non cresceranno a sufficienza.".

Era proprio vero, l'operazione di diradamento delle piantine non era mai sufficiente. Spesso, invece, togliere, rinunciando a qualcosa, significa dare la possibilità a qualcos'altro di crescere più forte e più sano. Rimanemmo un po' a parlare delle nostre esperienze di orticultura fino a quando cominciarono a comparire anche gli altri e ci spostammo a fare colazione. Precedendo solo Kevin che al solito si sarebbe alzato molto tardi, alla fine ci raggiunse anche Carl mentre eravamo già seduti, intenti silenziosamente a mangiare. Non c'era molta voglia di parlare.

Quando anche Carl si fu accomodato al tavolo, Leon accennò un approccio: *"Se non ti dispiace Carl, vorrei cercare di chiarire quanto accaduto ieri sera, sarei molto dispiaciuto se la nostra amicizia fosse ..."*.

Non fece in tempo a finire che Carl lo interruppe in maniera decisa ma al tempo stesso pacata: *"Credo non ci sia assolutamente nulla da chiarire ed i sentimenti reciproci vanno oltre situazioni particolari che si possono creare soprattutto quando non c'è la volontà di ferire l'altra persona."*.

Il suo intervento mal si abbinava all'espressione del volto che lasciava invece trasparire un profondo conflitto. Furono parole definitive e chiusero un argomento che non venne riaperto nel poco tempo che ancora rimanemmo assieme. Carl volle invece cambiare discorso radicalmente.

"Confesso che ero molto desideroso di raccontarvi quella che si appresta ad essere la mia nuova vita e sebbene le cose siano andate come non avrei mai immaginato, mi piacerebbe potervi dire qualcosa.".

La notizia aveva raggiunto informalmente Carl a dicembre dell'anno precedente, il 2018. Gli otto mesi successivi avrebbero dovuto permettergli di abbandonare le attività che svolgeva, organizzando una vita diversa per sé e la famiglia e trasferendosi a Londra, sede del Consiglio dei Saggi dell'area Europea.

"Potrà sembrare banale ma cambiare completamente le proprie abitudini è una cosa particolarmente impegnativa. Abbiamo comunque ultimato il trasloco e con l'inizio dell'autunno ci trasferiremo definitivamente.".

Si percepì la voglia di condividere con noi l'importantissimo riconoscimento ed il suo orgoglio per la nomina era il nostro, al tempo stesso non ci fu gioia nelle sue parole.

Ci descrisse l'emozione per un compito che si accingeva a ricoprire, la carica che sentiva per questo nuovo impegno, il rispetto per quelli ai quali avrebbe dovuto affiancarsi e che erano lì dall'inizio ma fu palese anche la tristezza nella quale la fraterna imboscata lo aveva gettato. Due mondi opposti, quello dei paesi del Comitato di Londra e degli Stati Indipendenti, come lo erano le vite condotte da Leon e Nicolas da una parte e noi tutti dall'altra. Due mondi opposti, il rispetto delle regole di Carl, il tentativo d'infrangerle di Stefanie, due mondi opposti il nostro recente passato, il nostro attuale futuro.

Stavamo ancora ascoltando le parole di Carl sforzandoci di ritrovare la naturalezza delle nostre relazioni quando Yuriko alzò il capo senza fare rumore e tanto fu sufficiente per attrarre gli sguardi di tutti, quindi, prima di cominciare a parlare, cercò con i suoi occhi quelli di Carl: *"Il cammino che hai compiuto fino ad oggi è stato impegnativo e faticoso e noi, io in particolare, non conosciamo altra persona che meriti il riconoscimento quanto lo meriti tu. Quello che ti aspetta nel tuo prossimo futuro sarà ancora più difficile rispetto alle prove che hai sostenuto fino ad oggi ed è solo attraverso persone come te che noi possiamo sperare di migliorare il nostro mondo. I paesi del Comitato hanno intrapreso la strada per un'esistenza sostenibile, equilibrata, ma a poco varrà aver trovato il sentiero dell'Equiboomics, se solo una parte del mondo continuerà ad esplorarla mentre l'altra manterrà la sua esistenza fatta di lotte ed atrocità. Tu oggi fai parte di un gruppo di persone che hanno il dovere di affrontare consapevolmente i problemi che dividono questo mondo, altrimenti gli sforzi che stiamo facendo non serviranno a nulla.*

Noi, i tuoi amici della Tavola Rotonda, sappiamo che il vostro impegno è rivolto alle generazioni future, sappiamo anche che, senza la ricerca di una soluzione al dramma della separazione, gli sforzi per salvaguardare l'esistenza dei nostri figli saranno stati vani ...", fece un breve sospiro per guardarci tutti prima di riprendere, *"... ma sappiamo anche che voi Saggi siete le uniche persone che potranno fare qualcosa ed ogni vostra scelta sarà anche la nostra.".*

Carl espirò profondamente quindi ci guardò una volta ancora. Di fatto le parole di Yuriko conclusero l'incontro degli Amici della Tavola Rotonda, lasciando ciascuno con il proprio fardello di pensieri lungo il percorso che ci condusse alle nostre case.

Anche l'estate del 2019 giunse al termine, poi fu la volta dell'autunno e quindi ci ritrovammo ancora una volta alla fine dell'anno. Nella ricorrenza della festa dell'Equiboomics, il 20 dicembre, apprendemmo dell'ufficializzazione della nomina di Carl nel Consiglio dei Saggi. Quindi ancora parecchi mesi di transizione nei quali l'unico elemento degno di nota fu il consolidamento del muro immateriale tra i paesi del Comitato e gli Stati Indipendenti, che aveva riportato qualsiasi rapporto a quelli di alcuni secoli prima.

Le relazioni commerciali furono azzerate in una escalation di stringenti normative e becere ripicche che avevano di fatto isolato i due blocchi, mentre gli scambi industriali, gli organismi internazionali, i rapporti diplomatici o le visite culturali furono completamente soppresse.

Due mondi separati l'uno dall'altro, ognuno teso a proteggere le proprie regole, impegnati a raggiungere i propri obiettivi con i paesi del Comitato che stavano procedendo nello sviluppo dell'Equiboomics, avendo comunque ripreso il programma militare dello scudo stellare, e gli Stati Indipendenti nei quali le dittature stavano rivaleggiando ciascuna nella corsa al raggiungimento della temuta arma atomica.

In quel lungo periodo che durò fino alla primavera del 2021, la frequenza con la quale avevamo mantenuto i rapporti tra di noi amici della Tavola Rotonda fin dal nostro ritorno da Londra nel 2013, subì un forte rallentamento. I contatti si diradarono proprio a partire dall'estate del 2019 e, in quelle poche occasioni in cui ci vedevamo, evidente era la sensazione di un imbarazzo dominante: mancava la gioia che aveva contraddistinto i precedenti incontri, la sana voglia di parlare tra di noi, mancava l'entusiasmo che aveva supportato la permanenza a Londra, mancava l'interesse nel capire i tanti accadimenti che portarono al cambiamento. Per quanto fosse stato lodevole l'intento, avevamo singolarmente maturato la consapevolezza che si sarebbe dovuti arrivare all'obiettivo in modo diverso.

Ma quando meno te lo aspetti, quando la deriva di relazioni, che si facevano sempre più sporadiche, sembrava poter prendere il sopravvento, ecco l'imprevisto, colui che era stato elemento involontario del dissapore convogliò le nostre presenze ad un appuntamento video. Era una giornata di fine aprile quel giorno e Carl, con l'intento di farci vedere la sua abitazione, riuscì a radunarci attorno ad un computer. Due anni erano passati dalla rimpatriata organizzata a Parigi da Stefanie, due lunghi anni. In quell'inizio di primavera del 2021, Carl volle brindare con noi, attraverso un gesto che era rimasto nella sua mente e che era stato soffocato da una situazione imprevista ma che portò con sé a lungo fino a quando non si sentì pronto per riproporlo.

Si presentò puntuale come lo fummo noi, Yuriko, Aaron, Kevin ed il sottoscritto. Riconoscere sullo sfondo le costruzioni che ci avevano ospitato in quello speciale 2012 fu un amarcord piacevole e, gradevole, fu rivedere il volto sorridente del nostro Saggio.

"A questo punto, espletati i doverosi saluti vorrei farvi rivivere alcune sensazioni, lo sapete vero dove sono? Ma certo che lo sapete. Non so quale sarà la qualità delle immagini ma voglio condurvi nel tour dei ricordi.".

Per prima cosa andò ad inquadrare le monete di vecchio conio che avevamo composto nel quadro appeso all'esterno della nostra aula di lavoro. Erano rimaste appese a quel muro ed ancora facevano bella mostra, fu un ritorno immediato al passato, dimentichi delle tensioni che avevano creato l'attrito tra di noi.

"Ma se non sbaglio quei 10 euro sono miei", dissi.

"Scusa ma credo che ci sia un errore", replicò Aaron, *"l'età comincia a farti qualche brutto scherzo.".*

"Che siano di uno o dell'altro vi ricordo che noi abbiamo contribuito a metterli fuori corso ed oggi non valgono nulla", concluse sorridendo Carl.

Salimmo a bordo con lui in un viaggio nella memoria, felici di farci condurre, ripercorrendo i luoghi che conoscevamo. Attraversammo la zona adibita a sala mensa, riconvertita in biblioteca ed uscimmo quindi dallo stabile in un'ampia area verde. Carl si girò su entrambi i lati, quindi si diresse verso il palazzo che un tempo ospitava le adunate generali. Avrebbe voluto farci entrare ma non fu possibile, per cui ci chiese di accontentarci di una breve descrizione sul suo utilizzo. Riprese il cammino e, mentre descriveva i pochi mutamenti tecnici che aveva subito la grande aula ristrutturata per accogliere le riunioni plenarie del Consiglio dei Saggi, raggiunse il palazzo successivo, quello dove eravamo abituati ad incontrarci, il palazzo che ospitava anche il The Five Rings. Volse la telecamera verso di sé inquadrando un volto sul quale era stampato un sorriso solare, gli occhi sprizzavano felicità e, provocatoriamente ci pose una domanda: *"Volete salire all'ultimo piano?"*.

La risposta arrivò precipitosa e all'unisono si sovrapposero un coro di sì.

Per Kevin era notte fonda, il momento ideale per brindare, per Yuriko il crepuscolo di un giorno che volgeva alla fine, l'ora perfetta per un aperitivo, ma nemmeno Aaron ed io avremmo perso l'occasione indipendentemente dall'orario di quella mattina primaverile. L'ascensore percorse velocemente i piani in un silenzio irreale, molti pensieri si accavallarono in quei brevi istanti, dalla speranza di rivedere il tavolo rotondo, una volta che le porte si fossero aperte, all'imbarazzo dell'assenza di Stefanie, alla nostalgia per la perdita di Mike per finire alle difficoltà degli amici Leon e Nicholas, impegnati in teatri a dir poco difficili.

Poi il tempo delle aspettative svanì, la porta si aprì e Carl riprese il proprio tour, puntando diritto là, al Tavolo Rotondo: non erano passati molti anni ma si erano succeduti eventi che nessuno di noi avrebbe mai immaginato, il giorno in cui ci trovammo per la prima volta.

"Allora? Cosa ne dite? Qui dentro non è cambiato nulla! Tutto è rimasto uguale a quando eravamo insieme.".

"Immagino ci verrai spesso?", disse Kevin convinto.

"Non esattamente, amico mio. In realtà in questi due anni ho vissuto dei momenti contrastanti con particolare riguardo a ciò

che è successo a Parigi due anni fa, nell'estate del 2019. Da allora, pur essendomi trasferito, non sono più riuscito a rivivere serenamente quei momenti e quindi ho deciso, anche e soprattutto come forma di rispetto, che non fosse il caso di venire qui. ... ... Fino ad oggi.".

Gli eventi a cui alludeva lo avevano segnato più di quanto ciascuno avesse immaginato e dedussi che solo il tempo era riuscito a guarire la ferita.

Ci fece figurativamente accomodare ai nostri posti e ci intrattenne cominciando a descrivere uno spaccato della sua nuova vita presso il Consiglio dei Saggi: il Carl che conoscevamo era tornato. Mancava solo lei, Stefanie!

L'incontro di Parigi aveva sancito una svolta profonda in Stefanie, che, tornata alla fine del 2013, da Londra aveva deciso di chiudere la sua carriera lavorativa.

Durante i primi cinque anni, successivi alla Conferenza di New York, ebbi l'impressione che il suo disimpegno da qualsiasi attività fosse stato totale, che avesse deciso di ritirarsi abbandonando qualsiasi lotta per la quale il suo carattere era stato forgiato. Viceversa, lo strappo che aveva involontariamente provocato ci consegnò una persona diversa, che non si era ritirata nella casa di campagna per riposare, ma che aveva abbracciato una nuova missione, convinta com'era della necessità di aiuto che in molti degli Stati Indipendenti avrebbero avuto. Per Leon e Nicholas, lei divenne insieme a Kevin un vero punto di contatto con il mondo del Comitato.

Il passare del tempo stava acuendo le tensioni piuttosto che sedarle e mentre il mondo del Comitato ricominciava ad assaporare la speranza di una possibile uscita dal lungo tunnel nel quale eravamo caduti, gli Stati Indipendenti stavano sprofondando nelle sabbie mobili di vere e proprie guerre sociali. Le rinunce che noi dovemmo subire e il ridimensionamento dei nostri modelli di vita furono nulla rispetto a quello che i nostri amici stavano sperimentando.

Carl era seduto al solito posto descrivendo la strada che i paesi del Comitato avevano intrapreso, per un attimo pensai all'inizio della crisi, il 2008, a quanto c'eravamo illusi potesse tutto passare nel volgere di un soffio.

Al contrario, a distanza di una dozzina d'anni, il deficit pubblico e privato, che aveva contraddistinto tutti i paesi dotati di un minimo di credibilità internazionale, era solamente un ricordo. Il modello dell'Equiboomics abbandonò, per misurare il progresso, i vecchi parametri così assurdi e fuorvianti, forieri di false illusioni, generatrici dell'illogica necessità di produrre e consumare, produrre e consumare, produrre e consumare, sempre di più, in un circolo vizioso.

E' vero che abbiamo dovuto rivedere il nostro stile di vita e porci dei limiti nei consumi ma, rispetto a quanto temevamo, non è stato particolarmente difficile: la trappola mentale nella quale eravamo caduti venne rimossa e nel momento stesso in cui il miraggio dell'accumulo fine a se stesso fu neutralizzato, divenne inutile anche la necessità di perorare comportamenti deviati. L'eliminazione della moneta cartacea, unitamente all'impossibilità di rifugiarsi in paradisi con proprie convenienti ed avulse prerogative, aveva reso trasparente tutte le situazioni, e la trasparenza unita alla conoscenza, aveva permesso di porre regole alle quali le persone si erano uniformate per recepire i dettami stabiliti dai Saggi, consapevoli dell'esistenza di controlli efficaci ed efficienti.

Carl intervallava i propri discorsi lasciando il tempo alle domande per poi riprendere e riassumere: *"Pensate a quale stagione rivoluzionaria hanno vissuto il settore dei trasporti, a quale cambiamento è stato sottoposto l'utilizzo delle fonti di energia, guardate come è finita la stagione dei politici di professione e soprattutto pensate quale degrado morale abbiamo combattuto e vinto.".*

Un nuovo modo di vivere, un nuovo approccio, dove il singolo lasciava spazio alla comunità, dove l'interesse personale doveva essere subordinato al rispetto degli altri, presenti e futuri.

Fortunatamente un sistema lontanissimo da qualsiasi utopia socialista, l'individuo poteva continuare ad impegnarsi per poter conquistare la propria affermazione e nulla era precluso mentre gli sprechi erano banditi.

Ci fu una pausa, quindi Carl chiese il permesso di continuare il tour. Voleva raggiungere la sua dimora, abbandonare la tavola rotonda e ricominciare un nuovo cammino. Lo seguimmo attenti fino a quando non raggiunse il decimo piano della palazzina adiacente al pub. I piccoli spazi che ci avevano accolto anni prima erano stati completamente riorganizzati e le stanze a noi consegnate erano state trasformate in ampi e confortevoli appartamenti per i Saggi. Ci condusse a visitare la casa, molto gradevole ma sobria al tempo stesso, quindi si fermò nello studio, un vero e proprio concentrato di tecnologia, quanto di più avanzato potesse esserci per sfruttare le possibilità di collegamento mediatiche e limitare gli spostamenti estenuanti, costosi ed inquinanti. Sistemò con cura la telecamera quindi si accomodò alla scrivania e disse: *"Vi presento un'ospite."*.

Rimasi stupito da quelle parole e, vedendo una presenza femminile avvicinarsi, pensai immediatamente che Carl volesse presentarci sua moglie ma la sorpresa fu enorme quando fui in grado di riconoscere Stefanie e come me anche gli altri rimasero impietriti. Non facemmo tempo a dire nulla, se non qualche parola di saluto, che lei volle subito proseguire il viaggio intrapreso da Carl.

"Hai raccontato chi siete, chi sono i Saggi?", chiese Stefanie ad un Carl che si dimostrò pronto ad illustrarci il suo ruolo.

"Non è semplice descrivere senza banalizzare la realtà: si tratta di un'entità che non trova pari scorrendo la storia, i Saggi, sono un organismo nuovo che deve trovare ancora una propria corretta definizione. Recepiamo ufficialmente le istanze provenienti da qualsiasi gruppo, da ogni lobby, per poi studiare la pratica, ricercando la soluzione che privilegi l'interesse generale e l'equilibrio nell'utilizzo delle risorse, qualsiasi esse siano.".

Appena Stefanie percepì la possibilità volle manifestare il suo pensiero in maniera pacata e serena. *"Credo sia superfluo dirlo ma sono persone speciali che una volta nominate, abbandonano il loro passato, gli usi e le consuetudini a cui erano legati, le relazioni e le frequentazioni e si rinchiudono in un nuovo mondo. Non si mischiano alla folla ma vivono prevalentemente isolati, non appaiono continuamente sui mass media, se non negli spazi a loro dedicati. Posso personalmente affermare che non ricoprono il ruolo per perorare interessi personali ma si occupano del bene della collettività come potrebbe fare solo un organismo superiore."*.

Carl riprese a raccontare la sua giornata tipo e ci sembrò di rivivere in un certo senso quello che avevamo vissuto nel periodo di Londra durante il 2012: riunioni, gruppi di lavoro, votazioni, audizioni di esperti, esposizione di lobby, analisi e progetti.

Affascinante ed impegnativo, oneroso e vincolante.

Poi all'improvviso virò completamente, senza nessun avvertimento, proseguendo su quella che era la visione comune della situazione mondiale dal suo osservatorio privilegiato.

Ci descrisse quello che negli anni seguenti avevamo avuto modo di verificare con triste puntualità, un mondo in cui le relazioni tra i due contrapposti schieramenti sarebbero diventate sempre più tese con il concreto pericolo di guerre devastanti. Parlò con cognizione di causa come se il tema trattato fosse l'oggetto principale delle sue attenzioni quotidiane e la cosa ci sorprese alquanto.

Yuriko non aveva ancora proferito parola ed a quel punto volle farsi sentire nominando gli assenti: *"I nostri amici, Leon e Nicholas, stanno affrontando la sfida della loro vita, barattando i loro destini nella disperata ricerca della democrazia, hanno avuto la possibilità di scegliere ma non hanno esitato e si sono gettati come uomini coraggiosi in una sfida decisiva per le sorti del genere umana. Noi,......"*, stava per proseguire quando, in maniera insolita, alla sua voce si sovrappose quella di Carl, il quale, con tono gentile ma risoluto, prese le redini del discorso e proseguì: *".…. Noi, abbiamo il dovere morale di intervenire concretamente."*.

Lo sbigottimento fu duplice, da un lato Carl aveva interrotto Yuriko mentre stava parlando e dall'altro aveva risposto come nessuno avrebbe immaginato, ripensando agli eventi che lo avevano tanto provato.

"In seno al Consiglio dei Saggi,", continuò Carl, *"l'argomento relativo alla deriva della democrazia negli Stati Indipendenti è quello che sta assorbendo le maggiori risorse, impegnando il nostro tempo e assillando le nostre menti. Qualsiasi sforzo sarà fatto all'interno dei paesi del Comitato non avrà un grande valore se il cammino che i nostri fratelli continueranno a fare, sarà lungo la solitaria direzione che porta alla distruzione. Cari amici non illudetevi che la stagione delle preoccupazioni sia alle nostre spalle. Secoli o forse millenni di storia, di lotte per la democrazia ed un pizzico di fortuna hanno evitato il baratro nel quale stavamo cadendo ma a nulla varranno gli sforzi che stiamo facendo se non riusciremo a remare tutti nella stessa direzione."*.

La voce di Stefanie si alternò a quella di Carl proseguendo sul tema: *"Per tanto tempo abbiamo accarezzato l'idea della superiorità del nostro sistema, e per poco non rimanevamo intrappolati nella nostra miopia. Eravamo convinti di avere accesso illimitato al credito per salvaguardare il nostro stile di vita, pensavamo di prendere dagli altri per permetterci l'abbondanza illimitata, ci siamo illusi al pensiero della crescita economica infinita per giustificare le nostre esigenze. Mai una rinuncia, mai un ripensamento, mai una valutazione critica del nostro operato, ognuno proteso a proteggere i propri piccoli e limitati benefici. Poi è arrivato il tempo di una svolta importante, faticosa, perseguita generosamente ma con un peccato originale insito in sé stessa: la mancanza di condivisione unanime."*.

Il duetto proseguì e questa volta fu Stefanie a cedere la parola a Carl con un semplice sguardo: *"Da molto tempo stiamo* cercando di capire cosa possiamo fare ma, mentre noi pensiamo, gli Stati Indipendenti si allontanano ulteriormente. Non dobbiamo commettere l'errore del passato, non dobbiamo credere in una colonizzazione in nome della democrazia perché sarebbe ancora una sconfitta certa. Forse stiamo credendo in un sogno utopistico ma questa è la direzione che dobbiamo intraprendere. Un paio d'anni fa a Parigi, ho vissuto un momento triste della mia relazione con voi: ho creduto che mi voleste usare non avendo capito quale fosse il fine. Poi il tempo mi ha permesso di comprendere, di ricordare gli amici, di ripensare a Nicholas nascosto in qualche angolo dell'oriente, di immaginare Leon proteso a gestire un mondo parallelo.

Ho preso coraggio ed ho contattato Stefanie che mi ha aiutato a portare avanti l'istanza mostrando la documentazione che in precedenza Leon aveva dato a me e creando una lobby per lo scopo. L'argomento dei nostri amici è diventato il mio ed in poco tempo la mia battaglia è diventata la battaglia dell'intero Consiglio dei Saggi. Non voglio che fraintendiate, perché la voglia di rivedervi tutti insieme era grandissima ma, senza dubbio, era fondamentale che io vi potessi parlare di questo progetto. I tempi sono oramai maturi, dinanzi a noi non rimarranno molti anni prima che si avveri l'irreparabile destino di una guerra che potrebbe avere conseguenze drammatiche anche per noi. Questa volta sono io che ho preso l'occasione per chiamarvi ad una nuova sfida: il nostro caro Mike ci ha lasciato con un monito e noi vogliamo che diventi una speranza. Dobbiamo portare a tutti il messaggio di sofferenza degli Stati Indipendenti, dobbiamo far crescere la voglia di conoscenza e di approfondimento, far capire che non potremo vivere a lungo separati senza subire noi stessi le conseguenze di scelte scellerate.

Noi tutti siamo stati un gruppo di persone che hanno avuto la fortuna di vivere un momento decisivo, gettando il cuore oltre l'ostacolo e credendo in un futuro migliore. Come io sto contattando voi, così in questi giorni le migliaia di persone che *hanno lavorato direttamente o indirettamente nel 2013 e negli anni successivi allo storico progetto del Comitato di Londra saranno contattate ed anche a loro sarà chiesto di aprirsi e rendersi disponibili ad un'ulteriore sfida fondamentale per le sorti del genere umano.*

Come il dio Mercurio porterete un messaggio di cambiamento nel mondo del Comitato e l'obiettivo sarà quello di condividere a tutti i livelli l'idea di poter fare qualcosa per aiutare chi sta oltre il muro anche se questo comporterà il dover rinunciare a qualcosa. Perché un futuro migliore è possibile se lo scopo è condiviso da tutti.

LUIGI PESCE

UN CAMMINO DI SPERANZA

Il terreno è soffice, visto che nei giorni scorsi è piovuto abbondantemente e il forcone affonda facilmente. La temperatura è ideale per starsene fuori all'aria aperta e cominciare ad assaporare l'estate che sta arrivando. Una colazione abbondante conversando con Eleonora dopo aver ricaricato la CCard di Lorenzo, quindi la notizia, sicuramente una notizia che potrebbe diventare un evento storico, quella che è apparsa sui giornali di oggi 8 giugno 2024.

Il sole comincia a colpirmi e in quell'istante sento Sebastiano arrivare.

"Ciao Whisky come stai? Dormito bene?".

"Tutto a posto papà. Se poi penso che questa è l'ultima settimana di lezioni allora è ancora meglio.".

"Ma scusa che ore sono? Non dovresti già essere a scuola?".

"Sono le nove e mezzo; stamattina entriamo alle dieci perché il professore di Matematica è ammalato e non hanno trovato un sostituto.".

Un bacio poi lo vedo correre fino in fondo al nostro piccolo orto a vedere come stanno gli amati "nonno-poni", i suoi lamponi, quelli che piantò il nonno tanti anni fa.

Pomodori, zucchine, insalata, cetrioli, cipollotti stanno crescendo bene come anche le carote, grazie ai consigli di Stefanie; per la frutta è ancora presto ma le piante sembrano aver superato senza problemi l'inverno, rimangono un paio di piccoli rettangoli di terreno da preparare per le culture autunnali. All'inizio guardavo Raimondo, mio suocero, lavorare la terra con un misto di ammirazione e stupore, io che ero abituato ad uscire presto la mattina, giacca e cravatta, per rinchiudermi in qualche condizionato ufficio, illuminato dalla fredda luce dei neon. Allora non osavo, troppo distante il mio mondo, troppo scarse le mie conoscenze, ma guardavo e sorridevo nel vedere crescere e maturare i frutti della terra, nel vedere quell'uomo al lavoro. Poi la prematura scomparsa, la malattia che vince anche l'innata voglia di vivere, mentre l'orto perpetua il ritmo delle stagioni, continua a produrre ma in maniera disordinata, senza più una mano esperta che lo governa, con le erbe infestanti che invadono, soffocano le altre e prendono il sopravvento.

Raccolsi i piccoli succulenti lamponi maturi in quell'estate del 2008 e li porsi a Sebastiano che allora aveva da poco compiuto i due anni ma che si dimostrò golosissimo di quei frutti.

Cominciai così, memore di quanto avevo furtivamente rubato guardando quella persona speciale, a ripulire dalle erbacce, ad innaffiare e poi provando a seminare, cercando di coltivare, guardando incuriosito e felice quando vedevo crescere qualcosa.

"Come stanno i nonno-poni?".

"Cominciano a colorarsi, se ci saranno delle belle giornate di sole credo che tra pochi giorni si potranno raccogliere i primi frutti.".

"Però mi sembra d'aver visto che ci sono parecchie erbacce o sbaglio?" dissi a Sebastiano.

"Sì, sì, ho capito. Magari domani mattina se scendi vengo con te e ci penso io. Adesso scappo a prendere il R.A.V. altrimenti arrivo in ritardo. Ciao.".

Con il passare degli anni abbiamo imparato a coltivare il nostro orto pazientemente, con cura, gioendo per produzioni abbondanti ed accettando magri raccolti. Tutti insieme, ciascuno per la sua parte, per le sue capacità, ma con l'intento preciso di riappropriarsi del senso delle cose, imparando ad aspettare ed accettando la fatica ed il sudore.

Guardo spesso il nostro orto, l'orto del nonno-poni, con orgoglio, fiero di fare qualcosa che lui avrebbe apprezzato. Cammino su e giù prima di riporre gli attrezzi, raccogliendo l'ultima erbaccia, programmando i prossimi lavori e poi staccando l'insalata per il pranzo che ripongo con quanto già raccolto.

Sono quasi le dieci del mattino ed ho voglia di rincasare, sistemo soddisfatto gli attrezzi e lancio un ultimo sguardo all'orto. Mentre deposito gli attrezzi, mi rendo conto di quanto il garage possa sembrare vuoto, quando invece in un tempo non molto lontano, a stento riuscivamo a farci stare tutto: accoglieva due auto grandi, belle e confortevoli. Non riesco a non pensare a come eravamo diventati, al livello di dipendenza che c'eravamo inflitti: l'utilizzo della macchina, quale mezzo di locomozione aveva raggiunto limiti demenziali ma soprattutto era estremamente economico, sebbene non ce ne rendessimo conto, sebbene convinti del contrario.

Era bastato un secolo, l'arco di poche generazioni, da quando, all'inizio del 1900, l'uomo aveva cominciato a sperimentare la possibilità dello spostamento, senza che questo fosse un'avventura epica, per farci cadere nella trappola di dimenticare il concetto della lontananza, di pensare di poterci spostare senza limiti.

In precedenza le distanze percorse quotidianamente erano irrisorie, tanto più se rapportate all'universo della popolazione. I tempi di percorrenza estremamente lunghi: affrontare un viaggio anche di pochi chilometri, rappresentava una fatica ed aveva un costo elevato almeno nell'utilizzo del tempo se non anche in quello economico. Ma con l'avvento dei motori a scoppio lo spostamento è diventato quanto di più naturale ci potesse essere, con strade che diventarono ben presto perennemente intasate, cieli solcati a tutte le ore da aerei, gigantesche navi che salpavano i mari, il tutto con centinaia di milioni di persone che si muovevano freneticamente e non efficacemente. Per lunghi anni sono stato anch'io una di quelle tante formiche meccaniche che ha macinato percorsi con facilità inusitata, trovandomi nell'arco della stessa giornata in più posti, distanti tra loro centinaia di chilometri, ovvero prendendo l'aereo, andata e ritorno nello stesso giorno, solo per un meeting di un paio d'ore a 3.000 chilometri di distanza da casa. Macchine che erano diventate bellissime, sempre più grandi, confortevoli ed al contempo, inquinanti e divoratrici di risorse.

Oggi l'approccio all'autovettura è cambiato radicalmente: il Consiglio dei Saggi ha fatto molto sul piano dei trasporti. Ci sono regole per l'utilizzo di materiali riciclabili e non ci sono più autovetture che utilizzano energie derivanti da fonti fossili. Un bel cambiamento! Le macchine di grossa cilindrata, sono scomparse dalla circolazione, e onestamente un po' di rimpianto lo provo ripensando alle sensazioni che si provavano nel guidarle. Le attuali non provocano emozioni, sviluppano velocità massime modeste, non arrivando a superare i 100 km/h, imposti. Non solo, ciascuna è dotata di scatola nera e Gps e può essere agevolmente controllata dalle autorità preposte. Inoltre riceve impulsi che ne limitano automaticamente la velocità ogni volta che si trova all'interno di tratti sottoposti a più stringenti vincoli.

Il rintocco delle campane segna le 10 mentre sto rientrando in casa. Salgo in cucina ed in quel momento incontro Beatrice, la pigrona, che si è svegliata, ha l'occhio ancora parzialmente chiuso ma riesce tuttavia ad accorgersi del mio stato. Si avvicina con circospezione, tenendo le mani allungate in segno di protezione ad evitare un abbraccio contaminante e mi sfiora per un bacio.

"Eccoli che arrivano", sorride Eleonora: *"Voi due avete bioritmi completamente opposti! Hai visto Michele che avevo ragione a dire che saresti tornato prima?"*.

"A dire la verità siamo arrivati insieme.".

"Ma l'orto è molto più lontano della sua camera, per cui tu sei partito prima.".

Alzo le mani in segno di resa,*"Non mi saluti Beatrice?"*.

"Ciao Mamma", e l'avvicina per darle un bacio.

"Non ti preoccupare Eleonora ci penso io a svegliarla.".

Beatrice è ancora addormentata e non sembra avere reazioni se non quella di procedere nella sua lenta preparazione della colazione.

"Tu non lo sai ancora ma ci sono grandissime novità.".

"Uhmm ... ... quali?".

"Sembra ci sarà un'adesione importante al Comitato.".

Improvvisamente tutte le funzioni corporee di Beatrice hanno un sussulto e si mettono a lavorare a pieno ritmo. Sì volge di scatto verso di me ed il latte nella tazza che tiene in mano ondeggia pericolosamente.

"Chi? Quale paese? Dove l'hai sentito?".

Sa benissimo di che cosa sto parlando ed ora è completamente sveglia.

"Si parla dell'India, l'ho letto sul giornale ...".

Il suo volto si illumina: *"Lo sapevo, lo sapevo"*, ripete, lascia la tazza assestarsi pericolosamente sul tavolo e scende di corsa le scale, tanto che non credo riesca a capire le ultime cose che dico e che ho provato a proferire con un tono di voce crescente quasi ad inseguirla: *"... non ho visto comunicazioni ufficiali dal sito"*.

Guardo Eleonora ed incontro il suo sorriso.

"Vorrei abbracciarti ma forse è meglio di no, cosa ne dici?".

"Guardandoti come sei ridotto, faccio finta che tu mi abbia abbracciato e ti consiglio una bella doccia.".

L'acqua è calda, anche troppo, i pannelli solari lavorano molto bene e la loro vita media è cresciuta moltissimo, rispetto ai primi. L'attenzione alla nostra fonte principale di vita è grande, ovunque i lavori per ammodernare la rete idrica hanno compiuto progressi notevoli ma la cosa più innovativa sono i contatori. Ogni persona ha a disposizione un quantitativo di risorse prestabilito su base giornaliera ed ogni sforamento è gestito in relazione a necessità particolari, ovvero a fronte di costi molto elevati.

Mi sistemo e quindi scendo nello studio, non senza essere prima passato dalla cucina, al pane ancora caldo aggiungo qualche fetta di salame e, con l'acquolina in bocca, lascio che i miei denti affondino.

Beatrice è alla sua postazione, il suo tavolo da lavoro. All'inizio la grande sala era adibita ad ufficio per il sottoscritto e nell'adiacente saletta con il caminetto trovavano ricovero tutti gli attrezzi sportivi, dalle bici agli sci. Con il passare degli anni sono cambiate le esigenze e noi ci siamo adeguati, trasformando lo spazio in un unico grande studio nel quale abbiamo posizionato tre confortevoli postazioni. In fondo alla stanza abbiamo lasciato un'area per le conferenze, il modo di comunicare a distanza ha fatto progressi incredibili rispetto ai primi rudimentali mezzi di comunicazione e ciò ha contribuito a limitare notevolmente la necessità di spostarsi. Ci sono grandi video tridimensionali e la qualità audio e video è eccellente, permettendo di riprodurre fedelmente le situazioni reali quasi si fosse in una vera riunione di lavoro. Il lavoro a distanza è diventato un elemento praticamente obbligatorio: se in passato era normale che una persona, anche con compiti elementari, venisse assunta sebbene abitasse molto lontano dall'azienda, oggi le alternative sono quelle o di proporle il telelavoro ovvero assumere qualcuno che abita in un raggio di 5 chilometri, altrimenti il sistema penalizzante porta ad innalzare anche del 100% il costo di un lavoratore.

Beatrice si sta sintonizzando, lavora per un'organizzazione governativa del Comitato, impegnata a tenere qualsiasi forma di contatto ufficiale con i governi degli Stati Indipendenti, con l'obiettivo di mantenere vive le relazioni soprattutto in quei nuclei famigliari che per i più diversi motivi sono rimasti separati allorquando i due mondi si chiusero in loro stessi.

Sono passati alcuni anni da quando Carl ci ha fatto la bella sorpresa di invitarci a quello che noi avevamo scambiato per un brindisi e che invece fu un nuovo inizio. Come aveva espressamente dichiarato, il piano del Consiglio dei Saggi venne posto in essere compiutamente, dapprima contattando tutte quelle persone che avevano contribuito alla nascita dell'Equiboomics e poi, una volta creata la sensibilità condivisa, manifestando pubblicamente la necessità di questa nuova sfida.

Osservo Beatrice che si alza e si porta nella zona conferenza. Con un gesto della mano mi fa segno di non fare rumore anche se in realtà sono muto ed assolutamente immobile. Nonostante l'orario di collegamento c'è grande fermento e percepisco che anche nel continente americano stanno cercando informazioni. La notizia ha letteralmente scaraventato giù dal letto tutti: l'India rappresenterebbe una svolta di fondamentale importanza, un progetto sul quale in molti hanno lavorato e contribuito fattivamente. Un lavoro paziente sul quale ci si è focalizzati fin dall'inizio, investendo risorse, creando relazioni umanitarie, promuovendo nuovi progetti ma senza l'assillo del profitto, solo per dimostrare la sostenibilità e la possibilità di emancipazione da un circolo di consumi irrazionali.

La creazione di tanti gruppi patrocinati dal Consiglio dei Saggi, ciascuno dedicato ad un progetto da esportare e far conoscere, prima entrando timidamente in contatto, poi creando relazioni stabili fino a contatti effettivi. I progetti, anche quello che vede impegnata Beatrice, hanno tutti come beneficiario finale le persone comuni, i cittadini.

A differenza del passato quando il Capitalismo Consumistico imperava, i nostri rappresentanti non hanno viaggiato con la valigetta piena di contratti, o con l'obiettivo di firmare accordi che prevedevano progetti per costruire e produrre, con tutti quegli elementi che creano diffidenza ed innalzano barriere fin dall'inizio ancora prima di conoscersi.

No, c'è stato il precipuo intendimento di dimostrare e svelare che cosa in poco più di un decennio siamo stati in grado di fare ed i cambiamenti che abbiamo saputo apportare al nostro sistema. Una mossa che in altri tempi sarebbe stata inconcepibile e che avrebbe avuto il sapore delle missioni umanitarie con lo scopo di soccorrere, ma che invece oggi ha l'obiettivo di creare attenzione verso l'Equiboomics, privilegiando l'equilibrio di lungo periodo rispetto al profitto di breve termine. Lo stiamo facendo innanzitutto per noi stessi.

Ascolto interessato. Sembra non abbiano ancora disposizioni ufficiali da parte del Consiglio dei Saggi ma la notizia è data per certa.

Fremono, vorrebbero agire subito, sono impazienti.

Beatrice mi guarda: *"Cosa c'è?"*.

"Nulla", le rispondo, *"gioite di questo momento, bisognerà procedere con calma prima che si possa farli entrare nel Comitato"*.

"Cosa intendi? Cosa vuol dire con calma?", mi chiede.

"Vuol dire che un paese così grande e così densamente popolato, con differenze sociali abissali ed una grande parte di persone che non ha di che cibarsi, non potrà facilmente entrare nel Comitato se non dopo aver percorso un lungo cammino di adeguamento e di cambiamento.".

Beatrice mi incalza: *"Ma quanto potrebbero impiegare secondo te?"*.

"Credo che molto dipenderà anche da quanto noi riusciremo ad aiutarli, da come reagiremo alle sfide interne che ancora abbiamo di fronte ed infine da quello che succerà negli altri Stati indipendenti.".

"Ho capito, ma dammi un'idea, 3-5 anni".

Mi alzo dalla mia scrivania, mi avvicino, le accarezzo il viso: *"Non essere preoccupata, non sono i 5 anni che sono importanti. Fossero 10, più facilmente 20, cambierebbe qualcosa?"*.

Non le diedi il tempo di rispondere: *"E' la scelta che hanno fatto che ci deve entusiasmare. E' sapere che forse 1/4 della popolazione che non aveva aderito al nostro cammino, oggi ha deciso di abbandonare un modo di vivere per abbracciarne un altro e ciò avrà delle ripercussioni positive molto importanti per noi e per tutti coloro che ci seguiranno. Devi guardare al futuro sganciandoti dall'ottica della tua esistenza. Il lavoro che stiamo facendo, che soprattutto voi oggi state portando avanti, rappresenta una sfida epocale e come tutte le grandi missioni ha bisogno anche di tempo, quindi animo, oggi è una giornata fantastica!"*.

Subito dopo aver terminato di parlare, mi rammento della profezia di Mike e sorrido: *"Tanti anni fa, nel 2013 per l'esattezza, il nostro amico Mike ci disse una cosa che mi ritorna in mente adesso: ... . Dovranno passare molti anni prima che si possa assistere a decisioni di tale portata (alludeva all'adesione al Comitato) ma il giorno in cui avverrà sarà il segno che il nostro modello di sviluppo avrà superato la prova. Voglio credere che Mike avesse ragione anzi ne sono sicuro."*.

Mi guarda, mi dà un bacio sulla guancia, torna alla sua postazione mentre la osservo.

Un flash back, gli anni che scorrono velocemente: penso a lei, agli altri figli, a com'era 15 anni fa, a cosa potrebbe significare la notizia che abbiamo appena appreso.

Certamente oggi è tutto molto ufficiale, tutto molto controllato, il bene del singolo, prima prevalente, è passato in subordine rispetto a quello della collettività, senza per questo svilire la libera iniziativa e la voglia di impegno di chi vuole fare e creare qualcosa.

Non è semplice fare un parallelo con il passato, anche perché siamo ancora solo all'inizio di un cammino che si preannuncia lungo e prevedere cosa potrà accadere è assai difficile.

Guardo Beatrice indaffarata ed indifferente alla mia presenza e mi sento contento per quello che fa, per quella che è la sua attività.

Il destino avrebbe potuto disegnare un progetto diverso per noi e forse c'è mancato veramente poco perché il nostro egoismo ci conducesse fino al punto del non ritorno.

Spero che i miei figli, i nostri figli, possano sempre mantenere vivo il ricordo degli errori che abbiamo commesso, degli sprechi che abbiamo raggiunto e della insensibilità che ci ha reso miopi.

La mia è la speranza di una persona che, pur avendo avuto molto dal sistema capitalistico, ha assistito al suo collasso e sperato in un cambiamento, è il sogno di chi fermamente crede in un cammino alternativo che, a costo di qualche rinuncia personale estesa a tutti, possa assicurare un futuro per noi e per le generazioni che ci seguiranno. E' la convinzione che il mondo può raggiungere un vero equilibrio.

Beatrice alza gli occhi e mi guarda: *"Cosa c'è?"*, mi chiede ancora una volta sostenendo la domanda con un cenno del capo.

"Nulla, ti voglio bene, vi voglio bene figli miei.".

RINGRAZIAMENTI

Non sono molte le persone che sono state coinvolte in questa mia segreta sfida ma le poche, hanno avuto un ruolo rilevante ed a ciascuna va il mio sentito grazie.

Il primo ringraziamento va ad Alberto Pelizzaro che unico a conoscenza di questo mio impegno in corso d'opera ☺ ha saputo incoraggiarmi anche quando avrei voluto gettare la spugna.

A Walter David devo dire grazie perché è stata la persona che con il suo contagioso entusiasmo mi ha fatto abbandonare le ultime remore sulla possibilità di pubblicare il lavoro.

Ad Alessandra Pelizzaro un enorme grazie non è ancora sufficiente per compensarla del difficile compito che ha avuto nell'aiutarmi a sistemare quanto scritto.

Ad Ernesto Preatoni con il quale spesso collaboro ed al quale riconosco una visione della realtà che raramente ho incontrato, devo un grazie perché ha amplificato in me il senso di disagio per come stiamo vivendo contribuendo alla voglia di manifestarlo.

Non poteva mancare l'amico informatico, Giampiero Lampasona, colui che ha contribuito con un validissimo aiuto nella costruzione di un sito internet semplice e simpatico.

Ad un vero scrittore Carlo Martigli (cercate su internet) devo un grazie perché memore delle difficoltà a suo tempo incontrate, e forse più con il cuore che con la mente, ha contribuito ad incoraggiare la mia decisione.

Infine a Timothy Dass va il mio plauso per aver
sapientemente tradotto dall'italiano all'inglese dandomi
l'opportunità di rivolgermi direttamente ad una platea
online sconfinata.

La citazione dei singoli è da ritenersi conclusa ma
commetterei un errore se non mandassi un ultimo
ringraziamento indistintamente alla Cina tutta a dispetto
della parte che le ho voluto far interpretare nel romanzo:
se a noi è rimasta ancora qualche chance di poter evitare
situazioni catastrofali credo che il merito sia
sostanzialmente dei Cinesi.